"네가 어질렀으니까
네가 치워."

후우카
Fuka

"아아, 진짜!
이런 저택을 사람 손으로 청소하라니,
말이 안 되잖아?!"

리호
Riho

"뭐야, 이 조잡한 마법진은?"

"대체 무슨 일이──."

카나미
Kanami

AG003-M114S-[Br]
티아 전용 네반
브륀힐드
Brunhild

CONTENTS

나는 성간 국가의

I am the Villainous Lord of the Interstellar Nation

악덕 영주!

➤ **미시마 요무** ◄

illustration
➤ **타카미네 나다레** ◄

커버 그림, 본문 일러스트 | **타카미네 나다레**

　한 여고생이 공원에서 밤하늘을 올려다보고 있었다.

　거리의 불빛 때문에 아름다운 별하늘은 보이지 않지만, 간혹 별의 반짝임이 보였다.

　추위에 입에서 하얀 입김이 나왔다. 볼과 귀가 빨갛게 물들었건만, 그녀는 시선은 계속 하늘에서 떨어질 줄 몰랐다.

　교복 위에 코트를 걸치고 장갑을 꼈지만, 장갑 끝은 구멍이 뚫렸고 코트 주머니도 뜯어져 구멍이 나 있었다. 몇 번을 수선해도 계속 뜯어져 고치기도 포기했다.

　그녀가 공원 벤치에 앉아 하늘을 올려다보게 된 건 언제쯤부터였을까? 적어도 추워지기 전이었다는 건 틀림없다.

　딱히 별이나 밤하늘을 딱히 좋아하는 건 아니다.

　이건 그저 그녀의 현실도피였다.

　벤치에는 학교 지정 가방과 슈퍼에서 산 물건이 담긴 장바구니가 놓여있었다.

　"——슬슬 가야지."

　아르바이트를 끝내고 돌아가는 길이었지만, '아쿠이 카나미'는 집에 돌아가는 게 내키지 않아 공원에서 시간을 보내고 있었다.

　벤치에서 일어나자 그녀의 긴 흑발이 흔들렸다.

　빈말로도 잘 관리했다고 할 수 없는 머리칼이지만, 누군가에게 들었던 어울린다는 칭찬이 기억에 남아 짧게 자르기도 망설여졌다.

11

아무것도 모르는 학교 친구들은 슬렌더한 몸을 모델 같다고 부러워했다.

하지만 이건 노력의 결과가 아니다. 그저 살이 찔 여유조차 없을 뿐이다. 학교와 공부, 아르바이트를 반복하는 나날을 반복하는 사이에 이런 몸이 되었다.

그마저도 이제는 피로로 여위어가는 중이다. 그래도 어머니에게 물려받은 콧날이 오뚝 선 반반한 얼굴 덕에 인기는 많았다.

살짝 치켜 올라간 눈매에서 기가 인상이 느껴지는 것도 한몫했다. 학교에서 피로에 젖어 나른하게 있던 것도 남학생들에게는 호감을 주는 듯했다.

하지만 청춘을 구가할 여유가 없는 카나미에게 인기는 아무래도 좋은 일이었다.

그녀는 작게 한숨을 내쉬며 귀로에 올랐다.

그녀의 발은 외관이 허름한 공동주택의 녹슨 계단을 올라 이윽고 문 앞에서 멈췄다.

집에 불이 켜져있고 텔레비전 소리가 어렴풋이 들려왔다.

카나미는 불쾌한 기분을 한숨과 함께 내뱉고 싶어졌다.

"——오늘도인가."

동거인은 오늘도 여전히 집에 있다.

주머니에서 열쇠를 꺼내 문을 열자 삐걱대는 소리와 함께 문이 힘겹게 열렸다.

이제는 익숙하지만, 이 삐걱대는 소리가 문을 열 때마다 그녀가 처한 현실을 여실히 느끼게 했다.

"다녀왔습니다."

쌀쌀맞은 인사를 내뱉으며 코트를 벗어 옷걸이에 걸었다. 대답은 없었다.

좁은 방 안을 들여다보니 텔레비전을 컨 채로 잠든 어머니의 모습이 눈에 들어왔다.

카나미는 저도 모르게 미간을 찌푸렸다.

코타츠를 이불 삼아 잠든 어머니의 모습이 몹시 초라하게 느껴졌다.

흰머리가 가득한 머리카락은 부스스했고, 얼굴에는 주름이 가득했으며, 몸은 살이 쪄 볼품없었다.

동년배와 비교해도 한참 늙은 얼굴.

테이블 위에는 어김없이 과자 봉지가 흩어져 있었다. 카나미는 쓰레기를 치우면서 한심한 작태를 노려보았다.

"진짜 여전하네."

딸한테 아르바이트를 시켜놓고 정작 어머니라는 자는 집에서 빈둥대는 현실.

지금이야 이렇듯 볼품없지만, 옛날에는 훨씬 날씬하고 아름다우며 성격도 밝았었다. 옷 하나도 평범하게 걸치는 법이 없을 만큼 센스가 좋았다. 주말이 되면 다 같이 외출할 만큼 활동적이었다.

하지만 이제는 다 지나간 이야기다. 우리 둘이, 아니, 셋이 행복하게 지내던 시절은 이미 먼 과거가 되었다.

카나미는 슈퍼에서 산 특가 상품들을 꺼내 저녁을 준비했다.

이윽고 요리하는 소리에 어머니가 눈을 떴다.

추억 속과는 몹시 괴리감이 생긴 어머니가 기쁜 듯이 말했다.

"왔구나."

카나미는 등을 돌린 채로 대답했다.

"응. 저녁도 금방 될 거야."

하지만 어머니의 관심사는 그런 게 아니라는 듯, 엉뚱한 대답이 돌아왔다.

"오늘이 월급날이지? 얼마나 받았어?"

카나미는 한숨을 내쉬며 요리하던 손을 멈추고 지갑을 꺼냈다.

지갑 안에 있는 돈은 5만 엔 남짓. 카나미는 그중 2만 엔을 꺼내 테이블 위에 탁 내려쳤다.

"이걸로 됐지!"

어머니는 내팽개친 지폐에 달려들더니, 액수를 보고 불평을 쏟아냈다.

"이것밖에 없어? 고작 이만큼으로 어떻게 생활하라고?"

돈을 조르는 어머니의 모습에 가슴이 답답해진 카나미는 이윽고 시선을 돌려버렸다.

"학생이 벌 수 있는 돈이라 해봐야 뻔하지. 그러게 잘 좀 하지 그랬어. 기초생활 수급이 끊긴 것도 따지고 보면……!"

카나미가 따지고 들자 어머니는 얼굴을 찌푸리며 외면했다.

"내 탓이 아니야! 용돈을 좀 벌어서 카나미한테 이것저것 사주려고 했을 뿐인데."

어이없는 변명에 결국 카나미의 분노가 치솟았다.

"그냥 사고 싶은 게 있을 뿐이잖아! 내가 그만하라고 몇 번을 말해?!"

카나미에게 비난받은 어머니는 도망치듯이 코타츠에 얼굴을 묻고 울기 시작했다.

"왜 나만 이 모양인 거야? 옛날엔 안 이랬는데. 그때로 돌아가고 싶어."

(또 현실도피인가. 비난받으면 항상 도망칠 뿐.)

한숨이 절로 나오는 상황이지만, 카나미 또한 공원 벤치에서 밤하늘을 올려다보며 현실에서 눈을 돌렸던 참이라 더 따질 수도 없었다.

(현실도피라. 누가 모녀 아니랄까 봐…….)

행복했던 때로 돌아가고 싶은 건 카나미도 마찬가지다.

어머니가 우는 모습이 싫었던 카나미는 대화를 끊어버렸다.

"저녁 준비할게."

오늘은 빨리 먹고 공부하고 자자.

하지만 어머니는 아직도 포기하지 못한 건지, 이상한 소리를 늘어놓기 시작했다.

"카나미, 돈을 더 많이 벌 수 있는 일을 하는 게 어때?"

어이없는 말에 카나미가 어머니를 쏘아보았다. 어머니는 이상하리만치 집착이 들어간 표정이었다.

"일을 어떻게 해. 학교는 나가야 할 거 아냐."

대학은 못갈지언정 고등학교는 졸업하고 싶었다.

그러나 어머니는 카나미의 마음 따위는 안중에도 없다는 듯 말을 늘어놓았다.

"어차피 대학에 못 가면 고졸이나 중졸이나 다를 거 없잖아? 차라리 학력과 무관한 일을 하는 게 빠르지 않겠어? 카나미는 날 닮아서 미인이니까 금방 잔뜩 벌 수 있어."

"뭐?"

설마 싶었건만, 어머니는 어디까지고 돈만을 바라보고 있었다.

"밤업소가 있잖아. 나이를 속이면 당장이라도 할 수 있어. 카나미라면 금방 인기를 끌 거야."

——미안하기는커녕 뻔뻔하게 말하는 어머니에게 카나미는 진저리를 느꼈다.

"미쳤어?! 그렇게 돈이 필요하면 직접 해! 딸한테 일을 시켜놓고 집에서 빈둥대면서 그런 말이 나와?"

"내가 어떻게 해! 난 대학을 나오고 바로 결혼해서 일해본 적도 없어. 아르바이트를 나가도 금방 잘릴 거라고."

어머니도 처음에는 아르바이트라도 하려고 했지만, 전부 금방 스스로 그만둬버렸다. 자기보다 어린 녀석한테 주의를 받았다, 부탁받은 일을 무시해서 혼났다. 전부 한심한 이유였다.

그런데도 어머니는 끝까지 비극의 히로인처럼 굴었다.

"이 나이에 아르바이트를 어떻게 하니, 창피하게! 애초에 그런 낮은 시급으로 무슨 돈을 번다고 그러는 거야? 대체 내가 뭘 잘못했는데?"

참으로 우스운 말이었다.

(뭘 잘못했냐고? 당신이 전부 다 부숴버렸잖아! 당신이랑 내가……!)

카나미는 손을 꽉 쥐고 어머니에게 쏘아붙였다.

"뭘 잘못해? 그렇게 심한 짓도 잘도 저질렀으면서! 아버지를 배신한 건 어머니잖아? 그래서 아버지가……! 결국, 전부 자업자득이잖아!"

모든 것이 그때부터 잘못되었다. 어머니의 배신으로 행복했던 가정은 무너졌고, 우리는 허름한 공동주택에서 얹혀사는 신세가 되었다.

"아빠가 좋다고 한 건 카나미도 마찬가지잖아!"

"읏?!"

배신자인 어머니에게 자기가 했던 말을 들은 카나미는 말문이 막히고 말았다.

카나미는 결국 집에서 뛰쳐나오고 말았다.

집에서 뛰쳐나온 카나미는 밤하늘을 바라보던 공원으로 돌아왔다.

인기척이 없어 으스스했지만, 카나미는 조금도 신경 쓰이지 않았다.

벤치에 앉아 고개를 숙였다. 그저 지금은 혼자 있고 싶었다.

"이제 지쳤어, 아버지……."

카나미의 기억에서 행복했던 어린 시절이 떠올랐다.

아름다운 어머니와 다정한 아버지. 정말 행복했던 시절.

아버지는 일터에서 돌아오면 카나미와 놀아주곤 하셨다.

카나미가 턱없는 말을 하면 쓴웃음을 지으시며 타이르시곤 했다.

가끔 혼나기도 했지만, 우리 모녀를 사랑하셨다.

카나미는 지금도 아버지가 부드럽게 머리를 쓰다듬어줬던 감촉을 잊을 수가 없었다.

따뜻하고, 상냥하고, 즐거웠던 추억.

하지만 카나미 또한 아버지를 배신했다.

"미안해…… 미안해……. 내가 바보였어."

두 뺨을 타고 눈물이 뚝뚝 흘렀다.

이제 아버지는 두 번 다시 만날 수 없다.

"내가 그런 소릴 하지 않았다면…… 아버지도 살아있었을까?"

카나미는 지금도 후회하고 있다.

어머니가 불륜하던 그 남자는 아버지와 달리 혼내지도, 나무라지도 않았다. 오히려 카나미가 바라는 게 있으면 그걸 사주곤 했다. 어렸던 카나미는 마냥 좋아하며 서서히 그 남자가 진짜 아버지였으면 좋겠다고 생각하게 되었다.

그리고 어리석게도 어머니가 '네 진짜 아빠는 이 사람이야'라고
했을 때, 그저 좋다고만 생각했다.

그때부터 남자를 아빠라 부르며 따랐다.

과거의 자신을 손바닥으로 후려치고 싶을 만큼 끔찍한 일이었다.

결국 부모님은 이혼했고, 카나미는 아버지에게 '아빠가 좋아'라
고 말하고 말았다.

절망한 아버지의 얼굴을 보면서도 아무렇지 않았던 자신이 괘
씸했다.

그렇게 우리에게 아버지가 생겼지만, 그것도 잠시였다. 결국
어머니는 새 아버지에게 버림받고 말았다.

새 아버지는 우리를 사랑하지 않았던 거겠지.

카나미는 뒤늦게 자신을 진짜 사랑해준 건 진짜 아버지였다는
것을 깨달았다.

하지만 그 사실을 깨달았을 때는 이미 모든 게 늦은 뒤였다. 아
버지는 이미 이 세상 사람이 아니었다.

이제 두 번 다시 만날 수도 사과할 수도 없다. 카나미는 엄청난
좌절감을 느꼈다.

"아마 내가 아버지를 배신해서, 이런 벌이 내린 거겠지……."

소중한 아버지를 배신했기에.

카나미는 차라리 명확한 벌을 받고 싶었다.

"학교를 그만두고 일을 해야 할까? 차라리 자취를…… 어?"

카나미는 위화감에 고개를 퍼뜩 들었다. 자기가 앉아있던 벤치

를 중심으로 마법진이 빛나고 있었다.

"이게 무슨——!"

카나미는 그 자리에서 흔적도 없이 사라졌다.

저택의 정원에는 이른 아침부터 청소하는 두 메이드의 그림자가 있었다.

둘의 메이드복은 일반 메이드복과 달리 프릴이 달린 귀여운 디자인이었다. 이 둘이 다른 메이드와 달리 특별하다는 의미였다.

문득 한 메이드가 청소를 멈추고 빗자루를 난폭하게 휘두르기 시작했다.

"아아, 진짜! 이런 저택을 사람 손으로 청소하라니, 말이 안 되잖아?! 청소용 로봇은 대체 뭐에 쓰려고 있는 건데!"

메이드는 긴 짙은 남색 생머리를 흩뜨리며 주위의 초목에 마구 화풀이했다.

그녀의 이름은 '사츠키 리호'. 메이드일 자체에 불만이 있는지 시종일관 험악한 표정이었다.

그러자 근처에 있던 '시시가미 후우카'가 어이없다는 표정을 지었다.

풍성한 오렌지색 머리카락을 대충 뒤로 묶어놓은 그녀는 어깨에 빗자루를 걸치며 후우카가 어지른 곳을 보고 한숨을 쉬었다.

"네가 어질렀으니까 네가 치워."

메이드로 일하기에는 성격이 너무 거칠었지만, 다른 고용인들은 두 사람이 아무리 어질러도 지적 한번 하지 않았다. 이 두 사람은 평범한 고용인이 아니기 때문이다.

저택의 주인인 '리암 세라 번필드'와 마찬가지로 일섬류를 배운 동문. 즉 리암의 사매들이다.

귀여운 메이드복 차림에 얼굴에 앳된 구석이 남아있지만, 틀림없는 일섬류 검사다.

이 두 사람이 저택에서 메이드로 일하는 데는 이유가 있다.

어이없다는 표정을 지은 후우카에게 리호는 물고 늘어지며 말대구했다.

"하, 착한 척하지 마. 말투도 행동도 옷도, 뭐 하나 어울리는 게 없으니까!"

그러자 후우카가 얼굴을 붉히며 빗자루를 무기처럼 고쳐 잡았다.

"누, 누구는 좋아서 이런 꼴인 줄 알아?!"

후우카가 빗자루를 겨누자 리호는 입꼬리를 올리고 웃더니 빗자루를 칼처럼 쥐고 자세를 잡았다.

"오, 해보려고? 좋아, 덤벼."

두 사람 사이에 일촉즉발의 분위기가 감돌자 주위의 초목이 바람도 안 부는데 술렁였다.

정적 속에서 두 빗자루가 움직인 순간, 가장 들켜서는 안 될 인물에게 들키고 말았다.

"너희는 몇 번을 말해도 이해를 못 하는구나."

리호와 후우카가 깜짝 놀라 움직임을 멈추었다. 세리나는 곧장 두 사람을 나무랐다.

"청소하라고 했더니 반대로 어지르고 있으면 어쩌자는 거지?"

세리나는 오른손을 볼에 대고 난처하다는 듯이 말했다. 리호와 후우카는 세리나의 태도에 짜증을 느꼈다.

　성미가 급한 이 두 사람은 기분이 상하면 거침없이 상대를 죽이려 든다.

　하지만 여기는 번필드가의 저택이고, 이곳의 주인은 두 사람을 능가하는 리암이다. 여기서 칼을 뽑았다간 리암의 분노를 살 것이다. 애초에 세리나 아래에서 예의범절을 익히라고 지시한 게 리암이니 말할 것도 없다.

　후우카가 뺨을 경련하며 어렵게 변명하기 시작했다.

　"난 착실하게 하고 있었어! 리호 녀석이 갑자기 싸움을 건 거라고."

　후우카의 변명에 리호의 두 눈이 휘둥그레졌다.

　"너, 치사하게 날 팔아?! 세리나, 잘못한 건 이 녀석이야! 애초에 먼저 빗자루를 겨눈 게 후우카라고!"

　두 사람이 자연스럽게 말싸움을 시작하자 세리나는 소리쳤다.

　"서로의 잘잘못을 따질 때가 아니잖아! 둘 다 잘못했어!"

　평소 세리나의 어조는 더 정중한 편이지만, 이 문제아 둘을 앞에서는 도무지 그럴 수가 없었다.

　"그리고 내 이름을 막 부르지 마라. 나는 리암 님의 분부를 받아 너희를 돌보고 있는 거다."

　세리나는 작게 한숨 쉬며 '어쩌다 이런 성가신 일을 받아서는……' 하고 불평했다.

천하의 리호와 후우카도 리암의 이름이 나오면 아무런 말대답도 할 수 없었다.

리암이 사형이라서 그런 것도 있지만, 둘이 덤벼도 리암은 이길 수 없다는 게 가장 컸다.

리암이 보고 있든 아니든, 리암을 거스르는 게 망설여질 정도였다.

후우카는 '오늘도 설교인가' 하고 속으로 한탄했다.

그러나 점차 주위가 어수선해지더니, 이윽고 설교하던 세리나의 말을 끊었다.

"시녀장, 왠지 소란스러운 거 같은데?"

호칭은 고쳐도 반말은 고치지 않는 후우카의 말투에 세리나는 포기했다는 듯이 한숨을 쉬고 이유를 가르쳐줬다.

"그야 소란스러울 수밖에. 가문에 경사가 났으니까."

리호가 고개를 갸웃했다.

"뭐 좋은 일이라도 있었어?"

세리나는 조금 기뻐하면서 아무것도 모르는 둘에게 답했다.

"번필드가가 손에 넣은 행성에서 세계수가 발견됐다."

하지만 리호와 후우카는 그게 무슨 의미인지 모르는지 그저 고개를 갸웃댈 뿐이었다.

세리나는 깊은 한숨을 내쉬고는 둘에게 다시 청소를 시켰다.

성간 국가 알그란드 제국은 황제를 정점으로 하는 귀족제 국가다.

처음에는 과연 시대에 뒤떨어진 체제로 거대한 성간 국가를 올바르게 통치할 수 있을까 의심스러웠다.

하지만 사실은 반대다.

성간 국가의 규모는 너무 거대하기에 일부 관리자들만으로 운영하기가 굉장히 어렵다. 특히 성간 국가 중에서도 유달리 광대한 알그란드 제국은 더욱이 그러하였다. 수도성을 비롯해 모든 행성과 요새, 콜로니를 지배하려면 너무나도 많은 손이 필요한 것이다.

그래서 이들은 귀족제를 채택하고 영지를 수여해 각자에게 관리를 맡기는 방식을 선택했다.

아마 귀족제 부활까지 여러 우여곡절이 있었겠지만, 그건 지금을 살아가는 나와는 관계없는 이야기다.

나, 리암 세라 번필드가 그 거대한 제국에서 백작의 지위를 가지고 있으며, 수많은 행성을 지배하고 있다는 사실만이 중요할 뿐이다.

한낮이 지났을 무렵, 나는 응접실에서 거만한 태도로 소파에 앉아있었다.

"내 영지에 있는 것은 전부 내 것. 그게 설령 사람의 목숨이라 해도 예외가 아니지. 이 인식이 잘못됐다고 생각하나?"

현재는 어엿한 귀족이 되기 위해 수행 중이었지만 영지를 오래 비워둘 수 없어 잠시 귀환한 상태였다.

원래라면 관리로서 4년 동안 실무를 처리해야 하지만, 그 전에 잠시 틈을 냈다.

그런데, 얼마 전 나에게 희소식이 들려왔다. 내 영내에서 세계수가 발견되었다는 거다.

그 결과, 지금 난 응접실에서 아름다운 여성과 낮은 탁자를 사이에 두고 마주 보고 있었다.

"귀족다운 생각이군요."

아름다운 여성의 이름은 '앤슐리'── 엘프를 통솔하는 여왕으로, 엘프 중에서도 고귀한 하이엘프라고 한다.

하얀 피부, 푸른 눈, 금빛으로 반짝이는 부드럽게 웨이브가 들어간 긴 머리카락. 그리고 뾰족하고 긴 귀.

코가 오똑하고 단정하며 아름답다. 인간인 내가 봐도 이상적인 얼굴이었다.

그녀는 몸의 라인이 드러나는 민족의상 같은 하얀 드레스를 입고 있었다. 드레스는 금실로 무늬 자수가 놓여있었는데, 어째 옷감이 얇은지 속옷이 비쳐 보였다.

엘프는 이 옷차림에 딱히 수치심을 느끼지는 않는 모양이었다. 자기 용모와 자태에 절대적인 자신감이 있기 때문이다.

미소 짓는 모습만은 여신 같지만, 아마 아름다운 용모 뒤에는 시꺼먼 감정이 소용돌이치고 있겠지. 인간을 향한 모멸감이 말이다.

앤슐리의 대각선 뒤쪽에 있는 남자 엘프 호위 기사도 마찬가지다. 내 앞에서 호위 따위는 무의미하니 따라오는 걸 허락했는데, 놈은 대화하는 내내 날 혐오가 섞인 시선으로 내려다보고 있었다.

앤슐리가 화제를 억지로 되돌렸다.

"백작님, 저희의 고향을 반환해주실 수 없습니까?"

"지금껏 아무 말도 없다가 세계수가 탄생하자마자 돌려달라고? 너무 뻔뻔하지 않나?"

이 세계에서 엘프는 입지가 아주 작다.

창작물에 등장하는 엘프는 장수하는 종족으로 설정된 경우가 많은데, 이 세계의 엘프들은 300년 정도밖에 못 산다. 하이엘프인 앤슐리조차 수명이 4~500년 안팎이다.

이 세계에서 인간의 수명이 500년 이상이라는 점을 고려하면, 하이엘프조차 그저 일반인 수준이다.

요컨대 이 세계에서 엘프는 단명종 취급을 받고 있다.

그렇다고 인간처럼 큰 세력을 이룬 것도 아니다. 인간 사회에 녹아들어 생활하는 엘프도 있지만, 동족끼리 굳게 뭉친 녀석들——앤슐리 일행 같은 자들이 대부분이다.

그런데도 인간을 깔보는 오만한 태도라니. 오히려 대단하다고 칭찬해주고 싶다.

아마 아름다운 엘프야말로 선택받은 종족이라는 선민의식이 바탕에 있는 거겠지.

실제로, 엘프는 아름다운 외모 덕에 이 세계에서도 높은 인기를 끌고 있다.

지금도 많은 인간이 엘프의 아름다움에 홀리고 있다. 이건 외모만을 말하는 게 아니다. 엘프의 마력적인 부분에서도 인간은 매력을 느낀다고 한다. 덕분에 엘프는 이 세계에서도 신비한 존재가 되었다.

뭐, 난 전혀 관심 없는 이야기지만.

그렇기에 나는 엘프들 앞에서 거만한 태도를 유지하고 있었다.

앤슐리도 내 태도가 예상 밖이었는지 살짝 당황한 눈치였다. 하지만 뻔뻔한 부탁을 멈추지는 않았다.

"백작님이 소유한 행성은 저희의 옛 고향입니다. 그렇다면 저희가 돌아가는 게 도리가 아니겠습니까?"

뭐, 앤슐리 일행이 세계수가 있는 행성에서 태어나서 줄곧 살고 있었다면 그게 도리에 맞을 것이다.

하지만 애초에 세계수가 탄생한 행성은 내가 손에 넣은 시점에는 아무도 살고 있지 않았다.

"쇠퇴해서 말라비틀어진 행성을 내가 녹지로 만들 때까지는 그림자도 내비치지 않더니, 작업이 끝나니까 고향 운운하며 돌려달라? 너무 뻔뻔하지 않나? 엘프는 염치를 모르는 모양이군."

내가 도발하자 호위 기사가 미간을 찌푸리고 날 노려봤다.

하지만 앤슐리는 양손을 쥐고 기도하는 듯한 몸짓을 하며 나에게 간절하게 부탁했다.

"저희의 고향이 부활한 건 분명 저희에게 다시 고향에 돌아와 번영시키라는 우주의 의지입니다. 더구나 세계수를 백작님께서 직접 관리하시기 어렵다는 건 이미 아실 텐데요. 아닌가요?"

세계수란, 엘릭서를 만들어내는 신성한 식물이다. 내 영지에서 찾은 세계수는 아직 어린나무지만, 시간이 지나면 산처럼 거대해질 것이다. 그리고 거대해진 세계수는 행성 전체를 질 좋은 마력으로 감싸 여러 가지 좋은 효과를 만들어낸다.

이처럼 세계수에는 이점이 가득하지만, 한가지 문제가 있다. 바로 세계수를 인간의 손으로 심고 수를 늘릴 수가 없다는 점이다. 애초에 한 행성에는 한 그루의 세계수만 존재할 수 있고, 어떻게 해야 세계수가 생겨나는지도 불명확하다.

그렇다 보니 이 넓은 제국에서조차 세계수의 숫자가 백을 넘지 못할 만큼 희소한 식물이 됐다.

세계수를 관리할 수 있는 것도 인간 이외의 종족뿐이었다.

"어차피 나는 관리할 수 없으니 너희한테 세계수를 넘기라?"

"세계수 관리를 맡겨주시면 백작님께도 정기적으로 엘릭서를 헌상하겠습니다. 나쁘지 않은 제안이라 생각합니다만?"

"엘릭서 말이지."

내가 고민하듯이 턱에 손을 대자, 그걸 본 앤슐리와 호위 기사의 입꼬리가 슬쩍 올라갔다.

제 딴에는 표정을 감출 요량인 것 같은데, 다 티가 난다.

애초에 내가 엘릭서를 원한다고 생각하는 것부터 잘못됐다.

엘릭서를 영지 내에서 안정적으로 확보하는 건 이점이지만, 지금 난 딱히 엘릭서가 필요 없다.

버클리 패밀리를 멸망시키고 얻은 '행성 개발 장치'로 엘릭서를 얼마든지 얻을 수 있기 때문이다.

본래는 이름 그대로 '사람이 거주할 수 있도록 행성을 개발'하는 장치로서, 조건을 맞으면 행성 근처에 두는 것만으로 효과를 발휘한다. 이걸 적극적으로 사용하면 인류의 생활권을 더욱 넓힐 수 있다.

흠이 있다면 재현 불가능한 로스트 테크놀로지라서 양산할 수 없다는 점이려나.

하지만 이 장치의 진짜 무서운 점은 이게 아니다. 이 장치는 원래 목적과는 반대로 작동시킬 수도 있다.

쉽게 말해서, 행성 개발 장치로 행성의 생명력을 빼앗을 수 있다. 빨아들인 생명력은 엘릭서로 변환된다.

생명력을 흡수당한 행성은 여지없이 황폐해진다.

난 이 행성 개발 장치를 우주 해적 놈들을 없앨 때 적극적으로 사용하고 있다. 놈들을 제거한 후에 사용하면 우주에 떠도는 생명력을 빨아들여 엘릭서를 생성할 수 있다. 물론 행성을 멸망시켰을 때만큼은 안 나오지만, 우주 해적은 끊임없이 솟아나기에 문제없다.

요컨대 나는 엘릭서가 필요하면 해적 놈들을 사냥하면 그만이다. 해적을 토벌했다는 공은 덤이다.

잔해와 쓰레기는 연금 상자를 통해 자원으로 바꾸고, 놈들의 영혼은 행성 개발 장치를 통해 엘릭서로 바뀌는 것이다.

골수까지 빨아먹는다는 말이 있는데, 난 영혼까지 빨아먹는 악덕 영주다.

우주 해적은 나에게는 최고의 지갑이다.

놈들은 각지에서 보물을 모아 나에게 가져다주는 것도 모자라 목숨까지 바치는 존재다.

해적이 존재하는 한, 난 조금도 곤란해질 일이 없다.

다만, 세계수의 가치는 단순히 엘릭서로만 환산할 수 있는 게 아니다.

희소한 세계수를 보유했다는 사실 자체가 영주들 사이에서 지위가 된다.

귀족끼리 이야기할 때 '우리 영지에는 세계수가 있다!' 하고 우위를 점할 수 있다.

그런 허세를 부리기 위해 이 엘프들을 기르는 것도 나쁘지 않을 것이다.

"뭐, 좋다. 조금은 생각해주지. 너희가 날 위해 일한다면 세계수 옆에 둬도 나쁠 건 없으니까."

오만한 태도를 보여주니 엘프들은 웃음을 지었다.

하지만 동시에 나에게 살의도 보였다.

앤슐리는 소파에서 일어나 커트시*를 했다.

---

*여성이 지위가 높은 자에게 하는 인사. 한쪽 발을 뒤로 빼고 가볍게 무릎을 굽혀서 한다. 양손으로 치맛자락을 가볍게 들어 올리며 하는 경우도 있다.

"감사합니다, 백작님."

앤슐리는 머리를 숙였지만, 속으로는 분명 짜증이 났을 것이다.

난 살의를 완전히 숨기지 못하는 엘프들이 재밌어서 알아차리지 못한 척을 해줬다.

"검토만 하는 거다. 정식으로 결정하진 않았어."

앤슐리가 얼굴을 들었다. 내 이야기를 들었는데도 이미 결정됐다고 확신한 듯했다.

"저희 이외의 선택지가 있을 것 같진 않지만요."

"글쎄다."

교섭이 일단락됐다고 판단한 아마기가 나에게 다음 예정이 있다고 전했다.

"주인님, 이제 곧 다음 손님과의 면회 시간입니다."

"알았다. 오늘도 손님이 많네."

아침부터 이런 대화를 몇십 번이나 반복하고 있다.

내가 저택에 돌아오면 이렇게 손님이 몰려드는 게 골칫거리다.

엘프들이 방에서 나갔다.

앤슐리는 방에서 나오자마자 표정이 험악하게 일그러졌다.

"저 추레한 인간 애송이가. 감히 내 앞에서 건방을 떨다니……."

리암은 끝까지 뻔뻔스러운 태도를 유지했다.

무엇보다 앤슐리는 자신의 미모 앞에서 조금도 흔들리지 않은 리암이 얄미웠다.

지금까지 어떤 귀족이라 해도 이 미모 앞에 굴복했는데.

앤슐리에게 자신의 미모는 힘 그 자체였는데, 이번만큼은 통하지 않았다.

그러자 호위 기사가 입을 열었다.

"폐하, 이 또한 세계수를 손에 넣기 위함입니다. 지금은 참아야 할 때입니다."

호위 기사도 인간인 리암을 깔보는 말투였다.

앤슐리는 작게 한숨을 쉬더니 표정을 풀었다.

"그렇지. 세계수만 손에 넣으면 엘릭서를 써서 일족을 번영시킬 수 있어. 세계수가 시들 때까지 쥐어짜도 수백 년은 평안하겠지."

엘프는 세계수를 관리할 수 있지만, 그게 반드시 관리한다는 뜻은 아니었다. 앤슐리가 다스리는 엘프 일족은 수만 년을 사는 세계수를 수백 년 만에 말려 죽여왔다. 엘릭서를 짜내고 행성을 멸망시키면서 번영해온 것이다.

호위기사가 희미하게 웃음을 지었다.

"엘릭서를 팔아치우면 막대한 부를 얻을 수 있으니까요. 드디어 우주를 방랑하는 생활에서 해방될 수 있습니다."

세계수가 탄생한 행성이 고향이라는 건 거짓말이 아니었다. 다만 고향을 메마르게 만든 것 또한 이들의 선조 엘프들이었다. 엘릭서를 억지로 짜내 별의 생명력을 전부 빼앗은 결과였다.

"적어도 손자 대까지는 편안하게 있고 싶어. 저 백작 애송이도 최대한 쥐어짜야지."

세계수를 쥐고 번필드가에서도 지원이라는 명목으로 재산을 등쳐먹을 생각이었다.

엘프 사이에서 앤슐리 일행과 같은 사고방식을 가진 자들은 소수지만, 이들처럼 사는 자들이 존재하는 것 또한 명확한 사실이었다. 물론 앤슐리 같은 자들과 반목하는 자들도 있다.

몹시 광활한 복도를 걷고 있으니 다음 손님들이 찾아왔다.

작은 남자와 큰 남자.

두 사람은 체격뿐만 아니라 종족도 달랐다.

작은 남자의 키는 120cm 정도였고, 큰 남자는 2m 중반에 달했다.

둘 다 정장을 입고 있는데, 너무 볼품없어서 앤슐리가 비웃었다.

"정말 추한 녀석들이야. 게다가 우리 다음으로 면회하다니──정말 운이 없는 녀석들이야."

작은 남자는 고블린이고, 큰 남자는 오크다.

인간의 감각으로 아름답고 추함을 따지자면 둘 다 추한 모습이었다.

둘은 앤슐리와 엇갈리는 거리에 오자 분한 마음에 얼굴을 일그러뜨렸다.

이 세계에서는 근원을 찾아 올라가면 엘프, 고블린, 오크의 조상은 같다.

세 종족 모두 세계수를 관리할 수 있는 종족이다.

아름답게 진화한 엘프와 추하게 진화한 고블린과 오크들.

모두 이 우주에서는 소수민족과 같은 취급을 받고 있었다.

앤슐리는 이 둘이 자기들과 마찬가지로 리암에게 세계수 관리를 맡겨줬으면 좋겠다고 부탁하러 왔다는 것을 알아차렸다.

"세계수가 탐났겠지만 조금 늦었네. 백작은 반드시 우리를 선택할 거야. 추한 너희는 우주에서 방랑하는 게 어울려."

고블린도 오크도 세계수를 관리할 수 있는 종족이라는 것은 틀림없다.

하지만 둘 다 추해서 고향을 빼앗기는 일이 많다.

그 원인 대부분은 인간들이다.

모처럼 세계수가 존재한다면, 추한 종족보다 아름다운 엘프들에게 관리시키는 게 낫다는 것이다.

설령 앤슐리 일행과 같은 엘프들이 세계수를 말려 죽여버린다고 하더라도.

인간은 엘프들이 세계수를 말려 죽인다는 것을 모르고, 믿지도 않는다.

그건 얄궂게도 성실하게 세계수를 관리하는 엘프들이 존재하기 때문이다.

그리고 리암을 찾아온 고블린과 오크는 과거에 엘프들의 꼬임에 넘어간 영주에 의해 고향에서 쫓겨나 우주를 방랑하는 유랑민이 되고 말았다.

숲의 민족인 그들은 세계수가 없는 행성에서는 살기 어렵다.

우주를 떠돌면서 세계수가 있는 행성을 찾고 있었다.

고블린과 오크는 앤슐리 일행의 속셈을 눈치채고 있는 듯했다.

"신성한 세계수를 시들게 하고 별을 멸망시키는 짓은 나쁜 짓 고브. 그리고 그곳은 우리 고블린과 오크의 고향이기도 하다 고브."

리암이 손에 넣은 행성 중 하나가 우연히도 그들의 조상이 탄생한 고향이었다.

그곳에는 예전에 이 우주에서 보아도 훌륭한 세계수가 존재했다.

그 세계수를 시들게 한 건 앤슐리 일행의 조상인 엘프들이었다.

오크도 강하게 항의했다.

"너희는 대체 얼마나 많은 세계수를 말려 죽여 온 거냐? 말려 죽인 수만큼 별도 황폐해졌을 거다. 대체 얼마나 많은 생명을 죽여야 직성이 풀리는 거냐?"

앤슐리는 그런 둘의 진지함을 비웃었다.

별의 생명 따위는 신경 쓰는 기색이 전혀 없었다.

"그게 어쨌다는 걸까? 우리 엘프의 양식이 됐으니까 행복한 거잖아. 세계수도 별도, 그리고 모든 생명도 우리의 양식이야. 너희가 아무리 발버둥 쳐도 그 행성은 우리의 것. 인간이 세계수의 진정한 가치를 이해할 수 있을 리가 없지. 그 애송이도 우리에게 세계수 관리를 맡길 거야."

고블린과 오크도 인간들이 세계수의 가치를 이해할 수 없다는 걸 알고 있는 모양이었다.

쓸쓸한 표정을 짓는 고블린과 오크는 그래도 리암에게 기대를 걸었다.

"번필드 백작은 명군이라 불리는 분이시다 고브. 분명 설명하면 이해해주실 거다 고브."

앤슐리는 면회하던 리암의 모습을 떠올리고 고블린과 오크가 불쌍해져 웃음을 터뜨리고 말았다.

"그게 명군이라고? 그 애송이는 그냥 인간이야. 인간인 이상 당연히 추한 너희보다는 아름다운 엘프를 선택하겠지. 그게 이 세상의 규칙이야."

앤슐리는 그렇게 말하고 고블린과 오크에게서 멀어졌다.

그때 그들이 한스럽게 여기며 지은 표정을 보고 만족감에 감싸여 있었다.

하지만 앤슐리는 한 가지를 이해하지 못하고 있었다.

리암 세라 번필드가 악덕 영주를 목표로 하는 남자라는 사실을.

엘프 다음으로 온 면회인은 무려 고블린과 오크였다. 존재는 알고 있었지만, 실물을 보는 건 이번에 처음이다.

내 마음은 아까 엘프들을 봤을 때보다 더 들떴다.

"백작님, 부디 저희에게 세계수 관리를 맡겨주십시오. 세계수라는 것은——."

오크가 필사적으로 설명했는데, 세계수의 원래 목적은 엘릭서를 만들어내는 게 아니라는 내용이었다. 존재하는 것 자체가 중요하다나. 영적인 이야기인 걸까?

전생에도 실컷 들은 이야기인데, 난 관심이 없어서 오크의 설명을 흘려들었다.

지금 내게 가장 흥미로운 건 바로 고블린과 오크의 존재다.

악덕 영주로서 엘프보다는 이 녀석들을 같은 편으로 만들어야 하지 않을까?

그 오만방자한 엘프는 싫으니, 이왕 고용한다면 이 녀석들이 더 좋다.

그리고 전생의 후배인 닛타 군도 말했다. 고블린과 오크는 악이라고.

이 두 종족이야말로 내가 악이라는 것을 실감할 수 있는 동료들이다.

애초에 미녀라면 엘프를 고집하지 않아도 얼마든지 모을 수 있는데, 이런 녀석들은 잘 모이지 않는다.

고블린과 오크는 수가 많지 않다. 이 세계에서도 귀중한 존재였다. 고블린과 오크가 대량으로 있다는 건 잘못된 생각이다.

어차피 세계수는 허세를 부리기 위해 필요한 거니, 맡긴다면 이 녀석들에게 맡기는 게 좋다.

내가 혼자 납득하면서 고개를 끄덕이고 있으니 고블린이 필사적으로 설명했다.

"백작님을 위해 협력을 아끼지 않겠습니다 고브. 부디 저희에게 세계수를 맡겨주셨으면 합니다 고브. 그리고 부디 저희의 동료를 구해주십시오 고브."

필사적으로 부탁하는 모습을 보고 이 녀석들이 상당히 곤란한 상황에 있는 걸 알아차렸다.

내가 생색을 낼 좋은 기회였다.

"호오. 나에게 협력을 아끼지 않겠다고. ──마음에 들었다."

고블린과 오크가 고개를 들었다.

"고브?!"

"네?!"

둘 다 놀라는 걸 보니, 그다지 기대하지 않았던 모양이군. 내가 엘프를 고르리라 생각한 것 같다.

엘프야 이런 방식이 아니더라도 잡으려면 언제든지 잡을 수 있다.

이 녀석들한테 시켜서 야한 만화 같은 전개를 만드는 것도 나쁘지 않겠네.

옛날에 닛타 군이 야한 만화에 대해 열변을 토했던 것을 떠올렸다.

악덕 영주가 엘프를 어쩌고저쩌고, 라고. 그때 고블린과 오크가 등장하는 게 정석이라고 한다.

응, 이게 바로 악이지.

닛타 군, 난 할 거야! 해내고 말 거야!

"좋다. 세계수는 너희에게 맡기지. 앞으로는 날 위해 일하도록."

"가, 감사합니다! 그럼 저희는 뭘 하면 좋을까요?"

오크가 어떻게 일하면 좋은지 질문했다.

곤란하군. 나도 애매한 지식밖에 없어서 이 녀석들한테 뭘 시키면 좋을지 모르겠다.

애초에 야한 만화 이야기도 거의 다 흘려들었으니까. 미안해, 닛타 군.

"용건이 있으면 부를 테니, 그때까지 세계수를 관리해라. 훌륭하게 키워내라."

"아, 알겠습니다 고브!"

어차피 내겐 훌륭한 세계수가 있다고 자랑하고 싶을 뿐이니까. 건강하게 잘 키워주면 그걸로 만족이다.

고블린과 오크는 무슨 일을 시킬지 생각났을 때 불러내면 될 것이다.

세계수가 있는 행성에 이주가 허가된 자들은 고블린과 오크들이었다. 번필드가가 선택한 것은 엘프가 아니라 추한 그들이었다.

그 이야기에 앤슐리는 이민선 안에서 미간을 찌푸리고 분노에 떨었다. 옥좌의 팔걸이가 힘을 견디지 못하고 으스러졌다.

"――왜 우릴 선택하지 않는 거지! 어째서 그 추한 종족을 고르는 거야!"

앤슐리가 이끄는 이민선단에는 수만의 동족이 살고 있다. 그들 또한 고향 행성으로 이주할 수 있으리라 믿어 의심치 않았다. 새로운 땅에 정착할 기대에 부풀어 있었다.

그런데 결과는 교섭 실패.

심지어 고블린과 오크들이 선택됐다는 소식에 분위기는 더욱 흉흉했다. 가신들도 몹시 당황한 눈치였다.

앤슐리는 분노가 가라앉지 않아 천장을 향해 소리쳤다.

"인간 따위가! 그렇다면 세계수를 말려 죽이세요! 가질 수 없다면 필요 없는 것! 주성독을 쓰세요!"

엄청난 발언에 가신들이 크게 당황해서 말렸다.

"폐하! 주성독이라니요! 그것만은 피해야 합니다!"

주성독은 멸망한 행성에 떠도는 원념을 모아 만든 물질이다. 행성에 저주의 기운을 뿌리거나, 상대에게 독으로 사용할 수 있다. 독을 마신 자는 불행과 고통 속에서 죽어가고, 심하면 그 자리에서 즉사한다. 그렇게 죽은 자의 시체는 불행을 퍼트리는 온상이 된다. 주성독이란 그만큼 위험한 물건이다.

그런데 앤슐리 일파는 그 주성독을 보유하고 있었다.

"이럴 때가 아니면 언제 쓰겠다는 거야? 날 능멸한 그 애송이만은 절대로 용서할 수 없어."

앤슐리가 무서운 얼굴로 웃어대자 가신들도 말을 아꼈다.

그때, 천장에서 이들 사이로 실크 해트 하나가 떨어졌다. 엘프들은 실크 해트의 존재를 알아차리지 못했다. 이들의 눈에는 보이지 않기 때문이다.

바닥에 떨어진 실크 해트에서 작은 손발이 돋아났다. 그러고는 짧아진 양팔을 벌리며 떠들었다.

"아아, 이 얼마나 오만하고 흉한 분노인가. 리암을 향한 감정이니 더 효율적으로 흡수할 수 있을 것 같군."

엘프들의 리암에 대한 분노, 증오, 심지어 주성독까지 안내인은 모조리 빨아들였다. 안내인은 실로 오랜만에 부정적인 에너지를 대량으로 보급할 수 있었다. 더구나 그뿐만이 아니었다.

"괴, 굉장해! 이 엘프들이 오랜 세월 모아온 멸망한 행성과 생명의 비축된 분노와 증오가 나에게 더 큰 힘을 준다!"

앤슐리 일행이 멸망시킨 행성과 그곳에서 살았던 생명의 증오가 이민선단에 엉겨 붙어있었다.

본인들도 모르는 사이에 증오의 저주에 빠져있었던 모양이다. 만약 이대로 방치했다면 앤슐리 일행은 끔찍한 지옥을 보았으리라.

하지만 안내인은 이 부정적인 에너지를 모조리 흡수하여 자기 힘으로 삼았다.

안내인의 몸에 힘이 넘쳐흘렀다. 모자에서부터 안내인의 몸이 돋아났다.

잃어버린 몸을 되찾은 안내인은 양손을 들었다.

"완·전·부·활!"

그는 되찾은 몸의 감촉을 확인하면서 다음 계획을 생각했다.

"흠, 몸을 되찾기는 했지만, 이것만으로는 리암을 쓰러뜨릴 수 없겠지. 섣불리 다가가면 반격을 당할 테니까. 어떻게든 리암이 없는 사이에 암약할 방법을 찾아야······. 아, 그렇지!"

안내인이 생각해낸 것은 소환 마법이었다. 리암을 제국조차 모르는 머나먼 행성으로 보내는 것이다.

다만 부활한 안내인이라도 아직 그 정도의 작업을 혼자 해내는 건 요원한 일이었다.

그럼 어떻게 할까?

"반대로 리암을 이세계로 보내버릴까? 그것도 지금 가진 힘으로는 부족해. 차라리 이세계 소환 기술이 있는 행성으로 보내 시간을 버는 게 좋겠군. 리암이 타지에서 헤매는 틈에 악의를 가진 놈들을 부추기면 리암의 영지는 엉망진창이 되겠지. 아, 그 녀석이 가지고 있는 연금 상자도 빼앗으면 더 좋겠군. 그럼 놈이 돌아오더라도 고생길이 훤하겠지."

안내인은 성가신 리암을 멀리 쫓아내어 그 틈에 번필드가의 힘을 깎고, 리암의 재원인 연금 상자와 행성 개발 장치 등을 빼앗을 생각이었다.

즉 리암을 어딘가로 날려버리는 게 가장 중요하다.

다만, 이곳은 마법이 존재하는 세계. 소환 마법을 이용한 유괴에 대한 대책이 있으며, 백작인 리암은 더더욱 엄중하게 보호받고 있다.

소환 마법에 밀어 넣는 것도 간단한 일이 아니건만, 대상이 리암이라면 일이 더 어려웠다. 일반인과는 달리 리암처럼 격이 다른 존재는 간섭하기 힘든 것이다.

"마왕을 무찌르기 위해 이세계에서 용사를 소환하는 행성들이 있으니, 거기에 리암을 처넣자. 가능하면 마왕이 리암을 처리하도록 하는 것도…… 그건 어렵겠군."

리암이 마왕에 쓰러질 인물이었다면, 애초에 안내인이 이렇게까지 몰릴 일도 없었을 것이다.

더구나 리암이 행방불명되면 당연히 번필드가가 수색에 나설건데, 그걸 피하자고 너무 멀리 보내면 모처럼 손에 넣은 힘을 크게 소비해야 한다.

요컨대 성간 국가 기준으로 '근처'에 보낼 수밖에 없다. 제국이 모르는 행성이며, 원주민들이 근근이 사는 곳 말이다. 이 정도는 번필드 가문이 찾아낼 수 있는 범위지만, 시간만 벌어주면 충분했다.

안내인이 적당한 곳을 찾아보니, 마왕에게 시달려 이세계 소환을 하려는 행성이 한 곳 있었다. 지금 막 한 용사가 이세계에서 소환되는 중이었다.

"여기다! 리암만 없으면 난 그 녀석의 영지에서 마음대로 행동할 수 있다! 좋아, 소환술에 휘말리게 해서 리암을 쫓아내 주지!"

안내인이 방에서 나가자, 앤슐리의 얼굴에서 독기가 빠지더니 힘이 다한 것처럼 의자에 털썩 앉았다.

"여왕 폐하?!"

가신들이 놀라 다가왔지만 앤슐리의 표정은 도리어 온화한, 정확히는 시들해져 있었다.

눈에 광채가 없었다. 마치 자기가 했던 말을 후회하고 있는 것 같았다.

"그래. 역시 독은 아니지…….."

"그, 그렇죠! 세계수를 말려 죽일지언정 엘릭서는 짜내야죠."

안도하는 주위 가신들의 말을 듣고 앤슐리는 옥좌 위에서 무릎을 끌어안고 중얼거렸다.

"……근데, 이젠 그것도 귀찮아졌어."

앤슐리의 말을 듣고 가신들은 한순간 고요해졌지만, 조금 늦게 발언을 이해하고 당황하기 시작했다.

"귀찮다니요?! 여, 여왕 폐하, 대체 왜 그러십니까?"

앤슐리는 현재의 생각을 가신들에게 들려줬다.

"이제 안주할 땅을 찾을 생각이야. 방랑하는 여행도 좋지만,

슬슬 정착해서 느긋하게 살고 싶어. 그리고 가정을 꾸리고 싶어."

가신들이 서로의 얼굴을 마주 보더니, 그게 좋을지도 모르겠다는 표정을 지었다.

앤슐리가 아름답다고는 해도 나이가 나이다.

귀중한 하이엘프의 혈통은 후계자가 중요했다.

이제 정착했으면 하는 게 주위 사람들의 솔직한 의견이었다.

하지만 딱 한 명 분위기 파악을 못 하는 젊은 엘프 남자가 있었다.

"그게 좋을지도 모르겠네요. 여왕 폐하도 이제 나이가──."

"흡!"

"커헉!"

일어선 여왕은 입을 잘못 놀린 젊은 엘프의 배에 주먹을 때려 박았다.

앤슐리는 싸늘한 눈으로 나이 이야기를 해버린 젊은 엘프를 보면서 주위에 명령을 내렸다.

"좋아! 일단 다 같이 살 수 있는 행성을 찾자. 세계수가 없어도 좋아. 모두가 정착해서 대지 위에서 살 수 있도록 하는 게 지금의 목표야. 그리고 언젠가 세계수를 찾아서 지키고 키워나가는 거야."

안내인이 부활하기 위해 엘프들의 부정한 마음마저 과하게 흡수하는 바람에 이상한 방향으로 일이 진행됐다.

◇ ◆ ◇ ◆ ◇

제국 수도성에는 황태자인 '칼뱅 노아 알바레이트'라는 남자가 있다. 그는 리암이 추대한 제3 황자 '클레오 노아 알바레이트'와 후계자 자리를 다투고 있었다.

압도적으로 불리한 상황에 있었던 클레오를 리암이 추대하면서 황태자 칼뱅은 도리어 열세에 내몰리기 시작했다. 칼뱅의 열세가 이어지자 수많던 귀족 지지자들도 하나둘 떠나서 이제는 친밀한 자들만이 남았다.

제국 내 영향력도 약해져서, 이제는 클레오가 차기 황제로 유력하다는 소문이 도는 지경이었다.

결과적으로 리암의 등장으로 칼뱅은 황태자 지위가 위태로워진 것이다.

하지만 칼뱅에겐 아직 비책이 남아있었다.

회의실.

앉아있는 귀족들 앞에서 칼뱅은 여유로운 웃음을 지었다.

"파벌은 커질수록 통제하기 어려운 법이지."

일찍이 최대 파벌이었던 칼뱅은 그걸 잘 알고 있다. 칼뱅도 파벌 내 어리석은 귀족들이 발목을 여러 번 붙잡히곤 했다.

파벌이 커지면 그만큼 문제도 많아진다.

유리한 쪽에 붙기 좋아하는 어리석은 귀족들은 이제 클레오 파벌에 모여들고 있었다.

아니, 그렇게 모이도록 한 게 바로 칼뱅이었다.

이 자리에 모인 귀족들도 칼뱅이 말하고자 하는 바를 잘 알고 있었다.

"리암이 파벌을 한데 모을 수 있을 것 같진 않습니다."

"우리도 애먹던 일이니까요."

"멋대로 움직여 발목을 잡는 바보들이었지."

어리석은 귀족들은 계속 리암의 발목을 잡아대며 파벌 통합을 방해할 것이다. 오래도록 거대 파벌을 유지했던 칼뱅 일파는 그걸 쉽게 상상할 수 있었다.

"우리가 움직이는 건 리암 군의 발이 묶였을 때다. 그때까지는 힘을 비축해둔다."

그때를 위해 지금은 기다려야 할 때다.

칼뱅은 때를 기다리며 조용히 지켜보기로 하였다.

광대한 번필드가의 저택.

거대한 건축물답게 천장이 매우 높고 복도도 굉장히 넓었다.

건물이 너무나도 광대한 탓에 이동은 탈것을 이용하는 게 보통이었다. 저택 안에 버스나 전철이 다닐 정도였다.

그런 저택 안에 있는 전철역.

한 기사 무리가 열차에 올라타고 있었다. 집단을 이끄는 사람은 찰랑찰랑한 금발의 아름다운 여기사였다. '크리스티아나 레타 로즈블레이어'. 지금은 크리스티아나 세라 로즈블레이어라는 이름을 가지고 있다. 온화한 분위기를 지닌 차분한 여기사이며, 얼마 전까지는 번필드가의 필두기사였다.

"이 전철을 타는 것도 오랜만이네."

티아의 심복인 파란 머리 부관이 대답했다.

"보통은 다른 수단을 준비하니까요. 티아 님께서 굳이 전철을 타실 필요는 없었습니다만."

"가끔은 괜찮잖아. 목적지도 역이랑 가깝고."

데리고 있는 부하들은 여섯 명.

티아 일행은 전철 안의 빈자리를 찾아 앉으려고 했는데, 먼저 앉아있던 집단을 발견하자 분위기가 확 변했다. 온화한 분위기는 순식간에 사라지고 위태로운 분위기가 전철 안을 지배했다.

티아 일행의 시선 끝에 있는 것은 거친 집단이었다.

"품위 없는 녀석들과 맞닥뜨리다니, 오늘은 어쩜 이렇게 운이 없을까."

그러자 거친 집단의 중앙에서 다리를 꼬고 앉아있던 인물이 고개를 들었다.

긴 보라색 머리칼과 눈동자. 티아를 쏘아 죽일 듯이 째려보는 눈빛. '마리 세라 마리안'이었다.

얼마 전까지 번필드가의 차석기사로 이름을 날린 여걸이지만, 티아와의 관계는 최악이었다.

"여기서까지 저 얼굴을 보다니, 이것 참 불쾌하네. 전철을 타는 게 아니었는데."

두 사람 사이에 긴장감이 감돌았다.

당장이라도 서로를 죽일 듯이 싸울 것 같은 분위기였다. 이상한 낌새를 느낀 승객들은 다른 차량으로 도망쳤다.

그러자 자리에서 누군가가 슥 일어나 두 사람에게 다가왔다. 그녀는 양 어깨를 드러낸 메이드복을 입고 있었다. 양 어깨에 있는 각인은 사람이 아닌 자, 안드로이드임을 나타내는 각인이었다. 번필드가의 영지에서 운용하는 양산형 메이드 로봇이다.

그녀가 일어선 순간, 티아와 마리의 살기가 흩어졌다. 여기서 싸우면 메이드 로봇이 말려들 우려가 있었다.

마리가 머리를 긁적이면서 혀를 찼다.

"칫, 목숨 부지했구나. 다진고기년."

티아는 마리의 말을 듣고 눈을 크게 뜨고 내려다봤다.

"목숨 부지한 건 너야. 안 어울리는 말투로 말하는 화석 씨."

크리스티아나는 망토를 휘날리며 마리에게 등을 돌리고는 부하들을 데리고 다른 차량으로 이동했다.

위태로운 분위기에서 해방되자 그는 한숨을 내쉬었다.

싸움을 말리려고 했는데, 옆에 앉아있던 메이드 로봇이 선수를 쳤다.

메이드 로봇이 앉자, '클라우스 세라 몬트'가 거북한 듯이 말을 걸었다.

"미안해. 원래는 내가 해야 하는 일인데…….."

알그란드 제국에서 안드로이드는 지위가 높지 않다. 오히려 인공지능을 탑재한 안드로이드는 기피할 존재로 보는 풍조가 있다.

하지만 번필드가에서는 메이드 로봇을 인간으로 취급하는 것이 암묵적인 룰이었다.

물론 모든 사람이 이 룰에 만족하는 건 아니었지만, 리암에게 거스를 수는 없기에 메이드 로봇을 피해 다니며 엮이지 않으려 하는 게 고작이었다.

한편, 클라우스는 주인의 결정이라면 인류에 반하지 않는 한 따르는 사람이었다.

클라우스의 말을 들은 메이드 로봇은 빨간 눈동자로 클라우스를 바라보면서 말했다.

"클라우스 공이 나서면 도리어 싸움에 휘말릴 가능성이 큽니다. 제가 나서는 게 가장 효율적인 판단이었습니다."

"하하하. 휘말리다니, 설마 그렇게까지…….."

메이드 로봇은 무표정하게 말했다.

"클라우스 공을 제거하면 필두기사의 자리를 되찾을 수 있다고 생각할 수도 있습니다. 오히려 밤길을 조심하는 편이 좋지 않을 지요."

"어……?"

클라우스가 충격에 입을 다물자 메이드 로봇이 고개를 갸웃했다.

"농담이었습니다만, 아무래도 통하지 않은 모양이군요. 역시 저희에겐 어려운 일인 것 같습니다."

메이드 로봇은 볼에 손을 대고서 아쉽다는 듯 이야기했다.

하지만 클라우스는 지금 농담을 받을 처지가 아니었다. 메이드 로봇이 농담하는 것도 놀라웠지만, 가장 충격적인 건 그 둘이 상대라면 진짜 저지를 수도 있겠다는 생각이 슬쩍 들었기 때문이다.

갑자기 불안감이 클라우스의 위장을 압박했다.

(앞으로는 밤길 조심하자…….)

오늘 할 일을 처리한 나는 조금 쉬기 위해 휴게실에 와있었다.

잠시 휴식 시간을 보내기만 하는 방이지만 쓸데없이 호화로웠다. 집기는 전부 고급이며 오락을 위한 설비도 있다.

종일 질리지 않고 편히 쉴 수 있는 방으로 설계했는데, 정작 나는 쓸 기회가 적었다.

평소에는 일하느라 바쁘고, 잠시 쉬는 건 집무실에서도 충분했다.

일이 끝나면 일섬류 단련도 해야 하고, 이것저것 하는 사이에 잘 시간이 찾아온다.

일부러 만들었는데 쓰지 않는 방이 되고 말았다.

휴게실에 굳이 걸음을 옮긴 것도 방치하기에는 아깝다는 생각 때문이었다. 전생에서부터 몸에 밴 가난뱅이 근성인 걸까?

그렇게 생각하니 굳이 여기 온 게 바보 같아졌다. 하지만 쓰지 않는 것도 기분이 안 좋다.

세계수 문제도 해결됐으니 오늘은 편히 쉬어도 괜찮을 것이다.

모처럼 온 휴게실이라 난 일부러 편안한 차림으로 갈아입었다. 갈아입었다고 해도 의상을 바꿨을 뿐이지만. 성간 국가의 기술은 정말 편리하다.

난 소파에 누워 벽에 박힌 모니터로 영내의 방송과 스트리밍 영상을 보았다.

내용은 아무래도 상관없다. 중요한 것은 베개의 감촉이다.

"이러고 있으면 안 좋은 일을 전부 잊을 수 있을 것 같아."

감촉에 치유받고 있으니 바로 위에서 아마기의 목소리가 들렸다.

"참 곤란하네요. 저한테 무릎베개를 시키는 것보다 일반적인 베개를 사용하시는 편이 더 좋은 휴식을 취할 수 있어요."

내가 머리를 얹고 있는 곳은 아마기의 무릎 위 다시 말해서 무릎베개다.

편안함에 눈꺼풀이 무거워졌지만, 아마기와의 즐거운 대화를 계속했다.

"어떤 베개도 아마기의 무릎베개는 이기지 못해."

"제 무릎베개로는 주인님께 충분한 휴식을 제공할 수 없습니다.

데이터로 결과가 나와 있어요."

인공지능을 탑재한 아마기다운 대답이다.

하지만 나한테는 아마기의 무릎베개가 더 편하고 안심이 됐다.

"데이터로 나오지 않는 결과도 있어."

"정신적인 요소인가요?"

"글쎄다."

눈을 감으니 아마기가 내 머리를 부드럽게 쓰다듬어줬다.

그대로 정신을 놓아버린 나는 기분 좋게 잠들었는데 그다지 오래 가지 못했다.

"윽!"

눈을 뜨니 아마기의 큰 가슴이 시야 대부분을 가리고 있었다.

"주인님, 심박수가 상승하고 있습니다. 나쁜 꿈을 꾸셨나요?"

아마기는 걱정했고, 나는 상반신을 일으켜 양손으로 얼굴을 감쌌다.

"음, 최악의 꿈을 꿨어."

하필이면 전생의 꿈을 꿀 줄은 몰랐다.

가끔 나는 괴로웠던 전생의 꿈을 꾼다. 전처와 아이에게 버림받은 기억이었다.

내 등에 손을 올린 아마기가 방으로 돌아가자고 재촉했다.

"오늘은 이대로 쉬어주십시오."

"그게 좋겠지."

아직도 전생의 기억에 시달리는 자신이 한심하다.

약간 짜증이 나 있는데 아마기가 문이 있는 쪽을 봤다.

"주인님, 로제타 님과 브라이언 공이 입실 허가를 요청하고 있습니다."

"둘 다 이런 시간에 무슨 일이지?"

"불명합니다. 긴급한 용건은 아닌 것 같습니다."

급한 일은 아닌 것 같지만, 지금 무시하면 나중에 '브라이언'이 시끄럽게 군다.

난 한숨을 쉬고 두 사람의 입실을 허가했다.

"들어오라고 해."

"네."

아마기가 대답하자 휴게실의 문이 자동으로 열렸다.

먼저 들어온 사람은 독특한 롤 헤어스타일을 한 약혼자, '로제타 세레 클라우디아'였다.

나를 찾자 큰 가슴을 살짝 흔들면서 기쁜 듯이 빠르게 걸어서 다가왔다.

"달링, 휴식 중에 미안해."

기뻐 보이는 로제타의 대각선 뒤에는 우리를 흐뭇하게 바라보고 있는 집사 브라이언이 있었다.

난 둘을 보면서 쌀쌀맞은 태도로 용건을 물었다.

"무슨 일인데?"

"미, 미안해. 저기, 그러니까……."

내 태도에 로제타가 약간 위축돼버렸는데, 그걸 보고 브라이언

이 참을 수 없었는지 입을 열었다.

"리암 님, 로제타 님께 그런 태도는 바람직하지 않습니다."

내가 네 태도가 바람직하지 않다, 라고 말하면 또 시끄러워질 테니 한숨을 쉬고 다시 용건을 물었다.

"그래서, 용건은?"

위축된 로제타 대신 브라이언이 나에게 용건을 이야기하기 시작했다.

"영내에 세계수가 탄생했다는 것은 그야말로 경사입니다. 이를 계기로 삼아 리암 님과 로제타 님의 사이가 좀 더 돈독해졌으면 좋겠다고 생각합니다."

브라이언의 용건을 듣고 난 머리가 아파졌다.

"고작 나무 하나 찾은 걸로 시끄럽게 굴지 말라고."

내 언동을 보고 세계수를 가볍게 여긴다고 생각했는지 브라이언은 눈을 크게 뜨고 항의했다.

"고작이라니, 무슨 말씀이십니까! 세계수가 영내에 탄생한 것은 그야말로 기적입니다! 이 또한 리암 님의 평소의 행실이 좋았기 때문에 일어난 일!"

무슨 말을 해도 시끄러우니 포기하고 고개를 끄덕여줬다.

"알았어. 그래. 세계수는 굉장하구나~."

"이 브라이언의 이야기를 흘려듣고 계시는군요. 뭐, 괜찮습니다. 그보다 지금은 번필드가의 미래가 중요하니까요."

브라이언이 갑자기 번필드가의 미래를 이야기하기 시작했다.

나는 절로 표정이 찌푸려졌다. 그가 무슨 말을 하고 싶은 건지 짐작이 갔기 때문이다.

"당장 아이를 만들라는 말은 하지 마. 난 아직 수행 중인 몸이야."

내가 먼저 견제하니 브라이언이 안타깝다는 얼굴로 이야기를 계속했다.

"그렇게 말씀하실 줄 알았습니다. 하지만 오늘은 그 일로 찾아온 게 아닙니다. 로제타 님에게 영지 경영일을 주셨으면 해서 이렇게 부탁드리러 왔습니다."

로제타에게 영지 경영을 시키겠다고?

내가 눈을 휘둥그레 뜨고 로제타를 보니, 로제타가 허리를 꼿꼿이 펴고 긴장한 얼굴로 자신의 마음을 말했다.

"나, 나도 대학을 나오고 연수를 거쳤으니 돕는 정도는 할 수 있을 거야. 곁에서 달링을 돕고 싶어……."

마지막에는 마음이 약해졌는지 내 반응을 보면서 목소리를 줄였다.

내가 대꾸 없이 가만히 있자 브라이언이 보충 설명을 했다.

"로제타 님은 일을 수행하시기에 충분한 능력이 있습니다. 리암 님께서 허가만 해주시면 됩니다."

아마 로제타는 나에게 허가를 받기 전에 브라이언과도 상담했을 것이다. 주변 사람부터 공략하다니, 이 녀석도 책사다.

로제타가 기대가 담긴 시선으로 바라봤지만, 내 대답은 처음부터 정해져 있었다.

난 인간을 믿지 않는다.

아까 꾼 전처와 딸에게 버림받는 꿈이 떠올랐다. 당시의 나는 모든 걸 빼앗겼다.

"안 돼."

"어?"

로제타가 놀란 표정을 짓자 휴게실에 정적이 찾아왔다.

몇 초의 정적이 흐른 뒤에 브라이언이 입을 열었다.

"리암 님? 로제타 님은 충분한 능력이 있습니다. 돕는 정도는 맡기셔도 되지 않겠습니까?"

"나도 들었어. 그래도 안 된다고. 난 로제타가 영지 경영에 관여하게 할 생각은 없어."

로제타는 분한 듯이 고개를 숙이고 있었다.

보다 못한 아마기가 로제타를 두둔했다.

"주인님, 로제타 님은 장래의 공동 경영자입니다. 지금부터 업무에 적응해야 하지 않을까요?"

아마기까지 로제타의 편을 들었지만, 이번만큼은 인정할 수 없다.

인간은 가족이라 해도 쉽게 배신한다.

"그건 나 혼자서 해도 돼. 용건이 그것밖에 없으면 빨리 나가."

그렇게 말하자 로제타는 오열하면서 방에서 나갔다.

"주제넘은 말을 해서 죄송합니다."

로제타가 방에서 뛰쳐나가자, 로제타의 등을 바라보던 브라이언이 화가 난 얼굴로 나를 돌아봤다.

"말씀이 너무하지 않습니까?"

아마기도 나를 나무라는 시선을 보냈다.

나는 아마기의 시선을 외면했다.

둘이 무슨 말을 하고 싶었는지 나도 안다. 말을 심하게 한 것도 부정하지 않겠다.

하지만, 하지만! 난 내 재산을 다른 사람에게 맡기는 것만은 할 수 없다.

전생의 전처에게 그런 꼴을 당했는데! 믿음의 대가는 위자료와 빚이었다.

그때, 난 두 번 다시 다른 사람을 믿지 않겠다고 정했다.

"난 사람을 믿지 않아. 설령 가족이라도 배신하는 게 사람이니까."

무심코 흘러나온 내 속마음을 듣고 아마기와 브라이언이 놀란 표정이 되었다.

"그야 리암 님이 겪으신 일을 생각하면 어쩔 수 없을지도 모릅니다. 하지만 부모님의 경우와는 다르지 않겠습니까?"

아마기도 내 말을 듣고 착각했다.

"주인님, 로제타 님을 조금만 더 믿어주십시오. 조금이라도 좋습니다. 그렇게 한 걸음씩 나아가야 합니다."

둘 다 뭔가 착각했는지 이상한 말을 했다.

내가 말한 '가족'을 이번 생의 부모에 관한 일이라고 착각한 모양이었다.

　나는 전생의 가족…… 거짓된 가족을 이야기한 거였는데, 둘에게는 친부모에게 버림받은 이야기로 들렸을 것이다.

　근데 후자는 오히려 내게 좋은 일이었다. 덕분에 자유롭고 즐거운 생활이었으니까.

　난 고개를 갸웃했다.

　"아무래도 착각이 있는 모양이군. 내가 부모에게 버림받아 슬퍼할 사람으로 보이나?"

　내 말에 브라이언이 놀랐다.

　뭐, 부모에게 버림받은 것을 신경 쓰지 않는다는 아이가 있으면 복잡한 감정이 드는 것도 당연한 일일 것이다.

　"아, 아닙니까?! 그렇다면 왜 로제타 님을 인정해주시지 않는 겁니까?"

　"그냥 그런 기분이야."

　이런저런 설명을 하는 게 귀찮아진 나는 그런 기분이 들었다는 말로 넘어가려고 했다.

　하지만 이 판단이 좋지 않았다.

　아마기의 눈매가 날카롭게 변했다. 생각보다 크게 화가 났다.

　"기분이라 하셨습니까? 그런 이유로 용기를 내 주인님께 진언한 로제타 님의 마음을 짓밟으신 겁니까?"

　아마기의 매서운 추궁에 나는 횡설수설했다.

　"아니, 그건 말이 그렇다는 거지……. 그, 나쁜 꿈을 꾼 직후라

기분도 안 좋았고."

그러자 브라이언도 아마기를 거들었다.

"그런 이유로 로제타 님의 제안을 거절하시다니요! 리암 님답지 않습니다!"

"난 원래 기분에 따라서 판단하는 남자였어! 아무튼 나는——."

그러나 브라이언이 내 말을 잘랐다

"악덕 영주라는 말씀이죠? 그렇게 말씀하시면서 나쁜 사람인 척만 할 뿐, 리암 님은 나쁜 짓은 아무것도 안 하시지 않습니까. 오히려 백성을 위해 고심하는 명군으로서 훌륭하게 일하고 계십니다."

아마기도 동의한다고 고개를 끄덕였다.

"그, 그럴 리 없잖아! 난 마음만 먹으면 지금부터라도…… 그, 그래! 증세했잖아! 하렘도 만들고!"

일단 머리에 떠오른 악덕 영주다운 행동을 말하자 아마기가 나지막이 말했다.

"정작 로제타 님은 건드리지도 않으셨고, 후사도 없지만요."

아마기가 후사 이야기를 하자 브라이언도 참가했다.

"그렇습니다, 후사입니다! 리암 님, 대체 언제가 되어야 후사가 탄생하는 겁니까? 이 브라이언은 도무지 걱정이 멈추지를……."

하얀 손수건을 꺼내 눈물을 닦는 브라이언을 보고 내 얼굴이 빨개지는 것을 느꼈다.

나는 왜 브라이언한테 이런 말을 듣고 있는 거지?

내 형세가 불리하다고 생각했는지 브라이언이 틈을 놓치지 않고 다그쳤다.

"리암 님, 후계자 문제를 언제까지 미루실 생각입니까?"

"거참! 경솔하게 내 사생활에 참견하지 마!"

논리정연하게 반박할 수 없어서 기세로 넘어가려고 했지만, 이번에는 안 됐다.

"사생활이 아닙니다! 이는 가문의 중대사입니다!"

브라이언이 걱정하는 건 번필드가의 미래다. 하지만 나는 다음 세대가 어떻게 되든 알 바 아니다.

뭐가 후계자 문제냐. 난 아이가 싫다.

지금도 가끔 그 아이가 날 거절한 날이 떠오른다.

그때마다 아이 같은 건 필요 없다는 생각이 든다.

"경솔하게 내 하반신 사정에 상관하지 마. 난 내 마음대로 행동하기로 정했어."

이 이야기는 끝내고 싶은데, 오늘의 브라이언은 끈질겼다.

로제타를 대하는 내 태도에 대한 불만도 그 원인일 것이다.

"그렇다면 인공수정이라도 상관없습니다. 차라리 캡슐을 써서 후계자를 만드는 건 어떻습니까?"

캡슐 인공수정 후, 아이가 갓난아기가 될 때까지 키우는 장치다.

이걸 사용하면 여자의 부담이 크게 줄어든다. 파트너가 없어도 아이를 만들 수 있으니 말이다.

나도 이 방법으로 이 세상에 태어났다고 한다.

지금 생각해도 대단한 이야기네.

이 세계에서는 사랑이 없어도 아이를 만들 수 있는 데다가 부담도 적다. 귀족들은 후계자를 원해서 부담 없이 아이를 만드는 게 일반적이다.

실로 귀족다운 생각이라 구역질이 난다.

"난 캡슐이 싫어."

내 대답을 들은 브라이언은 어째 미안해하는 표정이 되었다. 내가 캡슐에서 태어난 것을 신경 쓰고 있다고 생각한 거겠지. 뭐, 전혀 신경 쓰지 않지만. 오해를 푸는 게 귀찮으니 아무 말도 하지 않았다.

그러자 브라이언이 자세를 바로 하고 냉정하게 이야기하기 시작했다.

"실례했습니다. 하지만 번필드가에서는 중요한 문제입니다. 가신단은 가문이 아니라 리암 님에게 충성을 맹세했습니다. 만에 하나라도 후사가 없는 상태로 리암 님이 목숨을 잃는 일이 생기면 번필드가가 어떻게 될지 상상도 안 됩니다."

현재 번필드가의 가신 대부분은 내 대에 보충되었다.

원래부터 번필드가를 섬기던 가신들은 전체의 1할에도 못 미칠 것이다.

그런 가신들이 내가 죽은 후에 어떻게 움직일까. 근데 나는 전혀 관심이 없다.

"내가 죽은 뒤의 일은 걱정하지 마. 나하고는 상관없어."

"또 그런 말씀을! 태도가 그러니 적어도 후계자를 만들어달라고 부탁하는 것입니다! 리암 님이 후계자를 지명해주시지 않으면, 일이 터진 뒤에는 늦습니다!"

"내가 죽는다고 말하고 싶은 거냐!"

"죽어도 이상하지 않은 일만 이어지고 있지 않습니까!"

나와 브라이언이 말다툼을 하고 있으니, 이번에는 아마기가 참전했다.

"브라이언 공의 걱정은 지당합니다. 주인님, 후계자 문제와 비상시에 대한 대비는 필요합니다."

아마기한테까지 이런 말을 들으면 나도 약해진다.

난 아마기를 설득하기 위해 브라이언에게 하는 것보다 더 친절하게 설명했다.

"잘 들어, 아마기. 난 아직 100살도 안 됐어. 후계자를 지명하기에는 너무 이르잖아?"

전생의 감각으로 100살이라 하면 장수한 것처럼 들리지만, 이 세계에서는 20살도 안 된 꼬맹이 취급을 받는다.

성인은 됐지만 훌륭한 사회인으로 인정받지 못한다는 뜻이다.

전생의 감각으로 설명하자면, 19살 정도의 젊은이가 자신의 후계자를 지명한다는 정말 이상한 이야기다.

브라이언은 그런 내 인식을 정정하려 했다.

"귀족은 언제 목숨을 잃어도 이상하지 않습니다. 그러니 지금부터 준비해두는 겁니다."

아마기와 브라이언이 집요하게 따지고 드니 나는 될 대로 되라는 생각이 되었다.

"아~ 알겠습니다. 언젠가는 지명할게."

그런 나의 태도에 브라이언이 짜증을 냈다.

"지명하시기 전에 후계자가 없다는 건 말이 안 됩니다! 리암 님의 친자가 아니면 가신단이 납득하지 않을 겁니다!"

티아와 마리를 비롯한 내 가신단은 나에게 충성을 맹세했다. 번필드가가 아니라.

만약 내가 없어져 친척이 이 지위에 앉는다면, 그 녀석들은 그걸 인정하지 않을 것이다. 내 친자인 것이 녀석들이 인정하는 최소한의 조건일 것이다.

하지만 난 그리 쉽게 죽지 않는다. 안내인이라는 행운의 여신…… 여신? 아니지. 뭐, 행운의 존재가 날 지켜보고 있다.

어떤 위기도 극복해왔고, 앞으로도 극복할 것이다. 애초에 지금까지 위기다운 위기는 한 번도 없었다.

내 인생에 방해가 있을 리가 없다. 지금까지 전부 문제없이 돌파해왔으니 아무런 걱정 없다.

"내 방식에 참견하지 마. 그건 그렇고, 전에 아이를 만들라는 데모를 한 멍청이들이 있었지? 그 녀석들한테 벌을 줘야겠어."

얼마 전, 아니, 지금도 영내에서는 데모가 이어지고 있다.

그때 민주화 운동도 일어났지만, 그건 사소한 문제다. 진짜 문제는 '아이 만들기 데모'다.

이 데모 때문에 내가 사문회에서 웃음거리가 되었다.

이 굴욕은 반드시 갚는다.

벌을 준다는 말에 아마기가 고개를 갸웃거렸다. 이런 때에도 아마기의 행동에 귀여움을 느낀다.

"주인님, 데모 문제도 후계자가 탄생하면 해결될 일 아닌가요?"

"나한테 거역한 벌이야! 백성 주제에 나를 거스르다니, 큰 죄잖아!"

브라이언은 나에게 얼굴을 가까이 댔다.

"리암 님!"

"뭐, 뭐야?!"

"이참에 확실하게 말씀드리겠습니다. 대체 언제까지 로제타 님께 손대지 않으실 생각이십니까!"

로제타는 한때 강철 같은 마음을 가진 강한 여자였다. 그게 진짜 내 취향이었는데, 약혼하자마자 나를 '달링'이라 부르는 쉬운 여자로 전락해버렸다.

내가 원한 건 저런 여자가 아니다. 진심으로 날 미워하고 저항하는 정신력이 강한 여자다.

쉬운 여자는 건드려도 재미없다.

"그건 내 마음이야."

"로제타 님은 각오가 되어 있는데 리암 님이 도망을 다니니 문제가 복잡해지는 겁니다. 수도성에 돌아가시기 전에 어떻게든 후계자를!"

"내가 겁쟁이라는 듯이 말하지 마!"

나는 분개해서 브라이언을 가볍게 밀쳐 거리를 만들었다.

내가 겁쟁이라고? 마치 내가 로제타를 두려워하고 있는 것 같잖아.

"내가 언제 누구를 건들지는 내가 정해! 로제타는 널려있는 여자 중 한 명에 불과하다고."

그렇다, 난 장래에 하렘을 만들 남자다.

하렘! 얼마나 악덕 영주다운 울림인가.

난 미녀를 옆에 끼고 술을 마시고 못된 짓을 하는 악덕 영주가 될 거다!

그런 내 결의를 듣고 브라이언이 자세를 바로 했다.

"리암 님, 몇 번이나 말씀드립니다만, 아직도 0명입니다."

"어?"

"현재 리암 님의 하렘은 0명입니다. 하렘을 만든다고 하신 지 반세기 이상이 지났는데, 성과는 제로! 이 브라이언, 리암 님이 정말로 하렘을 만드실 의지가 있는지 심히 의문스럽습니다."

"제로라니?! 아마기도 있잖아! 그, 그리고 로제타도 있고."

아마기를 힐끔힐끔 보니, 고개를 젓고 있었다.

"몇 번이나 말씀드렸듯이, 저는 노 카운트입니다. 결과적으로 로제타 님 한 분만을 두셨으니 하렘이라 부를 수 없죠. 그리고 저번에는 로제타 님을 하렘에 더할 생각은 없다고 말씀하셨습니다만?"

로제타를 더해도 한 명.

그래도 한 명?

내가 전생하고 100년 가까이 지나려 하고 있는데, 아직도 하렘이 없다.

"나, 난, 그야말로 미녀를 일회용품처럼…… 그, 그렇지! 매일같이 미녀를 안고 버려주겠어! 지금부터 영지의 미녀를 고르러 갈 거야!"

둘의 기막혀하는 시선에서 도망치기 위해 영지의 미녀를 모으러 가려고 하자 브라이언이 눈을 휘둥그레 떴다.

"이럴 수가! 그럼 매일같이 다른 여성에게 손을 댄다는 말씀이십니까?!"

"다, 당연하지! 바로 모을 거다. 돈이라면 있어!"

단순 계산으로 1년에 365명.

한 번 안으면 버린다니, 이 얼마나 나쁜 사람인가.

그렇게 생각하고 있으니 아마기와 브라이언이 서로를 보며 고개를 끄덕이고 있었다.

"아직도 부족하지만 이로써 중요한 문제는 해결되겠군요."

"그렇군요. 현시점에서 측실 후보가 10만 명인 걸 고려하면 한참 모자라지만, 심사를 거듭해서 인원을 압축하는 수밖에요."

잠깐만? 지금 엄청난 숫자가 들린 것 같은데. 10만이라니 무슨 소리야?!

아까 전과는 달리 브라이언이 지금은 미소 짓고 있다.

"매일 한 명이라고 하면 3년에 1,000명을 남짓 정도. 부족한 느낌을 지울 수 없지만, 그래도 다행이군요!"

아마기도 말도 안 되는 브라이언의 의견에 찬성하는지 고개를 끄덕이고 있었다.

"그럼 조속히 1,000명을 선발하겠습니다."

"10만 명 중에서 겨우 1,000명이라. 그 정도 경쟁률이면 정예 중에서도 정예일 테니 리암 님도 분명 만족하시겠죠. 이 브라이언도 드디어 마음을 놓을 수 있겠습니다. 욕심을 부리자면 하루에 세 명 정도는 해주셨으면 합니다만.

"선발을 고지하면 희망자가 쇄도할 겁니다. 실제로는 수억 명 중에서 선발해야 할 겁니다."

이런…….

난 행성을 몇 개나 지배하는 백작이며, 쉽게 말하자면 억 단위 백성의 왕이다.

이 둘이 진짜 사람을 모으려고 하면 이 정도 숫자는 어렵지 않다. 아니, 오히려 고작 이만큼만 모으는 건가 하는 분위기였다.

브라이언이 이마를 닦았다.

"행성 하나를 미녀로 채우겠다고 하시면 어쩌나 고민했던 게 바보 같군요."

아마기도 비상식적인 이야기를 했다.

"기록에 따르면 10억 명의 측실을 둔 귀족도 있었습니다. 행성 하나가 후궁이 되었다고 합니다."

그 이야기를 듣고 브라이언이 웃었다.

"리암 님도 그 정도로 여자에게 관심을 가져주셨으면 하는군요."

"네, 정말이지 동감입니다."

이야기를 나누는 둘의 모습을 본 나는 실수했다는 걸 깨달았다.

아니, 처음부터 성간 국가의 규모 감각을 파악하지 못했다.

식은땀이 났고, 이 세계를 얕본 것을 후회했다.

"지, 지금 이야기는 취소다!"

그래서 신나게 이야기하는 둘에게 쥐어짠 목소리로 말했다.

"네?!"

브라이언이 얼굴이 경악으로 물들었다.

하지만 안 된다. 난 내 하렘에 미학이 있다. 그걸 양보할 생각은 전혀 없다!

"내 하렘은 내가 엄선한 미녀만을 모으겠다고 정했어. 그래, 지금 생각이 났어. 그러니 지금 이야기는 취소!"

하렘 이야기가 없던 것이 되자 브라이언에 나에게 항의했다.

"매번 그렇게 말씀하면서 지금까지 누구에게도 손을 안 대지 않으셨습니까!"

"시, 시끄러워! 아무튼 난 스스로 하렘을 만들 거야!"

"그러니까 지금까지 그 성과가 전혀 없……리암 님?!"

이 자리에서 어떻게든 도망칠 생각을 하고 있으니 내 바로 아래에 마법진이 나타났다.

교육 캡슐을 통해 얻은 지식으로 이게 소환 계열 마법이라는 걸 바로 간파했다.

"소환 마법이 왜 이 방에?"

이런 마법에 대한 대책은 해뒀을 텐데, 난 마법진에 천천히 빨려 들어갔다.

브라이언이 나에게 달려왔지만 늦었다.

"리암 님!"

그리고 아마기도 나에게 손을 뻗었다.

"주인님, 손을!"

아마기가 필사적으로 뻗은 손을 쥐려고 나도 손을 뻗었지만……닿지 않았다.

난 그대로 소환 마법에 빨려 들어가고 말았다.

풍경이 변하기 직전 놀란 브라이언의 얼굴과 절망에 젖은 아마기의 표정이 눈에 들어왔다.

아마기에게는 미안했지만, 나는 별로 놀라지 않았다.

됐다! 이 상황에서 벗어났다! 하는 생각이 들었을 뿐이었다.

리암의 영토에서 머나먼 어느 별.

이 행성에는 멸망해가는 한 나라가 있었다.

알 왕국. 한때 대륙의 패자로 이름을 떨쳤지만, 지금은 궁지에 몰려 있었다.

현 국왕은 약관 17세라는 젊은 나이에 왕위를 물려받은 여왕 '에노라 프라우 프라우로'였다.

아직 앳된 얼굴의 아름다운 여성이며, 파란 머리카락을 어깨에 닿는 길이로 가지런히 잘랐다. 길게 기르던 머리를 즉위할 때 각오와 함께 잘라버린 흔적이다.

부모님의 품에서 소중하게 자란 공주였지만, 양친이 쓰러지고 오빠들이 전쟁으로 목숨을 잃으면서 그녀가 즉위할 수밖에 없게 되었다.

가장 왕위에서 가장 멀었던 에노라가 여왕으로 즉위해야 하는 상황이 올 만큼 알 왕국은 어려운 상황에 빠져있었다.

모든 비극의 시작은 마왕의 탄생에서 비롯되었다.

마왕은 마물 군대를 이끌고 나타나, 마왕군을 자칭하며 차례차례 인간의 나라를 멸망시켰다.

대륙의 패자였던 알 왕국은 과감하게 맞섰지만, 패배를 거듭할 뿐이었다. 그리고 이제는 멸망이 눈앞에 닥쳐있었다.

에노라는 왕권을 상징하는 지팡이를 들고 왕좌에 앉아있었다.

"대체 신은 우리에게 언제까지 혹독한 시련을 강요하실 생각일까요."

에노라가 중얼거린 말이 적적해진 알현실에 울렸다.

대답은 없었다. 대신들은 고개를 숙이거나 얼굴을 돌릴 뿐이었다.

알현실에는 늙은 신하와 어린 신참 기사들밖에 없었다.

싸울 수 있는 자들이 모두 전장에 나갔기 때문이다. 이제는 미성년인 15세 미만의 아이들조차 기사로 써야 하는 상황이었다. 이들이 알 왕국이 얼마나 막다른 곳에 몰렸는지를 보여주었다.

모두가 끝이 가깝다는 걸 알았지만, 굳이 입에 담지 않았다.

(어떻게든 해야 해……!)

에노라가 손에 든 지팡이를 양손으로 꽉 쥐자 알현실에 전령이 뛰어 들어왔다.

급박한 상황이 지속되자 예의는 진작에 유명무실한 것이 되어, 전령은 인사도 하지 않고 사실만을 전했다.

"전령! 마왕군이 왕도로 진군을 시작했습니다!"

전령의 보고에 알현실에 모인 사람들이 동요하여 에노라에게 시선을 보냈다.

압박감과 공포에 짓눌려버릴 것만 같았지만 에노라는 표정을 굳히고 담담하게 굴었다.

(내가 꺾이면 안 돼. 아버님도 그렇게 말씀하셨잖아.)

하지만 아무리 허세를 부려도 마땅한 수단이 없었다. 병력은 거의 남아있지 않았고, 의지할 장군이나 실력자도 없다. 고작해야 은퇴한 장군이나 기사, 그리고 병사로 쓸 젊은이들을 그러모으는 정도.

모든 것이 너무 절망적이다.

늙은 대신이 에노라에게 진언했다.

"폐하, 이제 유예가 없습니다. 부디 결단을 내려주십시오."

대신이 머리 숙여 말했다. 결국 에노라가 마지막 각오를 다지고 깊이 고개를 끄덕였다.

"──지금부터 용사 소환을 하겠습니다."

에노라의 결단에 알현실이 술렁였다. 절망감이 감돌던 알현실에 작은 희망이 술렁였다.

용사 소환은 알 왕국의 역사로 전해진 금술이다. 마왕을 무찌르기 위해 이세계에서 용사를 부르는 것이다.

하지만 한번 소환한 용사는 돌려보낼 방법이 없다. 즉, 마왕을 쓰러트릴 만큼 강력한 존재를 나라 안에 풀어놓는 꼴이 되는 것이다. 용사의 힘 앞에 왕권은 무력할 것이고, 용사에게는 누구도 거역할 수 없을 것이다.

애초에 소환 마법은 나라의 운명을 이세계 사람에게 맡기는 무책임한 행위. 즉 주인으로서 싸우기를 포기하는 것이나 마찬가지다. 왕가의 존재의의가 흔들리는 선택이다.

하지만 이제 에노라와 신하들에게는 다른 방법이 남아있지 않았다.

에노라는 바로 움직이도록 가신들에게 명령을 내렸다.

"한시의 유예도 없습니다. 용사 소환을 시작합니다!"

에노라가 일어서서 선언하자 가신들이 '네!' 하고 대답했다.

에노라는 소환 의식을 거행하는 방으로 향했다.

(신이시여, 부디 왕국을 구할 마음씨 착한 용사님과 인연이 닿기를…….)

왕성 지하.

어둑한 방에서 횃불에 의지해 소환술 마법사들이 의식을 준비하고 있었다.

너덜너덜한 로브를 입은 노인 한 명과 제자 셋.

노인 '시타산'이 후드를 벗고 주름이 자글자글한 얼굴로 도착한 에노라를 맞이했다.

"소환의 방에 어서 오십시오! 여왕 폐하가 오시길 기다리고 있었습니다. 헤헤헷."

비열하게 알랑거리는 웃음소리에 에노라는 미간을 찌푸렸다.

그녀는 이 노인이 거북했다. 부스스한 머리카락과 군데군데 빠진 치아, 쉰 목소리가 불쾌할 수도 있지만, 근본적인 문제는 이 노인의 성품이었다.

하지만 달리 수단이 없는 그녀는 어쩔 수 없이 웃음을 짓고 손을 내밀었다.

"시타산, 당신의 소환술에 기댈 때가 왔습니다. 부디 마왕을 이길 용사님을 이 세계로 인도해 주세요."

무릎을 꿇은 시타산이 에노라의 손을 양손으로 쥐고 입을 맞췄다.

그때 에노라의 손등을 혀로 추잡하게 핥았다.

"맡겨주십시오. 저희가 대대로 이어받아 온 역사 깊은 소환술로 최강의 용사를 소환하겠습니다! 하지만, 그 전에……."

시타산이 얼굴을 들었는데, 그의 얼굴은 욕망으로 가득했다.

에노라는 어색한 미소를 유지하면서 포상을 약속했다.

"예, 마왕 토벌에 성공하면 시타산에게 큰 상을 내리겠습니다."

언질을 받은 시타산은 상스러운 웃음소리를 냈다.

"헤헤헷! 여왕 폐하, 그 약속을 잊지 않길 바랍니다."

"……물론입니다."

(저열하구나…….)

시타산은 용사 소환 금술만을 알 뿐, 평소에는 전혀 도움이 안 되는 마법사였다. 그런데도 궁정 마법사라는 지위를 이용해 거만하게 굴었다.

그는 마왕군이 왔을 때도 전장에 나서려고 하지 않았다. 용사를 소환할 귀중한 인재를 허투루 잃을 수 없다는 주장이었다.

결과적으로 이렇게 되었으니 틀린 주장은 아니었지만, 에노라는 도무지 납득할 수 없었다.

그들은 '대체 불가성'을 방패 삼아 왕성에서 멋대로 행동했다. 평소 멸시받던 걸 보상받듯, 마왕과의 전쟁으로 상황이 나빠질수록 행동이 대범해졌다.

시타산이 제자들에게 명령을 내렸다.

"여왕 폐하께서 상을 약속하셨다! 자, 빨리 용사를 소환하자!"

제자들이 분주하게 자기 자리로 가서 제단 위에 준비된 마법진을 둘러쌌다.

원을 그리고 고리 바깥쪽에 고대문자로 주문을 적었다.

마법진이 어슴푸레하게 빛나기 시작하자 에노라는 양손으로 지팡이를 꼭 쥐었다.

이윽고 마법진이 강한 빛을 발해 이들의 시야를 가렸다.

빛이 잦아들었을 때…… 마법진 중앙에 한 여자가 서 있었다.

카나미가 다시 눈을 떴을 때, 눈에 들어 온 건 기억에 없는 풍경이었다.

카나미의 시선은 갈 곳을 모르고 방황하다 이윽고 호화로운 드레스를 입고 지팡이를 들고, 왕관을 쓴 젊은 여자와 눈이 마주쳤다. 그 여자의 주위로 갑옷을 입은 젊은 기사들이 늘어서 있었다.

카나미는 갑작스러운 변화로 혼란에 빠졌다.

"이게 무슨……?!"

(난 공원에 있었는데……?! 여긴 어디야?!)

당황해서 두리번거리고 있으니 왕관을 쓴 여자가 다가와 공손하게 무릎을 꿇고 머리를 숙였다.

어찌 대응해야 할지 몰라 엉거주춤하고 있으니, 상대가 초조한 얼굴로 상황을 설명했다.

"처음 뵙겠습니다, 용사님. 저는 에노라 프라우 프라우로. 이곳 알 왕국의 여왕입니다."

"요, 용사라니……? 아니, 그보다 어디라고요?"

에노라의 촉촉한 눈동자와 시선이 마주치자 카나미는 동성인데도 가슴이 두근거렸다. 카나미는 이렇게 예쁜 사람을 지금껏 본 적이 없었다.

"이세계의 용사님, 부디 저희의 무례를 용서해주십시오. 저희는 당신의 힘이 꼭 필요합니다."

"이세계……?"

대체 이게 무슨 말이지?

카나미는 그제야 자신이 이상한 제단 위에 있는 걸 깨달았다.

주위에는 로브를 두른 마법사……처럼 보이는 노인과 젊은이들이 있었다.

젊은 마법사들이 소리 높여 기뻐했다.

"성공이다! 성공했다고!"

"대마법사 시타산 님의 용사 소환이 성공했다!"

"우하하, 이로써 우리의 영달은 우리 뜻대로!"

유독 추레해 보이는 마법사 노인이 거만하게 소리쳤다.

"이 순간, 난 왕국의 역사에 이름을 새겼다! 얘들아, 내 위업을 후세까지 전해라."

노인과 젊은 마법사들이 기뻐서 소리칠수록 에노라와 기사들의 표정이 굳다 못해 험악해졌다.

에노라가 시끄럽게 구는 시타산에게 강한 어조로 주의를 줬다.

"시타산, 조용히 하세요. 그대가 용사님의 심기를 어지럽히고 있습니다."

그러나 시타산은 태도를 고치기는커녕 항의했다.

"무슨 말씀이십니까, 여왕 폐하! 그 용사님을 소환한 게 저희가 아닙니까! 저희는 이 나라를 구한——!"

시타산은 하고 싶은 말을 주절주절 늘어놓았다.

카나미는 더욱 혼란스러웠다.

(진짜, 이게 무슨 상황인데! 여긴 어디고, 왜 자기들끼리 싸우고 있는 거야?)

그 순간, 마법진의 중앙에서 이상한 기운이 느껴졌다.

이내 곧 방전 현상과 함께 빠직빠직 하는 강렬한 소리가 들렸다.

"이번엔 또 무슨……!"

카나미가 겁에 질려 물러서자 마법진에서 또 다른 사람이 나타났다.

검은 머리카락에 보라색 눈동자를 가진 또래의 청년이었다.

(이 사람은 또 뭐지? 이 사람도 소환된 걸까?)

청년은 이상한 분위기를 띠고 있었다. 마법진에서 나타났는데도, 놀라기는커녕 불쾌하다는 듯이 주위를 힐끗 둘러봤다.

이 자리에 있던 사람들도 뜻밖이었는지 당혹감을 감추지 못했다.

"시, 시타산! 이게 어떻게 된 일입니까?! 용사님이 두 사람이 되었잖아요?!"

그러나 시타산도 쩔쩔맬 뿐이었다.

"이, 이런 일은 기록에 없는데……? 대체 어떻게 된 건지 저도 잘…….."

카나미는 분위기를 보아 뭔가 한층 더 잘못됐다는 걸 느꼈다.

도리어 냉정해진 카나미는 청년의 모습을 살펴보았다.

(옷가지가 전부 비싼 것 같은데…….)

하얀 셔츠와 검은 바지, 가죽 구두. 간단한 차림이었지만 싸구려가 아니라는 건 알 것 같았다.

왼 손목에 있는 금색 팔찌만 해도 이미 보통이 아니었다. 부자인 게 확실했다.

(나랑은 딴판이네…….)

그런데 이상하게도 생면부지의 타인인데, 카나미는 그가 그다지 낯설게 느껴지지 않았다.

청년은 주변인이 뭐라 떠드는지 관심도 없는지, 마법진을 슥 보고는 몸을 웅크리고 앉아 트집을 잡기 시작했다.

"조잡하게 짝이 없군. 고작 이딴 마법진에 소환당한 건가? 한심해서 한숨이 절로 나오는군."

시타산은 청년에게 무시당했다는 걸 깨닫고는 얼굴을 붉혔다.

"무, 무무무, 무슨 당치도 않은 소리냐! 이 마법진은 300년도 더 전에 위대한 선조님이 만든 용사 소환 마법진이다! 이 세상에 둘도 없는 위대한 소환술이란 말이다!"

카나미는 무슨 말인지 전혀 알아들을 수 없었지만, 청년은 가소롭다는 듯이 코웃음 쳤다.

"결국 300년이나 된 고물을 아직도 쓴다는 거잖아? 진보가 없는 놈들이군."

똑같이 갑자기 소환당한 처지일 텐데, 청년은 주눅이 드는 낌새조차 없었다. 카나미와 달리 소환술의 존재도 아는 듯했다.

"뭐, 다짜고짜 예속 마법을 쓰지 않은 갸륵함을 봐서 자비를 베풀어 주지. 사연만은 들어줄 테니 떠들어봐라."

청년의 시선은 에노라를 향하고 있었다. 에노라가 최상급자인 걸 알아본 모양이었다.

주변에 있던 기사들이 청년의 무례한 말투에 화를 냈다.

"여왕 폐하께 이 무슨 무례한!"

어린 기사가 칼자루에 손을 뻗으려 하자 청년의 눈빛이 날카로워졌다. 하지만 에노라가 곧바로 기사들을 말렸다.

"그만하세요! 실례했습니다. 설마 용사님이 두 분이나 오실 줄은……. 부디 용서해주십시오."

에노라가 사과하자 청년은 어이없다는 듯 작게 한숨을 내쉬었다.

"심지어 나는 예정에 없던 소환이었냐. 대체 마법이 얼마나 서투른 거야…….

청년이 시타산을 흘겨보며 말했다.

시타산의 얼굴이 분노로 물들었지만, 에노라는 끼어들 틈을 주지 않았다.

"두 분을 소환한 데는 이유가 있습니다. 부디 이 나라를 구해주십시오."

에노라가 무릎을 꿇고 진지하게 부탁했다.

카나미는 그녀의 헌신적인 자세에 약간 감동했지만, 청년의 반응은 전혀 달랐다.

"남더러 자기 나라를 구해달라고? 아하하, 너희들 제정신이냐?"

주위 사람들이 아연실색하는 가운데, 청년은 한참을 배를 붙잡고 웃고 나서야 입을 열었다.

"그래, 이 리암 세라 번필드에게 의지하겠다는 거지? 다른 사람도 아니고 이 나에게?"

그 순간 청년에게서 이상한 기운이 뿜어져 나오는 게 느껴졌다. 카나미의 몸이 멋대로 떨렸다.

(어, 이거 왜 이러지……?)

그러나 다른 이들은 다른 이유로 소란스러워지고 있었다. 리암의 미들 네임이 문제였다.

에노라가 조심스럽게 물었다.

"혹여 용사님께서는 귀족의 혈통이신지요?"

"어차피 자세히 이야기한들 이해 못 하겠지. 대충 그런 거다. 흠…… 좋아. 심심풀이로 도와주지. 자, 기분이 변하기 전에 빨리 안내해라."

청년은 별일 아니라는 듯 가볍게 말했다. 그는 무장한 기사들이 사이에서도 태평하게 하품을 했다.

카나미는 걸어가는 리암의 등을 바라보면서 아연실색했다.

"뭐, 뭐야. 혼자 다 납득하고 끝내면 어쩌자는 건데!"

자기 혼자 아무것도 이해하지 못해 뒤처지는 상황에 화가 조금 났다.

그 무렵.

리암의 저택에서는 많은 사람이 분주하게 움직이고 있었다.

어수선해진 저택.

특히 리암이 소환 마법으로 사라진 휴게실에서는 번필드가를 섬기는 마법사 집단이 얼굴이 새하얗게 질려 조사를 하고 있었다.

마법보다 과학에 의존하는 알그란드 제국에서 마법사를 자처하는 그들은 말하자면 마법학에 통달한 전문가들이다.

고도로 발달한 마법을 구사해 그 기술로 주인을 섬기고 있다.

리암도 좋은 조건으로 번필드가에 마법사들을 영입하고 있으며, 그들은 제국에서도 일류라 할 수 있다.

그런 마법사들을 감시하는 여기사가 한 명…… 당장이라도 날 뛸 것 같은 마리였다.

"네놈들, 대체 뭘 하고 있었던 거냐!"

무기를 쥔 마리의 손이 움직일 때마다 마법사들이 움찔댔다.

"죄, 죄송합니다! 하지만 이 저택의 방어체계는 만전의 상태였습니다. 만약 이곳을 돌파했다면 상당한…… 히익!"

마리는 변명하는 마법사의 목덜미에 칼날을 댔다.

핏발 선 눈으로 마법사를 보고 있었다.

"이 방에서 리암 님이 누군가에게 소환당한 건 감시카메라의 영상만 봐도 분명하다. 즉, 이건 너희의 잘못이다. 아닌가?"

"마, 맞습니다!"

"너희를 베어 죽이지 못하는 게 정말 분해. 리암 님이 안 계셔서 처분할 수 없으니까. 그걸 잊지 마라. 어떻게든 흔적을 찾아내!"

마리도 번필드가의 마법사들이 무능하다고 생각하지는 않았다.

오히려 이들이 마련한 마법적 시큐리티가 이리도 간단히 뚫렸다는 게 충격적이었다.

그야말로 상상을 초월한 사태였기에, 이대로 책임을 물으면 책임자와 관계자들의 목이 모조리 물리적으로 분리된다. 지금 그런 짓을 하면 흔적을 찾을 수가 없다.

새로 마법사를 고용하고 싶지만, 리암이 실종됐다는 사실이 외부 사람에게 알려지는 건 피해야만 한다.

"리암 님이 사라졌다는 소식이 퍼지면 모처럼 뭉친 클레오 전하의 파벌이 어떻게 될지…….”

향후의 피해를 예상하고 초조해진 마리 곁에 얼굴의 핏기가 가신 로제타가 왔다. 당장이라도 쓰러질 것만 같았다.

“로제타 님?!”

마리는 황급히 로제타에게 달려가 안아서 몸을 부축했다. 리암이 실종됐다는 소식을 듣고 로제타는 상당히 상심한 것 같았다.

마리는 그런 로제타를 보니 마음이 아팠다.

“로제타 님, 정신 차리세요! 누가 당장 로제타 님을 방으로 모셔가라! 로제타 님, 방에서 나오시면 안 됩니다. 쓰러지신 지 얼마 안 되었잖아요.”

리암이 소환 마법에 끌려갔다는 소식을 들은 로제타는 그 직후에 한 번 쓰러졌다.

바로 의사를 부를 준비를 하는 마리의 팔을 로제타가 잡았다.

“미안해, 마리. 억지를 부려서 방에서 나왔어. 그보다 달링은 찾을 수 있겠어? 찾을 수 있지?”

아직 소환 마법의 흔적을 못 찾은 상황이었지만 마리는 로제타를 안심시키기 위해 거짓말을 했다.

“──물론이에요. 자, 방으로 돌아가서요.”

소환당한 지 하루가 꼬박 지났지만, 제대로 된 흔적이 나오지 않았다.

영상을 해석한 마법사들은 몹시 원시적인 마법진이 어떻게 이 시큐리티를 돌파했는지 이해할 수가 없다고 했다.

그쪽은 격노한 티아가 감시하며 지금도 계속 해석을 진행하고 있다.

로제타가 떠나자 마리는 바닥을 세게 밟았다.

그러자 마리의 그림자에서 가면을 쓴 거한이 나타났다.

미친 듯이 화난 마리의 신경을 일부러 거슬리게 하는 듯한 침착한 목소리로 말을 걸었다.

"난폭하게 불러내시네요."

암부인 쿠쿠리가 모습을 나타내자 마법사들이 흠칫했다.

기척도 없이 나타난 것도 놀랍지만, 무엇보다 암부가 바로 근처에서 감시하고 있었다는 사실에 소름이 돋았다.

마리는 마법사들에게 '일손을 멈추면 죽인다'며 협박하고 쿠쿠리에게 얼굴을 가까이 댔다.

"쿠쿠리, 난 널 잘못 알고 있었어. 리암 님이 어딘가로 끌려갔는데 아직 살아있다니, 수치라는 걸 모르는 걸까? 죽어서 사죄할 생각은 없는 거니?"

"당신한테 그런 말은 듣고 싶지 않네요~."

둘은 위태로운 분위기를 냈지만, 이번에는 쿠쿠리가 물러났다.

"뭐, 저희의 실수입니다. 제 부하도 리암 님과 함께 행방불명 돼버렸으니까요."

"쓸모없는 부하를 리암 님께 배치했네. 진짜 쓰레기야."

마리의 도발에 쿠쿠리는 웃었다.

"크히히히. 우리 중에서도 실력자였어요. 아직 젊지만 충분한 기량을 가지고 있었죠. 그래서 이렇게."

쿠쿠리는 종이를 검지와 중지 사이에 끼워 꺼내더니 마리에게 던져서 넘겼다.

리암의 그림자에 숨어있던 쿠쿠리의 부하가 순간적으로 메모를 남겼을 것이다.

메모를 받은 마리가 그 내용을 확인했다.

"암호?"

"소환 마법 해킹을 시도했지만 실패한 것 같아요. 소환 마법진이 원시적인 마법이었는데도 불구하고 말이죠. 이래서는 어쩔 도리가 없죠."

소환 마법의 구조가 너무 단순해서 어떤 목적으로 소환했는지 판단이 안 됐다.

마리는 메모를 꽉 쥐어서 구기고는 쿠쿠리에게 내던졌다.

"너희도 리암 님을 찾아. 죽어도 찾는 거야, 알겠어?"

마리는 차가운 시선을 보냈는데, 그건 쿠쿠리도 마찬가지였다.

말투는 온화했지만, 마리에 대한 분노가 스며 나왔다.

"말하지 않아도 그럴 겁니다. 하지만 한 가지 말씀을 드리자면, 당신에겐 우리에게 명령할 권리가 없다는 걸 잊지 마십시오. 우리가 인정한 주인은 리암 님 단 한 분이니까요."

섬뜩하게 웃으며 바닥에 빨려 들어가듯이 사라져가는 쿠쿠리는 마리에게 고의로 살기를 드러냈다.

마리는 차가운 웃음을 지으며 쿠쿠리의 도발에 여유를 보였다.

"너 따위가 날 죽일 수 있다고 생각해? 일이 정리되면 다진고 기년 패거리랑 같이 도움이 안 되는 암부를 한 사람도 남김없이 잘게 썰어줄게."

마리는 리암을 지키지 못한 쿠쿠리에게 확실한 살의를 품었다.

함께 석화되어 2,000년이라는 시간을 보낸 사이이긴 하지만 이번 실패만큼은 용서할 수 없었다.

◇ ◆ ◇ ◆ ◇

광대한 번필드가의 저택에는 주위 건축물에 맞춰서 시계탑을 모방한 중앙 관리 센터가 있다.

관리 센터에는 관리를 맡은 설치형 인공지능을 중심으로 직원들이 서포트를 하고 있다.

그곳에 쳐들어간 티아는 책임자의 머리를 오른손으로 움켜쥐었다.

책임자의 머리가 빠각빠각 하고 끔찍한 소리를 냈다.

"사, 살려……!"

티아는 용서를 구하는 직원에게 한없이 냉철했다.

"리암 님의 방의 영상을 해석해도 아무것도 알 수 없다니, 무슨 뜻일까? 너희는 무엇을 위해 여기에 있는 거지?"

"급하게 영상을 확인했습니다만, 정말로 복잡한 반응은 감지되지 않았습니다! 오히려 어떻게 저런 소환 마법이 시큐리티를 돌파할 수 있는지, 저희도 의문입니다!"

"뭐든 좋으니까 해석을 서둘러. 이러는 동안에도 리암 님의 목숨이 위험하다고 생각하면⋯⋯."

티아는 책임자를 내던지고 양손을 자신의 얼굴에 댔다.

손가락 틈새로 엿보이는 티아의 눈은 핏발이 서 있었다.

그 모습을 본 직원들이 힉! 하고 비명을 질렀다.

"리암 님을 납치한 놈들에게 지옥을 보여줄 거야. 죽는 게 낫다는 생각이 들게 해서 자기가 얼마나 큰 죄를 저질렀는지 뼈저리게 이해시킨 다음, 죽여버리겠어."

흥분한 티아를 본 책임자는 당황했다.

"저기, 그런데⋯⋯ 이런 상황에는 누가 리암 님을 대신해서 지휘하는 거죠?"

질문을 들은 티아는 책임자에게 분노를 느꼈다.

"이런 비상시에 무슨 소리를. 그런 건 매뉴얼을 따르면⋯⋯헛?!"

티아는 현재 상황의 심각함을 뒤늦게 깨달았다.

소환당하기 직전에 리암은 로제타가 영지의 통치에 관여하는 걸 거부했다.

공교롭게도 번필드가의 기사단을 통솔하는 필두기사 자리도 현재는 빈 상태다.

티아와 마리가 해임된 이후, 누구도 정식으로 임명되지 않았다.

"내 지시에 따라."

티아는 이 비상시를 틈타 자신이 모든 것을 지휘하려고 했다.

전부 리암과 번필드가를 위해서였지만, 책임자는 당장이라도 울 것 같은 표정을 짓고 있었다.

"왜 다 말씀이 다르신 겁니까. 마리 님은 자기 지시에 따르라고 하고, 정청에서는 정청의 지시를 따르라고 하고! 덕분에 현장은 지금 아비규환입니다!"

리암이 빠진 번필드가는 벌써 결속력을 잃어가고 있었다.

티아는 책임자의 어깨에 손을 올리고 힘을 줬다. 거부는 용납하지 않는다는 눈빛이었다.

"닥치고 내 지휘하에 들어와. 알겠지?"

"네, 네!"

책임자가 자기 위치로 돌아가는 걸 보면서 티아는 마음속으로 중얼거렸다.

(리암 님이 안 계신 지금, 번필드가는 내가 지키지 않으면 혼란에 빠진다. 그래, 리암 님의 오른팔인 내가 지휘해야만 해. 화석도, 뜬금없이 튀어나온 클라우스도 아니지. 리암 님께 필요한 건 바로 나야!)

저택 바깥에 지어진 번필드가의 정청은 영내를 관리하는 역할을 하며 수많은 관료가 일하는 곳이다.

그 정청의 어느 좁은 방에 세 관료가 모였다.

"영주님이 행방불명 됐다는 이야기는 들었지?"

한 명이 화제를 꺼내자 다른 두 명은 어깨를 으쓱였다.

"소환 마법에 끌려갔다는 사건 말이지? 까딱 잘못하면 이대로 못 돌아오겠지."

또 한 명은 턱에 손을 대고 기쁜 듯이 고개를 끄덕이고 있었다.

"그 절대군주가 사라지다니, 절호의 기회로군."

그들은 동기 간의 경쟁에서 밀려난 낙오자들이었다. 출세가 요원한 이들에게 리암의 행방불명은 천재일우의 기회였다.

"말 많은 꼬맹이가 사라졌으니, 우리가 영지의 주도권을 쥘 수 있을 거야."

리암을 말 많은 꼬맹이라 부르는 관료들은 주군에 대한 경의와 존경이 없었다.

리암은 굳이 말하자면 군인에 가까운 사람이다. 일섬류 검사로서 활약하며, 군대를 이끌고 싸움도 한다.

그래서 일부 관료들은 리암에게 휘둘린다고 느끼기도 했다.

세간에서는 절망적이었던 번필드령을 발전시켜 기적적으로 부활시킨 리암의 수완을 높이 평가하지만, 그들에겐 오히려 좋지 않은 일이었다. 리암의 정치 능력이 높아서 관료 측이 주도권을 쥐는 게 어렵기 때문이다.

크게 발전한 영지의 관료는 보통은 발언력이 강하다. 다양한 이권 관계를 좀먹으며 마음대로 단물을 빨아먹을 수도 있다.

하지만 리암은 그걸 허용하지 않았다.

리암은 인공지능을 채용하고 자신도 적극적으로 정치에 관여했다.

자질구레한 횡령까지 꼼꼼하게 감시하는 탓에, 불량 관료들은 기를 펴지 못해 답답했다.

그들에게 리암은 그저 방해되는 존재일 뿐이었다.

"빨리 새 영주를 준비해야겠어."

한 명이 웃음을 지으면서 그렇게 말하자 다른 두 명도 고개를 끄덕였다.

상당히 즐겁게 앞으로의 이야기를 했다.

"내가 생활비 송금 관련 일로 수도성에 있는 클리프 님과 인연이 있어. 연락하면 바로 새로운 영주를 보내주실 거야."

'클리프 세라 번필드'는 번필드가의 선대 당주이자 리암의 아버지다. 현재는 수도성에서 사치스러운 생활을 하고 있지만, 리암과의 관계는 빈말로도 좋다고 할 수 없다.

애초에 클리프의 통치는 번필드가의 백성에게는 최악이었다. 관료들은 백성의 고통보다 자기들의 이익을 우선했다.

"그럼 곧장 영내의 상황을 알리자. 곧 새로운 영주를 보내주실 거야. 그러면 번필드령은 우리 세상이 되겠지."

또 한 명의 관료가 번필드가와 관계가 있는 귀족의 이름을 꺼냈다.

"이참에 노덴 남작을 후견인으로 삼는 건 어때? 우리는 영내의 일에 끼어들 수 있어도 영외에 관해서는 권리가 없으니까. 노덴 남작이 변경에 있다고 해도 일단은 귀족이니, 우리에게 도움이 될 거야."

노덴 남작가는 이전에 번필드가에 의지했던 변경 귀족이다.

전형적인 가난한 귀족 가문이다.

하지만 관료들에게는 다루기 쉬운, 나쁜 의미로 제국 귀족다운 인물이다.

청렴결백한 리암과는 정반대인 인물이라 관료들 입장에서는 새 당주의 후견인이 되어주면 고마운 인물이었다.

"그거 좋네. 분명 아주 기뻐하면서 이 이야기에 뛰어들 거야. 약간의 융자만 해줘도 우리한테 꼬리를 치는 놈이니까."

좁은 방에서 세 관료가 큭큭거리고 웃으며 흉계를 꾸미고 있었다.

그 모습을 방구석에서 벽을 등지고 선 남자가 보고 있었다.

세 관료는 그 남자, 안내인의 존재를 알아챈 기색이 조금도 없었다.

안내인은 모자의 챙을 손가락으로 잡아 살짝 들어 올렸다.

"너희가 마음대로 하면 할수록 리암의 힘이 약해져 간다. 마음껏 자신의 욕망을 채워라. 내가 도와주도록 하지."

안내인의 몸에서 넘쳐흐르는 검은 안개가 방 안에 퍼졌고, 세 관료는 자기도 모르는 사이에 몸속에 받아들였다.

그들의 야심이 커지는 것을 지켜보고 안내인은 방의 벽을 통과해 떠났다.

"리암이 돌아온다고 해도 번필드령은 이전과는 달리 다양한 문제를 안고 있을 거다. 리암이 내가 준 선물을 마음에 들어하면 좋겠군."

대륙의 패자라 불렸던 국가라고 해서 기대했는데, 알 왕국의 왕성은 내가 보기에 꾀죄죄한 성이었다.

창밖으로 높은 성벽에 둘러싸인 성채 도시의 풍경이 보였다.

왕성은 도시 중앙의 약간 높은 곳에 있었는데, 복도가 좁고 어두컴컴했다. 조명조차 유지할 수 없을 정도로 궁지에 몰린 건지, 아니면 애초에 어두컴컴한 곳인지는 불명했다.

하지만 복도를 걷기만 해도 수준을 알 수 있었다.

바지 주머니에 손을 넣고 걷고 있는데 내 눈앞에서는 똑같이 소환당한 여고생으로 보이는 용사가 여왕님인 에노라와 이야기를 하고 있었다.

"그러니까, 여왕 폐하?"

"에노라라고 불러주세요, 용사님."

"그럼 나도 용사님이라 부르지 마. 뭔가 실감이 안 나고 오글거려."

"그럼 카나미 님이라 부르죠."

"존칭도 필요 없는데……."

"앞일을 생각하면 그럴 수는 없습니다."

여자애들끼리 화기애애하게 이야기하는데, 대화 속에서 들린 여고생의 이름에 무심코 반응하고 말았다.

전생의 딸과 이름이 같기 때문이었다.

"카나미라……."

놀라서 멈춰선 나는 자연스럽게 이름을 말하고 있었다.

밀려오는 것은 분노와 슬픔과…… 아니, 그건 아무래도 상관없다.

한순간 눈앞에 있는 사람이 전생의 딸일지도 모른다는 생각이 들었지만, 그럴 리가 없다.

내가 멈춰 서서 이름을 중얼거리자 카나미와 에노라가 돌아보며 미심쩍어하는 표정을 보였다.

카나미는 자기 이름을 막 부른 게 싫었던 모양이다.

"뭐 불만 있어? 이상한 이름이라 하면 용서 안 할 거야."

카나미가 이름을 소중히 하는 모양이었다.

──그러니 카나미가 내 딸일 리가 없다.

그 아이는 내가 붙여준 이름이 싫다고 했으니까.

카나미의 불손한 태도에 내 그림자가 약간 흔들렸다.

난 그림자에 힐끗 시선을 던지고 카나미를 향해 어깨를 으쓱였다.

"옛날에 알던 사람이랑 이름이 똑같아서 놀랐을 뿐이야. 참고로 어떤 한자를 쓰지?"

별 생각 없이 한 질문이었는데 카나미는 부자연스러운 대답을 내놓았다.

"한자는 싫으니까 안 가르쳐줘."

"뭐? 이름에 애착이 있는 게 아니었나?"

이름을 우습게 여기지 않으면 좋겠다고 했는데.

"이름은 좋아해. 하지만 한자는 싫어."

"그런가."

이상한 말을 한 카나미는 나한테서 고개를 돌리더니 그대로 앞으로 걷기 시작했다.

그 모습을 보면서 난 이 아이가 내 딸이 아닌 이유를 확인해 나갔다.

전생한 후로 벌써 80년 이상의 시간이 흘렀다.

소환할 때 사고로 인해 시간의 흐름에 이변이 일어났다고 해도 나와 딸이 이곳에서 만날 가능성은 천문학적으로 낮다.

한없이 제로에 가까운 가능성이 이곳에서 실현될 리는 없다.

자조하고 있으니 날 경계하는 에노라의 호위들이 수상한 것을 보는 눈으로 봤다.

뭐, 주인에게 무례한 태도를 보이는 내가 용서가 안 되겠지.

그건 내 그림자에 숨어있는 이 녀석도 마찬가지겠지만.

그 후, 에노라가 우리에게 말했다.

"용사님들을 위해 만찬회를 준비했습니다. 이곳의 식사가 입에 맞으면 좋겠군요."

만찬회……말이지.

만찬회라 칭한 저녁 식사 모임은 내가 상상한 대로 끔찍했다.

문명 수준이 낮아서 끔찍하다는 의미가 아니다. 식사에서 이 나라의 상황이 비쳐 보였기 때문이다.

이세계에서 소환한 용사들을 앞에 두고 체면치레도 할 수 없을 정도로 곤궁한 상황이 그대로 나타났다.

식사 후, 나와 카나미는 응접실로 안내받아 거기서 방이 준비될 때까지 휴식하게 되었다.

소파 위에 눕는 날 보고 카나미는 버릇이 없다고 말하고 싶어 하는 듯했다.

아무래도 가정교육은 나쁘지 않게 받은 모양이다.

"리암 씨, 진짜 귀족 출신이야?"

"왜 그걸 묻는 거지?"

몸을 옆으로 돌려 카나미를 보니, 소환된 이후의 내 나쁜 태도를 나무랐다.

"그야, 계속 태도가 안 좋잖아. 식사 중에도 입에 안 맞는다고 하면서 에노라 씨를 난처하게 했고."

"난 맛이 없다고는 안 했어. 내 입에는 안 맞는다고 했을 뿐이지. 딱히 이 별의 요리를 헐뜯진 않았어."

난 익숙하지 않은 맛이라고 사실을 말했을 뿐이다.

카나미는 뭔가 착각을 한 것 같았다.

"에노라 씨가 기껏 대접해줬는데 태도가 너무 나쁘다고."

"너, 혹시 착한 사람이냐?"

"갑자기 무슨 소리야? 이게 보통이잖아."

나는 정말로 이해하지 못한 카나미를 보고 기가 막히면서도 에노라의 인심 장악술에 감탄했다. 단 한 번의 식사 모임으로 카나미를 길들인 모양이다.

세상 물정 모르는 아가씨인 줄 알았는데, 여왕의 소질이 있다.

"어리석긴. 그 녀석들은 사실상 우릴 납치한 놈들이야. 그 멍청이들을 상대로 저자세로 나갈 필요가 어디에 있어?"

"그, 그건 에노라 씨가 어려움을 겪고 있어서……."

카나미의 모습을 보고 난 한 가지 짐작이 갔다.

카나미는 마법을 잘 모른다. 어쩌면 마법이 없는 이세계에서 소환됐는지도 모른다.

"어려움을 겪는 건 그 녀석들 사정이지. 나와는 상관없어. 그리고 그 소환술은 일방통행이야. 놈들은 처음부터 우릴 돌려보낼 생각이 없었다는 거지."

애초에 그 소환술은 구조가 너무 조잡하다. 용사를 불러낸다는 결과를 바라고 있을 뿐, 이세계에서 소환한다는 제약이 담겨있지 않았다.

아마 평범하게 진행했다면 같은 세계의 다른 행성에서 소환됐다고 봐야한다.

뭐…… 오늘처럼 사고가 일어났다면 또 모르지만.

그 소환술은 사고율이 높을 것 같긴 하다.

엄중한 시큐리티의 보호를 받고 있던 내가 소환당한 것도 소환술이 불안정해서 터진 사고일 가능성이 높다. 그렇다기보다는 사고 외에는 있을 수가 없다.

치졸한 소환술을 300년이나 계속 지켜왔다니, 그저 우습다.

"말도 안 돼……."

카나미가 눈을 크게 뜨고 놀랐다.

난 하품을 하면서 현재 상황을 가르쳐줬다.

"밥 먹을 때 에노라도 말했는데, 놈들은 우리가 마왕인가 뭔가를 죽여주길 바라는 것 같아. 자력으로는 어떻게 할 수 없으니까 우리한테 의지하는 거지. 다시 말해서 놈들에겐 우리를 대접할 이유가 있어. 그러니 너처럼 움츠러들어서 겸손하게 구는 건 어리석은 일인 거지."

친절하게 설명해줬지만, 카나미는 내 이야기를 듣고 볼을 부풀렸다.

이해는 해도 납득하지 못한 것인가, 아니면 감정적으로 날 인정하지 못할 뿐인가?

이 녀석도 여러 가지 사정이 있는 모양이다.

"난…… 딱히 못 돌아가도 상관없으려나."

"엉? 너, 부모는 어쩌고?"

교복 차림이기에 부모에게 양육 받는 환경에 있는 줄 알았다.

그래서 '집에 가고 싶어~'라면서 울지는 않을까? 울면 귀찮아지겠지~ 라는 생각을 하고 있었는데.

카나미는 소파 위에서 무릎을 끌어안았다.

"돌아가고 싶지 않아. 어머니와는 만나고 싶지도 않고, 아빠한테는 버림받았고……. 돌아간다고 해도 내가 있을 곳은 없겠지."

어머니는 '어머니'고, 아버지는 '아빠'? 아무래도 가정환경이 복잡한 모양이다.

난 카나미의 이야기에 흥미가 생기지 않았다.

무엇보다도 전생의 가족이 생각나는 화제는 피하고 싶었다.

미개발 행성까지 와서 불쾌한 과거를 떠올리고 싶지도 않다.

"아, 그러셔. 그럼 넌 남든가."

"꼭 자기는 돌아갈 수 있다는 듯이 말하네."

"돌아갈 수 있으니까. 애초에 이놈들이 착각한 거야. 난 이세계에서 소환된 게 아니야. 같은 세계에 사는 사람이지."

"어? 내가 사는 별에는 마법 같은 건 없었는데?"

고개를 갸웃거리며 이상하게 여기는 카나미에게 어떻게 설명해줄지 고민하고 있으니 방 준비가 다 됐다는 소식이 전해졌다.

준비된 객실에 안내받은 나는 큰 침대에 앉았다.

앉는 느낌을 보니 잠자리는 기대할 수 없을 것 같다는 생각이 들었다.

애초에 평소에 내가 쓰는 침대와 이 세계의 침대를 비교하는 게 잘못이다.

잘못된 행동이라는 걸 이해는 하고 있지만 난 악덕 영주다.

"변변찮은 침대로군. 내일 항의해야지. ……그건 그렇고, 겨우 둘만 있게 됐네. 슬슬 모습을 드러내는 게 어때?"

나 외에는 존재하지 않는 방 안.

하지만 내가 말을 걸자 그림자가 꿈틀거렸고 거기서 한 인물이 모습을 보였다.

천천히 모습을 드러낸 것은 가면을 쓴 여자—— 쿠쿠리의 부하인 암부 소속 사람이었다.

한쪽 무릎을 꿇고 고개를 숙인 모습으로 그림자에서 나타났다.

침대에 걸터앉아 다리를 꼰 나는 가면을 쓴 여자를 내려다보면서 말했다.

"너도 휘말린 건가?"

그 정도라면 도망칠 수 있었을 텐데, 일부러 날 따라온 듯했다.

가면을 쓴 여자는 이번 일에 책임을 느끼고 있는 것 같았다.

"리암 님이 무사히 돌아가시면 이 목숨으로 사죄하겠습니다. 정말 죄송합니다. 하지만 당분간은 존체를 지키고자 합니다. 부디!"

쿠쿠리와 암부에게 난 고용주다.

그런 날 위해 실패를 목숨으로 갚으려고 하다니, 훌륭한 충신이다.

하지만 사실, 난 마법진에서 도망치려면 언제든지 도망칠 수 있었다.

그저 아마기와 브라이언에게 이래저래 시달리는 상황을 피하고자 순순히 소환당했을 뿐이다.

즉, 난 내 의지로 소환당한 것이다.

그런 상황에 눈앞에 있는 부하에게 목숨으로 속죄하라는 건 아무래도 마음이 걸린다.

안 그래도 쿠쿠리와 암부는 수가 적어 귀중하다.

한 명만 빠져도 손실이 커지기 때문에 이번 일로 처분하는 건 아깝다.

인적 손실 면에서 봐도 책임을 지게 해서는 안 된다! 실로 악덕 영주다운 인정 없는 판단이다.

"이 정도 일로 책임을 지고 죽으면 곤란해. 너희 일족은 수가 적으니까. 일단 처분에 관해서는 신경 안 써도 된다."

"넵!"

처분 이야기가 흐지부지됐는데, 쿠쿠리의 부하는 의외였는지 약간 놀라고 있는 듯한 느낌이 들었다.

그건 그렇고, 한 가지 문제가 발생했다.

"자, 당면의 문제는 네 이름이네."

"이름 말씀이십니까? 하지만 저희는……."

"알고 있어."

가면을 쓴 여자, 쿠쿠리의 부하, 라고 부르는 건 이래저래 번잡하다.

하지만 이 녀석들에겐 이름이 없다. 자기 패거리 안에서는 호칭이 있을지도 모르지만, 임무 중인 이 녀석들은 절대로 이름을 대지 않는다.

이름을 댈 수 있는 건 두령인 쿠쿠리 정도인데, 이 이름은 본명이 아니라고 한다.

이 녀석들은 고용주인 나한테도 이름을 대지 않는다.

그게 이 녀석들 일족의 규칙이라고 하지만 이번 같은 상황에는 너무 불편하다.

하지만 본명을 대라고 해도 저항할 테니 가명을 마련하자.

"한동안은 둘이 있어야 하니까. 이름이 있는 편이 이래저래 편해. 그럼, 암부다운 이름은 뭐가 좋지? 음~, 쿠나이는 어때?"

전생의 고향 식으로 말하자면 닌자 같은 집단이니까. 암기인 쿠나이는 이미지에 딱이다.

맨 처음 떠오른 이미지는 수리검이지만 매번 수리검이라 부르는 건 번거롭다.

역시 쿠나이가 제일이야.

가면을 쓴 여자는 이름을 지어주자 약간 당황하며 머리를 숙이고 호들갑스럽게 기뻐했다.

"리암 님께서 이름을 붙여주시다니, 뜻밖의 기쁨입니다. 반드시 존체를 지키겠습니다!"

적당히 이름을 붙였는데 예상 이상으로 기뻐하니 약간 당황스러웠다.

어, 어쨌든, 좋아하는 것 같아 다행이다. 내가 지어준 이름을 받다니, 행복한 녀석이네. 내가 이름을 붙인 존재는 손에 꼽을 정도밖에 없으니까.

전생의 개에, 아마기에, 그리고 전생의 딸까지.

헤어질 때 '이상한 이름이라 옛날부터 싫었다'는 말을 들은 게 떠올랐다.

그건 그렇고 우연이라는 게 존재하는구나.

설마 카나미와 똑같은 이름을 가진 아이가 용사로 소환되다니.

난 명령을 기다리고 있는 쿠나이에게 말을 걸었다.

"한동안 힘들겠지만 날 위해 힘써라."

"예!"

난 아까보다 더 힘차게 대답하는 쿠나이에게 이후의 이야기를 했다.

"우선은 정보수집부터. 이 성에 있는 놈들이 하는 이야기가 사실인지 진위를 확인해. 그리고 가능한 한 정보를 모아라."

"분부대로."

대답과 동시에 쿠나이가 바닥에 가라앉아 사라져갔다.

임무를 수행하러 가는 쿠나이를 지켜본 나는 침대에 누워 천장을 올려다봤다.

전생의 후배, 닛타 군이 떠올랐다.

"이게 진짜 이세계라면, 닛타 군이 말했던 이세계 전이를 한 거네. 이세계 전생이랑 합쳐서 두 번이나 귀중한 경험을 했어."

닛타 군에게 들려주면 부러워할까? 정확하게는 이세계가 아니니까, 단순 전이라고 불평할 수도 있겠군. 닛타 군은 세세한 설정에 까다로웠으니까.

닛타 군을 떠올리고 혼자 히죽거리고 있었는데, 이렇게 침대에 누워있으니 새삼 실감이 났다.

침대 세팅도, 방 청소도 너무 엉성하다.

마왕에게 시달려 상황이 어려울지도 모르지만, 그렇다고 해서 이 상황에 대해 아무 말 하지 않는다는 건 있을 수 없는 일이다.

카나미는 에노라를 동정하는 것 같았지만, 내가 보기에는 자기 뒤치다꺼리를 시키기 위해 나를── 이 몸을 소환한 것이다.

성간 국가 수준의 환대는 무리라는 걸 알지만, 상응하는 노력은 해야 마땅하다.

난 상대의 주머니 사정을 고려해서 대우를 검소하게 해도 좋다는 관대한 태도를 보일 생각은 전혀 없다! 난 악당이니까!

에노라의 나라와 백성이 괴로워하든 말든, 난 온갖 사치를 다 부려주겠다. 난 악덕 영주니까!

"자 그럼."

침대에서 일어난 나는 왼팔의 팔찌를 만졌다.

그러자 팔찌에 마법진이 떠올랐고, 거기서 수많은 도구가 나왔다.

공간 마법이 장치된 팔찌 속에는 비상시를 대비해서 편리한 도구가 많이 준비되어 있었다.

나는 그중 하나, 드론을 들고 창문으로 다가갔다.

창문을 열어 드론을 내던지자 공중에서 작은 프로펠러를 전개해 그대로 하늘로 날아올랐다.

"구난 신호는 이걸로 됐다. 시간이 조금 지나면 마중 오겠지. 난 그때까지 이 별에서 재밌게 놀아볼까."

닛타 군이 말했던 이세계 전이물(?)을 리얼로 즐겨보자.

리암의 방에서 나와 정보수집을 시작한 쿠나이는 고양감을 느끼고 있었다. 몸이 평소보다 가벼웠다.

쿠나이는 자신이 기쁨을 느끼는 것조차 놀라웠다.

(주군께 이름을 받을 줄이야. 이 은혜는 꼭 갚아야만 한다.)

암부 소속인 쿠나이는 어둠 속에서 살아갈 운명이다. 죽는 순간까지 어떤 흔적도 남길 수 없다.

2,000년 전, 암부 간의 싸움에서 죽어간 부모 형제들도 유품을 비롯해 아무런 흔적을 남기지 않았다. 무언가 남아있다면 오히려 찾아 제거해야 한다.

이름도 마찬가지다. 호칭이 필요할 때는 가명을 쓴다. 이름을 대는 건 두령뿐이다. 그 누구에게도 이름을 알려선 안 된다. 예외는 오직 주인이 이름을 줬을 때뿐. 어떤 증거도, 기억도 남아서는 안 된다.

물론, 이런 처지에 쓸쓸함을 느끼는 자들도 있다. 쿠나이도 그중 한 명이었다. 하지만 리암에게 이름을 받음으로써 그의 기억에 쿠나이의 존재가 남게 되었다.

(이번 일이 끝나면 나는 책임을 물어 처분당하겠지. 하지만 만족한다. 작게나마 그분의 기억에 남았으니.)

쿠나이는 이번 일에 책임을 질 생각이었다. 우수함을 인정받아 호위 임무를 받았는데, 신변에 이상이 생겼으니 엄청난 실태였다.

이들에게 리암은 단순한 은인이 아니라, 오래도록 추구했던 이상적인 주군이었다.

리암은 암부를 이용하는 데 거리낌도, 모멸감도 없으며 제 몫을 다하기를 바란다.

평범한 고용주들은 암부의 무서움을 알기에 스스로 두려움에 빠지거나 먼저 배신한다.

쿠쿠리 일행 또한 주인의 배신으로 2천여 년을 석상이 되어 살아야 했다. 당시 주인인 황제가 나약했기 때문이다. 그는 암부를 두려워했기에 처분하려 했다.

그러나 리암은 다르다. 제국 최강의 검술 일섬류를 다루며, 모든 행동에 자신감이 넘친다. 도구를 두려워하지 않는다.

제국에 이런 자가 과연 얼마나 있을까? 만약 전혀 없다고 해도 놀랍지 않을 것이다.

리암을 위해서라면 이들은 목숨을 바쳐 섬길 수 있다.

왕성의 휴게실 안을 살펴보니 기사들이 모여있었다. 쿠나이는 그림자에 숨어 그들의 대화를 엿들었다.

(경비가 지나치게 허술하군. 이들이 아무리 경계한들 내 존재

를 알아차릴 것 같진 않지만.)

기사들이라 해봐야 노인과 앳된 젊은이들 뿐이라 실력을 기대하긴 어려웠다.

젊은이가 노인에게 푸념했다.

"이세계의 용사인지 뭔지 모르겠지만, 그만한 진수성찬을 앞에 두고 '내 입에는 안 맞아'는 너무하지 않습니까? 그 자식, 때려눕히고 싶어요."

젊은이는 만찬회에서 보인 리암의 태도에 화가 난 듯했다.

쿠나이는 당장이라도 젊은이의 경동맥을 찢어발기고 싶은 기분을 어떻게든 억눌렀다.

노인은 웃으면서 그런 젊은이를 타일렀다.

"마왕을 쓰러뜨릴 유일한 희망이 아니더냐. 이런 일로 항의하여 굳이 기분을 상하게 할 필요는 없다."

"알고 있어요! 하지만 여왕 폐하가 그렇게 겸손하게 대하는데 두 녀석 모두 상황을 전혀 모르고 있잖아요."

쿠나이는 이들이 두 사람을 못마땅하게 여기는 건 어쩔 수 없다고 냉정하게 판단했다.

하지만 쿠나이의 충성심이 불평하는 젊은 기사에게 약간 짜증을 느끼게 했다.

(리암 님을 납치해놓고 뻔뻔하게도 떠드는구나. 아무것도 모르는 어리석은 자들이라고 해도 너무나도 무례하다. 임무가 아니었으면 죽였을 것을.)

쿠나이는 휴게실의 모습으로 알 왕국의 상황을 헤아렸다.

(왕국의 상황은 파국에 가깝군.)

쿠나이는 대화를 어느 정도 엿듣고 다른 방으로 이동했다.

◇◆◇◆◇

다음 날.

이른 아침, 나는 카나미와 함께 무기고로 안내를 받았다. 에노라에게 용사의 무구에 대해 설명을 듣기 위해서였다.

하지만 무기고치고는 비축된 무기가 거의 없었다. 창이나 칼 같은 재래식 냉병기가 조금 있을 뿐. 왕국의 상황이 얼마나 나쁜지 알 것 같았다.

에노라는 기사들에게 금고 속에 보관해둔 무구를 가져오도록 지시했다.

"이것이 알 왕국 최고의 기술로 만든 무구입니다."

기사들이 가져온 건 은백색 검과 금으로 장식한 전신 갑옷이었다.

카나미는 무구를 바라보며 태평한 감상을 늘어놓았다.

"반짝반짝 빛나는 게 예쁘네."

천진난만한 반응에 에노라는 쓴웃음을 지었다.

"겉모습만 좋은 게 아니에요. 각각 룬 문자를 새겨 넣어 마법의 힘이 깃들어 있습니다. 이 나라의 국보이지요."

나도 이 갑옷의 등장은 조금 의외였다.

"미스릴인가."

내 짧은 감상에 에노라는 안도한 얼굴로 설명을 이어갔다.

"네. 귀중한 미스릴로 만든 갑옷입니다. 전쟁 전에는 대륙에 총 셋이 있었으나, 지금은 이것 하나만 남았지요."

씁쓸한 표정을 보아하니 마왕군과의 전쟁으로 소실된 모양이었다.

난 거리낌 없이 미스릴 갑옷을 만져 확인했다.

주위의 기사들이 내 조심성 없는 행동에 몹시 불쾌한 표정을 지었지만 무시했다. 에노라도 조마조마한 표정으로 날 바라보았다.

하지만 도구는 사용해야 비로소 의미가 있는 법.

나는 투구까지 모조리 살펴본 뒤 작게 한숨을 쉬었다.

"미스릴의 순도와 가공 기술은 놀랍지만, 룬 문자 수준이 미숙해. 마력이 깃들어 있기만 하지, 별다른 효과가 없어."

이들의 미스릴 가공 기술은 이곳의 문명 수준보다 한 단계 정도 뛰어난 수준이다. 다만 룬 문자가 어제의 소환진처럼 너무 조잡하다.

내 냉정한 평가에 카나미는 불만스러운 표정을 지었다. 분명 '또 분위기 흐리고 있어'라고 생각하고 있을 것이다.

카나미는 내가 말을 가로막듯 에노라에게 말을 걸었다.

"국보라고 했는데, 정말 써도 되는 거야?"

에노라는 양손으로 왕권의 상징인 지팡이를 소중하게 쥐며 대답했다.

"평범한 무기는 마왕에게 통하지 않는다는 전승이 있습니다. 이 무기가 아니면 마왕을 쓰러뜨리기 어렵겠지요."

카나미가 마왕과의 싸움을 의식했는지 긴장한 표정으로 무구를 바라봤다.

"그럼 이건 누가 써? 리암 씨가?"

카나미가 내 이름을 말하자 모두의 시선이 집중됐다.

난 미스릴 투구를 근처의 기사에게 가볍게 던졌다. 기사는 당황해서 받아내더니 안도의 한숨을 쉬었다.

놈이 곧 날을 쩨려봤지만, 전장에서 쓸 갑옷이 바닥에 떨어진들 흠이나 생기겠는가.

"난 필요 없어."

에노라가 난처한 얼굴이 되었다.

"그, 저기……."

결국 참을 수 없었는지 카나미가 먼저 불평했다.

"방금 했던 말을 듣긴 한 거야? 이 무기가 없으면 마왕을 쓰러뜨릴 수 없다잖아."

고지식한 반응에 한숨이 나올 지경이었다. 사람이 너무 좋으니 되려 봐줄 수가 없었다. 마치 옛날의 자신을 보는 것만 같았다.

"그보다 계획은 어떻지? 바로 마왕과 싸우나? 아니면 마왕을 쓰러뜨리기 위해 필요한 아이템이라도 모으나?"

마왕을 쓰러뜨리기 위한 여정을 거치는 건 창작물에서 가장 정석인 전개다.

모처럼 온 미개발 행성이니, 관광하는 겸 여행을 다니는 것도 나쁘지 않다.

에노라는 여전히 난처한 얼굴로 우리에게 현재 상황을 전했다.

"아이템⋯⋯ 마왕 토벌에 필요한 도구를 말씀하시는 거라면, 이 미스릴 무구이니 찾을 필요는 없습니다. 그리고 지금 이미 사천왕의 사자 장군이 이끄는 야만적인 아인종 군단이 이곳으로 진군하고 있습니다."

사천왕이라니, 닛타 군이 들으면 좋아할 것 같은 단어였지만, 그보다 나는 이 여자의 입에서 '야만적'이라는 표현이 튀어나온 게 더 신경 쓰였다.

나는 코웃음을 치며 대꾸했다.

"야만적인 아인종이라. 어지간히도 싫은 모양이군."

내 말에 에노라는 더 큰 목소리로 아인종에 대해 이야기하기 시작했다.

"다, 당연하죠! 그들은 마왕이 부활하기 전부터 백성을 괴롭히고 온갖 행패를 부려왔습니다. 이들을 야만적이라 하지 않고 무어라 하겠습니까!"

갑자기 튀어나온 감정적인 태도에 카나미는 놀란 눈치였다.

하지만 에노라는 멈추지 않았다.

"많은 백성이 그들의 손에 죽어갔습니다. 아무 죄도 없는 마을을 습격해서 주민을 죽이고 식량을 빼앗았습니다. 살아남은 백성들은 굶주림에서 벗어나지 못하고 있고요! 이들을 어찌 용서하겠습니까!"

"──너무해."

카나미는 에노라의 말을 그대로 받아들였는지, 아인종들에게 분노를 품은 듯했다.

나로서는 이조차 우습지만.

에노라는 흥분해서 소리친 것을 부끄럽게 여겼는지 우리에게 사과했다.

"실례했습니다. 조금 흥분했군요. 저는 먼저 물러나겠습니다. 두 분께서는 이곳에서 필요한 것들을 자유롭게 골라주세요."

시녀와 호위를 데리고 무기고를 떠나는 에노라를 배웅하고 카나미가 나에게 불만스러운 표정을 보였다.

"리암 씨, 너무한 거 아니야? 일부러 이 나라 사람들을 화나게 하려는 거야?"

카나미는 에노라와 알 왕국 놈들이 불쌍하게 보이나?

이것 참 순수한 녀석이구나. 어처구니가 없어서 웃음이 나온다.

"볼 수록 부려 먹기 쉬운 녀석이네."

"무슨 뜻이야!"

화를 내는 카나미에게 나는 얼굴을 들이대고 의미심장하게 웃으며 말했다.

"저 녀석들이 말한 게, 과연 전부 진실일까?"

내 말을 이해하지 못한 카나미는 허둥대면서 한 걸음 물러났다.

"그야, 곤란하니까 우릴 소환한 거잖아?"

"넌 정말 사람이 너무 착해서 문제군. 정말 세상 사람들이 다 너같이 착한 생각만 할 것 같아?"

정말 그렇게 생각한다면 역겹기 짝이 없는 사고방식이다.

"좋은 사람도 분명히 있어. 모른다고 해서 모두를 의심하는 건 바보 같은 짓이야. 난 그런 식으로 살고 싶지 않아."

나는 이 대화로 확신했다.

"말이 안 통하네. 난 내 마음대로 할 거니까, 넌 착실하게 마왕이랑 싸울 준비나 해."

"리암 씨는 안 싸울 거야?"

여자들도 싸우는 상황에 너 혼자 도망치는 거냐? 라고 말하고 싶은 것 같았다.

난 카나미에게 조언을 줬다. 특별한 이유는 없다. 이런 착한 척하는 사람과는 엮이고 싶지 않지만, 어쩐지 무시할 수가 없었을 뿐이다. ……그 애랑 이름이 똑같아서일까?

"난 내 마음대로 하겠다고 했어. 그보다 싸울 준비를 할 거면 서둘러. 마왕군인가 뭔가 하는 놈들은 이미 코앞까지 와있어."

"어?"

나는 카나미를 두고 무기고를 빠져나왔다.

리암이 떠난 뒤.

카나미는 부글부글 화가 치밀어올랐다.

"뭐냐고, 진짜!"

자기는 알 왕국 사람들을 위해 싸우려는데, 리암은 의욕조차 없는 것 같았다.

무구 장착을 돕는 시녀와 호위 기사들이 화내는 카나미를 보고 있었다.

카나미는 시선을 느끼고 부끄러운 듯이 쓴웃음을 지었다.

"저기, 그……."

그러자 카나미보다 더 어린 기사가 대답했다.

"카나미 님의 태도는 훌륭했습니다! 전 감동했어요."

"그, 그래?"

"예! 사람을 의심하면서 살고 싶지 않다! 저도 그렇게 살고 싶어요."

"그건…… 고마워."

기사의 말에 카나미는 기분이 좋아졌다.

기사는 기분이 고양됐는지 아직 말을 멈추지 않았다.

"카나미 님이 한 말씀이라고 동료들한테도 전할게요."

기사가 동료에게 퍼뜨리려고 하자 카나미는 황급히 제지했다.

"어?! 잠깐만, 아니야! 이건…… 아버지가 했던 말이야."

"아버님의?"

"응. 아버지가 옛날에 말했어. 사람을 의심하기만 하면 지치니까,

자신은 믿고 싶다고…… . 난 아버지처럼 살고 싶어."

소중한 사람이 한 말.

자랑스러움과 함께 죄악감이 카나미의 가슴을 죄었다.

그런 훌륭한 사람을 마지막에 배신하고 괴롭게 만든 건 자신이
아닌가.

무기고에서 방으로 돌아와 침대 위에서 편하게 쉬고 있으니 쿠
나이가 소리도 없이 돌아왔다.

시선을 던지니 이미 쿠나이가 한쪽 무릎을 꿇고 머리를 숙이고
있었다.

"리암 님, 보고하겠습니다."

대답 대신 하품하면서 눈짓하자 쿠나이는 승낙을 얻었다고 판
단하고 조사한 정보를 전했다.

"마왕군은 3일 후에 왕도에 도착할 것 같습니다."

"예상보다 빠르네. 여왕님이 필사적으로 굴만해. 그래서, 그 외
에는?"

"이 나라가 궁지에 몰린 건 의심의 여지가 없습니다. 여자와 노
인까지 동원해가며 전쟁 준비를 하고 있습니다."

"그 정도면 마왕을 물리치더라도 회생은 어렵겠는데. 에노라가
용사 소환을 너무 망설였군."

한창 일해야 할 나이대의 남자가 너무 적다. 마왕군에 승리해도 밝은 미래를 기대하긴 어렵다.

나라마다 상황은 조금씩 다르겠지만, 아마 마왕이 사라지면 같은 인간의 손에 왕국도 멸망하지 않을까.

아니면 이미 다른 나라는 전부 망했고 알 왕국만 남았다든가? 어느 쪽이든 밝은 미래는 아니다. 용사를 소환할 거면 좀 더 일찍 시도해야 했다.

하지만 난 에노라의 판단을 비난할 생각은 없다. 내가 같은 상황이었다면 수단이 다하기 전까지는 버티려 했을 테니까. 용사 소환은 결과를 알 수 없는 도박이나 마찬가지다.

하지만 이렇게까지 막다른 곳에 몰리도록 둔 건 문제다. 뭐, 에노라의 모습을 보아하니 본래 왕족의 후계자들은 이미 다 죽은 것 같은데. 영문도 모르고 즉위했을 에노라에게는 그저 지옥이었겠지.

후계자 제대로 교육을 받지도 못한 것 같고. 만찬회에서도 그런 말을 했으니까.

왕국에서 가장 큰 죄인을 찾자면 이런 상황을 가정하지 않고 후계자들을 무작정 전장에 내보낸 선왕이라고 할 수 있지 않을까.

적어도 선왕이 먼저 용사를 소환했다면 이것보다는 괜찮은 상황이었을 거다.

선대가 무능하면 얼마나 고생스러운지, 나는 직접 겪어서 잘 알고 있다.

에노라에게 약간의 동정심이 들었지만, 그래도 날 이 별에 소환한 무례를 용서할 생각은 없다.

◇◆◇◆◇

알 왕국의 왕도는 높은 성벽에 둘러싸여 있다. 그리고 지금은 그 성벽 밖을 둘러싸고 마왕군이 진을 치고 있었다.

마왕군은 여러 종족이 섞인 혼성집단이었다. 인간 이외에는 전부 섞어놓은 듯 보였다.

그들의 정체는 대부분이 과거에 인간들에게 박해받아 고향에서 쫓겨난 아인종들이었다.

마왕군의 어느 천막.

짐승의 귀와 꼬리를 가진 한 늑대족 전사가 사자 장군 앞에 섰다.

주위에는 다른 아인종 대표들도 모여있었다.

늑대족 전사는 인간의 몸에 짐승의 꼬리와 귀가 달린 모습이었다. 한편 사자 장군 '노고'는 사자가 인간의 골격을 가진 듯 털이 많았고 덩치도 2m에 육박했다.

사자족 여자들이 시중을 들며 늑대족 전사를 맞이했다.

노고는 여자가 따라주는 술을 잔에 받으면서 늑대족 전사에게 말을 걸었다.

"그라스, 왕도 공략에 얼마나 걸리겠나?"

늑대족 전사 '그라스'는 전사인 동시에 군사였다. 다만 지략이 뛰어나다고 하기는 어려웠다.

수인들의 싸움 방식이 단순하기 때문이었다. 기껏해야 힘으로 인간들을 압도하며 함정이 있으면 대처하는 정도가 고작이었다.

하지만 이들은 이 간단한 방법으로 알 왕국을 이곳까지 몰아넣었다.

"우리 전사들이라면 사흘로 충분할 겁니다. 성벽이 아무리 높은들 우리 앞에서는 무의미하니까요."

벽쯤은 쉽사리 오르는 아인종들이 많다. 밤에 숨어들어 문을 여는 건 어려운 일도 아니었다.

아인종들은 인간보다 몸이 크고 힘도 강하기 때문에 1대1이라면 거의 지지 않는다. 이토록 강력한 아인종이 인간들의 영역에서 밀려났던 건, 다른 아인종족과 연합이 되지 않았기 때문이었다.

하지만 마왕이 탄생하고 사자 장군 노고가 등장하여 아인종들을 규합했다. 그 결과 이렇게 알 왕국을 막다른 곳에 몰아넣는 업적을 이루었다.

노고가 큰 입을 벌리고 웃자 주위도 그에 맞춰 웃기 시작했다. 모두가 승리를 확신했다.

"곧 마왕님께 승전보를 올릴 수 있겠군! 좋다, 승리를 기념하여 술을 내어라!"

천막 안에 있는 아인종들이 우렁차게 소리쳤다.

천막 안에서는 술잔치가 이어지고 있었지만 그라스는 일찍 일단락 짓고 밖으로 나왔다.

밖에서 기다리고 있던 딸이 그라스에게 달려왔다.

"치노, 우리 야영지로 돌아가자."

"네, 아버님!"

치노의 얼굴에는 어린 티가 남아있었다. 귀와 꼬리는 은색이고 눈동자는 노란색. 몸집과 가슴은 작고 용모가 귀여웠기에, 도저히 전사로 보이지 않았다.

하지만 치노는 특별한 힘이 있어 어지간한 전사들쯤은 상대가 되지도 않을 만큼 강했다.

치노는 기쁜 듯이 꼬리를 옆으로 흔들었다.

"아버님, 전쟁은 언제 시작되나요? 전 첫 출전이 무척 기다려져요. 이제야 겨우 인간 놈들에게서 우리의 땅을 되찾겠네요."

그라스는 이번 싸움이 첫 출전인 치노에게 침착성이 없는 것을 지적했다.

"꼬리를 함부로 흔들지 마라. 전사로서 미숙하다."

치노의 꼬리가 멈추더니 곧 귀가 축 처졌다.

"죄, 죄송해요."

상대에게 감정을 내보이는 건 전사가 아니다. 늑대족의 전사에게 꼬리와 귀 컨트롤은 기본 중의 기본이다. 그게 아직 미숙한 딸을 그라스는 난폭하게 쓰다듬었다.

"이번엔 귀가 처졌다."

"아읏!"

더욱 낙담하는 치노를 본 그라스는 불안을 느꼈다.

"이래서는 첫 출전이 걱정되는구나. 역시 넌 집을 지키도록 해야 했어."

그라스가 부모로서 걱정하자 치노는 발끈해서 고개를 들었다.

"아버님. 전 이래봬도 마을의 전사예요. 그리고 일족의 무녀예요. 그런 제가 전장을 경험하지 못했다는 건 일족의 수치가 아닌가요?"

자기는 마을의 무녀라는 치노의 말을 듣고 그라스는 씁쓸한 표정을 지었다.

"그래. 마을의 무녀는 그래야 하지……."

치노는 양손을 허리에 대고 작은 가슴을 폈다. 무녀인 것이 자랑스러운 것이리라.

"전 자랑스러운 백은의 늑대니까요."

그라스는 자기들의 야영지로 돌아가면서 무녀라고 자랑하는 딸을 보고 웃었다.

"설마 우리 집안에서 백은의 자식이 탄생할 줄은 몰랐다. 이미 몇십 년이나 보이지 않았는데."

늑대족 사이에서는 백은의 털을 지닌 자는 늑대족의 무녀가 되어야 한다는 전승이 있다. 전승처럼 백은의 털을 지니고 태어난 치노는 다른 늑대족보다 영적으로 뛰어난 존재였다.

각 마을의 촌장이나 그라스와 같은 족장조차 무녀 앞에서는 넙죽 엎드려야만 한다.

하지만 전사 일족답게 무녀라고 해도 전장을 경험해야만 전사로서 인정받을 수 있었다.

중요한 무녀를 이번 전쟁에 데리고 나온 것도 빨리 인정받기 위해서였다.

"이 전쟁이 끝나면 몇십 년만에 무녀가 나오는 거잖아요. 그렇게 되면 아버님도 편안하실 거예요."

무녀의 아버지쯤 되면 늑대족 사이에서 그라스의 지위는 지금보다 공고해질 것이 틀림없다.

그라스는 치노를 보면서 피식 웃었다.

"딱히 영적으로 뛰어난 것처럼 보이진 않는다만."

치노는 아직 이렇다 할 영적 소질이 보이지 않았다. 어쩌면 '전승은 미신일지도 모른다'는 생각마저 하고 있었다.

치노도 그 점이 신경 쓰이는지 고개를 돌려버렸다.

"첫 출전을 마치면 바로 무녀의 힘을 발휘해서 보여드릴 거예요."

"그것참 믿음직하구나."

이야기에 열중하는 사이에 둘은 늑대족의 야영지에 돌아왔다. 그라스는 자기 천막에 들어가더니 그대로 치노를 불러 이야기했다. 바닥에 앉은 그라스는 군사회의를 떠올리면서 불만스러운 듯이 불평했다.

"그나저나 노고 장군을 어찌해야 할지 모르겠군. 걸핏하면 약탈한 식량을 바로 낭비하니 원······."

노고는 틈만 나면 연회를 열어 식량을 낭비했다. 하지만 치노에게는 그다지 대수롭지 않게 느껴졌다.

"알 왕국에 비축 식량이 있을 테니, 걱정 없지 않을까요?"

단순한 치노는 큰 도시니까 먹을 것도 많다고 생각했다.

하지만 그라스는 그렇게 낙관적이지 않았다.

"그렇다면 다행이지만, 지금은 저들도 궁지에 몰려 있다. 왕도에 식량이 있을지는 미지수인 거지. 어쩌면 우리가 성도에 들어간 순간 식량 쟁탈전을 벌여야 할 수도 있다. 치노, 너도 이걸 잊지 마라."

"아, 네."

대답은 했지만 치노는 여전히 모르겠다는 눈치였다. 그라스는 불안해졌다.

수인들은 마치 메뚜기처럼 인간들의 마을과 촌락, 그리고 도시를 습격해서 식량을 약탈했다.

하지만 노고 장군는 이렇게 모은 식량을 낭비하기만 했다. 그라스가 아무리 충고해도 강자를 따르는 아인들의 사회에서는 노고 장군의 행동이 정의였다.

"마왕님께 힘을 부여받은 노고 장군은 일당백의 전사이지만, 그렇다고 이대로 식량 문제를 방치하는 건 위험해."

치노는 어려운 건 모르겠다는 표정이었다.

"괜찮아요, 아버님! 지금까지도 문제없이 식량을 얻었잖아요?

127

왕도니까 더 많이 있을 거예요."

그라스는 치노의 막연한 의견에 할 말을 잃고 말았다.

"그랬으면 좋겠구나……."

리암이 실종된 번필드가는 크게 혼란스러웠다. 그만큼 리암이 번필드가에서 중요하다는 증거였다.

저택의 책임자인 집사 브라이언은 머리를 싸매며 눈물을 흘리고 있었다.

"으으으으. 이 브라이언, 리암 님이 다른 곳으로 끌려갔다는 게 지금도 믿기지 않습니다. 몸이라도 무사하시다면 좋겠습니다만."

눈물로 손수건을 적시는 브라이언 옆에는 아마기의 모습이 있었다.

아마기는 독자적으로 리암 수색을 진행하고 있었다. 가능하면 번필드가를 지휘해 수색하고 싶지만, 이전에 영내에 대한 간섭은 삼가기로 한 이상 어쩔 수 없었다.

당시에는 영내의 인재가 충분히 육성됐기에 더 이상 역할이 없다고 판단하여 물러났는데, 그렇다 보니 지금은 딱히 권한을 가지고 있지 않았다.

아무 권력이 없음에도 아마기를 무시할 수 없는 이유는 바로 리암이라는 뒷배가 있기 때문이다.

반대로, 리암이 없는 상황에서는 변변한 권한도 없는 아마기가 할 수 있는 일은 적었다.

아마기가 주위에 수많은 영상을 투영해 그 영상들의 정보를 처리해 나갔다.

그런 때에 아마기의 눈꺼풀이 살짝 움직였다.

"——정보가 새 나가고 있습니다."

불온한 말에 브라이언이 고개를 들었다.

"뭐라고요?!"

"주인님이 소환술로 인해 실종됐다는 정보가 유출…… 아니, 의도적으로 흘리고 있군요."

"누, 누가 그런 짓을!"

리암이 실종됐다는 소식이 외부에 새어나가면 큰일이다.

브라이언이 당황한 가운데 아마기는 담담하게 원인을 찾았지만, 아무것도 알 수 없었다.

"——틀렸군요. 정보가 뒤섞여 원인을 밝혀낼 수 없습니다. 주인님의 권한이 있어야 합니다."

"번필드가에 그런 불순한 자가 있을 줄이야."

이 타이밍에 불온한 움직임을 보이는 자들이 나타났다는 사실에 브라이언은 얼굴을 파랗게 물들였다.

번필드가에 리암이 없는 영향은 너무나도 컸다.

브라이언은 바닥에 주저앉아 푸념했다.

"이런 때일수록 기사들이 영지를 수습해야 하는데……."

평소에는 무표정한 아마기도 이번만큼은 불만스러운 표정을 내비쳤다.

"주인님이 부재중일 때의 매뉴얼에 문제가 있다고는 하나, 그 둘은 대체 무얼 하는 건가요."

티아와 마리는 솔선하여 기사단을 한데 모아 영내의 혼란을 다스려야 했다. 제국에서도 유수의 실력자인 두 사람이라면 리암이 없어도 안정을 잃은 번필드가도 수습할 수 있었을 것이다.

하지만 현실은 그렇게 되지 않았다.

브라이언이 바닥을 치며 비통하게 외쳤다.

"리암 님, 빨리 돌아와주십시오!!"

저택의 복도에서 기사들이 양쪽으로 나뉘어 서로 노려보고 있었다.

한쪽은 티아가 이끄는 파벌의 기사들. 티아와 성질이 비슷해서 기사복 하나도 규정에 맞춰 차려입는 사람들이었다.

티아는 앞을 가로막고 선 마리를 탁한 눈빛으로 바라보았다.

무표정한 티아는 평소보다 낮은 목소리로 말했다.

"비키라는 말이 안 들려? 화석이 되면 귀까지 먹어버리는구나."

티아의 빈정거림에 마리의 입꼬리가 쓱 올라갔지만, 눈초리는 조금도 움직이지 않았다.

"다진고기년이 건방 떨지 말지? 그리고, 우리만 골라 방해하는 건 무슨 의도인 걸까?"

마리는 흥분하면 엉터리 아가씨 말투가 사라지지만, 그렇다고 지금 침착한 건 아니었다.

마리는 당장 눈앞에 있는 여기사를 죽이고 싶어서 참을 수가 없었다.

뒤에 있는 마리파 기사들은 티아파보다 거친 기사가 눈에 띄었다. 기사복도 각자 마음대로 개조하여 일관성이 없었다.

하지만 강도는 분위기만큼은 일관됐다. 마리의 성질과 마찬가지로 거친 기사들의 집단이었다.

물과 기름 같은 두 집단이 복도에서 딱 마주치고 말았다.

저택에서 일하는 고용인들은 평소와는 달리 기사들을 보자 쏜살같이 도망쳤다.

"당장 도망쳐라! 휘말린다!"

"리암 님만 계셨다면!"

"대피이이이!!"

고용인들이 도망치자, 그걸 확인한 티아가 주저 없이 무기를 들고 마리에게 덤벼들었다.

"죽어라, 화석!"

진심이 담긴 티아의 일격을 두 자루 칼로 막아낸 마리는 입꼬리를 올리며 웃었다.

"다진고기로 되돌려주마!"

두 사람이 격돌하자 기사들도 서로 죽일 듯이 싸우기 시작했다. 주위의 기둥과 벽에 흠집이 나고 유리창이 깨졌다.

리암이 실종된 후로 이런 일이 빈발하고 있었다. 아직 사망자는 나오지 않았지만, 중상자는 쌓여만 갔다.

저택의 넓은 복도에서 서로를 죽이기 위한 싸움이 시작되어 주위에 피가 튀기 시작했을 때——.

"저, 저, 저기 싸움, 안 됩, 니다."

한 기의 메이드 로봇이 가는 목소리로 중재했다.

기사들은 흥분한 상태라 메이드 로봇을 살의가 담긴 시선으로 보고 말았다. 그 순간 티아와 마리가 순간적으로 뒤로 물러나 자기 부하들을 물렸다.

"멈추세요!"

"그만해라, 이 멍청이들아!"

두 사람의 성난 외침을 들은 부하들이 일제히 움직임을 멈췄다. 메이드 로봇을 보고 모두가 식은땀을 흘리고 있었다.

일면식도 없는 타인이었다면 말을 듣지 않았을 것이다. 만약 이 일이 돌아온 리암의 귀에 들어가면 이 자리에 있는 전원이 리암의 칼에 죽을 가능성마저 있다.

게다가 중재한 메이드 로봇은 '타테야마'였다.

"타테야마 덕에 목숨 건졌네, 화석놈들."

티아가 그렇게 말하고 등을 돌려 자리를 뜨자 마리도 등을 돌렸다.

"무능한 다진고기들은 입만 살았나보네. 타테야마의 얼굴을 봐서 물러날 테니 감사하라고. 다음은 반드시 죽여줄게."

기사들이 떠난 후, 타테야마는 주위를 둘러보고 청소하기 시작했다.

"주인님이 돌아오면 또 이곳에 가게를 낼. 겁니다. 그러니 청소, 합니다."

이곳은 타테야마가 자주 노점을 여는 곳이었다. 리암이 돌아왔을 때 언제든지 가게를 낼 수 있도록 깨끗하게 해두고 싶었다. 청소도구를 손에 든 타테야마는 약간 어두운 표정을 지었다.

"주인님, 빨리, 돌아오셨으면 합니다."

그 무렵, 한 기사가 머리를 싸매고 있었다.

클라우스 세라 몬트. 최근 대함대를 이끌고 전장에 나가 제국을 승리로 이끈 위대한 기사다. 실제로는 티아가 지휘하고 클라우스는 보조를 했을 뿐이지만.

클라우스는 자기 평가가 정확한 편이었기에 이런 허명이 늘어날 때마다 스트레스를 받았지만, 그 어떤 것도 이번만큼은 아니었다.

"리암 님은 아직이신 건가!"

(우오오오오!! 리암 님이 안 계시니 두 사람이 제지가 안 돼!! 누가 이 상황 좀 어떻게 해줘어어어!!)

클라우스는 무표정하게 작은 한숨을 쉬면서 내심 속을 태우고 또 태우고 있었다. 그는 남에게 뒤지지 않는 단 하나의 특기가 있다. 어떤 상황이든 감정을 표정이나 태도에 드러내지 않는 것이다.

심지어 최근에는 이 특기가 자주 필요해지면서 실력이 더욱 향상되었다.

리암의 부재를 한탄하면서도 태도가 침착한 클라우스에게 주위의 부하들은 뜨거운 시선을 보냈다.

"이 상황에도 침착하시다니! 역시 클라우스님이야말로 번필드가의 기둥입니다!"

"다른 파벌과는 비교도 할 수 없습니다!"

"역시 클라우스 님이 번필드가를 지휘해야 합니다!"

부하들의 과대평가와 뜨거운 시선에 클라우스는 토할 것만 같았다.

"아부는 그쯤하고 업무로 돌아가세요."

(그만해! 난 지금 지위도 너무 훌륭해서 속이 쓰린데 이 이상 치켜세우지 마! 차라리 다 말할 수 있으면 얼마나 편할까. 하지만 이 상황에 나약한 소리를 하면 더 혼란만 가중되겠지…….)

클라우스는 티아와 마리가 한창 파벌싸움을 격화시키고 있는 와중에 영내의 치안 유지에 임하고 있었다. 정확히는 둘이 싸우는 동안에 쌓인 일을 처리하고 있었다. 누군가가 하지 않으면 영내에 문제가 생기기 때문에 클라우스가 부하들을 총동원해서 임하고 있었다. 손해를 보는 직무가 많은 데다가 부하들을 끌어들여 미안한 마음도 있었다.

(리암 님이 돌아오시거나, 안정되면 부하들에게도 감사를……어?! 최고의 문제아는 어디 갔지?!)

클라우스는 시선으로 주위를 살폈다.

어디에도 '첸시 세라 토우레이'의 모습이 없다.

"첸시는 지금 어딨지?"

저택 안뜰에 마련된 벤치에는 청소도구를 들고 있는 두 메이드의 모습이 있었다.

후우카는 부지런히 청소하고 있는데, 리호는 업무 시간에 당당하게 단말기를 꺼내 자기가 업로드한 영상을 체크하고 있었다.

리호는 곧 댓글과 재생수를 보고는 혀를 찼다.

"칫, 재생 횟수가 떨어졌어. 댓글도 줄고. 역시 사람을 베어야 우주에서 제일 피비린내 나는 아이돌이지. 메이드복 같은 걸 입고 청소하고 있을 때가 아닌데!"

후우카는 큰 한숨을 쉬었다.

"쓸데없는 소리 말고 빨리 청소나 해. 세리나 할머니한테 혼난다고."

"뭐어? 그 녀석이 무서워? 진짜 소심하네. 옛날부터 센 척만 하는 겁쟁이라니깐."

겁쟁이라는 말에 후우카의 분위기가 확 변했다.

"한 번 더 지껄여봐."

후우카가 격노해서 빗자루를 들고 자세를 잡으려고 하니 리호도 옆에 둔 빗자루를 잡았다.

이들이 쓰는 빗자루는 단순한 청소도구가 아니다. 이래 보여도 고성능 정밀 기기다.

"몇 번이든 말해줄게. ──겁쟁이."

리호는 웃음을 지으면서 도발했다.

"이 자식. 죽인다."

"실천 못 할 말은 하지를 마. 죽는다?"

둘은 서로를 노려보기 시작했는데, 같은 곳으로 얼굴을 돌렸다.

그 자리에서 바로 비켜나자 두 사람이 서 있던 곳에 참격이 날아와 땅을 도려냈다.

흙먼지가 피어올랐다.

리호와 후우카가 싸움을 멈추고 참격이 날아온 방향으로 시선을 돌렸다.

"나한테 싸움을 거는 바보가 있을 줄은 몰랐어."

"죽인다. 반드시 죽여줄게."

리호는 나타난 여자를 보고 웃으면서 살의를 드러냈다.

후우카는 격노해서 눈에 핏발을 세우고 적을 노려봤다.

두 사람에게 참격을 날린 사람은 미소 지으면서 나타난 첸시였다.

"어머, 이걸 피하네."

첸시는 차이나드레스를 개조한 기사복을 입는데, 오늘은 상태가 이상했다. 특히 양손이 몹시 이질적이었다.

리호는 불쾌감에 눈을 가늘게 뜨고 완전히 변해버린 양손을 봤다.

"뭐야? 개조한 거야?"

첸시의 손은 땅에 닿을 정도로 늘어나 있었다. 손톱은 칼날처럼 길었고, 손목에는 금속이 보였다.

사이버네틱 오거니즘. 사이보그. 신체를 기계화했다.

후우카가 코를 벌름거리더니 첸시의 냄새에 눈살을 찌푸렸다.

"기계 냄새가 진하네. 팔만 바꾼 게 아닌 모양인데?"

첸시는 미소만 지을 뿐 대답하지 않았다.

첸시가 입을 열자, 입에서 총구가 나타났다.

두 사람이 재빨리 피하자 레이저가 바닥을 검게 태웠다.

"칫!"

리호는 첸시에게 접근해 빗자루를 내리쳤다.

첸시는 신체를 변형해가며 리호의 일격을 막아냈다. 입을 크게 벌리고, 관절이 늘어나고, 등에서 무기가 나타났다.

괴물 같은 모습이었지만 리호는 동요하지 않았다.

"어차피 머리는 여전히 피가 흐를 텐데, 그냥 때려 부숴 버릴까? 쟤가 먼저 시작했으니 사형도 불평하진 않을 거야."

리호의 생각에 후우카도 찬동했다.

"그거 좋네! 이제 마음껏 날뛸 수 있어. 거기 너, 내 스트레스 해소에 어울려줘야겠다!"

일섬류 검사들은 흥분에 젖어들었다.

첸시도 고양되기는 마찬가지였다. 리암의 사매들 앞에서 자신이 손에 넣은 힘을 시험해보고 싶어서 몸이 근질근질했다.

"리암을 죽이기 위해 손에 넣은 힘이지만, 그 전에 시험해보는 것도 괜찮겠지."

후우카가 첸시의 말을 듣고 웃어넘겼다.

"빨리 죽어, 일섬!"

리호는 먼저 일섬을 날린 후우카에게 불만스러운 표정을 지었다.

"새치기하지 마! 일섬!"

리호와 후우카가 빗자루로 일섬을 날리자 첸시가 비웃었다.

"빗자루라서 무뎌졌나? 아니면 너희가 리암보다 약한 걸까?"

첸시는 일섬을 피했다.

후우카가 놀라서 아연실색한 가운데, 리호가 화가 치민다는 듯이 첸시를 노려봤다.

"젠장, 역시 칼이 아니면 전력을 낼 수가 없나……. 아니, 그렇다고 쉽게 피할 수는 없지. 이 녀석 머리까지 개조해버린 건가."

후우카는 빗자루를 내던졌다. 표정이 아까보다 더 진지해져 있었다.

"머리까지 싹 다 고쳐야 한다니, 약한 녀석은 힘들겠네."

초능력이나 제6감 등을 얻기 위해 첸시는 유일하게 남은 뇌까지 기계로 개조했다.

두 사람의 태도에 첸시가 눈을 크게 뜨자 눈동자 속의 렌즈가 확대와 축소를 반복했다.

"강해진다는 건 최고야. 이제 리암을 언제든지 죽일 수 있어."

리암을 죽이기 위해 육체를 버린 첸시를 보고 리호가 입꼬리를 올리고 웃었다.

"피라미가 잘도 떠드네. 그 정도로 사형한테 이길 수 있을 것 같아?"

후우카는 머리카락을 곤두세우고 있었다.

"일섬류를 이기겠다니, 꿈도 크지. 까불지 마라. 죽인다."

육체를 버리고 기계가 된 첸시가 둘에게 덤벼들었다.

"호전적이라서 좋네. 자, 날 즐겁게 해줘!!"

한때, 번필드가를 떠받드는 12가문을 자칭하던 귀족들이 있었다.

이들은 부활한 번필드가의 종자 가문이 되어 지원을 받아 영지를 발전시켰는데, 세월이 흐르자 그중 몇 가문이 초심을 잃고 거만하게 굴기 시작했다. 자기가 번필드가를 떠받치고 있다는 이유였다.

물론, 종자 가문이니 완전히 틀린 말은 아니었다. 변경에는 제국의 위광이 닿지 않기에, 근처에서 가장 발전한 귀족이 그 외 귀족들을 돌보는 종자 관계를 구축하는 게 일반적이었다. 번필드가와 같은 대귀족은 주변 귀족들을 한데 모으는 역할을 부여받는다.

그리고 종자 가문은 유사시에 주군 가문을 도울 의무가 있다.

전쟁이 나면 참전할 의무가 있고, 협력 요청에 응해야 한다.

하지만 리암은 지금까지 종자 가문을 한 번도 의지하지 않았다. 종자가 있어도 별 도움이 되지 않을뿐더러, 모든 문제를 번필드 가가 자력으로 극복할 수 있었기 때문이다.

이는 번필드가의 힘을 보여준 일이었지만, 이번만큼은 그 힘이 오히려 독이 되고 말았다.

예전에 12가문을 자칭하던 귀족 중 한 명, 노덴 남작이 하이드 라 행성에 내려섰다.

그는 시가를 입에 물고 줄무늬 정장을 입고 있었는데, 몸집이 작고 팔다리는 가는 데 반해 배가 크게 나온 체형이었다.

노덴 남작가의 당주 '바오리 세라 노덴'은 연기를 내뿜으면서 뻔뻔하게 번필드가의 저택에 발을 들였다.

"오랜만에 와봤는데, 소란스럽군."

바오리 뒤에는 정청 관료들의 모습이 있었다.

"부끄러울 따름입니다."

관료들이 겸손하게 구니 바오리는 기분이 좋았다.

"우리가 후원자가 됐다면 이런 사태를 피할 수 있었을 텐데. 리암도 그저 도량이 좁은 아이에 불과했던 모양이군."

정작 리암과 면회할 때는 지원을 받고자 머리를 굽실굽실 숙이기 바빴지만, 지금은 뻔뻔한 소리를 늘어놓고 있었다. 애초에 그에게는 누군가를 후원할 만한 힘도 실력도 없었다.

바오리는 노덴 남작가의 종자 가문인 클로버 준남작가의 아들이 리암에게 싸움을 걸면서 책임을 추궁당해 연이 끊어진 상황이었다. 번필드가의 지원을 받지 못하자 그는 곤궁에 처했다.

관료들도 이런 사실들을 잘 알았지만, 아부하며 고개를 끄덕였다.

"정말 그렇습니다. 하지만 앞으로는 다를 겁니다. 새로운 번필드가의 당주님을 떠받들고자 합니다."

바오리와 관료가 뒤돌아보니, 기사들에게 둘러싸인 한 아이가 있었다.

이 기사들은 번필드가의 전대와 전전대를 모시던 자들이다. 이 옛 번필드가의 기사들은 리암은 섬기지 않았다. 그들이 지키는 건 리암의 아버지인 클리프와 그의 또 다른 아들이었다.

아이의 이름은 '아이작 세라 번필드'. 나이는 이제 70세지만, 15세 전후의 용모를 지니고 있었다.

구석구석 잘 손질된 윤기 있는 긴 흑발과 반짝이는 파란 눈동자를 가진 미소년. 얼굴은 잘생겼지만, 태도가 건방졌다.

아이작은 유년 학교를 졸업했지만, 사관학교나 대학에는 아직 진학하지 않았다.

아이작은 얼마 전까지 수도성에서 클리프와 사치스러운 생활을 하고 있었는데, 태어나서 처음으로 번필드령을 방문한 데는 이유가 있었다. 바로 다음 번필드 공작이 되기 위해서다.

리암에게서 영지와 작위를 물려받기 위해 온 사람이 아이작이었다.

아이작은 리암이 지은 저택을 보자마자 불평하기 시작했다.

"이 재미없는 저택은 뭐냐? 예술성이라고는 눈곱만큼도 없는 심하게 수수한 저택이잖아. 난 이런 얌전하기만 한 게 장점인 저택에선 안 살 거야."

아이작은 리암의 저택을 깎아내렸지만, 주위 사람들은 그걸 책망하지 않았다. 바오리는 노골적으로 비위를 맞췄다.

"그 말대로입니다. 이런 궁상맞은 저택은 아이작 님께 어울리지 않습니다. 상속 후에 바로 해체해서 새 저택을 짓도록 하죠."

마치 아이작이 다음 번필드 공작이 되는 것으로 정해진 듯한 태도였다.

그도 그럴 것이 바오리는 아이작을 번필드가의 당주로 만드는 계획에 가담했기 때문이다.

(리암! 날 업신여긴 대가를 치르게 해주마. 네가 없는 동안 이 꼬맹이를 번필드가의 당주로 앉히고 노덴 남작가의 당주인 내가 실권을 쥐도록 하지.)

종자 가문에 불과한 노덴 남작가는 아이작을 당주 자리에 앉혀 번필드가의 실권을 쥐려고 했다.

관료들도 바오리의 야심을 알면서 이 계획에 끌어들였다. 그들은 아이작의 비위를 열심히 맞추었다.

"아이작 님이 당주가 되시면 번필드가는 더욱 번영하겠죠. 리암은 통치의 재능이 없었습니다. 지금까지 그저 우연히 잘됐을 뿐이지요. 애초에 제국 귀족이 인형들을 쓰다니, 너무 부끄럽습니다.”

이때다 싶어 평소의 불만을 말하는 관료들.

아이작을 지키기 위해 파견된 기사들도 입을 열었다.

곱슬곱슬한 긴 금발의 예쁘장한 남자는 '키스 세라 레프카'. 파란 립스틱을 써서 중성적이고 불가사의한 분위기의 소유자였다. 키가 크고 날씬하며 허리에는 가늘고 긴 사브르가 달려있었다.

그는 오른손 손가락으로 자기 머리카락을 만지작거리고 있었다.

“리암은 당주로서 품성이 부족했지요. 이로써 드디어 번필드가에 어울리는 당주가 탄생하는군요. 대대로 가문을 섬기던 가신들도 이제야 안심할 수 있겠어요.”

대대로 가문을 섬기는 가신이라 말했지만, 정작 전까지는 리암을 피해 수도성에 있었다.

하지만 이 남자의 실력은 상당했다. 전전대와 전대 무렵에는 필두기사 지위에 있었다.

검술도 뛰어났기에 수도성에서 지내는 클리프 일행에겐 의지할만한 인물이었다.

그런 키스를 아이작의 호위로 하이드라에 파견한 건 불어난 번필드가의 부를 클리프 일행이 손에 넣기 위해서였다.

바오리가 키스를 보고 웃음을 짓고 있었다.

“그런데 설마 클리프 님이 키스 공을 보내실 줄이야. 번필드가 최고의 기사이지 않으십니까.”

키스도 최고라는 말에 기분이 좋아 보였다.

"다 옛날이야기지요. 지금은 외부인들이 기웃대고 있다고 들었습니다."

외부인들이란 리암 대에 임관한 기사들을 가리킨다.

아이작은 지금의 기사단도 마음에 안 드는 듯했다.

"오랫동안 섬긴 기사가 없다니, 어중이떠중이들이 아닌가. 리암은 정말 인망이 없군."

아이작은 대대로 가문을 섬기는 가신에게 버림받은 리암을 한심한 남자라고 생각했다.

키스가 아이작에게 공손하게 머리 숙여 인사했다.

"앞으로는 아이작 님을 위해 제가 필두기사로서 번필드가의 기사단을 총괄하죠."

"그래, 기사단은 맡기지."

아이작이 저택 안으로 들어가자 키스와 기사들도 뒤를 따랐다.

하지만 바오리와 관료들은 그 자리에 남았다. 아까와 달리 기사들에게 화가 치민다는 표정을 보였다.

"뭐가 필두기사냐. 가문을 버리고 수도성으로 도망친 비겁자 놈들이."

바오리가 본심을 드러내자 관료들도 불평했다.

"제 발로 나간 것이니, 배가 아파도 자기 책임 아니겠습니까?"

"도망치지 않고 남아있었다면 지금쯤 번필드가의 필두기사가 됐을 텐데 말이죠."

이번 일은 키스와 기사들에게는 기사단으로 돌아갈 기회다. 게 다가 아이작을 따르면 요직은 약속된 것이나 마찬가지다.

훌륭해진 번필드가의 기사단을 이끈다── 기사에게는 동경을 품을만한 일일 것이다.

이 이야기를 하자 키스와 기사들은 제안에 달려들었다.

바오리가 씨익 웃었다.

"비겁자들이라 해도 실력은 진짜니까. 번필드가의 시끄러운 놈들의 입을 다물게 만드는 데 실컷 이용해야지."

바오리 일행만으로 번필드가의 기사들을 상대하는 건 어렵지만, 키스 같은 실력자가 있으면 한결 수월할 것이다.

이렇게 이해관계가 일치하는 자들이 모여 번필드가를 빼앗고자 했다.

브라이언은 너무 놀라서 말도 나오지 않았다.

정청의 관료들이 리암이 연을 끊은 바오리와 함께 왔기 때문이다.

"클리프 님의 서명을 받아왔습니다. 리암 님이 돌아가신 지금, 다음 번필드 공작은 아이작 님입니다."

응접실 의자에 앉은 아이작은 기분이 안 좋은지 미간을 찌푸리고 있었다.

브라이언이 입을 뻐끔거리고 있으니 옆에 서 있던 세리나가 참견했다.

"리암 님이 돌아가신 것도 아닌데, 어찌 이러십니까."

관료는 세리나의 지적을 웃으며 얼버무렸다.

"이거 실례했습니다. 하지만 언제까지고 영주 자리를 비워둘 수는 없는 노릇 아닙니까? 앞으로는 정청의 주도로 통치하겠습니다."

리암이 없어진 뒤로 사태가 너무 급하게 진행됐다. 세리나는 불신감을 가졌다.

(수도성으로 도망친 멍청이들이 재산을 노리고 몰려들었구나. 언제부터 이리도 부지런했다고. 오히려 이상하리만치 움직임이 빠른데.)

리암의 실종 소식이 퍼지면 수도성에 있는 클리프 일행이 소란을 피울 것쯤은 예상한 일이었다.

하지만 뜻밖에도 이들의 움직임이 너무나도 신속했다.

아이작이 뻔뻔스러운 태도로 명령했다.

"아버님과 할아버님의 명령을 거스르는 거냐? 이봐, 이 녀석을 바로 처형해라."

아이작의 태도에 세리나는 말투를 바꿨다.

"나는 원래 제국의 궁전에서 일하던 사람이다. 날 건드리면 여러모로 일이 꼬일 텐데, 꼬마는 그걸 감당할 자신이 있니?"

아이작이 꼬마라 불려 발끈하자 키스가 부드러운 말투로 끼어들었다.

"아이작 님, 처분을 재고해주시지요. 수도성과 말썽이 나면 클리프 님에게 폐를 끼치게 됩니다."

"……목숨을 건졌군."

아이작이 얼굴을 돌리자 세리나는 고개를 저었다.

(리암 님에게는 한참 못 미치는군.)

아이작의 기량을 알고 이대로 리암이 돌아오지 않으면 번필드가의 장래는 어두울 것이라고 예상했다.

지금까지 가만히 있던 브라이언이 겨우 다시 일어섰다.

"키스 공, 뭘 하는 겁니까? 귀하는 번필드가를 버리고 수도성으로 도망치지 않았습니까."

브라이언은 예전에 번필드가를 버린 기사에게 격한 분노를 품고 있었다.

키스는 아직 어렸던 리암을 버리고 수도성으로 도망쳤다.

키스는 뻔뻔스러운 웃음을 띠고 있었다.

"브라이언, 너무 괴롭히지 마세요. 미안하다는 생각은 하고 있어요. 그렇기에 이렇게 돌아온 거죠. 이후는 제게 맡기고 여생을 보내도 좋을 겁니다."

"이, 이제 와서!"

브라이언은 손을 꽉 쥐었지만, 세리나가 말렸다.

"브라이언."

"……죄송합니다."

키스는 주먹을 들지 못하는 브라이언을 보고 비웃었다.

"현명한 판단입니다. 일반인이 기사를 이기려고 하는 건 무모한 짓이니까요. 얌전히 따르는 게 신상에 좋을 거예요."

브라이언은 손을 꽉 쥐고 키스를 외면했다.

"리암 님만 계셨다면……."

번필드가의 저택에 몰려온 아이작 일행을 지켜보는 존재가 있었다. 바로 안내인이었다.

"좋아. 아주 좋아! 리암보다 훨씬 더 재능 있는 악당이잖아! 아이작, 너야말로 내가 바라던 존재야."

목숨을 목숨으로 여기지도 않는 제국 귀족다운 아이작에 대한 안내인의 호감도가 올라갔다.

아이작이 번필드가를 상속하면 안내인이 고대하던 전개가 기다리고 있을 것 같았다. 영지는 쇠퇴하고 사람들이 절망하는 환경이 갖춰진다.

하지만 여기에는 한 가지 문제가 있었다.

"근데 아이작 군에 대한 정보를 여기사들이 알면 귀찮아지겠지. 아이작 군이 배제당할 거야."

안내인은 호칭을 붙여 부를 정도로 아이작이 마음에 들었다.

하지만 아이작을 호위하는 키스는 티아나 마리와 비교하면 격이 떨어졌다. 둘 중 한 명이라도 이 상황을 알고 쳐들어오면 아이작을 지키지 못할 것이다.

"아이작 군이 만들어낼 어두운 미래를 지키기 위해서라도 내가 힘내야 해!"

안내인이 티아와 마리를 찾아보니, 의외로 둘이 같이 있었다.

둘의 모습을 본 안내인은 뭐라 형언할 수 없는 기분이 들었다.

"이거 끔찍하군. 나도 끔찍한 광경은 좋아하지만, 이 둘은 방향성이 달라."

안내인이 목격한 광경은 이런 비상시에 누가 주도권을 잡느냐로 다투는 두 사람의 모습이었다.

티아와 마리가 서로 무기를 들고 머리카락을 흩날리며 서로를 죽이려고 싸우고 있었다.

"빨리 꺼져, 화석녀!"

"너나 죽어, 다진고기년!"

둘의 무기는 격렬하게 부딪친 영향으로 반쯤 망가졌다.

둘은 온몸에 생채기가 난 상태였지만, 들고 있던 무기를 내던지더니 이번에는 맨손으로 서로를 죽이려고 싸우기 시작했다.

마리가 드롭킥을 날리자 가슴을 차인 티아가 벽까지 날아갔다.

마리가 벽에 박힌 티아에게 최후의 일격을 가하려고 했다.

하지만 이번에는 티아가 벽을 차서 나오더니 마리에게 박치기를 먹여 날려버렸다.

참으로 끔찍한 광경에 안내인도 '이건 아니야. 내가 바라는 어두운 미래가 아니야'라며 고개를 저었다.

하지만 이런 두 사람이라도 위험인물인 건 변함없다.

안내인은 서로를 죽이기 위한 싸움을 계속하는 두 사람을 보면서 턱을 쓰다듬으며 생각했다.

"별로 쓰고 싶지 않은 방법이지만, 잘 되면 리암에게 큰 타격을 줄 수 있을 거야. 그럼 너희는 한동안 춤을 춰줘야겠어. 아니, 꼭 두각시가 된다고 해야 할까?"

안내인이 양팔을 벌리자 엘프에게서 손에 넣은 부정적인 에너지가 몸에서 넘쳐흘렀다. 그리고 안내인 양옆에 안내인과 똑같은 모습을 한 자가 두 명 나타났다.

안내인은 분신들을 싸움을 계속하는 둘에게 보냈다.

"저 둘은 번필드령에서 날뛰게 하자. 너희는 둘의 욕망을 자극해서 잘 컨트롤해라."

복제된 안내인들이 고개를 끄덕이고 티아와 마리의 등 뒤로 돌았다. 안내인의 존재를 감지하지 못하는 둘은 아주 쉽게 뒤를 잡히고 말았다.

하지만 감은 좋은 모양이었다.

"뭐지?"

"뒤에서 기척이?"

티아도 마리도 등 뒤에 기척을 느끼고 뒤돌아봤지만 이미 늦었다.

안내인이 크게 웃었다.

"늦었어. 너희는 내 복제들과 연결됐다. 자, 욕망을 드러내라!"

배후로 돈 복제들이 양팔을 펼치자 티아와 마리의 모습에 변화가 생겼다.

복제된 안내인의 손끝에서 뻗어 나온 실이 두 사람의 몸을 속박해 갔다.

"이제 너희는 나한테서 도망칠 수 없어."

두 사람 모두 괴로워하기 시작하자 복제들이 웃었다.

"리암에게 가장 소중한 사람이 되고 싶다? 아주 좋아! 네가 최고라는 걸 증명하면 되잖아!"

"자, 실컷 날뛰어라. 네가 원하는 건 뭐냐? 자아, 자아!!"

욕망이 증폭된 티아와 마리가 비틀거리며 일어났다. 의식이 몽롱한 모양이었다.

둘은 불안한 걸음걸이로 서로에게 등을 돌리고 걸어가기 시작했다.

티아는 중얼거리며.

"내가 리암 님에게 가장 소중한 사람이…… 그래, 바로 내가."

마리는 깔깔 웃으면서.

"그래. 로제타 님도 같이…… 그분과 함께……."

두 사람의 모습을 본 안내인은 기분 좋게 웃고 있었다.

"그래. 리암에게 가장 소중한 사람이 되고 싶으면 다른 건 전부 파괴해라. 그렇게 하면 남은 한 명이 리암의 가장 소중한 사람이 되는 거다. 방해꾼은 전부 제거하면 된다."

두 사람은 안내인의 말을 거스르지 못하고 그저 명령에 따라 움직이기 시작했다.

떠나가는 두 사람의 등 뒤에는 복제된 안내인의 모습이 있었다. 둘은 안내인에 의해 꼭두각시 인형이 되고 말았다. 안내인은 두 사람의 모습을 보고 만족스럽게 미소 지었다.

"자 그럼, 이렇게 방해자는 사라졌네. 이제 아이작 군에게 맡겨두면 가만히 있어도 번필드가는 쇠퇴하겠지. 리암이 돌아왔을 때 어떤 얼굴을 할지 벌써 기대되는걸."

안내인은 크게 웃으면서 천장에 빨려 들어가듯이 사라졌다.

티아가 다시 눈을 뜬 곳은 자기 방의 침대 위였다.

상반신을 일으켜 얼굴에 손을 대니 땀을 꽤 흘리고 있었다.

"난 왜 방에 있는 거지? 아까까지는……."

떠올리려고 하자 격렬한 두통에 방해받았다.

그때였다.

『티아 님, 긴급사태입니다!』

부관인 클로디아가 허가도 받지 않고 통신회선을 열었다.

비상 연락망이기에 위기 상황이라 판단한 티아가 용건을 물었다.

153

"무슨 일이이야?"

『수도성에서 리암 님의 친동생이 왔습니다. 놈들은 번필드가를 찬탈할 속셈입니다.』

티아는 바로 아이작을 제압하려 했지만, 욕망이 방해했다.

(빨리 사태를 수습해야 해 아니, 잠깐만⋯⋯. 이 상황을 이용할 수 있지 않나?)

수도성에서 파견된 아이작 무리에 의해 혼란에 빠진 번필드가. 하지만 리암이 돌아올 것이라 믿는 티아에게 아이작의 존재 따위는 아무래도 좋았다.

티아는 오히려 이용 가치를 찾기 시작했다.

"클로디아, 바로 동료를 모아. 그리고 군에 연락해서 함대를 준비해."

『예? 아니, 하지만⋯⋯.』

"이대로 수도성 놈들이 번필드가를 멋대로 하게 두면 성가셔져. 지금 당장 영내를 정리하고 멍청이들을 쫓아내는 거야."

클로디아는 티아의 생각에 의문을 가졌지만, 신뢰하는 상관의 말이라 믿기로 한 듯했다.

『묘안이 있으신 모양이군요. 그럼 바로 군을 집결시키겠습니다.』

"부탁할게. ──난 할 일을 끝내고 우주로 올라갈게."

『예!』

통신이 끝나자 티아는 침대에서 나와 큭큭대며 웃기 시작했다.

"처음부터 이렇게 할 걸. 자, 그럼 중요한 물건을 가지러 갈까."

◇ ◆ ◇ ◆ ◇

저택 안에 엄중하게 보관 중인 물건이 있다.

그것은 시험관에 든 액체다.

수많은 시큐리티를 돌파하고 금고 안으로 들어온 티아는 그 물건을 손에 넣자 고양감에 휩싸였다.

볼을 분홍빛으로 물들이고 시험관에 볼을 비볐다.

"이것만 있으면 난 정당성을 얻을 수 있어. 아이작 같은 건 필요없어. 내가 리암 님의 아이를 배면 전부 해결되니까."

엄중하게 보관되어 있던 것은 리암의 유전자였다.

"리암 님의 아이를 밸 수 있다니! 이렇게 행복한 일은 없을 거야!"

욕망이 폭주한 티아는 이 상황을 구실로 삼아 리암의 아이를 임신할 생각이었다.

당연하지만 비상시라고 해서 이런 짓이 용납될 리는 없다.

리암도 인정하지 않겠지만, 욕망이 폭주한 티아는 올바른 판단이 불가능했다.

복제된 안내인이 리암의 유전자를 손에 넣어 고양된 티아를 보고 있었다.

안내인은 티아를 보고 기겁했다.

"내가 폭주하도록 했지만 이건 끔찍하군. 다른 쪽이 차라리 낫겠는데."

복제 안내인도 기겁하게 만드는 티아였다.

"달링, 어디 간 거야? 빨리 보고 싶어…….”

그 무렵 자기 방에 틀어박힌 로제타는 침대 위에서 눈물을 흘리고 있었다. 로제타는 리암이 실종된 후로 식욕이 없어 나날이 야위어가고 있었다. 오로지 리암이 돌아오지 않는 것을 한탄할 뿐이었다.

그런 로제타를 돌봐주는 사람은 수행 중인 '시엘 세라 에크스나'였다.

긴 은발을 가진 시엘은 에크스나가의 특징인 얼굴 옆 땋은머리를 하고 있었다.

그녀는 저택에서 드물게 리암을 의심하는 사람이다.

리암이 실종됐다는 소식을 들었을 때는 조금 기뻤지만, 슬퍼하는 로제타의 모습을 보고 있으니 마음이 괴로웠다.

(로제타 님을 슬프게 하다니, 진짜 리암은 짜증 나는 녀석이야. 그리고 문제가 또 하나 있단 말이지.)

시엘은 로제타와는 다른 문제를 가지고 있었다. 그건 오빠인 '크루트 세라 에크스나'였다.

어쩌 크루트는 리암에게 할 이야기가 있는 듯했다. 하지만 리암이 행방불명되어 연락이 닿지 않게 되자 시엘에게 메시지가 오게 되었다.

시엘은 알림을 끈 단말기의 화면을 열어 크루트한테서 온 메시지를 보고 얼굴이 굳어졌다.

『5분 전: 시엘, 리암이랑 연락이 안 되는데? 지금 바쁜 걸까?』

『4분 전: 시엘, 리암이 바쁘다면 나중에 연락하라고 전해줘.』

『3분 전: 시엘, 메시지 보고 있어? 리암한테 할 얘기가 있어. 여유가 생긴 뒤라도 좋으니까 연락해달라고 전해주지 않을래?』

『2분 전: 시엘, 메시지에 읽음 표시가 안 뜨는데? 일하는 중이야? 휴식 시간은 있지?』

『1분 전: 시엘? 왜 답 안 해주는 거야?』

1분 간격으로 오는 메시지에 시엘은 공포를 느꼈다.

(난 아무것도 못 본 거야. 나중에 비상시였다고 변명하면 오라버님도 용서해주겠지? 용서해줄까? 불안해지네…….)

시엘은 단말기를 주머니에 집어넣고 크루트의 메시지를 못 본 걸로 했다.

애초에 크루트한테 '리암이 사라졌다'는 말은 할 수 없다. 비록 수행 중인 몸이라 해도 시엘은 번필드가의 메이드. 비밀유지의무가 존재한다.

귀족은 보통 수행지보다 자신의 가문을 우선하지만, 이번 같은 경우에는 말하지 않는 게 좋을 것 같았다. 리암이 실종됐다는 걸 알면 크루트가 큰 소란을 피울 테니까.

게다가 지금 번필드가는 위험한 상황에 놓여있다.

(수상한 녀석들이 속속 모여들고 있어. 번필드가는 재산이 많으니까. 쟁탈전도 벌어졌고.)

당주와 후계자가 없는 번필드가는 다른 귀족들에게 좋은 먹잇감이었다. 후원자가 되면 번필드가의 부, 명성, 그리고 군사력을 쥐락펴락 할 수 있다.

번필드가는 같은 클레오 파벌의 귀족들조차 쉽사리 믿을 수 없는 상황이었다.

그런 상황에 시엘이 도망치지 않는 이유는 침대 위에서 리암의 영상을 보고 눈물을 흘리고 있는 로제타를 방치할 수 없기 때문이었다.

시엘이 로제타를 위로하고 있자, 문을 발로 차서 부수고 한 여기사가 들어왔다.

시엘이 그 말도 안 되는 행동을 나무랐다.

"무, 무슨 짓인가요!"

침입자 마리는 시엘을 무시하고 로제타에게 다가갔다. 눈에 핏발이 가득한 게 몹시 흥분한 것 같았다.

"로제타 님! 큰일이에요! 이 번필드가를 빼앗으려고 교활한 놈들이 모여들고 있사와요!"

저택의 상황을 알게 된 로제타는 마리에게 매달렸다.

"어, 어째서?! 달링은 죽지 않았어. 그저 소환당했을 뿐이야. 그렇지? 마리?"

마리는 리암은 살아있다고 호소하는 로제타를 타이르듯이 말했다.

"놈들에게는 그게 중요하지 않은 거예요. 리암 님이 없는 게 좋은 자들인 거죠."

리암이 없는 동안에 번필드가의 힘이 빼앗기려 하고 있었다.

"이대로 가면 로제타 님이 위험해요. 어쩌면 약혼자인 로제타 님을 겁탈하려는 어리석은 자들도 있을지 몰라요!"

리암을 증오하는 자들도 많은데, 그들은 무슨 짓을 할지 알 수 없다. 마리는 로제타의 안전을 확보하기 위해 서둘러 달려온 것 같았다.

위기 상황이라는 걸 안 시엘은 마리에게 물었다.

"마리 님, 그분들을 쫓아낼 수 없나요?"

"불가능해요."

시엘은 쉽게 대답하는 마리에게 위화감을 느꼈다. 평소 같으면 '다 죽여주겠어!'라고 말할 것 같은데, 어째서인지 오늘따라 얌전했다.

(로제타 님의 안전을 가장 중요하게 생각하고 있는 걸까? 평소 같으면 날뛰고 있을 것 같은데?)

마리는 로제타를 재촉했다.

"자, 빨리 이곳에서 피하세요. 분하지만 저희에겐 그들과 싸울 힘이 없어요. 지금은 도망쳐서 재기를 노리는 거예요."

"하, 하지만, 난 번필드가를 통합할 수 없어. 번필드가의 기사들과 병사는 달링만을 따를 거고, 달링은 나에게 관여하지 말라고 했는걸."

로제타가 영내에서 발언력이 낮은 이유는 이것 때문이었다. 많은 자들이 번필드가의 재력과 권력을 노리는 가운데, 로제타가 행동하지 못하는 건 리암에게도 책임이 있다.

하지만 마리에겐 비책이 있는 듯했다.

"안심하세요. 제겐 뜻을 함께하는 동료들이 있사와요. 다른 행성에 기사와 군대를 모으고 있어요. 거기서 리암 님의 후계자를 기르는 거예요!"

"후계……? 이, 있잖아, 마리, 난 아직……."

리암의 아이를 배지 않았다고 말하고 싶은 듯한 로제타에게 마리는 비책을 보여줬다.

"이런 일도 있을 줄 알고! 이 마리, 리암 님의 유전자를 확보해뒀어요!"

마리가 꺼낸 것은 상자에 담긴 시험관이었다.

시엘은 그것이 무엇인지 바로 이해했지만 로제타는 고개를 갸웃거렸다.

(이, 이 여자, 저질렀어! 아니, 이제부터 저지를 생각이구나?!)

흥분한 마리의 눈빛은 진심이었다.

로제타는 모르는 눈치지만, 시엘은 마리의 생각을 알아차렸다.

(리암의 유전자로 로제타 님을 임신시킬 생각이야?! 멋대로 후계자를 만들면 안 되잖아!!)

그리고 마리는 말했다.

"자, 로제타 님! 함께 번필드가의 정통한 혈통을 이어나가요. 다른 자들에게 번필드가를 빼앗겨서는 안 돼요!"

이 말을 들은 시엘은 마리의 의도도 알아차리고 말았다.

(이, 이 녀석. 이 상황에 혼란을 틈타 자기도 임신할 생각이야?!)

약해진 로제타는 리암이 돌아왔을 때를 위해 기사와 군대가 필요하다고 생각하는 듯했다.

"——그렇네. 달링을 따르는 기사와 군인들을 모아줘. 만일의 경우에는 돌아온 달링의 힘으로 삼아야지."

리암을 위해 움직이는 로제타. 사리사욕으로 치닫는 마리.

시엘은 마리에게 기겁했다.

(어떡하지? 이거 어떡하면 되는 거야?!)

오빠인 크루트와 상담하고 싶었지만, 1분 간격으로 메시지를 보내는 정신 상태로는 기대하기 어려웠다.

누구에게도 의지할 수 없고 로제타를 버릴 수도 없다. 결국 시엘은 따라가는 수밖에 없었다.

마리를 조종하는 복제된 안내인은 일이 바라던 방향으로 굴러가는데도 어두운 표정을 짓고 있었다.

"아무리 내가 욕망을 부추겼다지만 이렇게까지 하는 건 이상하잖아……."

마리의 폭주를 보고 복제된 안내인은 당황했다.

등을 살짝 밀어줬을 뿐인데 상대가 하늘까지 날아가 버린 듯한 느낌이다.

"애초에 복제까지 해서 조종할 필요는 없지 않았을까? 욕망을 자극하는 것만으로 충분했겠어. 쓸데없이 에너지를 낭비했네."

복제된 안내인은 깊은 한숨을 쉬었다.

"아아~, 이럴 줄 알았으면 다른 한 명한테 갈 걸 그랬어. 이쪽 보다는 더 나을 텐데."

뭐라 표현할 수 없는 기분이 든 복제된 안내인은 티아를 고른 자신을 부러워했다.

전장 3,000m를 넘는 우주 전함, 바르의 브릿지.

"리암 님의 피를 이어받은 아이가 있으면 전부 잘 해결될 거야. 정통한 후계자인걸."

티아는 액체가 든 시험관에 키스한 후에 바로 소중히 품에 집어넣고, 모인 기사들 앞에서 표정을 고쳤다.

부관인 클로디아가 티아에게 다가왔다.

"티아 님, 준비됐습니다."

"좋아. 그럼 출발할까."

티아가 모은 사람은 리암에게 고마움을 느끼는 충성심 강한 기

사들이다.

그들은 자신이 담당한 곳을 떠나 티아의 부름에 응해 집결했다. 일부 군인 세력도 합류해 상당한 규모의 함대가 되었다.

하지만 번필드가의 전군이 집결과는 거리가 멀었다.

클로디아가 씁쓸한 얼굴로 보고했다.

"티아 님, 마리 세라 마리안 말입니다만, 로제타 님을 확보하여 일부 기사와 함대를 이끌고 제3 행성에 들어갔습니다. 영내의 치안 유지 부대를 긁어모으고 있습니다."

티아 앞에는 번필드가의 영지를 나타낸 간이 지도가 입체적으로 표시되어 있었다.

티아는 그 영상을 보면서 혀를 찼다.

"제3 행성도 거점으로서는 충분한 기능을 갖추고 있었지. 그런데…… 생각보다 많이 모였네."

"로제타 님을 빼앗긴 것이 타격이 큽니다. 로제타 님이 계셔서 마리의 함대에 집결하는 부대가 많은 모양입니다."

"로제타 님의 인기를 얕보고 있었어. ──그보다 정예 함대는 어떻게 됐어?"

정예 함대란 오랜 세월 리암과 함께 싸워온 함대다.

번필드가 안에서도 정예 중의 정예이며 티아가 꼭 확보하고 싶었던 아군이었다.

"권유는 했습니다만, 오직 리암 님의 명령에만 따르겠다고 완고하게 거절했습니다. 로열 가드도 같은 대답이었습니다."

로열 가드는 리암 전속 호위 기사단이며 일반 기사단과는 별도의 취급을 받는다.

그들도 티아와 마리의 협력 요청을 거부했다.

티아는 낙담한 듯이 작은 한숨을 쉬었지만, 그래도 나쁘진 않다고 생각했다.

"그럼 그 여자에게 가담할 일도 없겠네. 좋아. 적이 아닌 것만으로 좋다고 생각하죠. 그보다 우리도 거점을 확보해야 하는데."

클로디아가 고개를 끄덕였다.

"이미 제2 행성에 연락을 넣어서 사람을 보냈습니다."

"수완이 좋네.

제2 행성도 리암이 개발한 발전된 행성이다. 거점으로 삼기에는 충분한 규모다.

리암이 발전시킨 영지가 가신단의 분열로 인해 찢겨나갔다.

함대는 제2 행성으로 출발하는데 클로디아는 마음에 걸리는 게 있는 듯했다.

"정말로 본성을 방치하실 겁니까? 저희라면 리암 님의 본성에 숨어든 쓰레기들을 바로 제거할 수 있었습니다."

아이작 패거리쯤은 당장이라도 쫓아낼 수 있다. 하지만 그렇게 하면 이 상황을 이용할 수가 없다.

"리암 님의 본성에서 전쟁할 수는 없지. 리암 님의 저택을 피로 물들이는 건 불경이 아닐까?"

(내가 임신할 때까지 시간을 벌어야 해. 지금 당장은 어렵지만,

상황이 조금 진정되면 바로…….)

티아는 속이 빤히 보이는 거짓말을 했다.

티아에게 바오리나 아이작 따위는 적수가 못 된다. 호위인 전 필두기사라는 녀석도 위협적이지 않았다.

그러니 이 상황을 이용해서 리암의 아이를 만든다.

티아가 양팔을 벌렸다.

"우리가 할 수 있는 일은 리암 님이 돌아오셨을 때를 위해 전력을 그러모으는 것! 불경한 자들을 쳐부술 군대를 준비하는 거야."

(리암 님의 아이를 임신하는 거야! 이보다 더 큰 행복은 이 우주엔 존재하지 않아!)

티아는 리암이 돌아오면 '어쩔 수 없었어요! 가문의 중대사였어요!'라고 변명할 생각이었다.

가문의 중대사. 그렇다, 이는 폭주한 티아와 마리가 일으킨 가문의 중대사다.

사전에 대처할 수 있었는데, 일부러 아무것도 안 했을 뿐만 아니라 일을 크게 키워버렸다.

"전군 전진! 리암 님의 영지는 전부 우리가 확보한다!"

티아의 명령에 수천의 함대가 움직이기 시작했다.

그걸 지켜보던 복제된 안내인은 질색했다.

"내가 뒤에서 조종하고 있다고는 해도 솔직히 이렇게까지 할 줄은 몰랐어. 진짜 어이가 없네."

번필드령의 제3 행성으로 향하는 함대가 있었다.

로제타를 확보한 마리가 지휘하는 함대는 본성을 빠져나온 시점에는 1,000척에 못 마치는 규모였다.

하지만 제3 행성으로 항행 중에 함대가 속속 집결했다.

집결한 함대는 번필드군에서 치안을 유지하는 함대였다.

순찰과 안전 확보를 위해 많은 소규모 함대가 영내를 순회하고 있었다.

그런 소규모 함대를 흡수한 마리의 함대는 제3 행성에 도착하기도 전에 3,000척 규모까지 불어나 있었다.

하지만 마리에게는 이것도 예상보다 적은 숫자였다.

마리는 700m급 우주 전함의 브릿지에서 권유하고 있었다.

"너희가 리암 님의 명령에만 따른다는 건 알고 있어. 하지만 여기에는 로제타 님도 계셔. 너희는 나한테 붙어야 한다고 생각하지 않아?"

권유하고 있는 상대는 두 명.

한 명은 정예 함대를 이끄는 대장이고, 또 한 명은 로열 가드를 이끄는 여기사다.

모니터 화면에 두 사람의 얼굴이 나란히 있었는데, 둘 다 불만스러운 표정을 짓고 있었다.

대장은 마리의 권유를 거절했다.

『우리에게 명령할 수 있는 건 리암 님뿐이다. 로제타 님의 안부도 중요하지만, 멋대로 판단해서 움직일 수는 없다.』

마리의 볼은 약간 굳어있었다.

"그럼 그 다진고기——크리스티아나에게도 가담하지 않겠지?"

『그렇다.』

마리는 정예 함대를 설득하지 못한 건 분하지만, 동시에 적이 되지 않았다는 사실에 안심했다.

오랫동안 리암을 섬겨온 함대는 싸우게 되면 성가시기 짝이 없다.

(정말 강직한 사람밖에 없다니까. 강직하다고 하면…….)

다음으로 시선을 돌린 상대는 빨갛고 긴 머리카락을 땋은 여기사였다.

테가 검은 안경을 쓴 인텔리 느낌이 나는 여기사는 엷은 웃음을 띠고 있었다.

기사복은 검은색으로 통일하고 보라색 망토를 왼쪽 어깨에 걸치는 기사단——로열 가드를 이끄는 여기사다.

번필드가를 지키는 특수한 기사단으로 군에 소속되어 있으면서도 명령 계통이 달랐다.

그녀들에게 명령할 수 있는 사람은 리암뿐.

마리는 로제타의 안전을 공고히 하기 위해서라도 로열 가드를 끌어들이고 싶었다.

"로열 가드의 일을 하는 게 어떨까? 로제타 님의 신변의 안전을 지키는 건 임무의 범주 안에 들어가지 않는지?"

리암의 약혼자인 로제타도 호위 대상이다.

그건 로열 가드도 이해하고 있는 듯했지만, 마리에게 가담할 생각은 없는 것 같았다.

『로제타 님을 끌고 간 무엄한 자가 할 말인가? 뭐, 현재 본성의 상황을 보면 피신하는 편이 좋을 것 같지만.』

로열 가드가 가감 없이 현재 상황에 대해 말하니 이야기를 듣고 있던 대장은 눈살을 약간 찌푸렸다.

하지만 로열 가드는 신경 쓰지 않았다.

모니터 너머로 마리를 위협했다.

『착각하지 마라, 마리 세라 마리안. 우리가 지키는 건 번필드가가 아니다. 리암 님과 혈족이 호위 대상이다.』

마리는 그 말을 듣고 시트의 팔걸이를 오른손으로 꽉 쥐어 으스러뜨렸다.

"로제타 님의 생명을 지킬 가치는 없다는 말인가? 로열 가드가 해서는 안 될 말이지? 한 번 뱉은 말은 주워 담을 수 없다고, 이 자식아!!"

로제타를 무시하는 언동에 마리는 협상 자리인데도 호통을 치고 말았다. 로열 가드는 그런 마리를 보며 웃었다.

『로제타 님은 약혼을 끝냈을 뿐이지, 현시점에는 아직 리암 님께 호위하라는 명령을 받지 않았어. 아, 그렇지만 로제타 님께 무슨 일이 생기면 로열 가드는 적이 될 거라는 걸 알아둬.』

"썩을 년이!"

마리의 폭언과 동시에 상대 쪽에서 통신을 끊어버렸다.

아무렇게나 수염을 기른 부관 남자 기사가 마리 옆에서 어깨를 으쓱였다.

"저쪽은 복잡한 일에 말려들고 싶지 않은 모양이네."

마리는 어깨로 씩씩대며 숨을 쉬었지만, 심호흡을 하고 냉정함을 되찾았다.

"적이 되지 않으면 문제없어. 리암 님이 이끄는 함대는 고지식한 자들 뿐이네."

"너무 착실해서 어깨가 결린단 말이지."

"바로 제3 행성으로 가죠. 제3 행성에 주둔하고 있는 군대를 흡수하겠어."

마리의 이야기를 듣고 부관은 턱을 쓰다듬으면서 히죽거렸다.

"처음엔 걱정했는데, 이 정도면 다진고기 놈들이랑 붙을 수 있을 정도의 규모는 되겠군."

본성에서 빼 온 함대는 많지 않았지만, 그래도 티아 일행과 맞붙을 수 있는 규모의 함대를 확보할 수 있을 것 같았다.

마리는 손으로 머리카락을 털어 망토처럼 흩날리게 했다.

"리암 님이 돌아오셨을 때, 로제타 님과 우리의 함대가 있으면 번필드가는 재건할 수 있어. 본성에 들어온 놈들은 그 후에 해치우면 돼."

"난 놈들을 빨리 쫓아내는 편이 좋다고 생각하는데?"

아이작 일당을 조속히 몰아내야 한다고 말하는 부관에게 마리는 얼굴을 돌리면서 냉담하게 이유를 말했다.

"리암 님이 실종되신 건 사실이야. 수도성의 혈연자 놈들의 주장도 제국의 법률적으로는 무시할 수 없어."

"뭐, 듣고 보면 그렇긴 한데."

부관은 어딘가 납득하지 않은 눈치였지만, 마리는 억지로 일을 진행했다.

가슴에 숨긴 시험관 때문에 부푼 곳에 손을 댄 마리는 앞으로의 예정을 생각했다.

(이런 기회를 놓칠 수 있겠어요? 바보들은 나중에 얼마든지 쳐죽일 수 있지만, 리암 님의 아이를 임신하려면 기회는 이번밖에 없어요.)

마리는 자신의 욕망을 실현하기 위해 행동하고 있었다.

그런 모습을 복제된 안내인이 보고 있었다. 그는 마리 뒤에서 벽을 등지고 바닥에 앉아있었다.

"이 여자의 욕망을 폭주시킨 것도 나고, 이 녀석들한테 전력이 모이도록 한 것도 나니까 아무래도 좋다만…… 저항감이 전혀 없는 건 어떻게 된 일이지? 정의감이라 해야 할까, 의무라던가 책임감과 욕망 사이에서 싸우는 느낌이 전혀 없잖아?"

마리를 꼭두각시로 만들기 위해 뒤에서 조종하고 있지만, 그럴 필요가 거의 없었다.

복제된 안내인은 할 일이 없었다.

◇ ◆ ◇ ◆ ◇

마리와의 통화를 끝낸 로열 가드는 정예 함대를 이끄는 대장과 회담하고 있었다.

대장이 로열 가드 앞에서 작게 한숨을 쉬었다.

"로제타 님을 저대로 두어도 괜찮겠나?"

로열 가드는 대장의 말뜻을 헤아리고 대답했다.

"마리라면 목숨을 걸고 로제타 님을 지킬 거예요. 그리고 지금 본성에 로제타 님을 두는 건 좋은 수가 아닙니다."

대장이 팔짱을 끼면서 천장을 올려다봤다.

"그 두 사람의 권유는 거절했지만, 이대로 가면 번필드가의 군대가 둘로 갈라져 싸움이 일어날 걸세."

리암이 실종된 것만으로 번필드가는 크게 둘로 갈라지려 했다.

그 원인이 지금까지 번필드가를 지탱해온 티아와 마리이니 웃을 수가 없었다.

로열 가드는 잠시 생각한 후 타개책을 제시했다.

"그렇다면 저희도 독자적으로 움직이죠."

리암 님의 명령에만 따른다던 로열 가드가 이런 말을 하자 대장은 깜짝 놀랐다.

로열 가드의 얼굴을 보니, 표정이 진지했다.

"진심인가?"

"이대로 아이작 패거리를 방치하면 저희는 끝내 해산하고 번필드가에서 쫓겨날 겁니다. 당신은 아이작을 주군으로 모실 수 있습니까?"

나쁜 의미로 제국 귀족다운 아이작의 행동거지에 대한 이야기는 대장과 로열 가드도 들었다.

실제로 조사한 결과, 두 사람은 아이작에게 아무것도 기대할 수 없다고 판단했다.

로열 가드의 제안에 정예 함대를 이끄는 대장이 흥미를 보였다.

"독자적으로 움직인다고 해도, 누구의 판단에 따르는가? 로열 가드가 우리를 통솔한다는 말은 하지 말게. 자네들이 통솔한다고 해도 내 부하들은 따른다고 하지 않을 걸세."

강직한 사람만 모인 정예 함대는 리암의 명령에만 따른다.

로열 가드가 아무리 유능하다고 해도, 지휘하에 들어가라는 말을 들으면 저항할 자들뿐이다.

"설마요. 저흰 어디까지나 리암 님의 호위니까요. 진두에 서서 저희를 이끌어주는 기사에게 맡길 겁니다."

다른 자에게 맡기려고 하는 로열 가드를 미심쩍게 여긴 대장이 고개를 갸웃했지만, 금방 누구를 말하는 건지 헤아렸다.

"클라우스 공인가."

로열 가드가 고개를 한 번 끄덕이고 진지한 표정으로 대장과 상의했다.

"그는 리암 님의 신임이 두터운 기사이며 현재도 번필드가를 지키기 위해 동분서주하고 있습니다. 클라우스 공도 협력자가 절실한 상황이겠지요."

"음, 그라면 내 부하들도 납득하겠군. 하지만 자네들은 괜찮은가? 로열 가드는 리암 님만을 따르는 기사단이지 않나?"

누가 다른 사람에게 붙는 걸 좋게 생각하는가? 그런 물음에 로열 가드는 쓴웃음을 지으면서 어깨를 으쓱였다.

"비상시니 어쩔 수 없지요. 저 혼란을 방치하면 리암 님 수색에 지장이 생길 겁니다."

"알겠네. 바로 부하들을 설득하지."

대장의 협력을 얻은 로열 가드는 소파에서 일어나 미소 지었다.

"그럼, 전 클라우스 공과 이야기하고 오죠."

집무실에 있던 클라우스는 당장이라도 머리를 싸매고 싶었지만, 주위에 부하들이 있어 필사적으로 무표정을 유지했다.

클라우스의 눈앞에는 검은 기사복을 입은 집단이 서 있었다.

"로열 가드와 정예 함대는 현 시간부로 상황이 해결될 때까지 귀공의 지휘하에 들어가겠습니다. 자유롭게 지시하십시오."

진지한 얼굴로 그렇게 말한 로열 가드의 기사단장은 이내 곧 고개를 갸웃하며 환하게 웃었다.

"잘 부탁드릴게요, 클라우스 공."

"어어……."

(왜 나한테 로열 가드가 오는 거야아아아!!)

갑자기 찾아온 손님에 클라우스는 속으로 절규했다. 리암의 명령만 따르는 집단이 자기 지휘하에 들어오고 싶다니, 이해할 수가 없었다.

(난 저들한테 아무 말도 안 했는데!)

갑자기 여럿이 몰려와서 이해하라고 해도 곤란할 뿐이었다.

그런 클라우스의 속마음을 모르는 부하들은 로열 가드의 등장에 들떠 있었다.

"로열 가드가 클라우스 님에게 의지했어?!"

"역시 클라우스 님이야!"

"정예 함대가 이쪽에 붙었으면 이제 무서울 게 없지!"

클라우스는 자신의 평가가 올라가는 광경을 보고 있을 수밖에 없었다.

결국 그는 로열 가드에게 명령이 아닌 협력을 요청했다.

"그대들에게 명령할 수 있는 사람은 오직 리암 님뿐. 그러니 나는 협력을 부탁하지. 현재 인력이 부족하다. 귀공들에게도 협력을 부탁한다."

로열 가드들은 클라우스의 공손한 태도에 약간 놀란 얼굴이었다.

단장이 미소를 지었다.

"클라우스 공의 후의를 고맙게 받아들이죠. 역시 리암 님께서 신임하는 기사군요. 조금 질투 납니다."

로열 가드가 리암의 신임을 얻은 클라우스를 질투하고 있었다.

클라우스는 생각하기를 포기하고 눈앞에 닥친 일에 임하기로 했다.

"그럼, 바로 자네들에게 부탁하고 싶은 일이 있네."

(아아, 더는 아무것도 생각하고 싶지 않아. 어쨌든 눈앞에 있는 일에 몰두하자).

"말도 안 돼……."

안내인은 번필드가의 본성에서 우두커니 서 있었다.

티아와 마리의 욕망을 자극한 후, 안내인은 아이작 일당을 지원하고 있었다.

이번 일은 평소처럼 전력을 다하지 않았다. 그저 리암을 다른 행성으로 보내고 복제를 만들어서 적절하게 움직일 꼭두각시를 준비한 것뿐이다. 하지만 그것만으로 번필드가가 큰 혼란에 빠졌다.

리암이 소환당해 행방불명된 것이 드러나 백성들이 혼란스러워했다.

거리도 난리가 났다. 평소에 깨끗한 거리에는 쓰레기가 흩어져 있었고 많은 백성이 낮부터 이야기를 나누고 있었다.

"이봐, 그 소문 들었나!"

"리암 님 이야기지? 난 아는 사람이 정청에서 일하고 있어서 들었는데 진짜였어."

"왜 리암 님이 실종되는 거냐고!"

"내가 알겠냐!"

남자들이 큰 소리로 리암의 실종에 관해 이야기했고, 가끔 욕하는 소리까지 들려왔다.

여자들도 동요하고 있는지 모여서 이야기하고 있었다.

"소환당했다고 소문으로 들었어."

"리암 님을 소환? 마법은 잘 모르는데, 그게 가능해?"

"당연히 불가능하지. 번필드가 고용한 마법사들이 있는데!"

"그럼 어떻게?"

"그건 모르겠지만⋯⋯."

안내인은 믿을 수 없다는 눈치로 길거리를 걸었다.

그리고 유달리 높은 건물──정청 앞에서 백성들이 모여 데모하는 모습을 봤다.

"정청은 올바른 정보를 공개해라!"

"리암 님의 안부를 알려달라!"

"야, 지금 누가 말한 거냐? 리암 님이 죽을 리가 없잖아!"

평소의 축제 같은 데모와는 달리 이번만큼은 진짜 데모였다.

가끔 참가자들이 남녀 상관없이 서로 치고받고 싸웠는데, 안내인에겐 오히려 즐거운 광경이었다.

"이게 무슨 일인가! 그저 리암을 쫓아내고 그 둘을 부추겼을 뿐인데!"

안내인은 노력 이상의 보상을 얻은 기분이었다.

게다가 백성들에게 불안이 퍼지고 있었다.

"이봐, 군대가 담당 구역을 떠나고 있대!"

"왜?"

"크리스티아나 님과 마리 님이 궐기했어!"

"이런 비상시에 그 사람들은 뭘 하는 거야?"

리암이 없을 때 궐기한다는 폭거를 저지른 두 사람의 소식을 들고 백성들도 당황했다.

번필드령 내에서는 인기 많은 기사였던 만큼 실망감이 퍼졌다.

——부정적인 감정이 소용돌이치고 있어.

안내인은 그것들을 흡수하자 마치 대자연 속에서 맑은 공기를 마시고 있는 듯한 표정이 되었다.

"아아! 근사한 감정이야! 이 별에서 이렇게나 맛있는 부정적인 감정을 흡수한 게 얼마 만이지?"

그리고 티아와 마리에게 가려져 있지만, 번필드가에는 아직 많은 문제가 있었다.

리암의 사매들과 죽일 듯이 싸우고 있는 첸시도 있고, 일부 관료들이 이익을 얻기 위해 움직이고 있다.

군도 마찬가지였다. 한때는 올곧은 군인들의 집단이었던 번필드가도 확장을 계속한 탓에 불량군인이 많아졌다. 그들은 이 기회에 야심을 드러내고 활동하고 있었다.

안내인에게는 예상 밖의 기쁜 소식이었다.

게다가 번필드가의 저택에서는 아이작과 바오리 일당이 멋대로 굴고 있다. 아이작은 오만한 아이지만, 바오리와 어른들의 손에 놀아나 조종당하고 있었다.

심지어 바오리는 동지 귀족들을 불러들이고 있었다. 그들 또한 바오리처럼 번필드령에 와서 단물을 빨아먹으려고 했다.

——나쁜 귀족들이 리암의 영지를 파먹기 위해 모여들고 있어.

마치 도미노처럼 차례차례 영향이 파급되어 안 좋은 쪽으로 굴러갔다. 리암이 없는 번필드가는 안내인의 상상 이상으로 혼란했다.

"오고 있어! 내 시대가 오고 있어!"

리암이 없는 것만으로도 이렇게까지 상황이 악화일로를 걷게 될 줄은 안내인도 예상하지 못했다.

안내인은 손을 꽉 쥐고 기쁨에 몸을 떨었다.

"좋아! 이대로 리암이 가진 보물을 빼앗아 놈이 돌아왔을 때 절망을 맛보게 해주지. 제일 중요한 건 연금 상자인가? 어디에 있지?"

연금 상자는 쓰레기로도 황금을 만들어낼 수 있는 꿈의 도구다. 연금 상자의 힘으로 리암은 경제적인 속박에서 해방되었다. 즉 리암의 소중한 재원이자 번필드가의 약진을 떠받쳐온 원동력이다.

이걸 빼앗으면 리암의 행동력이 크게 떨어질 것이다.

리암의 손에 크게 발전한 번필드령은 리암이 없는 때를 노려 몰려든 나쁜 놈들에게 재산을 전부 빼앗길 것이다. 리암이 돌아왔을 때, 이전 같은 힘은 없을 것이다.

안내인은 리암의 불행이 기뻐서 통통 뛰며 연금 상자가 있는 곳으로 향했다.

"이렇게 컨디션이 좋은 게 얼마 만이야! 리암이 돌아왔을 때 절망하는 얼굴을 보는 게 벌써 기대되는군!"

저택 지하에는 어비드 전용 격납고가 마련되어 있었다.

단 한 기의 기동기사를 정비하는 것 치고는 과도한 설비였다.

어비드를 둘러싸듯이 많은 링이 있고, 항상 최고의 상태를 유지하기 위해 정비도 빈번하게 하고 있었다.

링은 이상을 검출하기 위한 장치로, 회전하면서 상하로 움직이고 있었다.

그 지하 시설에 찾아온 에렌은 훌쩍대며 품에 리암이 소중히 여기는 칼과 모포를 안고 있었다.

"어디로 가버린 거야, 스승님."

리암이 실종되면서 에렌은 일섬류 수행 지도를 못 받게 되었다.

동문인 리호와 후우카는 매일같이 첸시와 죽일 듯이 싸워서 한가하지 않았다.

아무도 일섬류를 가르쳐주지 않는 데다가 정말 좋아하는 스승님이 실종돼서 외로웠다.

리암을 느낄 수 있는 곳을 찾다가 어비드의 콕핏에 다다랐다.

머신 하트를 얻은 어비드는 스스로 움직일 수 있었기에 카메라 아이로 에렌을 바라보았다.

어비드는 리암의 허가가 없으면 정비사조차 콕핏에는 태우지 않았다. 애초에 다른 사람이 타는 걸 좋아하지 않았다. 하지만 어비드는 우는 에렌을 보고 콕핏 해치를 열었다.

에렌은 열린 해치를 보고 눈물을 닦고 콕핏으로 들어갔다.

어비드는 에렌이 탄 것을 확인하고 천천히 해치를 닫았다.

콕핏 안에 들어온 에렌은 시트에 앉아서 칼을 안고 모포를 뒤집어썼다.

"스승님, 돌아와 주세요. 에렌은 외로워요."

리암을 생각하고 울기 시작한 에렌을 위해 어비드는 콕핏 안에 마음이 진정되는 음악을 틀었다.

울다 지친 에렌이 잠들자 어비드는 격납고에서 조용히 리암의 귀환을 기다리기로 했다.

하지만 격납고에 초대받지 않은 자가 나타났다. 안내인이었다.

"이거이거, 이런 곳에 연금 상자를 숨길 줄은 몰랐어요. 좋아하는 로봇에 숨겨놓다니, 인간불신이 여전한 것 같아 다행이에요."

다가오는 안내인에게서 적의를 감지한 어비드는 격납고 안의 방위 장치에 접속해 기동시켰다.

벽에서 개틀링건과 레이저 병기가 모습을 드러내더니 안내인을 조준했다.

"오? 절 감지할 수 있는 건가요? 머신 하트가 깃들면 여러모로 성가셔지는군요."

안내인이 어비드에 감탄하고 있으니 총구가 불을 뿜었다.

실탄과 레이저가 일제히 안내인에게 쏟아졌다.

하지만 그 어느 것도 지금의 안내인에게는 맞지 않았다.

"소용없다구요오오오! 이 정도 공격에 힘을 되찾은 내가 당할 줄 알았냐아아아!!"

안내인은 지금까지 리암에게 고통받아 왔지만, 결코 약한 존재가 아니다.

게다가 지금은 번필드가에 소용돌이치는 불안이라는 부정적인 감정을 흡수하여 전성기에 가까운 힘을 되찾았다.

안내인이 손을 뻗자 실탄도 레이저도 궤도를 바꿔 다른 곳에 착탄했다.

어비드가 방위 설비로는 효과가 없다고 판단하고 강제로 잠금을 해제했다.

팔을 움직여 고정한 볼트와 암을 잡아 뜯었다.

"허, 저와 싸울 생각인가요?"

안내인이 떠올라서 콕핏 앞에 오자 어비드는 양손을 움직여 뭉개려고 했다.

하지만 안내인은 양팔을 벌려 어비드의 양손을 막았다.

거대한 어비드가 사람 크기의 안내인에게 힘에서 밀렸다.

"리암이 타지 않은 고철 따위에게 내가 질 것 같냐! 그래, 연금 상자를 찾으면 이 고철도 파괴하도록 하죠. 리암이 돌아오면 분명 슬퍼하겠죠."

기분 나쁜 웃음소리를 내면서 안내인은 파워를 올렸다.

어비드의 콕핏 해치에 오른손을 뻗자, 보이지 않는 뭔가에 붙잡힌 해치가 찌부러져 강제로 열렸다.

"이 정도로 날 멈출 수 있을…… 아니?!"

콕핏 안에는 황금빛으로 빛나는 작은 칼이 안내인을 겨누고 있었다.

"어, 어째서?!"

이 작은 칼이 자신에게는 독이라는 걸 헤아린 안내인은 혼란에 빠졌다.

왜 이런 물건이 어비드의 콕핏에 있는가?

그 답은 콕핏 안에서 잠든 에렌이었다. 소중하게 안고 있는 리암의 애검에 신비한 힘이 깃들어있었다.

검사로서는 미숙하긴 하지만 에렌 또한 일섬류를 배우는 자. 적의를 느꼈는지 자면서도 반응을 보였다.

에렌의 마음을 애검이 증폭시켜 적에게 칼끝을 겨누었다.

안내인의 몸에서 식은땀이 쏟아졌다.

그가 도망치려는 순간, 에렌이 중얼거렸다.

"스승님……."

에렌의 잠꼬대에 작은 칼이 반응했는지, 칼의 숫자가 점점 늘어났다.

어느새 무수한 칼들이 안내인을 겨누고 있었다.

"그, 그만둬. 계, 계계계, 계집, 그만두라고!"

안내인은 초조하게 소리쳤지만, 잠든 에렌에게는 아무것도 들리지 않았다.

작은 칼 중 하나가 엄청난 속도로 안내인의 관자놀이에 박혔다. 안내인은 그대로 하늘을 보고 쓰러졌다.

작은 칼이 차례차례 안내인의 몸에 박히자 몸이 까맣게 변하고 너덜너덜해져서 허물어졌다.

어느새 모자만 남은 안내인은 짧은 팔다리로 비참하게 뛰어서 도망쳤다.

"모, 모처럼 부활했는데! 두, 두고 보자!"

도망치는 안내인의 모습을 보고 있던 어비드는 콕핏에서 자던 에렌에게 도움을 받았다는 것을 실감했다.

그리고 한 가지 결의를 했다. 자신이 더욱 강해져야만 한다고.

어비드의 표면에 마치 혈관처럼 반짝이는 선이 드러났고, 내부의 구조를 변화시켜 나갔다.

찌부러진 콕핏 해치가 원래 형태를 되찾았고, 자가수복과 진화를 시작했다.

"악의를! 흔들리지 않는 악의를 이 영지에서 모아주겠어!"

모자만 남은 안내인은 리암의 영지에 있는 악의를 모았다.

그는 리암이 없다는 사실을 온 제국에 알려, 악의를 가진 귀족과 해적들을 모으기로 했다.

"네가 쌓아 올린 모든 것을 파괴해주마! 흐하하하! 돌아올 무렵에는 네 영지가 초토화되어있을 거다아아아!!"

안내인은 짜증이 나서 마구잡이로 행동에 나섰다.

"그래, 칼뱅! 그 녀석도 지원해주자. 그 녀석은 분명 이런 좋은 기회를 놓칠 리가 없어. 그 녀석한테도 협력을 받자."

"난 운이 좋아."

침대 위에서 그렇게 중얼거리니 옆에서 대기하고 있던 쿠나이가 고개를 끄덕였다.

"무슨 좋은 일이라도 있으셨습니까?"

암부는 평소 말없이 날 호위하지만, 이번만큼은 내가 한가했기에 대화를 강요했다. 난 이 녀석들의 고용주이니 이 정도의 명령쯤은 할 수 있어야 한다.

"아니, 왠지 행운이 찾아온 느낌이 들었어."

묘한 낌새를 느꼈는데, 악의는 아니었다. 이번에도 분명 뭔가 행운이 찾아오는 느낌이었다.

쿠나이는 이해가 안 되는지 고개를 갸웃했다.

"그런 게 감각으로 느껴지십니까?"

"당연하지. 나한테는 행운의 신이 붙어있으니까. 그래서, 여기 상황은 어때?"

쿠나이는 마왕군에 잠입해 모은 정보를 나에게 보고했다.

"적군은 날이 밝기 전에 전사들을 도시 내부로 보내 문을 열 생각입니다. 그러면 이 도시는 쉽게 함락되겠지요."

"조금도 못 버틴다고?"

"왕국군은 아이와 노인을 긁어모은 오합지졸 수준입니다. 그에 비해 적은 역전의 전사이지요."

"흠, 역전의 전사란 말이지……."

내가 보기에는 두 세력 모두 역전의 전사라고 부를만한 전력은 없었다. 뭐, 이 별 기준으로는 강한 전사겠지만.

"아마 변변한 저항조차 못 하겠지요."

"기껏 용사를 소환했는데도?"

"그자가 혼자서 전황을 뒤집기는 어렵습니다. 리암 님께서 나서시면 다르겠지만……."

이 나라의 존망은 관심 없지만, 내 시중을 드는 사람이 전부 없어지는 건 피하고 싶었다.

아직 전쟁이 시작되기까지는 아직 시간이 있다.

"넌 잠시 쉬어라. 그 후에는 내가 쉬지. 동트기 전에 날 깨워라."

"저는 신경 쓰지 마시고 쉬십시오. 전 쉬지 않아도 문제없습니다."

육체를 강화와 특수한 훈련을 받은 쿠나이는 며칠 동안 쉬지 않고 활동할 수 있다.

하지만 난 명령을 변경할 생각이 없다.

"적당히 쉬어야 업무 효율이 올라가는 법이지. 나는 네게 최고의 일 처리와 결과를 바란다. 입 다물고 내 명령에 따라라."

더 이상의 반론은 허용하지 않겠다며 노려보니, 쿠나이는 어깨를 으쓱였다.

"예."

쿠나이가 그림자 속으로 사라진 것을 보고, 난 침대 위에서 주위의 기척을 살피고 경계했다.

"자, 앞으로 어떻게 될지 기대되네."

카나미는 에노라의 손에 이끌려 성 아래에 있는 마을에 와있었다.

다른 곳에서 도망쳐온 사람들이 길바닥을 메우고 있었다. 다들 꾀죄죄한 몰골이었다.

에노라는 그들의 손을 잡고 격려했다.

"괜찮아요. 우린 반드시 승리할 겁니다."

"에노라 님……."

어린이나 노인, 여자가 대부분이었으며 그나마 있는 젊은 남자들은 대부분 팔다리에 문제가 있었다.

카나미는 마왕군에 대한 분노와 공포가 동시에 솟아올랐다.

지금까지 전쟁을 실감할 일이 없었기 때문이다. 텔레비전, 사진, 인터넷 등을 통해 볼 때는 그저 남의 일일 뿐이었다.

"너무해……."

그 말을 들은 에노라가 조용히 고개를 끄덕였다.

"대체 왜 이런 시련을 겪어야 하는 걸까요. 마왕은 끝까지 저희

189

를 괴롭힐 겁니다. 마왕에 맞서기 위해서는 두 분의 도움이 절실합니다.”

리암을 나무라기는 했지만, 카나미도 처음에는 일방적인 상황에 화가 났었다. 하지만 이런 모습들을 보니 이들을 돕고 싶었다.

두 번 다시 돌아갈 수 없다는 말을 들었을 때는 조금 슬펐지만, 카나미는 지구로 돌아가도 가혹한 생활이 기다리고 있을 뿐이었다. 그런 곳으로 돌아갈 바에는 차라리 자신이 필요한 곳에 있는 게 나을 것 같았다.

“카나미 님, 저희와 함께 싸워주시겠습니까?”

카나미는 성 아랫마을의 광경을 보며 고개를 끄덕였다.

“──싸울게. 근데 정말 나한테 싸울 힘이 있는 거야?”

“물론입니다.”

에노라는 카나미를 훈련장으로 안내했다.

훈련장에는 15살 남짓의 아이들이 무기를 들고 초로의 남자들에게 지도를 받고 있었다.

이곳에도 주력인 20~40대 남자의 모습은 거의 보이지 않았다. 대신 여자들이 제법 눈에 띄었다.

카나미는 이토록 어린 자들이 무기를 들고 싸우려고 하는 모습에 놀랐다.

“누가 용사님을 상대해주세요.”

에노라가 말에 병사들이 정렬했다.

그리고 초로의 남자가 앞에 나오더니 카나미 앞에서 검을 쥐고 자세를 잡았다.

"어? 다짜고짜 진검으로 싸우는 거야?!"

초로의 남자는 낮은 목소리로 대답했다.

"이 정도로 물러나시면 실전에선 싸울 수 없습니다."

상대방이 달려오자 카나미는 눈을 부릅뜨며 허리에 차고 있던 검을 뽑았다.

자못 침착하게 대응하는 것 같았지만 카나미는 초조한 상태였다.

(이게 뭐야? 주위가 마치 느리게 움직이는 것 같아.)

상대방이 일부러 놀리는 건가 하는 생각마저 들었다. 카나미는 느릿하게 다가오는 상대의 공격을 검으로 막아냈다. 두 검이 맞닿는 순간, 상대의 검이 맥없이 부러졌다.

상대가 검을 거두자 주위의 풍경이 평소처럼 돌아왔다. 주위 사람들이 놀라움에 수군거리는 소리가 들려왔다.

에노라는 새로운 희망에 수다스럽게 설명했다.

"소환된 용사에게는 신비한 힘이 깃듭니다. 힘이 강해지고 적의 움직임을 볼 수 있게 된다고 하죠."

"진짜 대단하네. 상대의 움직임이 느리게 보였어."

"네, 그 힘이 있으면 분명 마왕을 쓰러뜨릴 수 있을 거예요."

에노라가 기쁜 얼굴로 이야기했다.

(이렇게나 강해지다니⋯⋯. 용사의 힘이 있으면 나도 싸울 수 있어. 전쟁에서 살아남을 수 있어.)

고양감이 솟아나면서 싸움에 대한 불안이 약간 완화됐다.

카나미는 멀리 보이는 성벽을 올려다봤다.

(내가 싸워서 이 사람들을 구하는 거야!)

지구에선 아무것도 아니었던 자신에게 큰 사명이 주어졌다. 이 세계에는 내 자리가 있지 않을까 하는 생각이 들었다.

(여기라면, 아버지를 배신한 내가 있어도 용서받을 수 있을까?)

밤인데도 창밖이 밝았다. 도시를 지키는 성벽에 내걸린 횃불의 불빛이었다.

성벽에서는 왕국군과 마왕군의 교전이 한창이었다.

"수인들이 우세합니다. 왕국군의 실력으로는 역부족입니다."

쿠나이의 보고에 난 살짝 미소 지었다.

"한 나라가 망하는 광경을 직접 보는 것도 나쁘지 않군."

어떻게 보면 이것도 사치일 것이다.

밖에서는 알 왕국의 군대가 필사적으로 싸우고 있지만, 난 침대 위에서 느긋하게 강 건너 불구경을 하고 있었다.

"카나미는 어쩌고 있지?"

"그 여자는 황공하게도 리암 님의 태도가 마음에 들지 않는다고 했습니다. 자기가 나서서 적을 물리치겠다고 씩씩거렸으나, 전황이 이러면 아마 금방 죽을 겁니다."

아무래도 쿠나이는 카나미를 싫어하는 듯했다. 이래서는 정보가 올바른지 의심스러워진다.

"그래? 일단 정말로 용사의 힘을 얻었다고 들었는데?"

소환됐을 때 엄청난 힘을 얻었다고 들었는데, 아무래도 적을 물리치기에는 부족한 모양이다.

"무언가 능력을 얻은 건 확실합니다만, 그 계집이 이 짧은 틈에 전장에 적응하리라 보기는 어렵습니다. 아무리 강한들 싸우지 못하는 자는 싸움터에서 죽기 마련입니다."

난 작게 한숨을 쉬었다.

누구든 강하다고 해서 갑자기 전쟁에 나가 싸울 수 있는 건 아니다. 카나미가 얻은 힘도 마찬가지다.

"아무리 생각해도 알 왕국은 결단이 늦었어. 좀 더 일찍 소환했다면 용사를 정성 들여 키울 수 있었을 텐데."

훈련도 안 된 애송이를 대뜸 전쟁터에 내던진들 아무런 도움도 안 된다.

그 여왕님의 사정은 다소 딱하지만, 카나미 건은 명백한 실수였다.

쿠나이가 나에게 다음 예정이 임박했다고 알렸다.

"리암 님, 슬슬 움직이실 때입니다."

"그럼 갈까. 수인이 어떻게 생겼는지 봐두고 싶으니까."

"수인에게 흥미가 있으십니까?"

"물론이지."

닛타 군이 그토록 '동물귀 만세!'라고 외치게 하던 존재들인데, 봐야 하지 않겠는가.

수인은 이세계 판타지에서는 정석이라고 하며, 예쁘고 귀여운 아이들이 모여 있다고 한다.

정말 흥미롭다.

일어선 나는 몸을 쭉 펴면서 쿠나이를 데리고 방 밖으로 나왔다.

밤.

에노라가 억지로 깨워 잠에서 깬 카나미는 어두운 방 안에서 양초의 불빛에 의지해서 무구를 입고 있었다.

주위에 있는 시녀들이 도와주는데, 겁을 먹었는지 모두의 손이 떨리고 있었다.

"이런 야밤에 쳐들어온 거야?"

갑작스러운 적습에 카나미는 당황했다. 에노라도 동요하고 있었다.

"밤에는 혼전이 될수록 아군을 공격하는 실수가 일어나기 쉽기에 되도록 야전을 피합니다만, 수인들에게는 그다지 상관없는 일인 거겠죠."

카나미는 실전을 앞두고 손이 떨렸다.

(무서워. 강해졌는데도 너무 무서워.)

그런 카나미의 손을 잡은 에노라가 자신의 소망을 맡겼다.

"카나미 님, 부디 저희를 지켜주세요. 무도한 수인들로부터 무구한 백성들을 지켜주세요."

에노라는 카나미가 생각하던 여왕과는 전혀 다른 인상이었다. 고귀한 공주님이나 여왕님은 건방지거나 거만한 이미지가 있었다. 그러나 에노라는 상냥한 사람이었다.

카나미는 에노라의 힘이 되어주고 싶었다.

"맡겨줘."

(이 사람은 항상 백성을 생각하고 있어. 아마 이게 진짜 왕족이라는 거겠지.)

알 왕국의 성벽에서는 격렬한 전투가 벌어지고 있었다.

수인들은 벽을 타고 올랐으며, 병사들은 그들을 포위해가며 대응했지만, 상대가 되지 않았다.

수인 한 명이 병사의 머리를 꽉 쥐어 으스러뜨렸다.

"약하다, 약해! 너희 인간 따위에게 우리가 질 것 같으냐!"

병사들이 차례차례 쓰러지던 가운데, 카나미가 도착했다.

병사의 시체를 본 카나미는 분노가 치솟았다.

"용서 못 해!"

그러자 수인들이 깔깔거리며 웃기 시작했다.

"어이, 이 녀석들 이젠 여자까지 전장에 내보내고 있는데! 이놈들도 병력이 다한 모양이다. 이 전쟁은 우리의…… 어, 어라?"

웃고 있던 수인의 배가 갈라지더니 피가 뿜어져 나왔다. 수인은 상처를 손으로 누르면서 웅크렸다.

피 묻은 검을 꽉 쥐는 카나미는 몸을 떨었다. 적을 베었을 때의 감촉이 손에 생생히 남아있었다.

(이게 전쟁……!)

주변 수인들의 눈빛이 바뀌었다.

"저 여자를 죽여라!"

"당장 저 여자부터 노려라!"

수인들이 한꺼번에 덤벼들었지만, 카나미는 공격을 가볍게 피했다. 모든 공격이 보이는 카나미에게는 어려운 일도 아니었다.

수인들의 얼굴이 경악에 물드는 걸 바라보며 카나미는 한순간에 그들의 팔다리를 베었다.

"하아, 하아."

고작 몇 초 움직였을 뿐인데 호흡이 가빠졌다. 전장에 익숙하지 않아 정신적인 피로를 과하게 받은 탓이었다.

강렬한 피로감에 카나미가 숨을 돌리고 있자, 주위의 병사들이 창으로 수인들을 연신 찌르기 시작했다.

"죽어라, 죽어!"

"아들의 복수다!"

"용사님 만세!"

수인들의 숨통을 끊으면서 카나미를 칭송하는 병사들.

어느새 벽을 기어 올라왔던 수인 대부분이 죽었고, 남은 수인들은 도주하고 있었다. 알 왕국의 승리였다.

"이겼다! 우리의 승리다!"

카나미는 수인들의 시체를 바라보았다.

(더는 저항할 수도 없었을 텐데⋯⋯.)

카나미는 수인들은 팔다리를 깊이 베여 저항할 수 없게 만들었건만, 병사들은 수인들의 숨통을 주저 없이 끊어냈다.

카나미가 그 자리에 주저앉자 날이 밝았다.

노고는 도망친 수인들을 향해 전투용 도끼를 치켜들었다.

"자, 잠깐! 적진에 용사가——!"

노고는 변명하는 동료에게 차갑게 말했다.

"전장에서 도망친 자는 동료가 아니다."

노고는 모두가 보는 앞에서 도망친 수인을 베었다. 그의 얼굴이 피로 물들었다.

"용사가 있든 말든 우리가 할 일은 변하지 않는다. 이렇게 된 이상, 성문을 부수고 도시 안으로 들어간다. 다들, 모든 것을 먹어 치워라!"

전투용 도끼를 들자 수인들이 일제히 환호성을 질렀다.

그 모습을 보고 있던 그라스는 작게 혀를 찼다.

"힘으로 밀어붙이는가. 또 많은 동료가 죽겠군."

노고는 강하지만 싸우는 방식은 조잡했다.

적을 힘으로 때려잡는 것에 집착하는데, 그라스로서는 굳이 피해를 키우는 짓은 피했으면 했다.

그라스 곁에 있던 치노가 눈을 반짝였다.

"아버님! 드디어 싸움이 시작되네요."

천진난만한 딸을 보고 그라스는 머리에 손을 얹었다.

쫑긋 선 귀가 기쁜 듯이 살짝 늘어졌다.

그라스는 딸에게 조언했다. 그건 딸을 걱정해서 하는 말이었다.

"어떻게든 살아남아라. 강한 전사는 살아남는 법이다."

"반드시 적을 쓰러뜨려서 주위 사람들이 아버님처럼 강하다고 인정하게 할 거예요."

"아니, 너는──."

치노를 꾸짖으려고 한 순간이었다.

떠들던 수인들이 일제히 입을 다물었다. 성문 안에서 발산되는 위압감 앞에서 모두가 소리를 내지 못했다.

방금까지 천진난만하게 행동하던 치노도 지금은 떨면서 꼬리를 말았다.

"아, 아버님, 이 강렬한 기운은 대체……. 호, 혹시, 소문으로 듣던 마왕님일까요?"

그라스가 노고를 봤는데, 아무래도 아닌 듯했다. 갑자기 나타난 위압감에 노고도 경계하고 있었다.

노고는 전군에게 명령했다.

"전군, 대비하라!"

노고의 호령에 각 부족이 일제히 움직여 정렬해서 무기를 쥐었다.

성문에서 발산되는 위압감에 어떤 수인에게서도 낙관적인 분위기는 느껴지지 않았다.

노고는 가까이에 있던 부족에게 목을 움직여 가라고 명령했다.

명령을 받아 고개를 끄덕이고 돌격하는 수인들.

돌격하는 수인들을 향해 성벽에서 화살을 쏘는 일은 없었다.

수인들이 벽에 육박하자 성문이 열렸다. 마치 수인들을 끌어들이려 하는 것 같았다.

돌격한 수인들은 당황했지만, 성문이 열렸다면 안으로 들어갈 따름.

그러나 그들이 성문을 통과한 순간, 그들의 모습이 일제히 사라졌다.

"뭐지?!"

그라스도 경악하여 눈을 휘둥그레 떴다.

아군이 사라졌나 싶었더니, 금방 성문 부근에서 피 냄새가 풍겨왔다.

잘 보니 돌격한 수인들의 살점이 성문과 주변에 흩뿌려져 있었다. 심지어 일부는 아군의 진까지 날아왔다. 무슨 일이 일어났는지 이해할 수 없었다.

문 너머로 성의 내부와 한 사내가 보였다. 사내는 기다란 검을 어깨에 걸치고 히죽거리며 이쪽을 보며 덤비라고 손짓했다.

도발당한 노고가 격분하여 갈기를 곤두세웠다.

"용서하지 않겠다! 감히 이 몸을 도발해?! 전군, 돌격하라!"

수인들이 돌격하는 가운데, 그라스의 직감만은 도시 안에 들어가면 안 된다고 알렸다.

아니, 많은 수인이 눈치를 챘을 것이다. 그저 노고의 명령을 거스르면 처분당하니 본능을 거스르고 돌격하는 것이다.

"큭!"

혼란에 빠진 그라스는 지시를 내리는 게 늦어졌다. 그래서 다른 부족보다 움직임이 늦어지고 말았다.

치노가 자기 부족이 뒤처졌다는 것을 깨닫고 그라스에게 진언했다.

"아버님, 돌격 명령이에요! 빨리 돌격해요!"

치노가 말했지만, 그래도 그라스는 성문 너머로 보이는 남자가 무서워서 견딜 수가 없었다.

하지만 명령은 절대적이다.

거스르면 남기고 온 가족까지 부족 전체가 노고에게 제거될 것이다.

그라스는 쓸쓸한 표정으로 명령을 내렸다.

"──우리도 돌격한다."

늑대족이 울부짖고 돌격하는 아군의 흐름을 따랐다.

하지만 그라스는 식은땀이 멈추지 않았다.

　왕도 성문 앞에 있는 광장에서 병사들이 리암을 둘러싸고 있었다.

　활을 든 병사들이 밀려드는 수인들을 앞에 두고 떨고 있었다.

　조금 떨어진 곳에서 그 모습을 지켜본 카나미와 에노라는 리암의 생각을 이해할 수가 없었다.

　"저 녀석, 갑자기 와서는 성문을 열라는 명령이나 하고! 무슨 생각이야!"

　카나미는 전쟁에 대해 잘 모르지만, 성문은 지켜야만 한다는 건 알고 있었다.

　에노라도 리암의 요망에 응할 생각이 없었다.

　하지만 에노라와 카나미의 의사와는 달리 성문은 리암의 명령에 열리고 말았다.

　에노라는 믿을 수 없다는 표정이었다.

　"전 명령을 내리지 않았습니다. 대체 누가 성문을 연 거죠!"

　주위에 있는 기사와 병사들도 난처해했다.

　"화, 확인하려고 사람을 보냈습니다만, 아무도 돌아오지 않습니다."

　대체 무슨 일이 일어나고 있는가?

　광장에 뛰어든 수인들은 리암에게 다가가는 족족 날아가 버렸다. 마치 물이 든 풍선이 터지듯이 피와 살이 흩날렸다.

카나미는 리암이 들고 있는 무기에 흥미를 보였다.

"저거 설마 일본도인가? 무기고에 그런 게 있었나?"

에노라는 리암이 든 무기를 모르는 것 같았다.

"저 무기를 아시나요, 카나미 님?"

"저건 내가 살던 나라에 있는 옛날 무기인데……."

이 나라에 온 뒤로 일본도는 본 적도 없는데, 리암이 어디선가 가져왔다.

카나미는 혼란스러웠지만, 수인들은 기다리지 않았다.

활짝 열린 성문을 통해 수인들이 큰소리를 지르면서 돌격해왔다.

에노라는 두 손으로 깍지를 끼고 기도를 올렸다.

"신이시여, 부디 저희를 지켜주세요."

카나미가 리암을 도우려고 하자, 성문을 지나온 수인들이 벽에 가로막힌 것처럼 잇따라 날아갔다.

앞장서던 수인들이 이상함을 느끼고 멈춰 섰으나 뒤에 밀려드는 아군의 파도에 밀려나고 말았다. 그리고 결국 같은 결말을 맞이했다.

카나미도 아군에게 치여서 죽은 수인들이 불쌍할 지경이었다.

성문이 차츰 수인들의 피로 새빨갛게 물들었다.

리암은 큰 소리로 웃었다.

"약해, 너무 약해! 베이기도 전에 튕겨 날아가는구나!"

하지만 카나미는 리암이 손을 움직이는 모습을 한 번도 보지 못했다.

대체 몇 명의 수인을 베었을까?

주위 사람들이 그 이상한 광경에 떨고 있으니, 수인들도 그제야 움직임을 멈췄다.

수인들이 성문에서 떠나가자 이번에는 리암이 성문을 지나 밖으로 나갔다.

카나미와 에노라는 성벽에 올라가 리암이 무엇을 하는지 지켜보았다.

적이 너무 약해서 압력만으로 튕겨 날아간다. 대체 몇백을 날려버린 걸까.

"그래, 마왕군을 자칭하는 잔챙이들의 대장이 누구냐?"

강한 힘을 휘두를 때마다 흥분된다. 압도적인 힘으로 약자를 굴복시키는 순간이 내가 강자라는 것을 증명해주기 때문이다. 난 빼앗기는 쪽이 아닌 빼앗는 쪽이다. 그리고 악당이다.

성문 밖으로 나가니 많은 수인이 도시를 둘러싸고 있었다. 그중 큰 도끼를 쥔 사자 같은 수인이 내 앞에 나왔다.

다른 수인의 태도를 보고 바로 이 녀석이 대장이라는 걸 알아차렸다.

난 눈앞에 온 사자를 올려다보면서 물었다.

"네가 마왕이냐?"

내 질문에 사자는 도끼를 쥐고 베려고 달려들었다.

"인간 나부랭이가!"

너무 느려서 하품이 나올 것 같다.

그 녀석의 공격을 작위적으로 아슬아슬하게 피하면서 질문을 계속했다.

"네가 마왕이냐고 물었다. 대답해라."

나는 놈의 무릎을 차서 자세를 무너뜨린 후 갈기를 잡고 바닥에 짓눌러 꼼짝 못 하게 했다.

사자는 눈을 크게 뜨며 놀랐다.

"아니! 어, 어떻게 그런 얇은 팔로 이 몸을 꼼짝 못 하게 할 수 있지?!"

"뼈와 근육의 밀도가 다르니까. 그래서 네가 마왕이냐?"

"──아니다."

어떻게든 나한테서 도망치려고 발버둥 쳤지만, 그저 꼴사나운 몸부림이 될 뿐이었다.

이 녀석은 수인 중에서도 유독 짐승에 가까운 모습이었다. 사실상 짐승이 이족보행을 하는 꼴인데, 닛타 군이 보면 '이게 아니야'라면서 낙담할 것 같았다. 고양이 귀는 있지만, 털이 너무 많다.

내가 사자를 괴롭히고 있으니 수인들이 날 향해 화살을 쐈다.

나는 화살들을 가볍게 쳐서 막아냈다. 수인들이 경악했다. 아마 수인들에게는 화살이 도중에 사라진 것처럼 보였을 것이다.

곧 날 공격한 수인들이 그림자 속으로 끌려 들어갔다. 쿠나이의 솜씨였다. 일을 열심히 하니 아주 좋다.

날 공격했으니 살려 보낼 수는 없다.

그림자에 끌려 들어간 수인들은 쿠나이에게 처리당한 후에 지상으로 내던져졌다.

그 기괴한 광경에 수인들이 주춤대기 시작했다.

내가 사자를 놓아주니, 도끼를 들고 다시 덤벼들었다.

조금은 말이 통했으면 좋겠는데 말이지.

어쩔 수 없이 다시 피하면서 대화를 시도했다.

"마왕은 어디 있지? 내가 친히 만나줄 테니 안내해라."

"마왕님은 너희 인간과는 달리 아주 존귀하신 분이다! 인간 따위는 그분 앞에 서는 것조차 불경이다!"

나한테 불경하다고 한 건가? 내가 마왕보다 존귀한 존재라는 걸 모르는 모양이다.

난 사자에 대한 흥미가 팍 식었다.

"아, 그러셔. 그럼 죽어."

일섬을 날리면 또 튕겨 날아갈 테니 칼을 뽑아 천천히 목을 쳤다.

수인들이 분노하며 달려들었다.

"소란 피우지 마라."

내가 위압하자 적의 움직임이 멈췄다.

나는 다시 수인들도 볼 수 있게 천천히 칼을 휘둘렀다. 단번에 수인 전사 십여 명의 목이 날아갔다.

이 녀석들도 이제 나와의 실력 차이를 깨달았을 것이다.

전장에 적막이 흘렀다. 드디어 말을 들어줄 모양이다.

"너희가 선택할 길은 두 가지다. 나에게 순종하거나, 거역해서 죽거나. 원하는 쪽을 골라라."

수인들이 서로 얼굴을 마주 보더니, 압도적인 힘 앞에 굳센 전사들이 무릎을 꿇었다.

이 얼마나 즐거운 광경인가. 나 같은 악인을 소환한 여왕을 원망해라.

수인 전사들이 무릎을 꿇은 가운데, 뛰쳐나오는 수인이 있었다.

인간의 몸에 개의 귀와 꼬리가 달린 듯한 수인이었다. 겉모습이 사람에 가까우니 마치 코스프레처럼 느껴졌다. 닛타 군이 보면 엄지를 척 세울 것 같은 아이였다.

"나흔! 눅대조의——!"

내 앞으로 뛰어나온 기개는 좋았지만, 혀가 굳어 무슨 말을 하는지 알아들을 수가 없었다.

삼각형 귀는 축 늘어져 있고, 몸은 떨렸으며 복슬복슬한 꼬리도 안짱다리에 말려있었다. 딱 봐도 겁에 질린 모양새였다.

참고로 난 강아지파다. 전생에서도 개를 키웠을 정도다. 언제한 번 혼낸 적이 있었는데, 그때 모양새가 딱 이랬다.

눈앞에 있는 소녀의 모습은 예전에 개를 키웠던 그리운 시절을 떠올리게 했다.

"나, 나흔……! 나은……!"

애처로운 모습에 나는 드물게도 동정심이 들었다.

207

"너, 개 수인이냐? 개라면 봐줄 수도 있다만."

그러자 소녀의 눈빛이 날카로워졌다.

"걔 하냐!"

큭! 여전히 무슨 말인지 알아들을 수가 없다!

겁에 질려서 혀가 돌지 않는다니, 너무 귀여운 거 아니야?

개 수인이라 생각하니 갑자기 귀엽게 보인다.

난 칼을 칼집에 되돌리고 작은 수인 소녀를 진정시켰다.

"진정해. 자, 심호흡해 봐."

"습~ 하~."

적의 말에 따라 진짜 심호흡 하는 꼴이 참 바보 같아서 도리어 귀여웠다.

전생에서 길렀던 개가 떠오른 나는 오랜만에 개를 키우고 싶어졌다.

하지만 진짜 개를 키우는 건 조금 애매하다. 수명이 너무 짧기 때문이다. 이 세계의 인간 수명과 비교하면 개는 너무나도 금방 죽어버리는 생물이다. 물론 인간처럼 다소는 수명을 연장할 수 있지만, 그래도 한순간이리라. 단기간에 이별이 찾아오는 건 너무 슬프지 않은가.

하지만 수인은 어떨까? 교육 캡슐로 육체를 강화하면 수명이 늘어난다! ……괜찮은데?

드디어 말을 할 수 있게 된 소녀가 나에게 자기소개를 했다.

"난 치노! 우리 일족 최강의 전사인 그라스의 딸!"

"그런가. 그래서, 넌 개 수인이야?"

전사인지 아닌지는 아무래도 상관없으니, 개인지 아닌지만 대답해줬으면 했다.

치노는 얼굴을 붉히고 화냈다.

"무, 무시하지 마! 우리는 늑——."

뭐야, 개가 아닌가? 아쉬워하고 있으니 누군가가 큰 목소리로 끼어들었다.

"개입니다!"

목소리가 난 쪽으로 시선을 돌리니 이 소녀와 비슷한 외양의 수인들이 서 있었다. 아무래도 치노와 같은 부족의 동료인 듯했다.

치노는 동료가 크게 외친 소리에 눈을 크게 뜨고 놀랐다.

"아버니이이임!! 우리는 긍지 높은 늑——."

"개다! 치노, 우리는 개란 말이다!"

"네에?!"

치노는 납득하지 않은 것 같았지만, 난 신경 쓰여서 남자에게 물었다.

"넌 누구냐?"

"치노의 아버지인 그라스라고 합니다. 귀하의 이름을 알려주십시오."

그라스가 무릎을 꿇으며 말했다. 나는 기분이 좋아 가르쳐주기로 했다.

"리암이다. 리암 세라 번필드. 오늘부터 내가 너희의 주인이다.

날 숭배해라. 날 칭송해라. 나에게 복종해라! 불만이 있다면 지금 나와라. 한 명도 남김없이 죽여주마."

내 명령에 수인들이 빠짐없이 일제히 머리를 조아렸다. 실로 기분이 좋다.

다만 치노는 납득이 안 된다는 얼굴이었다.

"저, 저기. 전 늑대예요. 개가 아니에요."

뭐야, 어느 쪽이야?

내가 그라스에게 시선을 던지자 그는 웃으면서 어깨를 으쓱였다.

"치노는 늑대에 대한 동경심이 강한 아이입니다. 동경심이 어찌나 강한지 옛날부터 자기가 늑대라고 우기고 있지요. 정말이지 곤란한 딸입니다."

"뭐라?!"

난 그 말을 듣고 더더욱 치노를 갖고 싶어졌다.

"이 녀석! 참으로 귀엽구나!"

자기를 늑대라고 생각하는 강아지라니! 이게 닛타 군이 말하던 '모에 요소 덩어리'인가? 엄청 귀엽다!

내가 만족스럽게 치노를 보고 있으니 그라스가 나에게 제안했다.

"리암 님, 일족 복종의 증표로 딸인 치노를 바치겠습니다."

"어? 정말 괜찮냐? 네 딸이잖아?"

그렇게 쉽사리 주는 거야?! 내심 놀라고 있는데 그라스는 태연했다.

"괜찮습니다!"

음~ 역시 문명 수준이 낮으면 아이에 대한 대우도 거칠구나.
……생각해보니 성간 국가도 별 차이 없는 것 같군.

인간의 목숨을 가볍게 취급하는 건 제국도 마찬가지다.

그라스는 딸을 보면서 말했다.

"그리고 이젠 자립할 나이이니."

아직 앤 줄 알았는데, 아무래도 이 별에서는 성인인 모양이다.

하지만 치노는 납득하지 않는 것 같았다.

"아버님! 기다려주세요, 전 싫어요!"

그러나 그라스는 쌀쌀맞게 대답했다.

"조용히 따라라. 일족의 운명이 달려있다."

그라스가 노려보자 치노의 귀와 꼬리가 한층 더 축 처졌다. 그 모습이 정말 강아지 같았다. 연신 내 안에서 호감도가 급상승하고 있다. 옛날에 키웠던 개도 혼내면 치노처럼 시무룩해졌었다.

이것만으로 나는 이 별에 소환돼서 다행이라는 생각이 들기 시작했다. 브라이언의 잔소리를 피하고 귀여운 애완동물까지 손에 넣다니, 최고잖아!

"좋아, 네 딸은 내가 친히 거두어주지. 오늘부터 너희의 주인은 나다. 거역은 곧 죽음이니 명심해라."

이렇게 수인들을 길들인 나는 의기양양하게 왕도로 돌아갔다.

왕성.

알현실의 왕좌에 앉은 리암은 수인 간부들과 이야기를 하고 있었다.

"마왕의 직속 부하가 따로 있어?"

"네. 사자 장군 노고를 포함해서 네 명. 사천왕이라 칭하는 장군들이 있습니다."

"아~ 그런 건 귀찮으니까 패스. 바로 마왕을 잡고 끝내자."

리암은 여왕 일행을 빼놓고 멋대로 마왕 토벌 이야기를 진행했다.

이야기를 듣고 있던 카나미는 리암의 언동에 화가 치밀어 올랐다.

"너, 너, 아까부터 뭐야! 사천왕에게 고통받는 사람들이 있는데, 도와줄 생각이 없어?!"

"그게 나랑 뭔 상관인데? 대장을 치는 건 싸움의 기본이야. 아무것도 모르면 참견하지 마."

"아, 아무것도 모른다고?!"

카나미를 보는 리암의 시선은 차가웠다.

"전장에서조차 적을 죽이지 못하는 녀석이 나설 자리는 없어. 어차피 죽이는 걸 망설였지? 넌 데리고 가봐야 도움이 안 되니까 이 성에 남아있어. 뭐, 안심해. 마왕은 내가 심심풀이 삼아서 쓰러뜨릴 거니까."

심심풀이. 리암에겐 수인들과의 싸움도 놀이에 지나지 않았다.

그렇게나 끔찍한 싸움이 일어났는데, 리암은 그걸 심심풀이라 단언했다.

카나미가 손을 꽉 쥐었다. 고개를 숙이고 어금니를 꽉 깨물고 목소리를 쥐어짰다.

"많은 사람이 죽었어!"

죽은 사람 중에는 카나미의 말에 감명을 받은 기사도 있었다. 카나미는 조금 전에 이야기했던 사람이 시체가 되어 있는 현실이 너무나도 잔혹하게 느껴졌다.

하지만 리암은 관심이 없다는 얼굴이었다.

"그게 어쨌다고? 이건 이 녀석들의 전쟁이야. 내 책임이 아니라고. 오히려 감사해야지. 내 덕에 전멸을 피했으니까."

카나미는 리암의 태도에 소리치고 말았다.

"너도 용사잖아!"

"그래서 도와줬잖아? 아 참, 사례를 아직 못 받았군. 에노라, 빨리 날 위해 축승회를 열어라."

에노라는 끝까지 오만한 리암 앞에 나왔다.

"용사님, 이번 싸움은 틀림없이 용사님들 덕분에 승리했습니다. 하지만 수인들을 거느리고 성에 불러들인다는 말씀은 없으셨잖습니까."

"그야 말 안 했으니까. 그리고 네 허가 따위는 필요 없어."

"저희는 오랜 세월 수인들에게 고통받아왔습니다. 이럴 수는 없습니다!"

알 왕국은 수인들에게 많은 고통을 받았다. 그 이야기를 아는 카나미는 에노라의 증오와 슬픔을 이해했다.

하지만 리암은 아니었다.

"그게 나와 무슨 상관이지? 너흰 그저 따르면 된다. 누구한테 말대답하는 거냐?"

결국 한 젊은 기사가 의분심에 검을 뽑고 리암을 겨눴다.

"보자 하니 방자함이 끝을 모르는구나! 여왕 폐하께 무슨 말버릇이냐! 짐승들을 성에 불러들인 것도 모자라 이런 불경을 저지르다니! 더 이상 너에게 의지하지 않겠다! 밖에 있는 수인들도 전부 죽일 것이다!"

그 말에 주위의 기사와 대신들도 동조하여 리암에게 불만을 터뜨리기 시작했다.

"뭐가 용사냐!"

"카나미 님 한 분으로 충분하다!"

"놈을 잡아라!"

알현실에 늘어앉은 자들이 흥분해서 리암을 잡으려고 했다.

그들의 분노를 이해하는 카나미는 사고가 일어나기 전에 막아야 하나 생각했지만, 이들을 진정시킬 방법이 없었다.

(이건, 내가 막을 수 없어.)

수인 학살은 안 될 일이지만, 가족을 잃은 사람들에게 '살인은 안 된다'는 말이 통할 것 같지는 않았다.

카나미가 설득해도 이들은 멈추지 않을 것이다.

리암이 천천히 일어나더니 소란을 피운 기사에게 단숨에 다가가 맨손으로 목을 베었다.

시끄러웠던 알현실이 정적에 휩싸였다. 리암은 죽은 기사보다 손에 묻은 피가 더 신경 쓰이는 듯했다.

이 자리에 모인 모두가 겁에 질렸다.

(말도 안 돼! 대체 어느 틈에 움직였지?)

카나미는 리암의 움직임이 전혀 보이지 않았다.

리암은 주위 사람들에게 말했다.

"착각하지 마라. 너희는 승자가 아니라 똑같은 패배자다. 이긴 건 나다. 너흰 그저 살아남았을 뿐이다. 그리고 수인들은 나에게 순종한다. 즉, 내 소유물이다. 내 소유물을 건드는 쓰레기는 죽을 거다."

납득하지 못한 에노라가 항의했다.

"그, 그럴 수가! 저희가 얼마나 많은 피를 흘린 줄 아십니까! 혼자서 승리했다니, 어찌 그리 오만한 말을……!"

카나미도 함께 항의했다.

"너, 성격 너무 안 좋아! 이 사람들이 얼마나 필사적으로…… 뭐, 뭐야?"

리암이 필사적으로 호소하는 카나미와 에노라를 보고 큭큭 웃더니, 점차 웃음소리가 커졌다.

"피를 흘려? 필사적? 당연한 걸 노력했다고 지껄이는 꼴이라니, 참 가소롭네."

카나미는 리암의 태도가 믿기지 않았다.

리암은 여왕 에노라에게 설교하기 시작했다.

"통치자가 되서 한다는 말이. 노력했습니다, 피를 흘렸습니다? 바보냐? 그건 당연히 할 일이지. 평가를 논할 가치조차 없어."

에노라가 리암의 분위기에 압도되어 뒤로 한 걸음 물러섰다.

리암은 놓치지 않으려는 듯이 에노라에게 다가가 거리를 좁혔다.

"너 같은 놈을 보고 있으면 짜증이 나. 백성에게 아양을 떨 시간이 있으면 네 일이나 해라. 백성을 걱정하고 있을 상황이냐?"

"아양이라고요? 다, 당신이 뭘 안다는 거죠?! 전 지금까지 버텨준 백성들에게 할 수 있는 일을——."

"그것 말고는 할 수 있는 게 없는 것뿐이잖아? 뭐, 무서우니까 어쩔 수 없겠지. 백성 사이에서 폭동이 일어나 붕괴하는 건 피하고 싶을 테니까."

"?!"

에노라는 리암에게 정곡을 찔리자 얼굴을 파랗게 물들였다.

그 모습을 본 카나미는 알아차리고 말았다.

"에노라 님?"

에노라는 카나미를 외면했다.

그 모습을 본 리암은 에노라에게서 흥미를 잃은 듯했다.

"패배자는 얌전히 승자를 따르면 돼. 적어도 날 따르면 편승할 수 있으니까 안심하라고."

제국의 수도성에서는 칼뱅이 회의를 하고 있었다.

의제는 리암의 실종으로 인해 혼란한 번필드가에 대해서.

리암이 실종됐다는 것을 알자 칼뱅파의 귀족들은 흥분을 숨기지 못했다.

모자만 남은 안내인은 그들의 모습을 관찰하고 있었다.

"너희 차례다! 지금이라면 내 도움을 받아서 리암의 영지를 마음껏 칠 수 있다!"

물불 가리지 않는 안내인이 뒤에서 선동하자 귀족들은 눈에 불을 켰다.

선동당한 귀족들은 열기에 달아오른 것처럼 과격한 말을 했다.

"칼뱅 전하, 이건 기회입니다. 리암의 영지를 전력으로 쳐야 합니다! 지금이라면 놈을 이길 수 있습니다!"

흥분한 귀족들 앞에서 칼뱅은 냉정한 태도를 잃지 않았다.

"아니, 움직이는 놈들을 지원만 하고, 우린 움직이지 않는다."

"그런! 어째서입니까?!"

모두가 놀란 표정을 지었고, 안내인도 'What?!' 하고 놀란 목소리를 냈다.

칼뱅은 모처럼의 기회에 스스로 움직일 생각이 없는 듯했다.

안내인의 힘이 약해진 건지 칼뱅을 조종할 수 없었다.

칼뱅은 냉정하게 보고서를 훑어보고 있었다.

"리암 군이 고작 소환 마법에 행방불명 될 사람이라고 생각하나? 번필드가가 이 정도로 우왕좌왕한다면, 우린 처음부터 이렇게 고생하지도 않았을 거다. 즉 이건 함정일 가능성이 크다."

번필드가가 소환 마법에 대한 대책을 세우지 않았을 리가 없다.

칼뱅의 말에 파벌의 귀족들의 열기도 진정되어 갔다.

"드, 듣고 보니 함정일 가능성도 있군요. 하지만 진실이 무엇이든, 번필드가는 실제로 혼란에 빠져있습니다. 차라리 이 틈에 전군을 동원해 단숨에 치는 게 좋지 않겠습니까?"

칼뱅도 좋은 기회인 건 알지만, 딱히 엮일 생각은 없는 듯했다.

"그렇다 하더라도 우리가 스스로 함정에 뛰어들 필요는 없네. 만약 저 혼란이 사실이라면 우리가 손을 쓰지 않아도 번필드가는 쇠락하겠지."

칼뱅의 말에 귀족들이 서로의 얼굴을 마주 봤다.

"확실히⋯⋯. 리암이 무사히 돌아온다고 해도 이번 소동을 진정시키는 데는 몇 년은 걸리겠지."

"까딱 잘못하면 수십 년. 아니, 더 오래 여파가 남을 거다."

"우리가 무리하게 개입할 필요가 없지 않나? 우리는 오히려 이 기회에 힘을 비축하는 게 좋을 것 같은데."

칼뱅의 말에 귀족들이 동조하여 이번 일에 관여하기를 그만뒀다.

안내인은 이 결과에 화를 냈다.

"하라고! 큰 기회잖아! 왜 여기서 뒷걸음질 치는 거냐고! 내가 지원해주고 있다고!"

안내인은 칼뱅 파벌이 뜻대로 움직이지 않아 모자에 작은 손발이 돋아난 모습으로 책상을 쳤다.

◇◆◇◆◇

『우린 번필드가의 정통한 후계자다! 리암 님의 의지를 계승해 이 크리스티아나가 지휘한다! 따르지 않으면 죽인다.』

『로제타 님을 지키는 우리가 번필드가의 후계자예요! 이 마리세라 마리안은 여기서 선언하겠어요! 거역하면 쳐 죽이겠어요!』

번필드가의 본성.

리암의 저택에 있는 클라우스는 식은땀이 멈추지 않았다.

어째서인지 그는 로열 가드와 정예 함대를 지휘하에 두고 혼란한 번필드가를 책임지는 입장이 되어 있었다.

자신이 평범한 기사라는 걸 잘 아는 클라우스에게 이 상황은 비상사태였다.

물론 클라우드는 이런 와중에도 성실하게 기사의 직분을 다해 눈앞에 닥친 일에 대처해왔다.

하지만 비상사태는 아직 그를 놓아줄 생각이 없는 듯했다.

"리암 님의 심복인 두 사람이 배신했다고오오오?!"

티아와 마리는 기사단의 중심적인 존재다. 이러니저러니 하면서도 리암이 둘을 의지하는 건 곁에서 보면 알 수 있다.

근데 그 두 사람이 리암이 없을 때 들고 일어나버렸다. 쌍방은 리암의 부재중을 책임지는 건 자신이라 주장했다. 티아는 리암의 함대를 멋대로 움직였고, 마리는 로제타를 끌고 가서 치안 유지나 변경을 경비하는 함대를 모으고 있었다.

"대립 관계인 건 알고 있었지만, 설마 궐기까지 할 줄이야. 이런 비상시에 무슨 짓을 하는 건지."

게다가 현재 번필드가에는 많은 손님이 밀려오고 있었다. 대부분이 리암이 없는 틈을 타서 단물을 빨려는 놈들이었다.

『번필드가의 후계자가 없다고 들었습니다. 저는 전전대와 혈연관계이며, 여러분께 도움을 주고자 급히 달려왔습니다.』

『번필드가의 후계자는 분가였던 아스트리드가가 적합하다. 클레오 파벌의 중진들 또한 날 후원하고 있다. 그러니 내가 당주 대리가 되어야 한다.』

『리암 님의 아이를 배고 있어요! 이 아이야말로 다음 번필드가의 당주예요!』

매일같이 이런 놈들이 아침부터 밤까지 몰려왔다. 명백하게 번필드가의 재산과 권력을 노리는 사기꾼들이었다. 이런 녀석들을 상대하는 사람은 잡무를 처리하는 클라우스뿐이었다. 게다가 이때를 타서 영지 안으로 들어오는 우주 해적들도 막아야 했다.

더구나 이제는 부하들까지 클라우스의 속을 쓰리게 하고 있었다.

"클라우스 님, 배신자인 저 녀석들을 쳐죽일까요?"

"저 둘을 죽이면 클라우스 님이 기사단의 필두네요!"

"로열 가드와 정예 함대가 아군이 된 지금 클라우스 님의 적수 따위는 없습니다!"

혈기 왕성한 자들이 클라우스를 내세워 티아와 마리에게 싸움을 걸려고 했다.

클라우스는 위장의 고통을 참으면서 명령을 내렸다.

"현상유지다! 리암 님이 돌아오실 때까지 우리가 본성을 지킨다."

출세하려는 야심이 없는 클라우스는 현상유지를 명심했다.

부하들은 현상유지에 전념하는 클라우스에게 불만을 품었다.

"클라우스 님이 그렇게 말씀하신다면야 따르겠지만······."

"그래도 이 기회를 이용하면 필두기사가 될 수 있을 텐데······."

"애초에 지금 번필드가를 떠받치고 있는 건 클라우스 님이에요. 클라우스 님은 좀 더 좋은 평가를 받아야 하지 않나요?"

부하들의 불만은 클라우스의 주위를 향하고 있었다.

클라우스는 부하들의 반응에 위기감을 느꼈다.

(이, 이런, 이대로 가면 부하들이 먼저 폭발해서 진짜로 전쟁을 시작해버릴 것 같은데?! 리암 님, 빨리 돌아와 주십시오!!)

키스가 이끄는 아이작의 호위 기사들은 번필드가의 저택을 제 것인 양 쓰고 있었다.

과거에 가신이었던 자들은 자신이야말로 번필드가의 기사라고 믿어 의심치 않았다. 그들은 저택 안의 간부급 라운지에 눌러앉아 멋대로 고급술을 즐겼다.

자연스럽게 그들의 환심을 사려는 관료와 메이드, 고용인과 군인들이 그들 곁으로 모여들었다.

이는 급격하게 세력을 확대해온 번필드가에 야심 넘치는 자들이 많이 늘어났다는 증거이기도 했다.

그들 사이에는 칼뱅파 공작원과 타국의 공작원도 섞여 있었으며, 이들은 번필드가에 혼란을 일으키기 위해 암약하고 있었다.

키스 또한 그걸 알고 있었지만, 일부러 공작원들을 방치했다. 이들을 놔두는 게 더 득이 되기 때문이었다.

키스는 그들의 협력이 있으면 번필드가의 기사단에 필두기사로 복귀할 수 있다고 믿었다.

번필드가의 상황이 흡족했던 키스는 잔에 든 고급술의 향을 즐겼다.

"100년 사이에 제법 발전했군."

키스 주위에서는 드레스와 메이드복을 입은 미녀들이 시중을 들고 있었다.

키스는 인품이 최악이었다. 아직 어린 리암을 남겨두고 번필드가를 버렸던 남자. 쉽게 말하자면 배신자였다.

그런 그의 부하인 기사들도 당연히 난폭한 자들뿐이었다.

저택을 헤집고 보물을 찾으면 라운지로 가져가 패거리들끼리 나누었다.

"와, 이거 봐라. 이거 날이 아주 잘 드는데?"

"나도 격납고에서 신형 기동기사를 찾았어. 드디어 나도 전용기가 생겼다 이거지!"

"오오~ 나도 한 대 찾아볼까?"

사실상 기사가 아니라 도적 떼나 마찬가지였다.

이윽고 패거리 중 한 명이 터무니없는 짓을 저질러버렸다.

라운지로 돌아온 그 기사는 한 기의 메이드 로봇을 질질 끌고 있었다. 번필드가의 저택에서 일하던 양산형 메이드 로봇이었다. 옷은 군데군데 찢어졌고 관절은 꺾여 있었다.

라운지에 돌아오자마자 메이드 로봇의 머리를 잡고 키스 앞에 던졌다.

관절이 망가진 메이드 로봇은 부자연스러운 움직임으로 도망치려고 했다.

그 모습에 기사들이 크게 비웃었다.

"저택에 인형을 두다니, 리암 자식, 엄청난 변태였잖아?"

"귀족의 자존심이 없는 거겠지. 해적이나 퇴치하고 거들먹대던 애송이잖아."

"큭큭, 그 리암 덕분에 사치를 부릴 수 있게 됐으니, 우리라도 감사해야지!"

리암을 업신여기며 기사들은 정신없이 웃어댔다.

"아~ 배 아파. 근데 말이야, 만약 리암이 돌아오면 어떻게 되는 거지?"

그런 부하의 말에 키스가 대답했다.

"그럴 걱정은 없어. 수도성의 칼뱅 전하께서 아이작 님이 당주가 되도록 밀어주실 테니까."

"정말입니까, 키스 씨?"

"당연하지. 그분에게도 아이작 님이 당주가 되는 게 훨씬 이득이잖아. 틀림없어."

돌아오더라도 리암의 자리는 없다고 말하면서 키스는 칼뱅파의 공작원에게 눈짓했다. 그러자 공작원이 웃음을 지으면서 고개를 끄덕였다. 아이작이 당주가 될 수 있다면 칼뱅이 밀어줄 것이라는 건 틀림없는 이야기였다.

불안이 불식되자 기사가 양산형 메이드를 짓밟았다.

"그럼 리암의 인형을 부숴도 눈치 볼 거 없겠네? 이 녀석들이 알짱대는 모습은 보고 있으면 기분이 나쁘단 말이지."

기사는 다리를 들어 짓밟으려는 순간, 라운지에 목소리가 울렸다. 브라이언이었다.

"무슨 짓입니까!"

분개한 모습으로 나타난 브라이언을 본 키스는 어쩔 수 없다는 태도로 일어섰다.

"화내면 몸에 해로워요, 노인장."

브라이언은 바보 취급하는 태도를 보이는 키스에게 얼굴을 붉히고 항의했다.

"아침부터 라운지에서 소란을 피우고 저택을 파괴하다니 무슨 짓입니까! 그리고 리암 님께서 소유한 자들에게까지 손을 대다니!

빨리 해산하십시오!"

브라이언은 엉망이 된 양산형 메이드를 보고 약간 겁을 먹고 있었다.

그 모습이 재밌었던 키스는 브라이언을 바보 취급했다.

"인형 한 기 정도로 무서워할 필요가 있을까? 이런 건 어느 것이든 똑같을 텐데."

키스는 양산형 메이드 로봇을 차서 브라이언의 발치로 굴렸다.

"타테야마?! 이, 이게 무슨 일인가."

브라이언의 얼굴에서 핏기가 가셔서 키스는 착각했다.

(일류 기사인 내 앞에서조차 리암을 두려워하는 건가? 뭐, 내 앞에 선 것은 칭찬해줄 수도 있지만, 무례하군.)

자부심이 강한 키스는 일반인이 기사에게 거스르는 모습이 불쾌했다.

그건 집사인 브라이언이라도 마찬가지였다.

"날 너무 화나게 하지 말라고, 브라이언. 내 의견 하나로 너 정도는 언제든지 처분할 수 있으니까. 앞으로도 번필드가를 모시고 싶다면, 나에 대한 태도를 고쳐야 할 거야."

키스가 거만하게 굴자 브라이언의 눈빛이 날카로워졌다.

"이 브라이언, 리암 님을 배신할 바에는 저택에서 나갈 겁니다."

"충신이네. 난 이해가 안 되는 사고방식이야."

"그러시겠죠. 당신들은 그렇게 번필드가를 버렸으니까요."

"클리프 님을 지키기 위해 이곳에서 떠났을 뿐이야. 그건 그렇고,

신참들이 활개 치고 있는 것 같은데. 교육이 필요하려나?"

키스는 자기들이야말로 대대를 가문을 섬긴 가신이라고 자부하며 대부분이 신참인 리암의 기사들을 깔봤다.

브라이언은 대꾸하지 않고 타테야마를 회수해서 라운지에서 나갔다.

"타테야마, 바로 수리합시다. 괜찮습니다. 반드시 좋아질 겁니다."

메이드 로봇에게 말을 거는 브라이언을 보고 키스와 그 부하들은 업신여기며 큰소리로 웃었다.

브라이언은 떠나면서 예전 동료에게 충고했다.

"리암 님은 정이 많은 분이지만, 동시에 무서운 분이기도 합니다. 후환을 각오하십시오."

브라이언의 충고를 들은 키스가 양손을 들어 항복하는 포즈를 보였다.

"아이고 무서워라~. 우리가 여기에 없는 리암을 무서워할 것 같나? 그 녀석이 돌아올 즘에는 번필드가의 모든 것은 아이작 님의 소유가 되어있을 거다."

쳐들어온 기사들, 그리고 배신자들이 웃었다.

그날, 번필드가의 저택에 큰 파문이 일었다.

"거짓말이지?!"

"저, 정말이야. 기사가 괴롭히는 걸 봤어."

"크, 큰일 났네. 그 사실이 영주님 귀에 들어갔다간 우리도 처벌을 받을 거야!"

메이드들의 얼굴이 새파랗게 질렸다.

"소란스럽습니다. 이런 때에도 자신에게 주어진 일을 하는 것이 본 가문의 시녀입니다."

시녀장인 세리나가 오자 세 메이드들이 황급히 자세를 고쳤다. 세리나에게 혼난 메이드들은 겁먹은 얼굴을 하고 있었다.

"시, 시녀장님, 그, 저기…… 리암 님의 측근이 쳐들어온 기사들의 손에 부서졌다고 들었습니다. 그, 저기, 저희도……."

메이드들은 후환이 두려워 덜덜 떨고 있었다.

리암의 측근. 이들은 대놓고 메이드 로봇들을 인형이라 할 수가 없어서 그렇게 불렀다.

그리고 세리나는 그녀들이 두려워하는 이유를 이해하고 진정시켰다.

"당신들이 그 자리에 없었는데 그걸 무슨 수로 막겠습니까. 그리고 만약 이 일로 처벌하시더라도 책임자인 저를 벌하시지, 여러분이 아닙니다. 자, 아셨으면 빨리 업무로 돌아가세요."

"아, 네!"

세 사람이 그 자리에서 떠나가는 것을 보고 세리나는 팔찌형 단말기를 조작해서 주위에 영상을 투영했다. 영상에는 부하들의 출

근율이 표시되어 있었다.

컨디션 불량, 유급휴가 등을 제외하고도 수백 명이 무단으로 담당 구역을 비운듯했다.

다만 타테야마 파괴 소동으로, 아이작에게 넘어갔던 자들 중 절반이 업무에 복귀했다. 방금 메이드들과 마찬가지로 자신이 얼마나 위험한 일에 엮인 건지 깨달은 것이다.

"생각보다 나쁘지 않은 숫자네."

부하들은 우수했다. 세리나는 교육자이기도 하기에 제자들이 우수하게 자라준 것에 달성감을 느꼈다.

하지만 모두가 그런 건 아니었다.

"하지만 총명한 아이가 있으면 어리석은 아이도 있는 법. 아니, 약아빠진 건가?"

아직도 업무에 돌아가지 않고 아이작에게 붙는 메이드들이 있었다.

타테야마를 파괴한 자를 리암이 용서할 리가 없건만. 세리나는 아직도 정신을 못 차린 사람이면 구해줄 가치도 없다며 그들을 버렸다.

알 왕국의 왕성.

침대에 누운 나는 쿠나이와 이야기를 하고 있었다.

쿠나이는 침대에 누워있는 내 옆에서 무릎을 꿇고 앉아있었다.

"리암 님, 암살자를 보낸 자가 판명됐습니다. 대신과 장군 여럿이 관련되어 있습니다."

"그렇군. 다 처분해."

무정하게 대답하자, 임무를 받은 쿠나이가 약간 기뻐했다.

이 녀석은 워커홀릭인 걸까?

"예! ······한데, 그 계집은 어떻게 하시겠습니까? 리암 님께 불경하기 짝이 없는 계집입니다. 함께 처분합니까?"

쿠나이의 실력이라면 카나미에게 지지는 않겠지만, 딱히 그럴 마음이 들지 않았다.

"그 녀석은 놔둬. 놀리면 재미있거든."

"괘, 괜찮습니까?"

쿠나이가 당황한 이유는 평소와 다른 대답이 나왔기 때문이었다.

하지만 어쩌겠는가. 딱히 죽일 마음이 생기지 않는 것을. 오히려 좀 더 놀려주고 싶다는 생각이 드니, 참 이상하다.

"그냥 그런 기분이야. 하지만 날 죽이려고 한 놈들은 대가를 치러야겠지."

수인들을 성에 들였다는 이유로 이 나라의 대신과 장군들이 나에게 살의를 품었다.

내가 그들과 같은 처지였다면 화를 냈겠지만, 그것과 암살기도는 이야기가 다르다.

나에게 암살자를 보낸다면 나름의 대처를 할 뿐이다. 먼저 날 죽이려 했으니, 본인이 죽더라도 할 말 없겠지.

쿠나이는 나에게 암살자들에 관한 이야기를 들려줬다.

"암살자들의 고용주들은 아무래도 용사를 소환하기 전부터 암살 방법을 생각했던 것 같습니다."

"죽일 준비를 해놓고 소환했다는 거네? 뭐, 그렇겠지. 나였으면 안 할 짓이지만. 말도 안 되는 소리지."

궁지에 몰려 도움을 구하기 위해 용사를 부를 필요가 있다고 치자.

마왕을 죽이지 못하니 용사를 소환하는 건데, 마왕보다 강한 용사를 암살해? 이 얼마나 멍청한 생각인가. 그런 게 가능하다면 용사를 부를 것도 없이 마왕을 암살하면 된다.

역시 막다른 곳에 몰리는 나라는 글렀어.

이 나라가 망할 뻔한 것도 그에 맞는 글러 먹은 이유가 있었던 것 같다.

난 이 나라에 대해 불평했다.

"여왕이 무능하니 신하들도 무능하군."

"리암 님의 말대로이지 않겠습니까."

쿠나이는 내 말을 전부 긍정하네. 혹여 나중에 티아나 마리처럼 되지는 않았으면 좋겠는데. 그러고 보니 그 녀석들…… 내가 없다고 날뛰고 있진 않겠지?

내가 없는 사이에 그 녀석들이 얌전히 있을지 걱정되기 시작했다.

……뭐, 걱정해도 당장은 어쩔 도리가 없군.

지금은 이 나라의 문제를 조롱하는 게 즐겁다.

"그건 그렇고, 그 여왕님한테는──."

이야기하고 있으니 누가 방문을 노크했다.

"카나미인가? 그 녀석, 나한테 무슨 볼일이지?"

문이 열리기 전부터 누가 왔는지 예상이 됐다.

쿠나이가 열어줬는데, 카나미는 미간을 찌푸리고 있었다.

"너 때문이야!"

"뭐가?"

갑자기 심한 말을 하네. 적어도 왜 나 때문인지는 알려줘야 하지 않을까.

뭐, 이유는 상상이 가지만.

"난 독심술사가 아니라서. 뭐가 마음에 안 드는데?"

히죽거리면서 놀리듯 말하자 카나미가 내 태도에 더 짜증을 냈다. 역시 반응이 재미있어.

"에노라 님 말이야! 걔, 우리랑 나이 비슷한데 여왕이 돼서 고생하고 있잖아. 그런데 그렇게 심한 말을 하다니! 너, 그러고도 용사야? 에노라 님이 침울해하잖아!"

이 녀석은 뭘 알고 떠드는 건가? 걔가 불쌍해? 아, 혹시 그 여왕님이 선량해 보여서 동정하는 건가? 이 녀석은 글렀네. 진짜 답이 없어.

"걔는 통치자야."

"그래서 뭐? 여자애잖아."

태평하기 짝없는 발언에 난 자연스럽게 한숨이 나왔다.

"통치자에겐 연령도, 성별도 상관없어. 자리에 앉은 이상 자기 의무를 다해야만 해."

"그래도!"

"너 진짜 바보구나."

"바, 바보라고?!"

분개하는 카나미가 재밌어서 나답지 않게 이것저것 가르쳐주기로 했다.

왜일까? 보고 있으면 가만히 내버려 둘 수가 없었다.

예전의 딸이랑 이름이 같아서인가?

아니 뭐, 설마 본인일 리는 없겠지. 다른 세계, 다른 시간대에 만약 내가 전생의 딸과 이 자리에서 재회한다면, 그건 기적을 뛰어넘은 무언가다. 그런 일은 일어날 수 없다.

만약 그런 일이 일어난다면, 그건 기적이 아니라 운명이다. 반드시 그리될 일이었던 거다.

하지만 나와 딸 사이에 그런 건 존재하지 않는다.

피도 마음도 이어지지 않았으니까.

그런 아이에게 내 나름대로 애정을 쏟은 게 전생의 나다. 아무런 의미도 없었지만.

그러니 난 아이가 싫다.

"그 이야기를 밖에서 죽어가는 백성 앞에서도 할 수 있어? 여왕님은 열심히 했습니다. 착하고 정말 좋은 사람입니다, 하고?
그 말을 들은 가족을 잃은 백성이 무슨 생각을 할 것 같아?"

"그, 그건, 납득 못할지도 모르지만 분명……!"

"정말 아무것도 모르는구나."

극단적으로 이야기하자면, 통치자에게 가장 중요한 건 능력이
다. 귀족제라면 더더욱 그렇다. 인간성은 사소하고 부차적인 문
제다.

그 여왕님은 선량하고 훌륭한 사람일지도 모르지만, 결코 좋
은 통치자는 아니다.

아무리 성격이 쓰레기 같은 왕이라도 백성이 풍족하게 살 수
있도록 하면 명군 취급을 받는 게 세상이다. 나 같은 최악의 쓰
레기조차 명군 취급을 받고 있지 않은가.

백성들에겐 자신을 풍족하게 해주는 존재야말로 훌륭한 명군
인 거다. 만약 능력이 아닌 인간성만을 중시하는 녀석들이 있다
면, 그건 어리석은 짓이다. 인품 좋은 무능한 자를 떠받든 결과,
자기들이 가난해지고 굶주리게 되니까.

카나미가 고개 숙이고 있는 걸 보니 이해할만한 머리는 있는 것
같았다.

뭐, 따지자면 백성을 쥐어짤 생각밖에 없는 나도 통치자 실격
이겠지.

내 인간성은 바닥 중의 바닥이지만, 나는 그걸 이해하고 잘 헤
쳐나가고 있다. 백성을 속이고 마음대로 행동해도 명군이라 숭상

받고 있다.

세상은 나쁜 놈에게 미소 짓는다.

"위기 상황에 노력을 운운하는 건 아무 의미 없어. 그건 당연히 해야 하는 거지. 넌 지금 그 여왕님이 당연한 일을 했으니까 칭찬해달라고 하는 거야. 하지만 결과를 내지 못하는 통치자는 백성에게 아무짝에 쓸모없는 쓰레기나 마찬가지지."

"그, 그치만!"

"집과 가족을 잃은 놈들한테 그렇게 말해. 여왕님은 노력했지만 무리였다고. 그러니까 용서해달라고. 넌 그런 이유를 듣고 용서할 수 있나? 무능한 여왕님을 원망하지 말라고 말할 수 있나? 감싸줘야 할 상대를 착각했어."

"으으……."

난 아무런 대꾸도 못 하는 카나미에게 덧붙였다.

"그 여왕님은 다른 사람을 구하고 싶은 게 아니야. 다른 사람에게 다정하게 대해주는 것으로 자신을 구하고 싶은 거지. 난 노력했다. 주위 사람들도 그렇게 말해주고 있다고 생각하면서 말이야!"

뭐, 인간은 공격하고자 하면 얼마든지 공격할 수 있다.

남 말할 처지는 아니지만, 그 여왕의 부족한 부분은 얼마든지 말할 수 있다.

사람으로서는 선량하고 칭찬해야 마땅한 점은 많겠지. 하지만 통치자로서는 실격. 최악의 여왕이다.

애초에 난 백성에 대해서는 신경 쓴 적도 없다만.

난 그저 무거운 세금으로 괴로워하는 모습을 보고 싶을 뿐이다.

생각하니 또 열받네. 아이를 만들라는 데모 따위를 일으켜서 날 욕보인 백성들에겐 반드시 복수해줄 거다.

돌아가면 증세부터 해야지.

"네 부모님은 몹시 어리석었던 모양이군. 널 보니 알 것 같다. 대체 애한테 무얼 가르친 건지."

카나미는 다른 사람을 배려할 수 있는 착한 아이다. 나도 옛날에는 딸이 그런 아이로 크길 원했다.

하지만 그건 잘못된 생각이었다. 전생의 내가 딸에게 품은 바람과 희망은 헛된 것이다.

세상을 똑바로 이해하지 못한 바보의 헛소리였다.

카나미의 얼굴에 분노가 일렁였다.

"아버지를 욕하지 마."

"응?"

"아버지를 나쁘게 말하지 마!"

"뭐냐? 그렇게 아빠가 좋냐?"

"아빠가 아니야! 아버지는…… 아버지만은, 그런 말을 들을 사람이 아니야!"

아빠와 아버지를 구분해서 쓰는 이유가 있었군.

즉, 이 녀석의 생각이 미적지근한 건 그 아버지의 책임이다.

진짜 짜증 난다.

나 외에도 그런 물러터진 생각을 가지고 딸을 가르친 사람이 있었다니. 정말 불쾌하다.

"아, 그래서. 근데 네 아버지는 세상 물정 모르고 헛소리를 가르친 거야. 널 보고 있으니 잘 알 것 같아. 분명 네 아버지가 다른 사람에겐 다정하게 대하라고 바보 같은 가르침을 줬겠지. 그런 멍청이라면 지금쯤 따끔한 맛을 보고 있겠군. 혹은 불쌍하게 죽었거나."

정곡을 찔렀는지 카나미가 분노해서 꽉 쥔 손을 떨기 시작했다. 진짜 구제할 길이 없는 아버지구나.

"말하지 마!"

카나미가 허리에 차고 있던 검을 뽑으려 하자 쿠나이가 배에 주먹을 때려 박아 기절시켰다.

쿠나이는 핏발이 선 눈으로 나이프를 카나미의 꺼내 목을 베려고 하고 있었다.

글러 먹은 아버지의 피해자지만, 전생의 나와는 달리 이 녀석의 아버지는 딸에게 사랑받았구나.

난 쿠나이의 팔을 잡아 카나미의 목을 베려는 걸 막았다.

"쿠나이, 안 된다."

"……이 자는 리암 님께 칼을 겨누려고 했습니다."

"좋은 심심풀이가 됐다. 방까지 데려다줘라. 절대로 건들지 마라. 내 장난감이다."

카나미를 보고 있으면 이 녀석의 아버지가 부러워진다.

전생의 나 같은 멍청이더라도 카나미에게는 훌륭한 아버지로서 사랑받았으니까.

◇ ◆ ◇ ◆ ◇

아련한 눈빛이 된 리암을 방구석의 희미한 빛—— 슬픈 듯이 앉아있는 개의 영혼이 바라보고 있었다.

딸에게 사랑받지 못한 전생의 자신과 카나미의 아버지를 비교하고 자조하는 모습에 개는 슬퍼했다.

개는 방을 빠져나와 그대로 카나미의 방으로 향했다.

카나미는 자신에게 주어진 방에서 무릎을 끌어안고 바닥에 주저앉아 눈물을 흘리고 있었다.

"아버지, 미안해. 난, 아버지를 배신했지만 무시당한 게 분해서……. 사실은 화낼 자격도 없는데…….”

개는 울고 있는 카나미에게 얼굴을 가까이 댔지만 닿을 수 없어서 위로할 수 없었다.

개는 안타까움을 느끼면서도 리암을 돕기 위해 방을 나선 후, 성의 꼭대기에 와서는 크게 울부짖었다.

울음소리는 하늘에 구난 신호를 발신하던 드론에 닿았다.

드론을 통해 개의 울음소리가 증폭되어 더 멀리 나아가…… 리암을 도와줄 존재들을 향해 퍼져나갔다.

번필드가의 영지로 향하는 한 척의 거대 전함이 있었다.

3,000m를 넘는 초노급 최신예 우주 전함으로, 기술력이 뛰어난 제7병기공장에 특별 주문해 아주 뛰어난 성능으로 설계, 리암의 고집을 따라 레어메탈을 풍족하게 사용하여 건조한 사치스러운 배였다.

그 우주 전함의 브릿지에서 한 기술자가 좋아서 미친 듯이 춤추고 있었다.

전함을 주인에게 인도하기 위해 항해하면서 데이터를 수집하고 있었는데, 모니터에 수치가 나올 때마다 흥분하기를 반복했다. 그녀는 눈을 반짝반짝 빛내면서 자기가 만든 전함의 훌륭함에 감동하여 눈물을 흘렸다.

"굉장해! 굉장하다고! 현실성이 없는 이론이라고 떠들던 놈들한테 보여주고 싶을 정도야. 이 데이터 좀 봐! 예상을 뛰어넘는 압도적인 성능! 에너지 변환 효율이 엄청나! 그리고 이 강력한 출력! 이보다 더 완벽할 순 없다! 크으~ 내 재능이 두려울 지경이네."

전함을 인수하려고 온 번필드가의 정예 함대 소속 군인들은 자기 할 일을 하면서도, 모니터에 뺨을 비비는 니아스를 난처하게 바라보았다.

"이 사람, 지금이 어떤 상황인지 알고는 있는 거지?"

"인간성과 재능은 무관하다더니……."

"이제는 꼴사납게 바닥을 굴러다니기 시작하는데? 누가 좀 말려봐."

차마 눈 뜨고 볼 수 없는 기행을 반복하는 사람은 바로 제7병기공장의 '니아스 칼린' 기술 소령이었다.

니아스는 리암과 오래 알고 지냈을 만큼 유능하지만, 성격에 문제가 있는 인물이었다.

하지만 이번만은 정말 흥분할 수밖에 없는 상황이었다. 완성된 전함이 예상을 뛰어넘는 성능을 발휘했기 때문이다.

정작 주인인 리암이 절찬 행방불명 상태였지만, 니아스는 신경 쓰지 않는지 그저 생글생글 웃으면서 칠칠치 못한 표정으로 데이터를 보고 있었다.

그러다 문득 신경 쓰이는 수치를 발견하고는 진지한 표정으로 키를 두드려 조사하기 시작했다.

몇 번인가 고개를 갸웃거리더니, 이윽고 원인을 밝혀냈다.

"흐으음? 구난 신호? 상당히 먼 곳인데, 이토록 미약한 신호까지 잡아내다니! 내 아이지만 대단해! 엄마가 칭찬해줄게!"

이윽고 모니터에 키스하기 시작한 니아스.

주위 사람들은 아무 말도 하지 않았다. 엮이고 싶지 않은 것이다.

하지만 구난 신호란 단어에 선장이 불쑥 다가오더니 니아스를 밀어내고 모니터를 뚫어지게 바라보았다.

니아스가 넘어지면서 '흐갸!' 하는 비명을 질렀지만, 아무도 신경 쓰지 않았다.

선장은 구난 신호의 정체를 분석하고 부들부들 떨었다.

"이, 이럴 수가! 바로 본성에 연락해라! 연락이 닿는 모든 우군을 모아!"

선장이 허둥대는 모습에 브릿지 크루가 이변을 감지하고 분주하게 움직이기 시작했다.

마왕 '고리우스'는 불꽃이 인간의 형태를 한 실체가 없는 존재다.

마왕성의 왕좌에 앉아있던 고리우스는 노고가 죽은 걸 감지하자마자, 화가 치민다는 듯이 눈빛이 날카롭게 변했다.

"모처럼 힘을 나눠줬는데, 인간 놈들에게 죽다니 한심하군."

고리우스는 보고를 받지 않아도 노고의 죽음을 감지했다.

노고를 비롯해 사천왕 모두에게 고리우스는 힘을 나눠주었는데, 그 사천왕이 죽으면 고리우스의 힘은 그대로 사라지고 만다.

나눠준 힘이라고 한들 마왕에게는 미약한 수준에 불과했지만, 그래도 썩 유쾌한 일은 아니었다.

"수인도 고작 이 정도였는가. 하지만 인간들에게 충분히 공포를 줬으니 넘어가도록 하지. 애초에 나눠줬던 힘보다 더 많은 힘을 얻었으니 사소한 일이다."

고리우스는 식사 대신 악의와 절망, 공포와 같은 부정적인 감정을 힘으로 삼았다.

사람들의 공포가 고리우스를 만족시키고 힘을 주기에 노고에게 준 힘은 훨씬 전에 되찾았지만, 심기가 불편한 건 어쩔 수가 없었다.

"오산이군. 노고를 무찌르는 존재가 인간 중에 있을 줄이야."

고리우스는 인간들에게 공포를 주기 위해 수인들을 복종시키고 있었다.

너무 많이 늘어난 인류로부터 부정적인 에너지를 긁어모으는 역할을 수인들에게 맡기고 있었다.

생각에 잠긴 고리우스 앞에는 부하들이 무릎을 꿇고 머리를 조아리고 있었다.

기분이 안 좋아진 마왕 고리우스의 비위를 맞추려고 부하들이 나섰다.

"마왕님, 제게 기회를 주십시오!"

"아뇨, 제게 주십시오!"

"어머, 이들에게 줄 바에는 차라리 제게 맡기시지요. 노고를 쓰러뜨린 인간은 제가 쓰러뜨려 보이겠습니다."

모은 부하들이 노고를 쓰러뜨린 인간을 죽이겠다며 기염을 토했다.

고리우스는 질색했다.

(사천왕처럼 힘을 나눠주길 바라는 건가? 흥, 수준 낮은 놈들을 조종하는 것도 질리기 시작했다. 빨리 이 세계를 지배하고 싶군.)

고리우스는 예전부터 용사의 손에 몇 번이고 쓰러지기를 반복했다.

하지만 마왕이 쓰러져 세상이 평화로워지면 다시 인간끼리 싸움이 일어났고, 부정적인 감정이 쌓여 고리우스의 부활로 이어졌다.

고리우스는 부활할 때마다 점점 더 강해지고 있었다.

(드디어 용사를 소환했나? 하지만 상관없다. 용사 따위는 이제 내 상대가 아니다. 난 이미 마왕을 뛰어넘은 존재가 되었다.)

고리우스는 용사의 등장에도 과거의 자신과 다르다는 자부심 덕에 동요하지 않았다.

(이제 됐다. 부하들을 죽이고 직접 인간들을 공포에 빠뜨리고 없애줄까. 그렇게 하면 부정적인 감정이 발생해서 더 강한 힘을 얻을 수 있다.)

인간들을 없애자는 생각을 했을 때, 마왕성의 알현실에 피투성이 거인이 찾아왔다.

커다란 쌍여닫이문을 난폭하게 활짝 열고 무례하다는 걸 알면서도 서둘러 보고했다.

"마, 마왕님! 수인들이 배신했습니다! 놈들이 용사를 앞세워 이곳으로 쳐들어 왔습…….."

거인은 보고를 마치자마자 숨이 끊어지고 말았다.

마왕의 눈이 가늘게 활처럼 휘어졌다.

"호오. 내 목을 가지러 왔는가. 성질 급한 용사로군."

알 왕국의 왕성.

에노라는 고민에 빠져있었다. 마왕성으로 진군해버린 리암 때문이었다.

수인들로부터 마왕이 있는 곳을 알아낸 리암은 에노라의 만류를 뿌리치고 수인들과 함께 멋대로 왕도에서 나가버렸다.

알현실에서는 리암의 행동에 불만을 가진 중진들이 연신 화를 내고 있었다.

"마왕성에 멋대로 진군하다니, 어찌 이럴 수가 있단 말인가!"

"왜 우리에게 도움을 구하지 않은 거지?!"

"다른 사람도 아니고 용사가 수인들을 이끌고 싸운다니, 전대미문이다!"

중진들은 아무리 리암이 강해도 마왕 토벌에는 반드시 이들의 도움이 필요할 것이며, 리암도 결국에는 머리를 숙이리라 생각했다.

하지만 리암은 처음부터 알 왕국의 전력에 조금도 기대를 품지 않았다.

결국 그는 사자 장군 노고를 쓰러뜨리고 사흘 만에 수인 100여 명을 선발해 마왕성으로 가버렸다.

병력을 잔뜩 끌고 행군하는 건 무의미하며, 물과 식량 확보도 어렵다는 이유였다.

그 탓에 왕도에는 많은 수인이 그대로 잔류하고 있었다.

에노라의 고민거리는 그것만이 아니었다.

리암이 왕도를 떠나기 전, 그의 종자라는 자가 에노라에게 주머니를 하나 건네주었다.

주머니에 든 건 리암 암살을 기도한 자들의 머리였다.

이들을 아무런 소란 없이 제거한 리암의 수완에 모두가 겁에 질려 떨었다.

그의 종자는 '너희는 믿을 수 없다. 모든 일이 끝나면 각오해라'라고 전하면서, 리암의 동료가 이곳으로 오고 있다는 사실도 전했다.

하지만 종자의 전언은 에노라의 이해를 벗어나는 말이 많았다.

에노라는 지팡이를 쥐면서 생각했다.

(행성과 성간이 무엇을 의미하는지는 여전히 의문이지만, 반드시 그의 동료들이 온다고 했지요.)

리암의 동료들이 온다면 본래 국가 차원에서 대응하여 우호 관계를 맺어야 했다. 하지만 암살 사건으로 사태는 돌이킬 수 없게 돼버렸다.

"어떡하지? 그자 말대로 리암의 나라가 정말로 온다면 전쟁이 일어날 텐데?"

"유례가 없지 않나! 하물며 이세계에서 용사를 되찾으러 온다니, 말도 안 되는 소릴세!"

"하지만 놈들의 마법이나 기술이 우리의 상상을 뛰어넘는다면 가능할지도 모르는 일 아닌가!"

에노라는 소환 마법 사용자인 시타산을 곁눈질로 봤다.

"시타산, 리암 님의 나라가 이 나라에 찾아올 가능성이 정말 있습니까?"

질문을 받은 시타산은 자신만만하게 대답했다.

"여왕 폐하, 그건 불가능합니다. 그 소환술은 마왕을 쓰러뜨릴 인재를 여러 세계에서 불러내는 것. 일방통행이며 돌려보내는 것은 불가능합니다. 그 종자의 허세입니다."

에노라는 안심하면서도 한편으로는 진저리가 났다.

(이 얼마나 끔찍한 마법인가요. 데려오기만 하고 돌려보낼 수는 없다니…….)

에노라는 카나미를 떠올리면 마음이 아팠다.

그때 분규가 일어난 회의장에 병사 하나가 뛰어 들어왔다.

"크, 큰일입니다! 마왕군이 지금 왕도 상공에 나타났습니다……!"

리암이 없는 알 왕국에 마왕군이 습격해왔다는 소식이 전해졌다.

마왕성에 도착한 리암은 자신을 거스르는 간부와 병사들이 모조리 베어냈다.

그 모습을 지켜본 마왕 고리우스는 용사가 가진 칼에 흥미를 보였다.

외날검인데 사브르와는 형태가 다르다. 고리우스도 처음 보는 물건이었다.

"흠, 그 검…… 미스릴이 아니군? 오리할콘인가."

리암은 고리우스의 말에도 담담했다. 긴장은커녕 옷차림도 늘 입던 평상복이었다.

"호오, 잘 아네."

고리우스는 오리할콘 무기를 준비한 인간들의 노력에 감탄했다. 오리할콘은 레어메탈 중에서도 더욱 희소하며 가공하기 어려운 물질이다.

"인간치고는 분발했구나. 어떻게 가공했는지는 모르겠지만, 궁지에 몰아넣으니 인간들도 제법 발악하는군. 하지만 오리할콘조차 내게는 통하지 않는다."

미스릴보다 더 튼튼하지만 애초에 물리 공격이 통하지 않는 고리우스에게는 위협이 되지 못했다.

오히려 미스릴이 마왕의 약점이었지만, 그걸 굳이 가르쳐줄 필요는 없다.

용사는 고리우스의 말에 별다른 반응을 보이지 않는 듯했다. 그런데 느닷없이 고리우스가 앉아있던 왕좌의 등받이가 절단되었다.

고리우스는 한순간에 일어난 일에 눈을 휘둥그레 떴지만, 금방 불꽃을 일렁이며 웃기 시작했다.

"실체가 없는 날 베는 건 불가능하다."

눈앞에 있는 용사는 고개를 갸웃하며 신기해했다.

왕좌를 자른 건 놀랍지만 물리 공격인 이상, 자신에게는 통하지 않는다.

고리우스에게는 평범한 마법도, 물리 공격도 효과가 없다. 유일한 방법은 신성한 마법 공격인데, 인간이 다룰 수 있는 마법은 수준이 뻔했다. 그 정도는 고리우스에게 위협이 아니었다.

그렇기에 최강을 자부하고 있다.

고리우스가 불꽃을 일렁이면서 왕좌에서 일어났다.

"가엾구나. 오리할콘 검에 인간을 초월한 검술까지. 수많은 노력과 시간을 들여 용사를 키웠건만, 내 앞에서는 모든 것이 무의미하다."

용사에게 다가가면서 고리우스는 자신의 몸을 크게 부풀렸다. 용사 앞에 도달했을 때는 6m의 검은 불길을 휘감은 거인이 되어 있었다.

고리우스는 용사를 내려다보면서 말했다.

"전부 소용없다. 너희가 준비한 모든 것이 무의미하다! 내 힘의 근원이 무엇인 줄 아느냐?"

용사는 자신을 내려다보는 게 불쾌한지 미간을 찌푸리고 있었다.

"네 이야기에는 관심 없어."

용사는 자신의 힘이 통하지 않는다는 걸 알면서도 강경한 태도를 굽히지 않았다.

고리우스는 그런 용사에게 흥미를 느꼈다.

"크크크, 태도가 강경하군. 언제까지 그런 말을 지껄일 수 있을

지 기대되는구나!"

재빠르게 용사에게 주먹을 내려쳤다.

하지만 고리우스의 주먹은 마왕성의 바닥에 구멍을 뚫을 뿐이었다.

"호오, 이걸 피하는가."

고리우스는 용사의 신체 능력에 감탄했지만, 자신의 우위는 변하지 않았다.

주먹을 피한 것 정도는 아무것도 아니다.

실체가 없는 고리우스와 달리 용사는 인간이다. 언젠가 지칠 수밖에 없다.

고리우스는 용사를 공격하면서 여유를 보였다.

"난 몇 번이나 용사와 싸워왔다!"

"그러냐."

그러자 용사도 고리우스의 공격을 피하면서 대답하는 여유를 보였다.

고리우스는 양손으로 1초 수십 발씩 주먹을 날렸다. 용사 또한 모든 공격을 간파하고 피했다.

그래도 고리우스는 말을 계속했다.

"너희가 아무리 나를 쓰러트려도 나는 부활한다. 즉 불사신이란 거다."

그러나 용사는 눈썹 하나 까딱하지 않았다.

고리우스는 용사가 이길 방법을 필사적으로 고민한다고 생각했다.

"날 쓰러뜨릴 방법을 생각하고 있구나? 하지만 넌 할 수 없다. 나에겐 검술도 마법도 통하지 않는다. 내가 악의 덩어리이기 때문이다!"

악의 덩어리라는 말에 눈앞에 있는 용사가 반응을 보였다.

"악의라고?"

"그렇다! 내가 바로 악의! 부정적인 에너지가 있는 한 난 몇 번이고 되살아난다! 너희가 아무리 날 쓰러뜨려도 난 더욱 강해져서 부활한다. 검도 마법도, 온갖 공격이 이 몸에는 통하지 않는다! 설령 날 쓰러트리더라도 되살아나지! 왜일 것 같나? ——그건 너희 인간이 있는 한, 내가 사라질 일은 없기 때문이다!"

양손으로 깍지를 끼고 망치처럼 용사를 향해 내리쳤다.

혼신의 일격에 마왕성 바닥에서부터 기둥과 천장에까지 균열이 생기며 무너지기 시작했다. 하지만 고리우스는 신경 쓰지 않았다. 지금 그에게 마왕성 따위는 무가치했다.

여기저기 도망다니는 용사에게 주먹과 발차기를 날리면서 흥분한 듯이 외쳤다.

"난 네놈들 인간이 있는 한 사라지지 않는다!"

고리우스의 주먹이 리암에게 닿을 뻔했지만, 직전에 리암이 피했다.

피한 곳으로 발차기를 날렸지만, 역시 닿지 않았다.

"너희만 있으면 몇 번이든 부활한다!"

마왕성이 잔해더미로 변하는 와중에 고리우스는 하늘을 향해 외쳤다.

"나는 악! 악 그 자체이기 때문이다!"

크게 웃으니 고리우스의 검은 불꽃이 유쾌하다는 듯이 일렁였다. 그때, 수천 번의 참격이 순식간에 고리우스를 난도질했다. 하지만 불꽃은 금방 맞붙어 고리우스는 아무 일도 없었던 것처럼 원래대로 돌아왔다.

용사의 놀라운 참격에 고리우스는 감탄했다.

"이런 상황에도 포기하지 않는 정신력은 칭찬해주지."

지금까지 싸워온 용사 중에서 눈앞에 있는 존재가 최강이라고 인정했다.

"네놈은 강하다. 하지만 그뿐이다. 오리할콘 검을 가지고 있더라도, 아무리 단련하더라도 인간인 이상 날 뛰어넘는 건 불가능하다."

불패를 확신하는 고리우스.

용사는 고개를 숙이며 몸을 떨었다. 드디어 겁을 먹었나 했더니, 미간을 찌푸리며 격노했다.

"네가 악이라고? 하찮은 존재 주제에 인간을 얕보지 마라!"

뭐가 악이냐.

인간의 부정적인 에너지를 얻어먹고 있는 주제에 자기가 주인이라도 된 줄 아는 건가?

이 행성에서는 확실히 이 녀석을 거스를 수 있는 존재는 없을 것이다.

하지만 넌 인간을 너무 얕봤다.

"넌 인간을 너무 얕봤어. 인간에 기생하는 주제에, 분수를 알아라."

"뭐라?"

나는 칼을 어깨에 걸치고 왼팔에 장착한 팔찌를 힐끗 봤다.

표면에 작게 빛이 점멸하고 있었다.

"인간이 있는 한 몇 번이든 부활할 수 있다고? 바꿔 말하면, 넌 인간 없이는 살 수 없다는 뜻이잖아?"

마왕이 입을 다물었고, 난 하늘을 올려다봤다.

방금 전투로 마왕성의 천장은 무너져 지금은 먹구름이 드리운 하늘이 보였다.

"너 같은 자그마한 존재는 이해 못 하겠지만, 이 세상에서 가장 사악한 존재는 네가 아니라 인간이다."

그런데 그 기생충 따위가 악을 운운하다니, 우습다.

마왕은 이해가 안 되는 모양이었다.

"무슨 말이지?"

연약한 인간만을 상대해왔던 탓인지 아무것도 이해하지 못했다.

이 행성 바깥에도 인간 사회가 있다는 걸 이해하지 못하고, 우주로 눈을 돌리지 못하는 게 이 녀석의 한계다.

"겨우 별 하나도 지배하지 못하는데 뭐가 악이냐! 네가 죽여온 인간의 수는 내가 죽여온 인간의 수에 비하면 발끝에도 못 미친다!"

내가 얼마나 죽여왔다고 생각하는 거지?

내가 얼마나 멸망시켜왔다고 생각하는 거지?

세는 게 귀찮아질 정도로 죽여왔다.

마왕은 내게 동네에서 허세를 부리는 골목대장에 불과하다.

이 녀석은 나한테 우물 안 개구리다.

"네가 죽여온 인간의 수는 억에 달하는가?"

억 단위 숫자를 언급하니 마왕이 수상쩍게 여겼다.

"죽인 사람의 숫자 따위를 셀 필요가 있나? 하지만 허세를 부릴 거면 현실적인 숫자를 불러라. 인간이 그렇게 많을 리가 있겠나."

몇 번이나 되살아난 주제에 그 정도인가?

"있어. 있단 말이지. 그야말로 몇천억, 아니, 그 이상으로 존재하지. 그리고 나는 억 단위의 인간을 죽여온 남자다."

나를 거스른 적들, 해적들을 얼마나 도륙했던가.

큰 전함에는 만 단위의 인간이 타는 경우도 있다. 한 척을 침몰시키는 것만으로 그만한 사람이 죽는다.

난 수많은 이에게 원망받고 있다.

이 마왕 따위보다 훨씬 더 많은 사람에게 원망받고, 두려움을 사고, 미움받고 있다.

나야말로 악이다.

이런 하찮은 마왕 따위가 내 앞에서 악을 칭할 자격은 없다!

"넌 죽은 자의 목소리가 들리는가? 어디 들어봐라. 대체 내가 얼마나 잔학한 남자인지."

이 녀석, 고스트 계통인 것 같으니 죽은 자의 목소리 같은 게 들릴 것 같은데.

날 원망하는 사람의 목소리를 들으면 분명 놀랄 거다.

"뭐, 뭐라고?!"

마왕의 눈 같은 노란 빛이 경악했는지 둥글어졌다.

칼을 내던진 나는 오른손을 하늘을 향해 들었다.

"너 같은 조무래기가 나에게 악을 논하지 마라! 이 세상에서 가장 사악한 건 인간이다. 그래, 나야말로 진정한 악당이다! ——에렌, 내 칼을 넘겨라!"

하늘을 향해 제자의 이름을 외쳤다.

마왕은 무슨 일이 일어나고 있는지 이해하지 못하고 있는 것 같지만, 난 느껴진다.

내 목소리에 호응하듯이 먹구름이 갈라지고 태양 빛이 쏟아졌다.

마왕은 경악했다.

"무, 무슨 일이 일어나고 있는 거지?! 저건 뭐냐!!"

먹구름을 가르고 태양 빛을 받으면서 천천히 강하한 건 나의 어비드였다.

팔짱을 낀 상태로 강하하는 어비드는 두 개의 카메라 아이를 내게 향했다.

그 모습은 실로 장엄했다.

양팔을 풀고 살짝 벌린 상태로 만들어 콕핏 해치를 열었다.

거기서 모습을 보인 것은 내가 좋아하는 칼을 끌어안고 기쁜 듯 눈물을 흘리는 에렌이었다.

"스승님!"

큰 소리로 날 부르는 에렌은 내가 좋아하는 칼을 던져서 넘겼다.

들어 올린 오른손에 좋아하는 칼이 빨려 들어오듯이 내려왔다.

받아들어서 칼자루를 쥐고 칼집에서 칼을 뽑았다.

"기뻐해라, 마왕 나부랭이. 내가 가장 좋아하는 칼로 묻어주지. 다시는 부활할 수 없도록 없애주마."

착각하는 놈은 내가 베어주겠다.

마왕 고리우스는 믿기지 않는 광경을 보고 있었다.

하늘에서 내려온 것은 금속 덩어리로 만들어진 거인이었다.

하늘에 떠서 자신을 내려다보고 있는데, 거인을 구성하는 금속이 말이 안 됐다.

어디서 모아온 건지, 하나같이 전설이나 신화에 나오는 금속의 덩어리였다.

고리우스가 보기에도 자기보다 더욱 상위의 존재처럼 느껴졌다.

그리고 금속 거인은 확실히 살아있었다.

자기 의지로 눈앞에 있는 용사를 주인으로 인정하는 기척이 느껴졌다. 그리고 동시에 고리우스에게 분노를 품고 있었다.

금속 거인의 눈동자가 고리우스를 향했다. 마치 길에 굴러다니는 돌멩이를 보는 시선이었다. 자신의 주인을 곤란하게 만든 길바닥의 돌멩이를 보는.

고리우스는 섬뜩함을 느꼈다. 하늘을 나는 금속 거인에게는 절대로 이길 수 없다고 본능이 경종을 울렸다.

금속 거인에게 거스르면 소멸당해 다시는 부활할 수 없을 것이다.

아니, 설령 부활하더라도 금속 거인은 이길 수 없을 것 같았다.

금속 거인만으로도 위협적인데, 더욱 믿기지 않는 건 눈앞에 있는 용사다.

고리우스는 용사가 손에 든 검을 보고 금속 거인을 봤을 때보다 더 격렬한 공포심이 솟아났다.

(아, 아니야. 저런 무기는 있을 수 없어! 저런, 저런 게 이 세상에 존재하는 건 말이 안 돼!)

검 속에 약간 포함된 무언가가 고리우스를 떨게 했다.

그것에 닿으면 안 된다.

그것은 황금처럼 빛나지만, 황금 따위랑은 비교도 안 되는 것.

칼을 겨누기만 했는데 무서워서 울부짖고 싶어졌다.

일개 마왕 따위에게 쓰기에는 너무 과한 무기다.

벌레 한 마리를 죽이기 위해 일만의 군대가 다가오는 느낌.

오버킬에도 정도가 있다.

그리고 가장 큰 문제는 용사다.

(이 녀석은, 뭐냐?!)

스스로 악이라 칭하고 인간이야말로 악이라면서 입으로는 이런저런 말을 한 주제에, 리암을 따르는 몇백억 명의 의지가 붙어 있다.

지금까지 구했던 사람들의 기도와 소원이 리암을 지키고 있었다.

그것들이 황금 입자처럼 반짝이며 리암에게 힘을 빌려줬다.

그것은 신성한 힘. 신성함을 띠고 있다.

신성한 힘에 보호받으면서도 자각 없이 다루고 있는 것이 믿기지 않았다.

신성한 무기를 쥐어서 용사의 힘이 구현된 탓에 고리우스에게도 보이게 되고 말았다.

고리우스는 생각했다.

(이 녀석은 인간이 아니다!)

지금까지 이런 인간을 본 적이 없었다.

자기와는 비교도 안 되는, 아득하게 격이 높은 존재를 둘이나 마주치고 말았다.

무서운 것은 용사를 도우려고 하는 것은 산 자뿐만이 아니었다.

죽은 자도, 그리고 수많은 별마저 리암을 도와주고 있었다.

신성한 빛을 짊어진 용사가 위험한 칼을 뽑으니 칼날이 황금빛으로 빛나 보였다.

그 빛을 보는 것만으로도 고리우스에게는 맹독이었다.

"그, 그만둬. 그만해애애애애!!"

용사의 눈에는 빛이 안 보이는 것 같지만 고리우스는 빛이 닿은 표면이 타는 듯한 감각에 휩싸였다.

"뭐가 악이라는 거냐! 네놈은 그런 게──!"

고리우스가 뭔가 말하려고 했지만, 용사는 이미 흥미를 잃은 듯했다.

"이제 입 다물어라. 너랑 할 얘기는 없다."

용사가 검을 내려치려고 했다.

고리우스의 본능이 말했다.

(여기서 죽으면 영영 부활할 수 없다. 차라리 하늘에 있는 거인에게──!)

고리우스 체면도 신경 쓰지 않고 하늘로 도망치기 시작했다.

용사는 멍하니 입을 벌리고 그 꼴을 바라보더니, 이윽고 배를 잡고 웃기 시작했다.

"마왕이 도망치는 거냐! 어비드, 상대해줘라."

용사의 변덕으로 하늘로 무사히 도망친 고리우스는, 금속 거인 앞에서 자신의 불꽃을 더 크게 불태우며 주위에서 부정적인 감정을 빨아들였다.

이윽고 고리우스는 100m를 넘는 꺼림칙한 검은 드래곤의 모습으로 변했다.

"저 용사를 상대할 바에는 너에게 죽어서 부활해주겠다. 설령 100년, 200년—— 아니, 1,000년 후라고 하더라도 되살아나서 다시 이 땅을 멸망시킬 것이다!"

드래곤으로 변모한 고리우스가 큰 입을 벌리고 어비드를 덮쳤다.

여전히 팔짱을 끼고 있던 어비드는 에렌을 지키기 위해 해치를 닫았다. 그리고 곳곳에 설치된 요격용 레이저를 조준했다.

실같이 가는 빨간 빛줄기가 무수히 고리우스에게 육박했다.

"이런 공격 따위——!"

고리우스는 얕보던 레이저 공격에 그대로 몸을 꿰뚫렸다.

"마, 말도 안 돼!"

공중에서 발버둥 치며 괴로워하는 고리우스를 앞에 두고 어비드의 눈동자가 빨간빛을 발했다.

고리우스에 대한 해석을 끝낸 어비드는 오른손을 뻗었다.

그곳에 마법진이 나타났다. 바로 신성 마법이었다.

푸르스름한 빛으로 만들어진 마법진은 복잡한 문자와 도형으로 그려져 있었다.

고리우스는 그 마법진을 보고 깨달았다.

(나는 이곳에서 최후를 맞이하는가.)

어비드가 날린 신성마법은 고리우스를 부활할 수 없을 때까지 파괴하여 소멸시켜버렸다.

"끝났군."

마왕이라 자칭하던 피라미는 어비드에게 가볍게 소멸당했다.

난 좋아하는 칼을 보고 작게 한숨을 쉬었다.

"결국 쓸 기회조차 없었네."

놈은 자신을 마왕이라 칭했지만, 어차피 조무래기였다. 좋아하는 칼을 쓸 필요도 없는 상대였다. 도리어 무심코 화가 나서 진심으로 싸울 뻔한 게 부끄러웠다.

그보다 마왕을 상대하고 내가 앞으로 해결해야 할 과제가 드러났다.

"벨 수 없는 존재라."

물리도 마법도 효과가 없는 적이 있다는 말은 들었지만, 성간 국가에서는 어비드가 한 것처럼 기계로 간단히 소멸시킬 수 있다.

내가 벨 수 없는 존재를 상대할 필요는 없다. 하지만 그걸로 만족해서는 안 된다.

일섬류의 계승자인 내가 그 정도 마왕을 상대로 고전을 면치 못한다는 일은 있어서는 안 되니까.

반드시 대항책을 가지고 있어야만 한다.

손에 들고 있는 애검이라면 신비한 힘으로 벨 수 있을 것 같았지만, 그래서는 자기 힘으로 해냈다고는 할 수 없을 것이다.

내가 혼자 생각에 잠겨있으니 하늘에서 에렌이 뛰어내렸다.

"스승니이이임!"

에렌은 흐느껴 울면서 눈물과 콧물로 더러워진 얼굴을 나에게 문질렀다.

꽤 걱정을 끼쳤는지 달라붙어서 놓아주지 않았다.

난 에렌의 머리에 부드럽게 손을 올렸다.

"걱정 끼쳤구나. 너도 함께 데리러 와줄 줄은 몰랐어. 그래서 너 외에는 누가 있지?"

"훌쩍, 아마기 씨랑, 브라이언 씨랑, 니아스 씨랑——."

아마기와 브라이언이 있다는 말을 듣고 내 볼은 딱 한순간 경련을 일으켰다.

그 둘이 와있는가? 귀찮아질 것 같다고 생각하면서, 나는 티아와 마리가 오지 않은 걸 이상하게 생각했다.

"티아랑 마리는 어딨지?"

"아, 안 왔어요…….'

에렌이 나한테서 고개를 돌린 게 신경 쓰이지만, 그 녀석들은 방치해도 좋을 것이다.

"니아스조차 왔는데, 그 둘이 안 오는 거냐……. 뭐, 딱히 상관 없지만. 그건 그렇고 왜 니아스가 있는 거지?"

솔직히 니아스는 내가 실종됐다고 해도 걱정하지 않을 사람이다.

아, 소중한 스폰서가 없어지는 걸 걱정했나?

"아니다. 그딴 건 아무래도 좋지."

니아스는 아무래도 상관없지만, 문제는 아마기와 브라이언이다. 무조건 야단맞을 거다.

그것 때문에 마음이 무거워져 있는데 내 그림자에서 쿠나이가 모습을 보였다.

"리암 님, 두령입니다."

"응? 쿠쿠리도 왔어?"

잔해 속에 선 기둥의 그림자에서 가면을 쓴 거한이 모습을 드러냈다.

"리암 님, 무사하셔서 다행입니다. 그럼——."

쿠쿠리는 무기를 들더니 그대로 쿠나이가 있는 곳으로 향했다.

무슨 짓을 할지 상상이 가서 나는 손으로 쿠쿠리를 막았다.

"쿠쿠리, 멈춰라."

"리암 님을 위기에 처하게 했습니다. 무능한 부하는 배제해야 합니다. 크히히히."

쿠나이는 처분을 받아들일 생각인지 무릎을 꿇고 목을 내밀었다.

그 모습에 나는 얼마간 함께 지낸 나날을 떠올렸다.

"내가 용서한다. 그리고 말려들게 한 건 오히려 나다. 그러니 너도 용서해라."

이번 일은 용서해주라고 고용주로서 명령하니 쿠쿠리는 가지고 있던 무기를 집어넣었다.

"그게 리암 님의 명령이라면 따르죠."

"쿠나이는 일을 잘 해줬으니까. 나도 상을 주지."

쿠쿠리는 약간 놀라면서 쿠나이를 바라봤다.

"이름까지 받은 건가? 쿠나이여, 리암 님께 감사해라."

"예!"

쿠쿠리와 쿠나이의 문제가 해결돼서 안심한 나는 에렌을 안았다.

쿠나이가 나에게 머리를 깊이 숙여서 가볍게 고개를 끄덕여줬다.

난 에렌을 안은 채로 영내에 문제가 없는지 물었다.

짧은 기간이니까 아무 일도 없었겠지만.

"쿠쿠리, 별일 없었나?"

그렇게 묻자 쿠쿠리는 잠깐 시간을 두고 대답했다.

"지금 번필드령은 파벌 다툼으로 영내가 분열되었고, 이틈을 노린 귀족들이 외부 세력들을 끌고 몰려왔습니다. 영내에서도 구성원 일부가 리암 님을 배신하고 멋대로 후계자를 옹립했으며, 클레오 파벌에서도 배신자가 나와 해적들과 영지를 약탈할 계획을 세우고 있습니다."

"……어?"

잠깐만? 내가 없는 동안에 무슨 일이 일어난 거야?!

◇◆◇◆◇

"그 천치들이 기어코!"

알 왕국의 왕도에 돌아오니, 길거리에 기동기사와 육전대가 상륙해서 왕도에서 위엄을 떨치고 있었다.

왕도의 하늘에 뜬 우주 전함이 태양을 가리는 바람에 구름 한 점 없는 낮의 하늘인데 왕도는 어둑어둑했다.

왕도의 주민들은 마왕이 쳐들어왔다고 착각하고 절망감에 신에게 기도를 올리고 있었다.

몇천 척이나 되는 전함이 날 데리러 왔으니 놀랄 수밖에.

나로서는 전함이 일부러 나 하나를 위해 데리러 온 게 기분이 좋았다.

왕도의 주민이 곤란해하든 말든 아무래도 상관없다.

하지만 부하들에게 들은 보고는 도무지 분을 참을 수가 없었다.

내 후계자를 자칭하는 멍청이와 후견인이 되려고 모여드는 멍청이들, 그 외에 번필드가의 재산을 노리고 모여드는 괘씸한 놈들이 가득했다.

"난 이전의 전쟁에서 그 두 녀석을 다시 봤어. 성격에는 문제가 있어도 유능하다고 생각했지. 근데 이것들이 뭐 어째? 배신자들을 그냥 놔둔 것도 모자라 급기야는 영지를 양분해서 내란을 일으켜? ——이 자식들, 돌아가면 어떻게 해줄까."

체계가 정상적으로 움직였다면 내가 자리를 잠시 비웠다 한들 이렇게까지 빈틈을 찔리지는 않을 것이다.

그런데 수습하긴커녕 그 천치 놈들이 소동을 키우는 바람에 사태가 심각해졌다.

그보다 아이작은 또 누구야? 그 자식이 내 후계자라니, 절대로 인정 안 해!

"티아, 마리, 그리고 아이작은 돌아가서 처분한다. ……그러려면 우선은 눈앞에 있는 문제를 정리해야겠지."

돌아가기 전에 즐기는 시간의 시작이다.

왕성의 복도를 걷는 내 곁에서는 로열 가드들이 수행하고 있었다.

"리암 님, 이 성은 이미 저희의 손으로 제압했습니다. 다만, 그다지 위생적이라고는 할 수 없습니다. 오래 머물러서는 안 된다고 생각합니다."

내가 돌아가기 전에 왕성을 제압해 맞이할 준비를 하고 있었던 모양이다.

돈이 드는 기사단을 만들어봤는데, 꽤나 센스가 좋잖아.

하지만 곧장 날 데리고 돌아가려는 건 탐탁지 않았다.

이 즐거움을 위해 일부러 알 왕국을 지금까지 남겨둔 거였으니까.

"다 놀면 바로 돌아갈 테니까 잠깐 같이 놀아줘."

"……예."

나에게 무슨 말을 해도 소용없다고 생각한 로열 가드가 포기한 듯이 대답했다.

그대로 알현실에 오니, 날 위해 왕좌를 비워두고 있었다.

날 소환한 에노라를 비롯한 알 왕국의 중진들은 수갑을 차고 정렬해 있었다.

왕국의 기사들도 마찬가지였다.

몇 명은 거역했는지 두들겨 맞고 기둥에 매달려 있었다.

보고 있으니 기분이 정말 좋다.

내가 알현실에 도착하자 로열 가드가 소리쳤다.

"리암 님께서 도착하셨다!"

내가 도착했다는 말을 듣고 데리러 온 녀석들이 일제히 자세를 바로잡았다.

내 모습을 보고 안도하는 부하들도 많았지만, 개중에는 날 무시하고 바들바들 떠는 녀석들도 있었다. 바로 마법사들이다.

"우, 웃기지 마라! 이런 원시적인 마법진으로 그 방벽이 깨질 것 같으냐! 뭔가 숨기고 있잖아! 불어라! 불지 않으면 온갖 수단을 써서——."

"요, 용서해 주십시오. 용서를!"

내가 고용한 마법사들이 시타산인가 뭔가 하는 이름으로 불리던 소환술사를 둘러싸고 몰아세우고 있었다.

너무나도 원시적인 마법진이 그들의 방벽을 뚫은 게 믿기지 않을 것이다.

그들의 얼굴이 야위어 있는 걸 보니 나도 조금 미안했다. 처음부터 소환 마법을 피할 수 있었는데도 안 피했던 거니까.

뭐, 방벽이 돌파당한 건 사실이니까 용서하진 않겠지만.

로열 가드들이 날 무시하고 있는 마법사들에게 살기를 드러냈다.

"언제까지 계속할 셈인가? 리암 님 앞에서 추태를 보이지 마라!"

흥분했던 마법사들이 황급히 바닥에 주저앉아 머리를 숙이고 빌기 시작했다.

"리암 님?! 죄, 죄송합니다. 이번 일은 목숨으로 속죄하겠습니다. 그러니 부디 가족만은 용서해주십시오!"

시타산은 바닥에 이마를 문지르는 마법사들을 보고 뭘 착각했는지 시비를 걸었다.

"마법사는 진리를 이해하는 초월자. 그런 자들이 단순한 인간에게 머리를 숙이다니, 이 얼마나 한탄스러운 일인가."

고개를 젓는 시타산의 발언에 내 부하들의 눈빛이 변했다.

난 조금 놀리고 싶어져서 로열 가드들이 칼자루에 손을 뻗기 전에 마법사들에게 말을 걸었다.

"어이, 너희한테 뭐라고 하는데. 너희가 분수를 가르쳐줘라."

마법사들이 일어섰다.

"분부대로."

마법사들이 시타산을 모멸하는 시선으로 봤다.

"아무것도 모르는 어리석은 놈이. 리암 님이 어떤 존재인지 넌 이해조차 못 하는 것 같군."

"무, 무슨!"

격노한 시타산은 목제 수갑이 채워진 채로 양손을 마법사들에게 향했다.

"어리석은 건 너희다. 이 정도로 날 묶어둘 수 있다고 생각하지 마라! 파이어볼!!"

20cm 정도의 불덩이가 마법사들에게 발사됐다.

마법사 중 한 명이 그걸 오른손으로 털어내듯이 없애버렸다.

자신 있는 마법이었는지 시타산은 눈을 부릅뜨고 놀랐다.

"이, 이럴 수가. 내 파이어볼이……!"

그러자 마법사가 눈꼬리를 치켜올렸다.

"파이어볼이라고? 지금 그 불덩이가? 진짜 파이어볼이란, 이런 거다!"

마법사 중 한 명이 오른손을 창밖으로 향하자 직경 수십 미터의 불덩이가 나타났다.

창밖에 나타난 불덩어리에 알 왕국 사람이 절규했다.

그 후, 파이어볼은 멀리 사람이 사는 마을이 없는 곳으로 날아가 수십 미터에 달하는 불기둥을 만들었다.

난 박수를 보냈다.

"크~ 대단하네."

마법사들이 나에게 공손하게 머리를 숙였다.

"과분한 말씀입니다."

시타산은 자기 이상의 마법사들—— 이 별에서는 모두가 현자라 불릴 자들이 나에게 머리를 숙이는 게 믿기지 않는 듯했다.

그런 현자들이 바닥에 이마를 문지르며 용서를 구하는 모습을 보였다.

이제야 알 왕국의 중진들도 상황 파악이 된 것 같았다.

쿠쿠리가 마법사들을 보고 있었다.

"리암 님, 어떻게 처분하시겠습니까?"

마법사들이 떨면서 날 보고 있어서 작게 한숨을 쉬고 얼굴을 돌렸다.

"다음은 없다. 돌아가면 바로 저택의 방어 기능을 다시 살펴봐라."

"서, 성은이 망극하옵니다!"

내가 일부러 소환당한 거라서 마법사들을 처형하는 건 망설여졌다.

이번만은 용서해주겠다고 하자 모두 바닥에 몇 번이나 머리를 박으며 나에게 고마워했다.

미안한 마음도 있지만, 마법사들의 필사적인 모습에 조금 기겁했다.

내가 옥좌에 앉아 다리를 꼬자 부하들이 일제히 무릎을 꿇었다.

날 데리러 온 관료들이 알 왕국 사람들을 싸늘한 눈으로 봤다.

"용사 소환이라고 하면 듣기엔 좋지만 결국은 납치입니다. 리암 님, 이 자들에게 자기 분수를 알려줘야 하지 않겠습니까."

내가 없어지는 바람에 혼란 속에서 관료들도 매우 애를 먹었는지, 알 왕국 사람들을 굉장히 불쾌하다는 듯이 보고 있었다.

"뭐, 이런 별은 없어도 그만이지. 고작 그 수준으로 마왕이라 사칭하는 조무래기 악당이 득세하는 세계라니. 미래가 없어. 차라리 행성과 함께 통째로 파괴해주마."

그러자 에노라와 카나미가 황급히 일어났다.

"자, 잠깐만요!"

"별을 없앤다니, 무슨 소리야! 너무하잖아!"

로열 가드가 표정 없이 검을 뽑아 당장이라도 두 사람의 목을 칠 것 같아서, 오른손을 작게 들어 물러나게 했다.

"무기를 거둬라."

"예."

난 에노라를 놀리기로 했다. 그래 놀리는 김에 죗값을 치르게 하자.

"이 몸을 소환 마법으로 납치했다. 이건 명백한 죄이지. 그래서 죗값을 받아내야겠는데, 너희는 무엇을 얼마나 할 수 있지?"

에노라가 고개를 숙이면서 한 대답은 배상금이었다.

"금화나 은화를 드리겠습니다. 그러니 부디 용서해주십시오."

내게 돈으로 내겠다고 말하는 건가? 이 얼마나 어리석은 짓인가.

"좋네! 이 성을 가득 채울 만큼의 재보를 준비해라. 그러면 내 결정을 재고해줄 수도 있다.”

내 말에 에노라는 얼굴이 파래졌다. 얼마나 터무니없는 요구인지 이해하고 있을 것이다.

“그렇게나?! 무, 무리입니다.”

“내 가치가 그 정도도 안 된다는 말인가? 이봐, 너희는 어떻게 생각하지?”

애초에 불가능한 요구를 했는데, 내 주위에 있는 부하들의 반응은 뻔뻔하기 그지없었다.

“오히려 부족할 정도입니다.”

“애초에 죄의식이 너무 없습니다.”

“모으기 전부터 무리라고 하는군요. 반성하고 있는지 의문입니다.”

너희가 진지한 얼굴로 그렇게 대답하면, 도리어 내가 곤란하다고……

로열 가드는 에노라에게 살기를 드러냈다.

“아직 자기 처지를 모르는 것 같습니다. 리암 님, 처분은 저희에게 맡겨주십시오. 하룻밤 사이에 이 나라를 멸망시키겠습니다.”

여기선 악당답게 웃어야 한다고 생각했는데, 평소에 그다지 대화를 하지 않는 부하들의 반응이 너무 예상 밖이었다.

다들 진심으로 화내고 있어서 농담으로 들리지 않았다.

“어, 어어. 하지만 그건 나중에 생각하기로 하고…….”

놀리고 있을 뿐인데 진심으로 처분해버릴 것만 같은 부하들을 보고 난처해하고 있으니 알현실에 맑은 목소리가 울렸다.

"여기서 대체 뭘 하시는 건가요?"

들어온 인물을 보고 난 굳어버렸다.

"아, 아마기?!"

난 바로 자세를 바르게 하고 예의 바르게 옥좌에 앉았다.

아마기는 내 앞까지 오더니 허리를 쭉 폈다.

그리고 울고 있는 브라이언이 나에게 달려왔다.

"리암 니이이이임!!"

"가, 가까이 오지 마! 남자의 눈물은 기분 나쁘다고!"

"다행히. 다행히 무사하셨군요오오오! 이 브라이언, 매일 잠들지 못하는 밤을 보냈습니다아아아아!!"

떼어놓으려고 하자 아마기가 내 곁까지 다가왔다.

주위의 부하들이 아마기와 내 얼굴을 번갈아 가며 주시하고 있었다.

로열 가드들은 가만히 우리의 모습을 지켜봤다.

아마기가 나에게 말을 걸었다.

"주인님."

"왜, 왜?"

부하들 앞이라 거만하게 행동했지만, 아마기가 추궁했다.

"소환당하실 때, 일부러 피하지 않으셨지요?"

"……네."

아마기는 내가 소환당할 때 일부러 그 자리에서 벗어나지 않은 것을 알아차리고 있었다.

"역시 그렇습니까. 방식에 문제가 있었지만, 이분들도 궁지에 몰려 그런 행동을 한 것입니다. 그리고 주인님은 저희가 데리러 올 것을 알고 계셨지요. ──장난은 이만해주십시오."

주위가 내 말을 기다렸다.

아마기의 말에 반론하며 행성을 없애라고 명령하면 이 녀석들은 주저 없이 실행할 것이다.

아무리 아마기가 반대해도 부하들에게는 내 명령이 절대적이다.

하지만 실행하면 나중에 아마기한테 혼난다.

그걸 생각하면 이 별을 무리해서 없앨 가치는 없다.

하지만 아마기의 말을 듣고 그만두는 것도 악덕 영주로서 부끄럽다.

큭, 난 어떡하면 좋지?!

고민하고 있으니 눈물을 다 닦은 브라이언이 제국법에 관해 이야기했다.

그 법은 우주로 나오지 못하는 지적 생명체에 관한 법이었다.

"리암 님, 자력으로 우주로 나오지 못하는 지적 생명체에 대한 접촉은 최대한 피하는 것이 제국의 법률입니다. 우리가 관여해서 이 별의 다양성을 훼손하는 행동을 해서는 안 됩니다. 이번 접촉은 소환이라는 예측할 수 없는 사태로 인한 것이니 원만하게 끝내는 게 좋지 않겠습니까?"

자력으로 우주로 진출하지 못하는 지적 생명체에 대한 간섭은 피하는 것이 보통이다.

이에는 몇몇 이유가 있는데, 간섭으로 인해 그 별의 독자적인 기술이 사라지는 것을 피한다는 의도다.

그 외에도 다양한 문화, 풍습 등이 사라지는 게 아깝다는 거다.

브라이언의 말이 나에게 구원이 되었다. 아마기에게 야단맞아서 방침을 변경하면 내가 설 곳이 없어진다. 하지만 여기서 제국의 법률이 나오는 것이다.

"그, 그렇군. 제국의 법률이라면 어쩔 수 없지! 좋아, 철수!"

부하들이 내 명령을 듣고 일제히 경례하더니 분주하게 움직이기 시작했다.

아무 말도 하지 않고 따르는 부하들.

내가 아마기에게 약하다는 걸 알면서도 그 점을 지적하지 않을 만큼 배려를 할 수 있는 부하들이다.

난 너희의 그런 점이 좋다.

아마기가 나에게 고개를 숙였다.

"제 의견을 들어주셔서 감사합니다. 하지만 돌아가면 브라이언 공과 함께 이야기를 좀 하시지요. ──알겠죠?"

돌아가면 설교가 기다리고 있을 것이다.

난 굳은 표정을 지으면서 아마기의 비위를 맞췄다.

"화내지 마. 이번 일은 사과할 테니까."

"화내고 있지 않습니다. 메이드 로봇은 화내지 않습니다."

"거짓말하지 마. 그 얼굴은 분명 화내고 있는 얼굴이야!"

"주인님의 착각입니다."

"아니, 분명 화내고 있잖아? 아마기는 항상 그렇게 말하면서 날 혼내——."

"그럼, 정말 화내도 괜찮겠죠?"

"미, 미안!"

나는 아마기와 브라이언의 비난하는 시선을 버티지 못하고 도망치듯이 알현실에서 나갔다.

에노라는 믿을 수 없는 광경을 목격하고 있었다.

그렇게나 오만했던 이세계의 군세가 한 여성이 나타나자 순순히 따랐기 때문이다.

그 모습은 마치 여신처럼 보였다.

신기한 모습을 하고 있으며, 양 어깨를 드러낸 예쁜 드레스를 입고 있었다.

어깨에는 생소한 문신이 있는데, 지금은 모든 것이 아름답게 보였다.

에노라가 여자를 넋을 잃고 보고 있으니, 아마기라 불린 여자가 다가왔다.

그대로 에노라의 수갑을 풀고 아마기는 에노라의 오른손을 양손으로 쥐었다.

빨간 눈동자가 정말 아름다워 빨려 들어갈 것만 같았다.

"정말 죄송합니다. 제가 사죄하도록 하겠습니다."

"아, 아뇨! 그, 저기, 저야말로. 그보다 서, 성함은 아마기 님이 맞을까요?"

(난 무슨 소릴 하는 거지? 그보다 해야 하는 말이 있을 텐데?!)

아마기는 살짝 미소 지어 보였다.

"네. 전 주인님의 아마기입니다. 그리고 이후의 복구를 위해 물자를 준비했습니다. 자유롭게 써주세요."

"그, 그런 것까지 해주시는 건가요?"

"폐를 끼쳤으니 당연합니다. 다만 앞으로는 용사 소환은 피하시는 게 좋습니다. 마법진이 너무 불안정합니다. 다음에도 이번과 같은 사고가 발생할 가능성이 있습니다."

에노라는 아마기에게 그런 말을 들어도 순순히 수긍할 수 없었다. 이들도 원해서 용사를 부른 건 아니었다.

"하지만 다시 마왕이 나타나면 저희로서는 어쩔 도리가 없습니다."

아마기는 에노라에게 상냥하게 말했다.

"그 마왕은 주인님께서 없애버렸습니다. 다시는 부활하지 않도록 완전하게요. 그러니 앞으로는 자력으로 헤쳐나가야 합니다."

에노라의 눈에는 아마기가 마치 여신으로 보였다.

그래서 매달리는 심정으로 도움을 청했다.

"저희는 약합니다. 부탁드립니다. 부디 도와주세요!"

하지만 아마기는 고개를 저었다.

그리고 강한 어조로 에노라를 타일렀다.

"극복하세요. 그것이 당신들 생명체에게 주어진 시련이니까요."

큰 짐을 안고 복도를 걷는 나에게 달려와서 말을 거는 여자가 있었다. 카나미다.

"기, 기다려!"

난 멈춰 서서 뒤돌아봤다.

"뭔데?"

"아니, 그…… 저 사람들이 날 돌려보내 주겠다고 하는데?"

카나미가 가린 사람은 내가 고용한 마법사들이었다.

시타산의 소환진을 확인시켰는데, 아무래도 마력의 잔조? 같은 것으로 카나미를 원래 있던 별로 돌려보낼 수 있다고 한다.

그래서 나는 마법사들에게 카나미를 돌려보내라고 명령해뒀다. 이대로 이 별에 남아도 좋은 꼴은 못 볼 테니까. 원래 있던 별로 돌아가는 게 더 행복할 것이다.

"무료로 돌려보내 줄 테니까 안심해."

어차피 카나미한테 값을 치를 능력도 없을 테고, 돈을 받을 생각도 없다.

이건 그저 내 변덕이다.

하지만 카나미는 원래 살던 별로 돌아가고 싶지 않은 듯했다.

"……난, 돌아가고 싶지 않아."

"사랑하는 아빠랑 엄마가 기다리고 있지 않나?"

부모 이야기를 하자 카나미는 나에게 화를 냈다.

주위에 있는 내 호위가 무기에 손을 댔지만, 시선으로 말렸다.

"아빠가 아니야! 날 사랑해준 사람은 아버지뿐이야! 이제는 안 계시지만……."

변변찮은 최후를 맞이했으리라 예상했지만, 설마 진짜로 그리 됐을 줄이야.

복잡한 가정 사정이 있는 모양인데, 그래도 나하고는 상관없는 일이다.

하지만 이대로 헤어져도 신경이 쓰일 테니 마무리를 해두자.

커다란 짐을 옆에 두고, 계단에 걸터앉아 카나미와 이야기를 하기로 했다.

"난 네 가정환경에 관심 없다. 하지만 인간에겐 살아야 하는 세계가 있어. 네가 태어난 고향으로 돌아가."

분명 죽은 아버지도 그러길 바랄 것이다.

소중한 딸이 피비린내 나는 세상에 머무르는 건 싫을 테니까.

"돌아가도 어머니 손에 팔려나갈 뿐이야. 그럴 바에는 여기서 복구를 도울 거야."

카나미는 한없이 미숙했다.

이후에 기다리고 있을 문제를 전혀 눈치채지 못했다.

"잘 생각해봐. 마왕이 없어진 이상, 넌 이 세계의 위협일 뿐이야. 지나치게 강한 이세계인은 여기 있는 놈들에겐 성가신 존재인 거지."

"에노라는 그런 말 안 해."

그 여왕님을 믿다니, 이 녀석은 진짜 보는 눈이 없네. 설령 그 녀석은 선량해도 주위 사람은 다르다.

"그 여왕님도 절대적인 건 아니야. 만약 주변 신하들이 널 처분하자고 하면 응할 수밖에 없겠지. 아니, 그 전에 주변 놈들이 독단으로 널 암살하려 들지도 몰라. 결국 이곳에 네가 있을 자리는 없어."

"그, 그럴 수가……"

놀란 표정을 짓는 카나미. 이 아이를 보고 있으면 이상하게 돌봐주고 싶어진다.

문득 딸에게 들은 말을 떠올렸다.

『아버지 같은 건 필요 없어! 난 아빠가 더 좋아!』

이름은 같은데 눈앞에 있는 카나미는 아버지가 더 좋다고 한다.

카나미의 물러터진 성격을 보면, 아버지도 세상 물정 모르는 사람이었을 것이다.

하지만 그래도 눈앞에 있는 카나미는 아버지를 선택했다.

"……네 아버지는 나보다 더 대단했구나."

"어?"

난 아이가 싫다. 하지만 지금도 전생의 딸을 미워할 수 없다.

당시에 아빠가 더 좋다는 말을 듣고 충격을 심하게 받았지만, 그래도 귀여운 딸이라면서 양육비를 계속 냈다.

애초에 전생의 딸은 헤어질 때 아직 물정 모르는 어린아이였다.

어머니와 새 아빠의 말에 넘어갔을 가능성도 있다.

자기가 한 말의 의미를 알고 있었을지도 의심스럽다. 그렇다고 한번 내뱉은 말이 사라지지는 않겠지만.

하지만 카나미를 보고 있으면 딸을 용서하지 못했던 마음이 바보 같이 느껴진다.

내가 증오해야 하는 사람은 날 버린 여자와 날 버리게 만든 남자다.

그 외에도 많이 있지만, 언제까지고 전생의 딸을 미워할 필요는 없을 것이다.

이번에 카나미와 만난 건 행운이었을지도 모른다. 카나미는 나에게 여러 가지를 일깨워줬다.

그러니, 이건 내 답례다.

카나미에겐 필요 없을지도 모르지만, 미래를 위해 조언을 해주자.

"지금은 그 여왕님이랑 친구가 된 것 같겠지만, 그 녀석은 널 감당할 만큼 기가 세지 않아. 언젠가 널 두려워하겠지. 하지만 지금 헤어지면 아름다운 추억으로 남길 수 있어."

용사란 마왕을 쓰러뜨리기 위해 데려온 최종병기다. 마왕이라는 공통의 목적이 없어지면 더는 쓸모없는 위험한 방해꾼에 불과하다.

카나미가 무릎에 이마를 대고 얼굴을 숨겼다.

"하하…… 나, 결국 어디에도 갈 곳이 없어."

여기에 있어도, 돌아가도, 있을 곳이 없다는 카나미에게 해줄 수 있는 말은 하나뿐이다.

"자기가 있을 곳은 스스로 만들어."

카나미는 내 말을 부정했다.

"무리야. 저쪽의 난 평범한 고등학생이야. 아무것도 할 수 없어."

카나미의 모습이 불현듯 전생의 딸과 겹쳐 보였다.

하지만 몇 번이나 생각했듯이 우리가 이곳에서 재회할 수 있을 리가 없다.

분명 타인일 것이다.

닮았다고는 생각하지만, 그 아이는 분명 진짜 아빠와 행복하게 살았을 것이다.

내가 죽은 뒤에도 그 여자랑 남자가 즐겁게 살았다고 생각하면 화가 치밀어 오르지만.

두 번 다시 엮일 일이 없는 놈들이니 떠올리기만 해도 손해를 봤다는 기분이 든다.

하지만 카나미는── 그 아이는 다르다.

행복하게 살다가 갔다면, 그걸로 됐다.

난 품에서 작은 가죽 주머니를 꺼내 카나미에게 건넸다.

"이걸 주지."

"어?"

받아 든 카나미가 당황하길래 안에 든 것에 대해 가르쳐줬다.

"마왕성에서 주운 거야. 금화와 보석이 몇 개 들어있어."

그러자 카나미는 놀란 얼굴이 되었다.

"――너, 진짜 부자야? 마왕성에 뭐하러 간 거야? 재보를 훔치다니."

착한 아이다운 생각에 웃음이 터져 나왔다.

"마왕을 쓰러뜨렸으니 그것도 내 거지. 아, 네가 사는 세계에서도 금이나 보석은 가치가 있지?"

카나미는 딱딱하게 고개를 끄덕였지만, 주머니를 되돌려줬다.

"가치는 있지만 받을 순 없어. 그리고 내가 이런 걸 가지고 있어도 의미가 없어. 고등학생이 팔려고 해도 의심받을 테니까 돈으로 바꿀 수 없어."

고등학생인 카나미가 재보를 가지고 팔러 가도 의심을 살 것이다.

결국은 돈으로 바꿀 수 없으면 의미가 없다면서 나에게 돌려줬다.

――기가 막혔다.

"팔아치울 방법은 네가 찾아야지."

"그러니까 무리라니깐. 난 미성년이고 학생이니까."

"넌 계속 무리라고 하면서 그대로 자신의 인생을 포기할 거냐? 잘 들어. 내가 직접 가르쳐주지. 타인은 네 인생을 책임지지 않아.

넌 그래도 계속 무리라고 하면서 기회조차 내버릴 거냐?"

카나미가 재보를 파는 건 어려울 것이다. 하지만 성공하면 기회가 생긴다.

애초에 재보가 없어도 어떻게든 될 것 같은 느낌은 들지만.

카나미는 내 말에 충격을 받은 듯했다.

"──아무도 책임을 지지 않는다니."

"네가 아까 말했지? 돌아가도 어머니가 널 팔아치울 거라고. 네 어머니는 네 인생을 책임지지 않아. 이대로 가만히 네 어머니의 의도대로 팔려 갈 생각이야?"

카나미는 내가 건네준 주머니를 양손으로 쥐며 가슴에 댔다.

"이걸 돈으로 바꾸면, 나도 다시 시작할 수 있을까?"

"네가 하기 나름이지. 다시 시작해도 좋고, 놀면서 탕진해도 좋아. 하지만 마지막에 책임을 지는 건 너 자신이야."

고개를 숙이고 있는 카나미의 머리에 자연스럽게 손이 뻗었다.

머리를 쓰다듬어주니 카나미가 놀라서 고개를 들었다. 내가 머리를 쓰다듬어 놀랐다기보다는 당황한 거 같았다.

나도 내가 그랬는지 몰라서 약간 당황스러웠다. 분명 전생의 딸을 떠올린 탓이겠지.

그 아이의 머리도 이렇게 자주 쓰다듬어줬었지. 그리운 일이군.

전생의 딸에 대한 마음이 정리된 기분이다.

그래도 나는 쑥스러워서 손을 빼고 일어섰다.

상황을 보고 있던 마법사들이 내가 이야기를 끝냈다고 생각하고 카나미에게 다가왔다.

"자, 카나미 공. 슬슬 돌아갑시다."

마법사들의 재촉을 받아 카나미는 소환진이 있는 지하로 향했다.

그때, 몇 번이나 내가 있는 곳을 뒤돌아봤다.

난 큰 짐을 옆구리에 끼고 카나미에게 말을 하고 등을 돌렸다.

"빨리 돌아가서 인생을 다시 시작해라."

내가 뒤돌아보지 않고 있으니 카나미의 목소리가 들렸다.

"고, 고마워! 리암 씨는 생각보다 상냥하구나!"

상냥하다는 말을 들은 나는 깊은 한숨을 쉬고 멈춰 섰다.

상반신만 돌려 카나미에게 말했다.

"마지막으로 딱 하나 더 조언해주지. 좀 더 남자를 보는 눈을 기르는 편이 좋을 거다. 넌 사람을 보는 눈이 너무 없어."

"뭐, 뭐야! 칭찬했는데 그런 식으로 말하는 건 아니지 않아?!"

그래서 네가 바보인 거다.

내가 널 도와준 건 변덕이다.

그리고 난 악덕 영주—— 대악당이다.

이런 내가 상냥해 보이면 문제가 있는 거다.

설마 의뢰했던 초노급 전함이 날 데리러 오게 될 줄은 몰랐는데 말이지.

번필드가의 총기함을 새로 건조하기 위해 이전에 제7병기공장에 의뢰했던 물건이다. 물론 예산과 레어메탈을 아낌없이 쏟아부었다. 성능은 물론이고, 내부 설비도 고급품만을 쓴 사치스러운 우주 전함이다.

아무리 총기함이라고는 해도 단 한 척의 우주 전함에 막대한 예산을 쏟아붓는 건 나 정도밖에 없을 것이다. 단 한 척에 막대한 예산을 할애하는 건 낭비이기 때문이다.

기성품을 가져와 고치는 게 성능도 안정적이고 싸게 먹힌다.

요컨대 내가 한 짓은 아주 쓸데없는 낭비다.

하지만 낭비를 좋아하는 게 실로 악덕 영주답지 않은가.

나만을 위해 준비된 전함──'아르고스'.

니아스가 말하길, 그야말로 '제국 최강'의 함선이라고 한다. 뭐, 니아스의 보증은 믿을 게 못 되고, 최강의 칭호도 세월과 함께 주인이 바뀌겠지만.

다만 한때라도 최강의 전함에 타고 있다는 사실이 남자의 마음을 자극했다.

──하지만 현재 나는 기분이 최악이었다.

소환당한 행성에서 멀리 떨어진 지금, 난 아르고스에 마련된 전용 방에 있었다. 뭐, 까놓고 말해서 내 방이다.

그리고 나는 내 방에서 무릎을 꿇려 아마기와 브라이언에게 혼나고 있다.

이유는 미개발 행성에서 데려온 치노 때문이다.

지금은 식사를 끝내고 만족했는지 내 침대에 누워 경계심 없이 배를 드러내놓고 코를 골며 자고 있다.

에렌이 치노의 귀와 꼬리를 아주 흥미롭게 만지고 있는데 전혀 일어날 기미가 안 보였다. 에렌이 입가에 손가락을 갖다 대자 입에 물고 빨았다.

방금까지 울고 있던 에렌이 애완동물을 얻은 지 얼마 안 된 아이처럼 떠들었다.

"스승님, 애 귀여워요!"

치노의 반응을 보고 에렌이 아주 좋아했다.

완전히 방심해서 자는 꼴이라니, 이 녀석이 늑대라는 건 무조건 거짓말이다. 아무리 봐도 애완견으로밖에 안 보인다.

하지만 난 에렌처럼 순진하게 웃을 수 없었다.

"리암 님, 이 브라이언도 이번만큼은 질겁했습니다. 미개발 행성의 인류를 애완동물이라면서 데리고 나오는 건 문제 되는 행위입니다."

브라이언에게서 시선을 돌리고 있으니, 이번에는 기가 막힌다는 표정을 지은 아마기가 시야에 들어왔다.

난처한 아이를 보는 듯한 얼굴로.

"주워온 곳에 돌려놓읍시다."

마치 버려진 개를 주워서 집에 갔더니 어머니에게 '원래 있던 곳에 돌려놓고 와!'라는 말을 들고 혼난 것 같은 기분이다. 아니, 실제로 그렇긴 하지만, 이제 와서 돌아가면 내 체면이 서지 않는다.

"딱히 상관없잖아! 그리고 희귀한 생물이 있으면 키워보고 싶어지는 게 귀족이야. 이건 귀족으로서의 취미 같은 거잖아?"

치노 같은 수인을 키우고 싶다고 하자 아마기는 담담하게 데이터를 토대로 반론했다.

"확실히 제국에서는 수인의 비율은 낮군요. 다만 희귀한 정도는 아닙니다. 일부러 미개발 행성에서 데려올 필요성이 없습니다."

찍소리도 안 나오는 정론이지만, 여기서 물러설 수는 없다.

내 안의 나쁜 귀족의 이미지로는 관여해서는 안 되는 행성이라 하더라도 희귀한 동물이 있으면 데려간다.

내 멋대로 하는 게 용서된다! 그것이 귀족!

아마기는 순순히 돌려놓고 오겠다고 하지 않는 나를 정말로 말을 안 듣는 아이를 보는 듯한 눈으로 봤다.

큭! 그, 그런 눈으로 보지 마.

"부탁이야, 아마기. 잘 돌봐줄 테니까, 이대로 좀 봐줘!"

아마기도 브라이언도 치노에게 열중하고 있는 에렌에게 시선을 돌렸다.

브라이언은 곤란한 표정으로, 아마기는 내가 알 수 있는 정도로 어이없어했다.

아마기가 지금까지의 내 행실을 이야기했다.

"그렇게 말하면서 에렌 님을 거둬들였고, 이번에는 방치해서 슬퍼하게 만들었죠."

아마기의 비난에 편승해서 브라이언까지 날 비난했다.

"이 브라이언, 평범한 개를 키워야 한다고 제안하겠습니다. 브라이언의 의견이 틀렸습니까, 리암 님?"

"평범한 개는 안 키워. 죽으면 슬프잖아."

전생에 키웠던 개를 떠올렸다.

그 아이는 정말 귀엽고, 그리고 온순해서…… 죽었을 때는 엄청 슬펐다.

또다시 같은 슬픔을 느끼는 건 싫다.

인간에 가까운 치노라면 그때와 같은 슬픔을 겪을 걱정도 없을 것이다.

난 억지로 이야기를 끝냈다.

"이 이야기는 여기까지다. ——자, 그럼 멍청이들을 토벌하러 가볼까."

빈집을 지키는 것조차 못하는 바보들에게 철권제재를 가해주겠다.

브라이언이 손수건으로 눈물을 닦았다.

"리암 님이 후계자 문제를 방치하니까 일이 복잡해진 겁니다."

"내 탓이 아니야."

브라이언을 외면하자 아마기가 평소보다 낮은 목소리로 말했다.

"후계자 임명은 주인님의 책임입니다. 적어도 필두기사를 임명해주셨다면 이렇게까지 혼란스러워지지도 않았을 테지만요."

구구절절 맞는 말이라 아무런 말대꾸도 할 수 없었다.

난 아마기의 나무라는 듯한 시선에서 벗어나기 위해 방에서 뛰쳐나와 준비에 들어갔다.

번필드가의 영내를 나아가는 함대가 있었다.

3만 척의 대함대가 집결한 이유는 번필드가의 영지를 약탈하기 위해서였다. 귀족들이 우주 해적으로 분장한 집단에는 진짜 해적들도 섞여 있었다.

이 집단에는 클레오 파벌인 귀족들도 있었는데, 대부분 최근에 클레오 파벌에 참가한 귀족들이었다. 이긴 쪽에 붙으려고 이제껏 어느 한쪽을 지지하지 않았다.

그들은 몰락했던 번필드가를 부활시키고 제국의 후계자 끼어들 만큼 대귀족이 된 리암에게 질투심을 품고 있었다.

"애송이가 까부니까 이렇게 발목을 잡히는 거다."

전함 안에 궁전처럼 꾸민 방에서 한 남자가 잔에 든 술을 마시면서 중얼거렸다.

여유가 없는 내부 공간에서 사치를 부리기 위해 쓸데없이 넓은 방을 만들어 놓은 꼴이었다. 그 결과 전함 성능의 일부를 희생해야 했지만, 그는 성능보다 자신의 편의를 우선했다.

그는 전형적인 악덕 귀족이며, 리암이 목표로 삼았어야 할 자였다.

"근데 번필드가 영지에서 마음껏 약탈하라니, 그분도 통이 크시군. 리암을 몹시 쫓아버리고 싶은 모양인데."

뒷배가 있기에 귀족들은 안심하고 리암의 영지에 침입했다.

번필드령 내부의 정보는 이미 그들에게도 전달됐다. 가신단의 분열을 비롯하여 본성에서는 후계자 자리를 쟁탈하기 위해 친척들이 모여 계속 싸우고 있는 지금이야말로 약탈하기에 최고의 타이밍이었다.

혼란을 틈타 약탈을 하려는 건 그들뿐만이 아니었다. 리암과 적대했던 귀족들과 지독하게 고통받았던 우주 해적들도 일을 거들었다.

귀족들은 우주 해적과 손을 잡고 번필드가의 재산을 탈취하고자 앞다투어 나아갔다.

"그건 그렇고 너무 무르군. 한 대에 부흥한 가문 따위, 어차피 뻔한 것을…… 풉?!"

우아하게 술을 한 입 마셨을 때, 함선이 격하게 흔들렸다.

영지로 돌아가는 길에 3만 척 규모의 우주 해적단을 마주쳤지만,

난 긴장감을 가질 수가 없었다.

아르고스의 브릿지에서 의자에 버티고 앉아 곁에는 제자인 에렌을 두고 있었다. 스승답게 가끔은 에렌을 가르치고자 했기 때문이다.

"에렌, 지금부터 내 방식을 가르쳐주겠다."

"네, 스승님!"

기운이 넘치는 에렌을 보고 있으니 놀리고 싶어졌다.

그 옆에 있는 치노는 관심도 없는지 이야기도 듣지 않았다. 오히려 졸린 듯이 베개를 들고 꾸벅꾸벅 졸고 있었다.

브릿지 안에서 이 얼마나 긴장감 없는 태도인가. 하지만 이 녀석은 애완동물이니 용서해주자.

반대로 에렌이 이런 태도였다면 지금쯤 야단치고 혹독한 수행을 시켰을 것이다.

"내 영지에 들어온 우주 해적놈들은 전부 없앤다. 거기에 예외는 존재하지 않는다."

"네, 스승님!"

"아, 내 눈에 띌 정도의 미녀가 있으면 적당히 봐줘도 좋다."

"네, 스승님!"

눈을 반짝이는 에렌. 앞뒤 잴 것 없이 내 말이 전부 바르다고 생각하는 모양이다.

난 방금 한 농담을 후회했다.

미녀가 있으면 적당히 봐줘도 된다니, 아이 앞에서 무슨 말을 한 건가.

요즘 마음이 너무 해이해졌으니 반성해야겠군.

그리고 우리 뒤에서 대기하고 있는 아마기와 브라이언의 시선이 싸늘하다.

아마기는 전투 중인데 날 꾸짖었다.

그 정도로 지금 한 말이 좋지 않다고 판단했을 것이다. 나도 동감이다.

"주인님, 농담은 때와 장소를 가려서 해주십시오. 에렌 님의 교육에 나쁜 영향을 주실 생각이십니까?"

난 웃으면서 얼버무리기로 했다.

"하하하! 아, 아무튼 해적을 발견하면 섬멸이다! 놈들은 나에게 명성과 재보를 가져다주는 놈들이니까 정중하게 환영해."

밖에서는 날 구출하러 온 함대가 조우한 적 함대에 기습을 가하고 있었다.

수는 상대가 압도적으로 우세하지만, 날 데리러 온 함대는 정예 중의 정예다.

우리 입장에서는 눈앞에 있는 우주 해적들은 오합지졸이다.

오퍼레이터들의 담담한 보고가 들려왔다.

"적 함대, 통솔이 흐트러졌습니다."

"일부가 철수하기 시작했습니다."

"적 함대의 진형이 흐트러졌습니다."

우리가 살짝 기습했을 뿐인데 혼란에 빠져 우왕좌왕했다. 진형이 흐트러져 아군끼리 서로 부딪치고 사고도 발생했다.

"사냥할 때군. 섬멸해라."

내가 명령을 내리자 아군 함대가 해적단에 일제 사격을 개시했다.

적함이 재밌게 폭발하고 격파되어 갔다.

에렌은 내 옆에서 그 광경을 보고 있었다.

"괴, 굉장해요, 스승님."

너무나도 처참한 광경에 겁을 먹은 것 같았다.

일섬류 검사로서 응석 부리는 것은 허용되지 않지만 에렌에겐 조금 일렀던 것 같다.

난 아마기에게 말했다.

"아마기, 에렌을 데리고 브릿지에서 나가라."

"네."

아마기가 데리고 나가려고 하자 에렌이 울먹이며 저항했다.

"괘, 괜찮아요. 스승님 곁에 있겠습니다."

난 전투가 시작되어 무슨 일인가 싶어 두리번거리는 치노를 힐끔 봤다.

"치노가 혼란스러워하고 있어. 내 방에서 같이 과자를 먹는 게 좋을 거다."

전투 중이라는 비상시라 하더라도 내 방은 특별히 튼튼하게 만들어서 안심이다.

에렌이 마지못해 치노의 손을 잡자 아마기가 둘을 데리고 브릿지에서 나갔다.

적당한 때를 가늠하던 로열 가드가 나에게 자질구레한 소식을 알렸다.

"리암 님, 해적에서 온 통신입니다. 항복하고 싶다고 합니다."

이 얼마나 나약한 자들인가. 내 영지에 침입한 주제에 용서받을 수 있다고 생각하는 구제할 길 없는 놈들이다.

"거부한다. 내 영지에 들어온 이 녀석들이 나쁜 거지. 가까운 곳에서 요새급을 불러내서 이 녀석들을 처리하라고 해."

평소대로 명령을 내렸는데, 로열 가드가 신경 쓰이는 보고를 했다.

"리암 님, 해적 중에 귀족이라 자칭하는 놈들이 있습니다. 같은 클레오 파벌인 번즈라고 이름을 대고 있는데, 어떻게 하시겠습니까? 공격을 중단합니까?"

번즈? 같은 이름을 가진 사람을 몇십 명이나 알고 있어서 누군지 모르겠다.

그러고 보니 클레오 파벌에 새로 가입한 놈이 있었지. 묘하게 친한 척하며 다가오던 놈. 그 녀석도 분명 번즈라는 이름이었는데.

하지만 그런 놈이 이 자리에 있을 리가 없다. ──있다고 해도 상관없다.

"넌 해적의 편을 드는 귀족이 있다고 생각하나? 너무 불경하구나."

웃으면서 지적하자 모든 것을 헤아린 로열 가드가 부자연스럽게 어깨를 으쓱였다.

"대단히 실례했습니다. 긍지 높은 귀족께서 해적에 가담하는 일은 있을 수 없죠. 어떤 벌이라도 받겠습니다."

물론 이 정도로 벌은 주지 않는다.

난 나를 따르는 자에게는 관대하니까.

"앞으로는 주의하도록. 여기 있는 적을 한 명도 살려서 보내지 마라."

우주 해적 중에 귀족들이 숨어있다는 건 나도 알고 있다. 우주 해적을 도와주는 귀족은 드물지도 않다.

애초에 둘은 많이 닮았다. 성간 국가의 귀족은 예의 바른 우주 해적이다. 본질은 똑같으니 서로 협력해도 이상하지 않다.

그저 나한테 싸움을 건 게 마음에 안 드니 쳐부술 뿐이다.

"내 새 전함을 보여줄 때다. 화려하게 해라."

로열 가드가 정중하게 고개를 숙였고 우리의 대화를 듣고 있던 사령관이 오른손을 앞으로 내밀고 소리쳤다.

"기함을 앞으로 보내라. 돌격 준비!"

해적들과 함께 행동하던 귀족들은 아군의 3분의 1도 안 되는 함대에 공격받고 있었다.

"왜 이기지 못하는 거냐!"

"적은 번필드가의 정예입니다! 그, 그리고, 묘한 함정이 하나 섞여 있습니다."

유달리 거대한 전함이 아군의 함정을 차례차례 격파해나갔다. 반대로 아군의 공격은 전혀 통하지 않는 듯했다. 대부분 방어 필드에 가로막혔고, 어쩌다 닿아도 장갑을 뚫지 못했다.

적함이 한 번 공격할 때마다 아군의 배가 여러 척 격파됐다. 심지어 주포는 수십 척을 한꺼번에 꿰뚫을 정도였다.

거대한 전함은 비정상적인 성능을 과시하며 전장에서 맹위를 떨쳤다.

귀족은 죽고 싶지 않다는 마음뿐이었다.

"항복하겠다고 호소해라!"

"이미 몇 번이고 보냈으나『귀족의 이름을 사칭하는 괘씸한 우주 해적 놈들, 이 자리에서 없애주마』라는 답신만 돌아올 뿐, 교섭에 응하지 않습니다."

귀족은 팔걸이에 주먹을 내려쳤다.

"리암의 개들이! 진심으로 우릴 묻을 작정인가?! 난 귀족이라고! 이 제국의 고귀한 핏줄이라고! 내가 이런 곳에서 죽을 리가 없다. 몇 번이든 호소해라!"

외치는 동안에도 아군 함정이 차례차례 침몰해 갔다.

일방적이고 전쟁이라고도 부를 수 없는 싸움에 변화가 일어난 건 리암이 교섭 요청에 응했을 때였다.

모니터에 비치는 리암은 뻔뻔스러운 표정을 짓고 있었다.

초조함에 머리카락이 흐트러진 귀족 남자가 리암에게 웃음을 지었다.

"리, 리암 공, 오랜만이군요. 기억하고 계십니까? 접니다. 번즈입니다!"

(왜 리암이 여기에 있지?! 행방불명된 게 아니었나?! 설마 칼뱅 전하에게 속은 건가?!)

리암의 등장에 귀족은 당황했지만 어떻게든 당황한 모습을 숨겼다.

하지만 리암의 태도는 한없이 차가웠다.

『나는 해적 중에 아는 놈이 없다. 하물며 내 영지에 무단으로 침입한 놈들이 귀족일 리는 더욱 없지. 오늘 여기가 너희의 무덤이다.』

귀족은 아연실색한 후에 얼굴을 붉히고 분개했다.

"날 죽이면 뒷감당은 어쩔 생각이지?! 내 뒤에 누가 있는지 아느냐?!"

뒷배가 있다고 위협해봤지만, 리암에겐 효과가 없었다.

『들을 가치도 없다. 버리는 말에 중요한 정보를 줬을 리 없다.』

리암은 이들에게 버리는 말이라고 내뱉고는 통신을 끊어버렸다. 교섭 실패였다.

"자, 잠깐만······!"

이대로 가면 정말 죽는다는 걸 뒤늦게 깨달은 귀족은 매달리는 심정으로 리암이 사라진 모니터에 손을 뻗었다.

오퍼레이터가 외쳤다.

"요새급 적함 출현! 적 지원 병력 6,000척을 확인했습니다. 번필드가의 함대입니다! 잇따라 워프 아웃 하고 있습니다!"

이 전장에 번필드가의 함대가 집결하고 있었다.

귀족은 모니터를 보고 있었다.

강력한 번필드가의 함대에 3만 척의 함대가 간단히 갈려나갔다.

그리고 돌격해오는 적 함대.

괴물 같은 성능을 가진 초노급 전함이 다가오고 있었다.

우수한 군대에게 유린당하는 입장이 된 귀족은 저항할 기력도 사라지고 말았다.

"이, 이것이 해적 사냥꾼 리암의 진면모였는가……."

귀족 남자의 중얼거림을 마지막으로 함선이 빛에 휩싸여 증발했다.

번필드가의 제2행성.

소행성을 요새로 만든 군사기지에서는 함정이 잇따라 출격하고 있었다.

그중에는 티아가 탄 초노급 전함 바르의 모습도 있었다.

티아는 브릿지에서 통신을 하고 있었다.

"교섭은 어떻게 됐지?"

『'썩을 배신자 놈들'이라는 답변을 받았습니다. 제381 패트롤 함대는 함께하지 않을 모양입니다.』

"그래. 아쉽네."

티아는 희미하게 웃음을 띠면서 협력을 거부한 패트롤 함대를 머릿속으로 기억했다.

통신이 끝나자 옆에 있던 부관 클로디아가 걱정스럽게 바라봤다.

"티아 님, 너무 신경 쓰지 마십시오."

티아는 마음을 써주는 클로디아에게 미소 지었다.

"신경 안 써. 뭐, 솔직히 말하자면 놈들과 결판을 내기 위해 병력이 좀 더 있었으면 했지만."

준비한 함대의 수는 18,000척.

충분한 것 같지만 앞으로 싸울 상대를 생각하면 물량은 조금이라도 더 많은 편이 좋다.

클로디아는 적 함대의 규모를 예측했다.

"화석 놈들은 로제타 님의 권위로 세력을 모으고 있습니다. 현 시점에는 12,000척에 달할 것으로 보입니다."

티아는 턱에 손을 대고 미간을 찌푸렸다.

"아직 6,000척 정도 차이가 나지만, 녀석들을 상대한다면 안심할 수는 없어."

티아는 평소 마리를 '화석'이라 부르지만, 실력을 깔보진 않았다.

그건 클로디아도 마찬가지다. 미워하는 상대지만 전력 분석은 냉정하게 하고 있었다.

"테우멧사를 운용하는 기사들이 성가십니다. 기동기사 조종 기술만은 저쪽이 우세합니다."

마리 측은 기사들의 실력이 티아 측보다 더 뛰어났다. 그건 티아도 알고 있다.

"그래, 네반으로 상대하기는 조금 어렵지."

"예, 네반이 뛰어나다고 한들 성능 면에서는 테우멧사에 뒤떨어지니까요."

번필드가의 주력 양산기 네반은 상당히 뛰어난 기동기사다. 높은 성능에 더해 정비성과 생산성도 겸비하고 있다.

그에 비해 테우멧사의 정비성과 생산성은 네반보다 못했다. 하지만 에이스들이 만족하는 성능을 가지고 있었다.

모두에게 좋은 평가를 받는 네반.

에이스에게 좋은 평가를 받는 테우멧사.

티아는 팔짱을 끼고 발끝으로 바닥을 두드리면서 생각했다.

"응, 좋아. 내 직할부대의 발키리 사용을 허가합니다."

발키리란 네반용 옵션을 말한다. 승률은 오르겠지만 일반적인 옵션에 비해 비용이 지나치게 많이 든다는 단점이 있다.

클로디아가 눈을 크게 떴다.

"괜찮겠습니까? 그걸 쓰면 놈들을 이길 수는 있겠지만⋯⋯."

티아는 미소 지었다.

"이날을 위해 준비한 것이나 마찬가지잖아? 그리고 내 브륀힐드 준비도 부탁할게."

클로디아는 볼에 식은땀을 흘리면서 경례했다.

"알겠습니다."

바르의 격납고에 늘어선 네반 주위에는 많은 정비병이 모여 있었다.

우주복을 입은 정비병들은 큰 컨테이너를 몇 개나 가져왔다.

네반은 통상 장갑 일부가 벗겨져 있었다.

"진짜 이걸 쓴다고?"

"같은 편을 상대로 이래도 되나?"

"떠들지 말고 빨리 교체나 해!"

반장에게 야단맞은 신입 정비병들이 황급히 컨테이너에서 옵션 파츠를 꺼내 장착하기 시작했다.

네반에 추가 장갑이 장착되어 스마트한 기체가 중후한 느낌이 넘치는 외관으로 변했다.

윙 부스터에도 추가 장갑이 장착되고 빔 캐논까지 준비되었다.

그리고 추가 부스터도 장착되었다. 시작실험기의 데이터를 토대로 개발된 부스터였다.

실험기에 달렸던 부스터는 조종자를 가리는 난폭한 말이었지만, 발키리에 탑재된 부스터는 디튠되어 일반 기사들도 다룰 수 있는 성능이 되었다.

잇따라 추가 장갑이 장착되어 중장갑을 두른 모습이 되었다.

그리고 정비병 한 명이 멀리 보이는 티아용 옵션 파츠를 봤다.

"저건 크네."

거대한 옵션 파츠가 네반의 등에 장착되어 있었다.

본체보다 옵션 파츠가 더 커서 네반이 작게 보였다.

알고 지내는 정비병이 말을 걸어왔다.

"야, 빨리 안 하면 반장한테 혼나."

"아, 알았어."

번필드령의 제3행성.

요새급을 간이기지로 운용하고 있는 제3행성에서는 마리가 이끄는 함대가 출정을 준비하고 있었다.

마리는 우주 전함의 브릿지에서 짜증을 토했다.

『귀공들의 행위는 반역이다! 로제타 님이 계신다고 해서 우리가 가담하는 일은 결코 없을 것이다!』

패트롤 함대를 포섭하려 했건만, 상대가 고지식한 군인이라 그런지 정론을 말하며 거부했다.

"배짱 좋네. 마음에 들었으니까 얼굴은 기억해줄게."

볼에 경련이 일어나긴 했지만 웃는 얼굴을 유지하고 통신을 끝냈다.

아무렇게나 수염을 기른 부관이 마리의 모습을 보고 웃고 있었다.

"또 거절당했네, 마리."

"그 입을 다물지 않으면 꿰매버릴 거예요."

"아가씨처럼 말하는 동안에는 안심이네. 다만 이래서 놈들을 이길 수 있겠나?"

부관이 웃음을 지우고 진지한 표정을 짓자 마리는 미간을 찌푸렸다.

"솔직히 말하자면 좀 더 병력이 있으면 해."

기사도 함정도 티아 측보다 수가 부족했다.

부관도 같은 의견인 것 같았다.

"1대1이라면 문제없겠지만, 그 녀석들의 통솔력은 보통이 아니니까."

"분하게도 다진고기년의 함대 지휘는 얕볼 수 없어."

마리는 평소에 '다진고기'라 부르지만, 티아의 통솔력은 경시하지 않았다.

부관이 장난스럽게 말했다.

"우리는 말괄량이가 많은 만큼 연계에 문제가 있으니 말이지. 뭐, 그렇다고는 해도 우리 기동기사는 테우멧사야. 쉽게 지지는 않겠지."

제7병기공장이 에이스급 파일럿을 위해 개발한 것이 테우멧사다. 파일럿을 보조하는 어시스트 기능이 없어서 조종이 어렵지만, 잘 다룰 수 있다면 네반 이상의 성능을 낼 수 있다.

마리 일행이 테우멧사를 타면 티아 일행이 타는 네반은 위협이 되지 못한다.

"단기 결전으로 끌고 가는 수밖에 없겠어. 너무 오래 끌면 다진 고기년의 의도대로 될 거야."

마리는 앉아있던 시트에서 일어나 미간을 찌푸리고 입가에 웃음을 지었다.

엉터리 아가씨 말투가 사라졌고, 부하들에게 명령했다.

"이 자식들아. 각자 애용기를 완벽하게 조정해라! 전장에서 얼빠진 짓을 하면 내가 직접 죽여주겠다."

패기를 보이는 마리에게 부관을 비롯한 부하들은 거칠게 대답했다.

"하핫! 역시 마리는 이래야지!"

복제된 안내인이 방구석에서 기세가 오른 마리 일행을 바라보고 있었다.

"이거, 결국 힘도 제대로 보태주지 못한 채로 결전이 벌어지게 됐네."

마리를 조종해서 날뛸 생각이었는데, 방치해도 혼자 날뛰어대는 탓에 할 일이 아무것도 없었다.

그렇다고 해도 마리 곁에서 떨어질 수 없었다. 복제된 안내인은 보이지 않는 실로 마리와 연결되어 있기 때문이다. 이건 쉽게 자를 수도 없고, 그렇다고 마리가 자력으로 벗어나는 것도 거의 불가능했다.

상황이 이렇게 되니 복제된 안내인은 무릎을 끌어안고 앉으면서 투덜거렸다.

"내 존재의의는 뭘까? 굳이 복제까지 한 의미가 있을까?"

자신은 무엇을 위해 여기에 있는 걸까?

그런 고민을 하는 복제된 안내인이었다.

로열 가드와 정예 함대의 보고를 받은 클라우스는 얼굴이 약간 초췌했지만 속으로 안도하고 있었다.

(다행이다. 리암 님이 돌아오시면 그걸로 문제는 해결⋯⋯됐으면 좋겠다.)

단기간에 번필드가가 둘로 갈라지고 본성에는 친족을 자칭하는 귀족들이 몰려와 매일같이 소란을 피웠다. 심지어 영내에서는 배신자들까지 나왔다.

부하들과 함께 치안 유지에 힘쓰고 있지만, 이 사태가 장기화하면 언젠가 파탄 날 것이 뻔했다.

그렇기에 리암의 귀환은 천만다행이었지만…….

(리암 님이 돌아오셔도 한동안은 계속 바쁘겠지……? 아니야. 그래도 지금보단 나을 거야.)

어째서인지 로열 가드와 정예 함대가 클라우스의 지휘하에 들어오는 바람에 필두기사──리암의 대리 같은 일을 떠맡게 되었다.

클라우스는 책임의 무게에 매일같이 속쓰림에 시달려왔지만, 리암이 돌아오면 그것도 끝이다.

(조금만 더 버티면 이 중압에서도 해방된다!)

그때 클라우스의 집무실에 부하들이 몰려왔다. 부하들의 안색과 분위기에 클라우스는 긴급한 일이라는 걸 알아차렸다.

"무슨 일이지?"

"클라우스 님, 놈들이!"

클라우스가 달려간 현장에는 키스가 이끄는 구 번필드가 기사단의 면면들이 모여 있었다.

저택의 한 방 기사들의 휴게소로 쓰는 방에는 당구 등의 놀이 기구가 있었는데, 그 놀이 기구들이 모조리 파괴되어 있었다.

클라우스의 부하들도 피투성이가 되어 쓰러져 있는데, 키스 패거리가 그 모습을 히죽거리면서 내려다보고 있었다.

클라우스는 키스가 손에 쥔 사브르를 봤다. 칼날에는 피가 묻어있었다. 숨길 생각도 없는 듯했다.

"이건 그대가 한 짓인가?"

클라우스가 묻자 키스는 어깨를 으쓱이면서 동료와 시선을 맞춘 후에 대답했다.

"실례했다. 이 자들이 나에게 무례하게 굴어서."

"무례라고?"

클라우스가 쓰러진 부하들을 바라보자, 부하들은 급히 달려온 아군에게 응급처치를 받으면서 고개를 저어 부정했다.

"아닙니다. 먼저 트집을 잡은 건 저쪽입니다."

클라우스는 부하의 이야기를 들은 후에 다시 키스를 바라봤다.

"이야기가 다르군."

물러나지 않는 클라우스에게 약간 짜증을 느꼈는지 키스는 미간을 찌푸리고 있었다.

"윗사람을 대하는 태도가 좋지 않네. 번필드가의 기사로서 선배인 우리에 대한 무례야."

선배라는 말을 들은 클라우스는 한순간 고민했다.

"설령 선배라고 해도 마찬가지. 사정을 들어야겠다."

(뭐, 말이 선배지, 이 사람들이 있었던 때를 아는 기사가 아무도 없으니……. 집사인 브라이언 공 정도인가? 리암 님도 모르실 거고.)

선배 행세를 하고 싶어 하는 것 같기에 클라우스는 중립적인 자세로 키스의 행동을 꾸짖었다.

그러자 키스가 깊은 한숨을 쉬었다.

"눈치 없는 남자네. 아이작 님이 당주가 되면 번필드가의 필두 기사는 나야. 순순히 따르면 될 것을."

클라우스는 키스의 발언에 어리둥절했다.

"리암 님은 돌아오신다. 아이작 님이 당주가 될 일은 없다."

"과연 어떨까!"

그때 키스가 사브르를 클라우스에게 들이댔다.

키스의 행동은 최악이지만 내지른 사브르의 날카로움은 일류라 해도 과언이 아니었다.

클라우스는 뒤로 휙 물러나 거리를 벌리고 허리에 찬 롱소드를 뽑았다.

"무슨 짓이냐."

키스가 무슨 생각으로 덤벼들었는지 모르겠지만, 클라우스도 기사이기에 검을 뽑아 자세를 잡았다.

애초에 키스는 클라우스의 상관도 동료도 아니다.

정식으로 번필드가에 복귀한 것도 아니라 그냥 기사에 불과하다. 쉽게 말하자면 손님이며, 무례한 짓을 하면 그에 맞는 대응을 할 뿐이다.

키스는 클라우스의 움직임을 보고 비웃었다.

"넌 재능이 없는 기사구나. 지금의 움직임을 보면 잘 알 수 있지. 이 정도 기사가 리암의 심복이라니, 인재가 부족하다는 말이 사실인 것 같군."

클라우스는 자신이 재능이 넘치는 기사라고 생각하지 않기 때문에 키스의 도발을 듣고도 냉정했다.

"듣기 거북하네."

클라우스는 키스가 자세를 취하는 모습을 보면서 그 재능이 부러워졌다.

맞서기만 해도 키스에게 재능이 있다는 걸 알 수 있었다.

하지만 그뿐이다.

"리암이 돌아오면 네놈의 목을 던져주지!"

키스가 발을 내디디며 찌르자 클라우스는 그 움직임에 맞춰서 몸을 움직여 롱소드를 휘둘렀다.

주위가 클라우스의 패배를 예상하는 가운데, 뜻밖의 결과가 나왔다.

"아니?!"

키스의 목에 클라우스의 롱소드 끝이 닿아있었다.

너무 충격적이었는지 키스는 쥐고 있던 사브르를 떨어뜨리고 말았다.

그걸 전의상실로 판단한 클라우스는 롱소드를 거두고 칼집에 넣었다.

"자, 사정을 들어볼까."

부하들을 폭행한 이유를 조사하려고 했지만, 키스는 진 것이 분한지 등을 돌리고 동료들과 방에서 나갔다.

"우쭐대지 마라, 이류!"

일방적으로 말을 내뱉고 떠나가는 키스를 보고 클라우스는 속으로 생각했다.

(이 상황에서도 도망치는 건가?! 더 쫓아다니면 또 날뛰겠군.)

키스에게 어떻게 대처할까 생각하고 있으니 부하들이 클라우스를 둘러쌌다.

"클라우스 님, 뛰어난 검 실력에 감복했습니다!"

"스스로 검술 실력에는 자신이 없다고 말씀하셨는데, 그런 실력자를 상대로 이기다니, 너무 겸손해요!"

"역시 클라우스 님입니다!"

부하들에게 둘러싸인 클라우스는 주위가 치켜세워주는 이 상황에 당황했다.

"아니, 그런 게 아니다. 그건 운이 좋았을 뿐이다."

(애초에 재능이 있는 기사는 단련을 게을리하는 경향이 있으니까. 하물며 호위 임무만 해왔다면 경험을 쌓을 기회도 없었겠지. 더 강해질 수도 있었을 텐데.)

키스는 어중간하게 재능이 있어서 단련을 게을리했다.

클리프 일행의 호위가 되어 기사로서 경험을 쌓을 수 없게 된 것도 컸다.

클라우스의 재능은 평범하지만, 그래도 오랜 경험과 매일 단련한 성과가 있다.

그 차이가 드러난 것에 불과하다.

키스가 단련을 거르지 않고 기사로서 계속해서 수많은 실전을 경험했다면 클라우스가 패배했을 것이다.

클라우스는 떠드는 부하들을 진정시키려고 했다.

"저들보다 부상자 치료가 먼저다. 저들은 내가 쫓아가서 사정을……."

그때 방으로 부하가 하나가 뛰어 들어왔다.

"클라우스 님! 크리스티아나, 마리, 두 명이 이끄는 함대가 결판을 내기 위해 움직이기 시작했습니다!"

——클라우스는 오른손으로 위 언저리를 누르고 하늘을 우러러봤다.

(이건 악몽이야. 리암 님, 빨리 돌아와 주세요!)

티아가 이끄는 함대와 마리가 이끄는 함대가 번필드령의 공역에 대치했다.

사실상 같은 편끼리 대치하고 있는 꼴이기에 부하들은 서로 난처해하고 있었다.

실제로 아군끼리 맞서면 망설임이 생기는 모양이다.

"정말로 아군과 싸우실 겁니까? 지금이라면 아직……."

그건 마리의 함대를 지휘하는 사령관도 마찬가지였다.

마리에게 협력하여 따르고는 있지만, 아군을 앞에 두고 동요하고 있었다.

그런 사령관 앞에서도 마리는 시트에 앉아 손톱 손질을 하고 있었다.

손톱의 상태를 보면서 아군과 싸우는 것에 망설임을 보이지 않았다.

"할 거야. 그 다진고기년을 없애지 않으면 기분 좋게 잘 수 없잖아? 넌 내 명령에 따르기만 하면 돼."

마리는 이번 싸움으로 방해되는 티아를 배제할 작정이었다.

(리암 님은 반드시 돌아오실 거야. 그때를 위해 번필드가는 내가 통합해서 리암 님께 걸맞은 기사단을 준비하는 거야. 다진고기년이 있을 곳은 존재하지 않아.)

리암이 없는 동안에 모든 문제를 해결하고 모든 죄를 티아에게 뒤집어씌울 작정이었다.

물론 그건 티아도 마찬가지였다.

결전 전에 통신회선이 열리더니 모니터에 티아의 얼굴이 비쳤다.

마리는 손톱 손질 도구를 팽개치고 눈에 핏발을 세우며 일어섰다.

"다진고기년!"

티아는 냉혹한 표정을 짓고 있었다.

『화석녀, 드디어 이때가 왔네. 널 이 손으로 죽일 수 있다고 생각하면 정말 기뻐서 참을 수가 없어.』

마리는 자기를 죽일 생각인 티아에게 눈에 핏발을 세운 채로 웃었다.

한쪽 눈을 크게 뜬, 주위 사람들이 기겁할만한 웃는 얼굴이었다.

"해적들의 장난감 신세가 어울리는 네가 날 죽일 수 있을까? 반대로 널 잡아서 해적들에게 팔아줄게. 사육실이었나? 거기로 돌려보내 드리겠어요."

괴로운 과거를 떠올렸는지 티아는 눈을 크게 뜨고 있었다.

그리고 짧게.

『——죽인다.』

티아의 선언에 마리도 표정이 사라졌다.

"죽어."

통신이 끊기자 마리는 사령관을 무시하고 명령을 내렸다.

"전군 공격 개시."

하지만 명령을 들은 브릿지 크루들은 서로의 얼굴을 마주보기만 할 뿐 명령을 복창하지 않았다.

마리는 혀를 찼다.

"칫! 여기까지 와서 꽁무니를 빼다니, 이놈이고 저놈이고 전부 겁쟁이 놈들이네요."

마리는 입으로는 주위 사람들이 어이없다고 했지만, 억지로 명령을 실행시키는 것도 망설여졌다.

(뭐, 얼마 전까지는 같은 편이었죠. 그리고 여기서 억지로 일을 진행하면 이후의 화근이 남게 돼요.)

마리가 모니터 너머로 적 함대를 보니, 적도 마찬가지로 움직임을 보이지 않았다.

"——하는 수밖에 없겠네."

마리는 스스로 결판을 내기로 했다.

"왜 명령을 실행하지 않지?!"

크루들은 바르의 브릿지에서 소리치는 클로디아를 외면하고 있었다.

바르의 함장, 그리고 함대 사령관도 마찬가지였다.

티아는 화내는 클로디아의 어깨를 두드리고 고개를 저었다.

"클로디아, 더 이상은 소용없어."

"하, 하지만!"

"적도 움직이지 않잖아. 이렇게 됐으니, 우리끼리 승부를 내자."

마리의 함대를 보니, 공격 가능 거리에 다가왔는데도 움직일 기미가 보이지 않았다.

양측의 함대가 전투를 거부하고 있었다.

티아가 자기들끼리 결판을 내려고 하고 있으니 오퍼레이터가 머뭇거리면서 보고했다.

"그…… 적 함대……? 에서 기동기사가 출격했습니다만……."

그 보고를 들은 티아는 서둘러 브릿지를 뒤로 했다.

"클로디아, 빨리 출격하자. 저 녀석들 전부 다 죽여주겠어."

기분 나쁘게 미소 짓는 티아의 뒤를 따라서 클로디아도 브릿지에서 나왔다.

"네, 티아 님!"

양군이 대치한 우주공간에서 복제된 안내인이 복잡한 표정을 짓고 있었다.

"그, 이런 결과를 바라긴 했지. 바랐는데…… 왜 이렇게 납득이 안 되지…….'

자신이 바라던 결과가 나왔는데 조금도 기쁘지 않았다.

"그보다 저 여자는 아군을 죽이는데 망설임 같은 게 없나?"

희희낙락하며 마리를 죽이러 가는 티아를 보고 안내인은 좀 더 갈등했으면 좋겠다고 생각했다.

개인적으로는 욕망과 이성 사이에서 괴로워하는 게 베스트였다.

그런데 티아는 이성이 조금도 작용하지 않았다.

작용하지 않는다고 해야 할까, 같은 편을 죽이는 것에 대해 망설임을 전혀 느끼지 않았다. 다시 말해서 위험한 여자였다.

복제된 안내인이 전투 양상을 지켜보고 있는데 목소리가 들렸다.

"아, 나."

"여어, 나."

똑같이 복제된 안내인이 전투 양상을 보기 위해 우주공간에 나온 모양이었다.

둘은 사이좋게 나란히 전장을 내려다보고 있었다.

"그런데 나, 그쪽 상황은 어때?"

"저 여자는 내가 오기 전부터 이미 제정신이 아니었어. 동료를 죽이는 걸 망설이기는커녕 오히려 기뻐하더라. 그 뭐랄까, 인간으로서 좀 더 갈등하길 원했어."

"이쪽이랑 별 차이가 없었구나……."

양측 모두 꼭두각시로 만들려고 했던 두 사람이 생각했던 것 이상으로 예정대로 움직여줬다. 덕분에 아무런 수고도 들이지 않고 이 상황이 만들어졌다.

"우리가 복제되면서까지 이 녀석들을 조종할 필요가 있었을까?"

"나한테 물어봐도 곤란해. 불평은 본체한테 해줘."

둘은 양군에서 출격한 티아와 마리를 보면서 깊은 한숨을 쉬었다.

보라색 테우멧사를 탄 마리는 콕핏 안에서 대담한 웃음을 짓고 있었다.

"왔구나, 다진고기년. ——엉?"

마리 일행은 먼저 출격해서 양 함대의 중간지점에서 기다리고 있었는데, 출격한 티아 일행의 기동기사를 보고 의아한 표정을 지었다.

테우멧사를 탄 마리 일행은 당연히 네반에 대해서도 알고 있다.

하지만 출격한 네반들의 모습은 몰랐다.

아군도 당황했는지, 부관이 모두를 대표해서 마리에게 의문을 던졌다.

『식별은 네반이라 뜨는데, 적은 외형을 꽤나 바꾼 것 같군.』

최근에 다른 기체를 준비했나 싶었지만, 기체 식별을 보면 네반이 틀림없는 듯했다.

중장갑 기동기사처럼 변했지만 각 부분에 네반의 흔적이 있었다.

조종간을 검지로 톡톡 치면서 마리는 생각했다.

"네반 강화안이 제출됐다는 소식은 들었지만, 자세한 사항까지는 신경 쓰지 못했어."

『뭐, 우린 테우멧사를 타고 있으니까. 하지만 중장갑이 됐다고 해도 우리의 적수는 못 되지. 빨리 쳐부수자고.』

다가오는 네반 부대가 3기로 편성된 소대별로 산개해 나갔다.

그걸 보고 테우멧사들이 돌격했다.

『죽여라!』

『해적 놈들보다 더 크게 저항해 보라고!』

『네반으로 테우멧사에게 이길 수 있겠냐!』

자신의 뛰어난 조종 기술을 믿어 의심치 않는 아군의 부주의한 돌격에 마리는 눈을 부릅뜨고는 혀를 찼다.

"칫! 바보들이! 저건 단순한 추가 장갑이 아니라고!"

모두가 일반적인 네반보다 장갑을 더 추가해 움직임이 둔해졌다고 생각하고 있었다.

하지만 네반의 움직임은 평상시보다 더 빨랐다. 가속하는 네반들이 테우멧사로부터 거리를 벌렸다.

그리고 각 부분의 컨테이너에서 파일럿들이 잘 다루는 무기를 꺼냈다.

컨테이너의 크기와는 맞지 않는 대형 무기를 꺼내는 네반들을 본 마리의 부하들은 놀랐다.

『이 자식들 어디에 무기를 넣어두고 있었던 거냐?!』

예상치 못한 무기의 등장에 테우멧사들이 혼란스러워했다.

네반들은 연계가 허술한 테우멧사들을 공격했다.

『멍청하긴! 전장에서 언제까지고 스탠드 플레이가 통한다고 생각하지 마라!』

『여우를 사냥할 시간이다아아아!!』

『발키리를 얕보지 말라고!』

연계와 화력을 무기로 네반들이 테우멧사들을 압박했다.

그 광경을 보고 있던 마리는 씁쓸한 표정을 지었다.

"공간 마법을 사용한 특별한 컨테이너네."

네반들의 추가 장갑에 달린 컨테이너는 공간 마법이 사용되어 있었다.

컨테이너 하나하나에 좋아하는 무장을 수납할 수 있는 장비다.

하지만 이 장비에는 한 가지 결점이 있었다.

"다진고기년, 각오를 단단히 했군요!"

──공간 마법을 사용한 컨테이너는 한 번 쓰면 버리는 일회용이다.

어비드 같은 엄청난 고급기의 사양과는 달리, 비용을 억제하기 위해 한 번 사용하면 파기하는 구조로 되어 있었다. 단점은 일회용으로 만들어 비용을 억제했는데도 비싼 고급 옵션이라는 것이다.

일회용 옵션 파츠 한 기의 비용으로 네반을 한 대를 살 수 있다.

마리는 안 좋은 예감에 들어 테우멧사를 이동시켰다. 그러자 전함의 주포보다 강력한 공격이 그 자리를 스쳐 지나갔다.

『아쉽네. 방금 공격으로 죽었으면 편하게 죽을 수 있었을 텐데.』

들려오는 목소리에 마리는 미간을 찌푸렸다.

콕핏의 모니터에 티아 전용 네반이 비쳤다. 무장을 수납하는 컨테이너에 더해 양편에 대형 빔 런처가 달려있었다.

대형 빔 런처의 연장 배럴이 수납되는 모습을 보면서 마리는 눈앞에 있는 기체가 괴물이라는 것을 알아차렸다. 티아를 위해 만든 특수 파츠인 게 분명했다.

마리는 억지로 거리를 벌렸다.

"우리가 무섭다고 그렇게까지 할 줄은 몰랐어요."

모니터에는 서로의 얼굴이 작은 창 속에 표시되어 있었다.

티아가 입꼬리를 올리고 웃는데, 마치 눈동자가 요사스러운 빛을 뿜는 것처럼 보였다.

『자랑스럽게 여겨도 좋아. 내가 이렇게까지 하게 만든 넌 확실히 강적이었어.』

마치 이긴 것처럼 행동하는 티아를 보고 마리는 표정을 굳혔다.

"그 정도로 까불지 말라고!"

『어머, 말투가 원래대로 돌아왔네? 여유가 없나 봐?』

티아의 네반이 컨테이너에서 대량의 레이저를 발사했다.

마리의 테우멧사는 레이저의 틈새를 누비듯이 피하며 날았다.

하지만 레이저의 수가 많아 방어 필드 일부가 뚫려 장갑 표면이 살짝 녹고 말았다.

"제기랄! 전원, 단독행동은 피하고……."

바로 부하들에게 연계하라고 명령을 내리려고 했지만, 마리는 이때 티아의 무서움을 봤다.

『각기, 3기 소대를 유지하면서 각개격파해. 소대에서 벗어난 녀석들부터 먼저 노려.』

마리는 냉정하게 지시를 내리는 티아를 보고 소름이 끼쳤다.

(이 여자, 나랑 싸우면서 전장을 파악하고 있는 거야? 설마, 이 녀석의 옵션 파츠는……!)

마리의 얼굴을 보고 티아는 무슨 말을 하고 싶은 건지 짐작했을 것이다.

『어때? 지휘 성능을 강화한 내 브륀힐드는 만만치 않지? 이 아이는 그저 전투 능력만 더한 게 아니야. 기동기사를 타고 함대를 지휘할 수 있는 능력도 있지.』

"너무 과한 성능이네요."

(제3병기공장 놈들, 바보 같은 기능을 달아놨어! 그런 건 제7병

기공장의 특기 분야잖아!)

몇백 기의 네반을 지휘하에 두고 통솔하면서 싸운다? 말이 쉽지, 보통은 혼자서 처리할 수준이 아니다.

게다가 부하들은 티아의 명령을 정확하게 수행했다. 몇백 기의 네반이 티아의 마음대로 움직이는 것이다.

(괴물년!)

뛰어난 전투 스펙에 기동기사의 영역을 뛰어넘는 지휘 성능. 그러한 능력들을 완전히 자유자재로 구사하는 티아는 마리가 봐도 충분히 괴물이었다.

티아의 네반이 레이저를 다 썼는지 컨테이너를 파기했다.

기체의 에너지 절약을 위해서인지 광학 병기의 에너지 공급도 따로 하는 듯했다.

"한 번 거리를 벌리면……."

『안 놓친다, 화석녀어어어!!』

마리는 테우멧사의 최대속도를 냈지만, 티아의 네반은 간단히 따라잡았다.

대형 기체인데 가속도가 괴물 같았다. 에너지를 절약한 효과였다.

『이걸로 끝이야. 바이바이, 화석녀!』

티아는 마리가 탄 테우멧사의 등에 대형 빔 런처의 총구를 대고 쏘려고 했다.

"──다진고기, 날 얕보지 말았으면 하는데."

◇ ◆ ◇ ◆ ◇

네반 브륀힐드에 탄 티아는 마리의 숨통을 끊으려는 순간 테우멧사의 움직임이 변한 것을 깨달았다.

꼬리 같은 옵션 파츠가 입자의 빛을 방출해 여러 개의 환영을 만들어낼 생각인 듯했다.

하지만 티아는 이것도 예상하던 범주였다.

"소용없어. 내가 아무런 대책도 안 세우고 여기에 있는 줄 알아?"

옵션 파츠 브륀힐드에서 입자의 빛이 방출되었다.

테우멧사의 환영에 대한 대책으로 저해하는 기능을 준비해두고 있었다.

테우멧사가 만들어낸 환영이 바로 사라졌다.

사라진 본체도 금방 모습을 드러냈다.

『칫!』

환영을 만들어내지 못하고, 주위의 경치에 녹아들지도 못하니 레이더를 기만할 수 없다.

네반의 대형 라이플이 테우멧사의 콕핏을 노리고 빛을 뿜었다.

그러자 테우멧사는 왼쪽 다리를 희생해서 버텨냈다.

"아하하하!! 여우 사냥은 처음인데, 이거 재밌네!"

마리의 테우멧사가 파괴되는 모습에 티아는 웃음을 띠고 있었다.

하지만——.

『아아, 그런 거구나. 그 기체의 약점은 파악했어.』

티아는 패배를 인정하지 않고 하는 억지를 부린다고 생각했다.

"이 상황에 무슨 소릴 하는 걸까? 이대로 레이저로 괴롭히면서 죽여줄게. 열심히 날 즐겁게 해주라고!"

브륀힐드에서 유도방식의 굴절 레이저가 발사됐다.

왼쪽 다리를 잃은 테우멧사는 균형을 잃었는데도 레이저의 틈새를 누비듯이 날아다녔다.

다만 완벽하게 피할 수는 없었는지 오른팔이 파괴되고 말았다. 얼굴과 몸통에도 레이저가 스쳐 장갑이 약간 녹았다.

"끈질겨. 대체 반사 신경이 어떻게 된 거야?!"

티아가 쓰러지지 않는 마리에게 짜증 내고 있으니 테우멧사가 접근해 왔다.

"소용없어!"

부주의하게 다가온 테우멧사에게 레이저가 집중되었다.

그대로 테우멧사가 폭발해서 흩어질 줄 알았는데, 마리의 테우멧사가 갑자기 사라져버렸다.

"아니?!"

티아가 사라진 테우멧사를 찾으려고 하자 충격에 몸이 앞으로 쓰러졌다.

상반신을 일으키자 뒤에서 목소리가 들렸다.

『잡았다.』

"어떻게?!"

옵션 파츠 브륀힐드에 매달린 테우멧사는 입자를 방출하는 장치에 왼팔을 찔러 넣어 파괴했다.

『환영을 방해한다고 해도 완전하지 않다고 생각했지. 한순간이야. 한순간이면 됐어. 네 의식을 한순간만 속이면.』

약간의 빈틈을 찔러 자기에게 매달린 마리를 본 티아는 미간을 찌푸리고 초조해했다.

(터무니없는 기량에 이 감은 대체 뭐야……! 이 녀석, 진짜 인간 맞아?)

테우멧사가 브륀힐드를 파괴하는 순간 티아는 네반과 브륀힐드를 분리했다.

브륀힐드가 폭발하자 티아의 네반이 수납했던 날개를 펼쳤다.

"그래도 이 상태라면 아직 싸울 수 있어. 아군이 올 때까지 버티기만 하면……!"

티아의 네반은 손상이 없어 아직 싸울 수 있는 상태다.

그에 비해 마리의 테우멧사는 만신창이다.

하지만 마리는 웃고 있었다.

『바보 아가씨. 상황을 보세요.』

"무슨 소릴……?!"

티아는 아군이 올 줄 알았지만, 다른 네반들은 테우멧사들에게 쫓기고 있었다.

클로디아의 소대는 끈질기게 저항하고 있었지만, 마리의 부관에게 발이 묶여 다른 사람들을 돕지 못했다.

"어째서……!"

『경이로운 속도였다만 선회력은 형편없던데? 움직임이 직선적이라 예측하기 쉬웠어.』

비싼 옵션 파츠를 사용했는데도 기량으로 능가했다는 말이었다.

"너만 없었으면……!"

『이제 내 앞에서 사라져!』

만신창이인 테우멧사가 공격을 가하자 티아도 응전했다.

하지만 1대1 상황은 티아에게 불리했다.

테우멧사가 환영을 만든 순간, 티아의 네반은 왼팔이 잘렸다.

"이 자식!"

『우선은 왼팔!』

마리는 웃으면서 공격했고 티아는 아랫입술을 깨물었다.

"죽인다. 너만큼은 반드시 죽인다. 리암 님 곁에 있는 건 나만으로 충분해!"

부정적인 감정이 티아에게 흘러들어왔다.

아니, 어디선가 빨아들인다고 하는 게 맞을 것이다.

눈앞에 있는 적을 쓰러뜨리기 위해 티아는 가지고 있는 모든 것을 쏟아부을 생각이었다.

부정적인 오라를 뿜어내는 네반은 트윈아이를 빨갛게 빛내면서 으르렁거렸다.

『무슨?!』

이상한 충격파가 발생하자 마리의 테우멧사의 위치가 발각됐다.

"거기냐아아아!!"

네반이 테우멧사에게 빠르게 접근하면서 라이플을 계속 쐈고, 탄이 다 떨어지자 내던졌다.

빔 소드로 바꿔 덤벼들자 테우멧사가 겨우 피했다.

"너만 없었으면, 난 계속 리암 님을 혼자서 보좌할 수 있었는데!!"

티아의 증오에 호응해서 네반은 출력을 더욱 높였다.

분위기가 달라진 티아에 맞서는 마리에게도 변화가 일어났다.

『웃기지 마라, 계집. 내가 몇천 년 동안, 얼마나 리암 님 같은 존재를 계속 기다려 온 줄 알아! 너만큼은 반드시 여기서 죽여주마!!』

테우멧사에도 이변이 일어났다.

마리의 증오로 출력이 늘어나 손발을 펴지해서 노출된 관절에서 빨간 전기가 방출되는 현상이 일어나고 있었다.

『이만 죽어라!』

"너나 죽어!"

그 무렵.

"안 돼애애애!!"

"빨려 들어간다아아아!!"

티아와 마리를 꼭두각시로 만들어야 하는 복제된 안내인들은 잘라낼 수 없는 두 사람과의 연결을 통해 부정적인 에너지를 흡수당하고 있었다.

티아와 마리가 힘을 쓸 때마다 줄어드는 둘.

"이건 아니지. 이건 아니잖아!!"

"우리가 조종할 생각이었는데, 이 전개는 아니잖아아아아!!"

둘을 조종하려고 했는데 지금은 티아와 마리에게 부정적인 에너지를 공급하는 외장 배터리가 되고 말았다. 티아와 마리는 무의식적으로 괴로워하는 안내인들에게 소리쳤다.

『좀 더! 좀 더 내놔!』

『이 자식을 죽일 힘을!』

두 사람의 강한 의지로 인해 복제된 안내인들은 부정적인 에너지를 흡수당했다.

"그만둬어어어!!"

"누, 누가 좀 도와줘! 본체에에에!!"

그리고 부정적인 에너지가 다하자 둘은 뜬 숯처럼 허물어져 우주에 녹아내리듯이 사라져 갔다.

"보, 본체에 알려야 해……."

"저 녀석들과 엮이면 안 돼……."

복제된 안내인들이 부정적인 에너지를 흡수당해 사라져버렸다.

남은 탄도 다 떨어졌다.

에너지도 거의 바닥이라 빔 소드를 쓸 여력도 없다.

티아의 네반도 마리의 테우멧사도 이미 너덜너덜하게 부서져 속에 든 프레임이 드러나 있었다.

둘은 그런 상태의 기동기사로 계속해서 치고받으며 싸웠다.

"너만 없으면 아무 문제도 없었어! 리암 님도 너 같은 쓰레기만 줍지 않았으면 미혹되지 않았을 건데!"

『시끄러워, 다진고기 괴물! 우리의 리암 님께 접근하지 마라, 더러워지잖아!』

콕핏 안에서 티아는 피를 토했다.

호흡이 괴로워졌다.

(안 돼. 눈이 흐릿해져. 하지만 이대로는 끝낼 수 없어. 내 목숨을 불태워서라도 이 녀석만큼은……!)

아까까지는 신기하게도 힘이 솟아났지만, 그 대가인지 몸이 피폐했다.

이대로 싸우면 이긴다고 해도 한동안 움직일 수 없을 것 같다.

애초에 몸을 움직이는 것만으로도 괴로웠다.

(이 녀석을 이길 수 있다면 목숨을 버려도 좋아. 그게 리암 님께 도움이 돼!)

티아는 자기 목숨을 불태워 마리를 죽이려고 했다.

그건 마리도 마찬가지였다.

둘은 피를 토하고 핏발 선 눈으로 각오를 다졌다.

두 사람이 모니터 너머로 마지막 힘을 쥐어짜려고 했을 때, 익숙한 목소리가 들렸다.

『이 바보 천치들아!!』

둘 다 레이더를 보지 않고도 자연스럽게 목소리가 난 방향으로 얼굴을 돌리고 있었다.

어비드와 그 뒤로 멀리 함대가 보였다.

어비드는 네반과 테우멧사가 싸우는 전장에 단 한 기로 뛰어들었다.

『누구 허락을 받고 싸우는 거지?』

담담한 목소리지만 리암이 격노했다는 게 전해져왔다.

오른손에 대검을 든 어비드는 흥분한 상태라 적밖에 안 보이는 기동기사들에게 덤벼들었다.

네반 발키리도, 그리고 테우멧사도 동등하게 어비드에게 양팔과 양다리가 절단되어 갔다.

그리고 둘 곁으로 어비드가 다가왔다.

"리암 님!"

『리암 님!』

티아와 마리의 목소리가 겹쳐 울렸다.

어비드는 두 사람이 올려다보는 위치에 멈추었다. 대검을 어깨에 걸친 어비드의 위압감에 둘 다 기동기사의 움직임을 멈췄다. 때마침 네반과 테우멧사가 한계를 맞이해 기능이 완전히 정지했다.

"리암 님, 무사하셨군요! 이 크리스티아나는 걱정해서──."

331

『걱정한다는 녀석이 내 함대를 가지고 나와서 싸우냐? 그리고 마리, 넌 또 무슨 생각이냐?』

마리에게 의견을 묻자 상당히 초조해하고 있었다.

『이, 이건, 그러니까…… 아, 아이작이라는 리암 님의 혈연자라 칭하는 자가 본성을 점거해버려서. 저, 저는 로제타 님을 데리고 본성을 탈출했지만, 저기 있는 다진고기가 저를 죄인으로 만들고 쳐들어왔습니다!』

순간적으로 모든 죄를 뒤집어씌우자 티아는 귀신같이 무서운 표정을 지었다.

"이 화석녀! 다시 돌로 만들어줄까, 앙?"

『닥쳐, 고깃덩어리! 애초에 날 죄인 취급한 건 사실이잖아! 다진 고기로 만들어주마!』

리암 앞에서 평소대로 말다툼을 시작했는데, 이 상황에는 악수였다.

리암은 둘을 싸늘한 시선으로 보고 있었다.

『아 그래~. 너희는 빈집을 지키는 것도 못 한다 이거지?』

리암의 본성을 지키지 못했다.

그것은 곧 두 사람의 실패를 의미했다.

티아에게서도 마리에게서도 아까 전까지의 태도는 사라지고 리암 앞에서 덜덜 떨었다.

『너희는 나중에 처분한다. 우선 영내에 들어온 적을 섬멸한다. 여기 모인 함대를 수습해서 빨리 토벌하러 가라. 한 명도 살려서 보내지 마라.』

통신이 끊어지자 어비드는 둘에게 등을 돌리고 돌아갔다.

그런 모습을 본 티아와 마리는.

"리암 님…… 오늘도 멋졌어."

『저 무서운 패기와 존재감은 틀림없이 리암 님이에요.』

두 사람 모두 볼을 빨갛게 물들이고 어비드의 등을 지켜봤다.

◇◆◇◆◇

번필드가 본성에 있는 리암의 저택 상공은 수많은 우주 전함에 둘러싸여 있었다.

전함의 무례한 태도에 아이작은 격노했다.

"전함을 저택 위에 대기시키다니, 어디 사는 멍청이냐! 당장 끌고 와라! 내가 목을 쳐주겠다."

보석으로 장식된 칼집에서 검을 뽑은 아이작을 본 주위 사람들의 반응은 다양했다.

무슨 일인가 싶어 놀라는 자도 있었지만, 대부분은 누가 돌아왔는지 알아차리고 있었다.

바오리는 식은땀을 엄청나게 흘렸다.

관료들도 서로의 얼굴을 마주 보며 당황했지만, 호위인 키스만은 달랐다.

"아이작 님, 아무래도 리암이 돌아온 모양이에요."

그는 리암이 귀환했다는 사실을 아이작에게 전하는데 당황한 기색이 조금도 보이지 않았다.

아이작의 반응도 마찬가지였다.

"리암이? 흥! 구조되다니, 운이 좋은 놈이군."

두 사람이 리암의 귀환에 놀라지 않는 데는 이유가 있었다. 수도성에 있는 칼뱅을 믿는 것이다.

이들은 칼뱅의 후광을 빌려 리암을 이번 사건을 빌미로 실각시킬 생각이었다.

황태자 전하라는 뒷배는 그만큼 아이작 패거리에게 자신감을 심어줬다.

"바로 면회를 준비해라. 나 참, 품위 없는 형이 있으면 고생한단 말이지. 혈연관계지만 지긋지긋하군. 근데 바오리는 어디로 갔나?"

키스가 바오리의 모습을 찾는 아이작에게 어깨를 으쓱이며 말했다.

"아까 전에 허둥지둥 도망쳤어요. 리암이 무서운 모양입니다."

그 말을 듣고 아이작은 기막혀했다.

"무서워할 필요가 뭐가 있나? 기껏해야 시골 영주에 불과한데."

아이작은 수도성에서 태어나고 수도성에서 자랐다. 아이작이 보기에 리암은 시골뜨기였다.

아이작은 리암은 막돼먹은 사람이라고 생각했다. 그의 기준에 리암은 제국에서도 손에 꼽히는 대귀족에 오른 번필드가에 어울리지 않는 사람이었다.

"부와 강한 군대를 마련한 수완은 인정하지만, 그래봤자 시골 영주지. 지금의 번필드가에는 어울리지 않아. 빨리 나에게 당주 자리를 넘기라고 해야겠어."

리암을 조금도 두려워하지 않는 태도였다.

이것도 모두 칼뱅 전하에게서 비롯된 자신감이었다. 리암이 함부로 자신을 죽일 수 없을 거란 계산이었다.

수도성에서 사는 아이작에게는 황족, 그것도 황태자의 위광이 란 그만큼 절대적이었다.

키스도 같은 생각인지 조금도 무서워하는 기색이 없었다.

"리암의 역할은 번필드가에 어울리는 당주가 나타날 때까지 빈 자리를 지키는 것이었네요."

키스가 정말 어울리는 당주는 아이작이라고 돌려서 말하자 아이작은 기분이 좋아졌다.

"뭐, 그런 점에서는 고마운 인물이었군. 당주 자리를 빼앗으면 놈의 목을 칼뱅 전하께 헌상할 거지만. 놈이 저항해도 제압할 준비는 됐겠지?"

"네. 이미 준비했습니다."

아이작이 뒷짐을 지고 걷기 시작하자 진행 방향에 로열 가드들이 나타났다.

"아이작 님, 리암 님이 부르십니다."

제대로 인사도 하지 않는 로열 가드들을 보고 아이작은 기분이

나빠져 입을 다물었다.

하지만 리암을 실각시키려면 만날 수밖에 없으니 따르는 수밖에 없었다.

그러자 아이작 대신 키스가 로열 가드들의 행동을 비난했다.

"차기 당주인 아이작 님께 무례하네. 너희들, 로열 가드의 지위가 언제까지고 평안할 것 같아?"

그러자 로열 가드들이 킥킥대며 비웃었다.

아이작이 눈썹 끝을 치켜올리자 한 로열 가드가 말했다.

"너희 걱정이나 하시지. 이미 늦었겠지만."

오랜만에 오는 내 집.

난 친척과의 만남에 알현실을 이용하기로 했다.

원래라면 하렘을 구축할 때 쓰려고 만든 방이지만 미녀가 없어서 알현실로 개장해버렸다.

나는 죽 늘어앉은 문무백관과 수많은 기사와 관료들을 높은 자리에 마련된 호화로운 의자에 앉아 내려다봤다.

지루함에 하품을 하고 있으니 생면부지의 동생이 방에 들어왔다.

"내가 왔어, 리암."

대체 어떤 놈인가 궁금했는데 그냥 태도가 뻔뻔한 건방진 꼬마였다.

난 높은 위치에서 피가 이어진 동생을 내려다보면서 말했다.

"님을 붙여라, 건방진 꼬맹이. 그래서 넌 무슨 볼일이 있어서 내 저택에 있지? 꽤 제멋대로 군 것 같던데, 이유에 따라서는 그냥은 안 넘어간다."

가볍게 위협했지만 아이작은 조금도 겁먹지 않았다.

"당연히 당주 자리를 계승하기 위해 왔지. 빨리 당주 자리를 나한테 넘겨."

"엉? 계승?"

"둔한 놈이네. 내가 다음 번필드 공작이 되기로 정해졌어. 이미 조부모님과 아버님의 허가는 받았고 칼뱅 전하의 지원도 받았어. ──리암, 넌 끝이야."

긴 흑발에 파란 눈동자. 외모는 미소년이지만, 내면은 나와 마찬가지로 쓰레기다움이 스며 나오고 있었다.

그렇게 생각하니 형제 같은 친근감이 솟았지만, 내 영지를 노리는 건 안 된다.

내 안에서 아이작에 대한 평가는 혈연이라 해도 타인 이하의 존재다.

"나한테서 영지를 빼앗을 생각인가? 그럼 내 대답은 뻔하군. 얼른 꺼져라, 썩을 꼬맹이."

"뭐, 뭐라? 내 뒤에는 칼뱅 전하가 있다고!"

난 아무것도 모르는 건방진 꼬맹이인 아이작에게 현실을 가르쳐줬다.

"칼뱅과 싸우고 있는 내가 왜 놈의 헛소리에 따라야 하지? 네가 칼뱅을 들먹인다면, 클레오 전하의 이름으로 궁전에 손을 쓸 뿐이다. 애초에 너, 칼뱅이랑 서면으로 약속했나?"

정식으로 후원한다는 문서가 있는지 물어보니 아이작이 눈에 띄게 당황했다.

아이작은 칼뱅의 구두 약속에 놀아난 바보였다.

아니, 수도성에 있는 내 부모도 똑같은가? 궁전 안에서 세력이 약해지고 있는 칼뱅에게 번필드가의 집안싸움에 대해 이래라저래라 지시받을 이유는 없다.

애초에 내가 무사히 돌아왔으니 다 쓸모없는 이야기다.

나는 아무 말도 못 하는 아이작을 무시하고 뒤에 대기하는 기사들을 봤다.

"어라? 번필드가를 버린 기사들이잖아. 부끄러운 줄도 모르고 돌아와서 설치는 꼴이라니."

그러자 한때 필두기사였던 키스가 아주 불쾌한 표정을 지었다.

이 녀석도 칼뱅의 구두 약속을 믿었을 것이다.

현재의 번필드가의 기사들이 배신자인 키스 패거리에게 살기가 담긴 시선을 보내고 있었다.

주인의 집안이 기울었다 하여 도망치는 건 기사도 정신에 어긋나는 행동이다. 심지어 주인의 집안이 세력을 회복하자 아무 일도 없었다는 듯이 돌아온다면 더더욱. 내 기사들은 무슨 낯짝으로 돌아왔냐고 생각하고 있을 것이다.

다만 나는 사람을 믿지 않기에 키스 패거리의 마음도 이해할 수 있었다.

하지만 그건 그거고. 난 배신하는 놈들을 기를 생각은 없다.

물론 내가 길러주는데 배신한 바보들도 예외는 없다.

"그러고 보니 날 배신하고 아이작한테 붙은 멍청이들도 있다지?"

내 말에 켕기는 구석이 있는 관료들이 두려움에 떨었다. 주위에서 곧장 '이 배신자'라는 말과 차가운 시선이 쏟아졌다.

그러자 한 관료가 앞에 나와 변명의 기회를 요청했다.

"리암 님, 발언을 허락해주십시오!"

"해봐."

허가를 해주자 내 옆에 서 있던 클라우스가 깜짝 놀랐다.

"리암 님, 괜찮으시겠습니까?"

"이야기가 재미있으면 살려줄게. 자, 빨리 말해봐라."

내게 발언 허락을 받은 관료가 핏기가 가신 얼굴로 변명하기 시작했다.

"이번 일로 가문의 약점이 드러났습니다. 리암 님이 행방불명된 사이에 군대는 분열되고 통치에도 영향이 생겼습니다. 이는 후계자 부재가 그 이유입니다."

오, 아픈 곳을 찔렸다. 이 녀석의 의견은 정당하다.

내가 후계자와 대리를 지명하지 않았기 때문에 내 영지에 난리가 났다.

배신자 관료의 변명에 박수를 보냈다.

"정당한 의견이다. 하지만 재미없었으니 기각이다. 인생을 다시 시작해서 재도전하도록."

"그럴 수가?!"

안타깝게 됐네.

제대로 된 영주라면 의견을 들어줬겠지만, 난 악덕 영주다. 그런 의견은 바라지 않는다.

이 쓸데없는 알현도 끝내고자 한 나는 문득 늘어선 메이드 로봇들을 봤다.

모두 있어야 하는데 한 명만 모습이 보이지 않았다.

"──타테야마는 어디 갔지?"

아이작은 알현실에서 고개를 숙이고 손을 꽉 쥐고 있었다.

(젠장! 젠장! 시골 영주 주제에 날 거역하다니!)

칼뱅의 공작원이 알려준 구두 약속을 믿었는데, 막상 때가 되니 돌아온 리암에게 무시당했다.

자존심에 심한 상처를 입은 아이작은 고개를 들어 리암을 째려봤다.

아이작은 어릴 적에 딱 한 번 리암을 본 적이 있었다. 반세기 가까이 전의 일이다.

수훈식 때문에 수도성을 방문한 리암을 멀리서 보고 있었다.

친척이 훈장을 받는다고 하여 할아버지와 아버지가 아이작도 불렀기 때문이다.

그 무렵부터 리암이 형이라고 해도 아무렇지도 않았다.

오히려 시골 영주가 도시에서 자란 자신과 형제라는 말을 듣고 화가 났다.

아이작은 뒤돌아서 키스를 봤다.

"키스, 할 수 있겠나?"

전 필두기사이자 실력자인 키스에게 이 자리에서 리암을 죽이라고 명령했다.

어리기에 내린 성급한 판단이기도 했지만, 자존심에 상처를 입은 건 키스도 마찬가지였다.

키스의 시선은 리암 옆에 선 남자를 향하고 있었다.

클라우스다.

"일섬류 따위는 미심쩍은 검술에 불과합니다. 상황이 약간 성가십니다만……."

키스의 시선은 붕대를 감은 티아와 마리에게 향했다.

치료를 받았지만, 만전은 아닌 듯했다.

아무래도 키스는 지금이라면 이길 수 있다고 생각한 듯했다. 클라우스에게 패배한 것도 우연으로 여기고 있는 것 같았고, 가능하면 다시 싸우고 싶다고 생각하고 있었던 것 같았다.

아이작의 유치한 생각에 어울려주는 것도 자존심을 꺾은 클라우스에 대한 복수였다.

"이 정도는 어떻게든 되겠죠. 수하도 잘 침투시켰으니까요."

칼뱅파의 공작원들이 준비해준 기사와 병사들이다. 그들은 배신한 고용인들의 도움을 받아 이미 저택 안에 파고들었다. 키스가 호령만 하면 그들이 알현실에 돌입할 준비가 되어있었다.

이길 수 있다는 필두기사의 말에 아이작은 고개를 끄덕였다.

"좋아. 그럼 바로 실행——."

명령을 끝까지 하기 전에 리암의 목소리가 알현실에 울려 퍼졌다.

"——타테야마는 어디 갔지?"

그 순간, 알현실에 긴장된 분위기가 퍼지는 것을 아이작도 느꼈다.

기사도 관료도 모두가 두려워했다.

무슨 일인가 생각하고 있는데 리암의 상태가 이상했다.

자리에서 일어나 가까이에 있는 자들에게 확인했다.

"타테야마 말이야. 있지? 정비 중인가? 하지만 그 아이의 정기 점검은 며칠 전에 끝났을 건데?"

메이드 로봇 한 명이 부족하다고 하면서 옆에 있던 클라우스에게 사정을 물었다.

클라우스는 어떻게 대답할지 고심하고 있었다.

"현재 메이커 수리 중입니다. 돌아오는 건 다음 달 이후가 될 것 같습니다."

"뭐? 왜? 원인은?"

인형 하나하나의 스케줄을 관리하는 건지, 리암은 이 자리에 한 기가 부족한 게 불만이라 참을 수가 없는 것 같았다. 이상할 만큼 인형을 심하게 걱정했다.

키스가 아이작에게 귓속말했다.

"기회입니다. 할까요?"

아이작은 이 기회에 리암의 목숨을 빼앗으려고 명령을 내릴 뻔했지만, 이번에는 클라우스에게 방해받고 말았다.

클라우스가 타테야마라 불리는 인형이 메이커 수리를 받게 된 이유를 설명해버렸다.

"고의로 파괴되어 메이커 수리가 필요해졌기 때문입니다."

리암이 손을 뻗자 곁에서 대기하고 있던 메이드 로봇이 칼을 가져왔다.

　리암이 칼을 받아든 순간, 알현실의 큰 기둥에 흠집이 났다.

　바닥, 천장, 벽. 흠집이 점점 더 많아졌다.

　천장에서는 먼지와 파편이 쏟아졌고, 크고 두꺼운 기둥 하나가 쓰러졌다. 하지만 모두 겁을 먹어 이 자리에서 움직이려 하지 않았다.

　아이작은 무슨 일이 일어나고 있는지 이해하지 못하고 당황해서 명령을 내리지 못하고 있었다.

　리암은 클라우스에게 캐물었다.

　"──누가 그랬지?"

　분위기가 변한 리암 앞에서 클라우스는 평소대로 대답했다.

　"아이작 님의 호위를 맡은 기사입니다."

　"어떤 놈이지?"

　리암이 아이작 패거리 쪽으로 얼굴을 돌렸다.

　클라우스가 리암에게 타테야마를 파괴한 자를 알려주자 그 순간에 아이작의 후방에서 한 사람이 피와 살을 튀기며 사라져버렸다.

　아니, 사라지지는 않았다.

　순식간에 난도질당해 피와 살을 주위에 흩뿌린 것이다.

　아이작의 볼에도 피와 살점이 날아왔다.

　"힉?!"

　다리의 힘이 풀려 아이작이 바닥에 엉덩방아를 찧으며 주저앉자 리암이 높은 자리에서 내려다봤다.

"아이작, 네 명령이냐?"

아이작은 리암이 째려보자 목소리가 나오지 않았다.

무서워서 떨고 말았다.

(우, 우와— 아——.)

공포 때문에 생각이 정리되지 않는 모양이었다. 대신 클라우스가 조사 결과를 보고했다.

"아이작 님의 기사들이 독단으로 저지른 일이었습니다. 진위를 확인했으니 틀림없습니다. 처분은 리암 님이 돌아오신 후에 하고자 했습니다."

리암은 그 자리에서 얕은 심호흡을 하고는 입꼬리를 올렸다.

"좋은 판단이다, 클라우스. 내 손으로 처분해주지."

리암이 아이작 패거리를 째려보자, 그 박력——위압감에 압도되었다.

아이작은 실금하고 의식을 잃어버렸다.

"아이작 님?!"

키스라는 기사가 쓰러진 아이작을 불렀다.

그가 손에 든 사브르의 칼자루를 강하게 쥐었지만, 난 그것보다 타테야마가 걱정돼서 참을 수 없었다.

"클라우스, 타테야마는 무사한 거지? 잘 낫겠지?"

그렇게 확인하자 식은땀을 흘리고 있는 클라우스가 작게 고개를 몇 번 끄덕였다.

"메이커로부터는 문제가 없이 수리할 수 있다는 답변을 받았습니다."

그때 가만히 있던 아마기가 내 곁에 다가왔다.

"주인님. 저도 타테야마가 무사한 것을 확인했습니다. 기억에도 장애는 없습니다. 한 달 후면 통상 업무에 복귀할 수 있습니다."

"그, 그런가. 그거 다행이군."

안도하고 가슴을 쓸어내리자 귀에 거슬리는 목소리가 들려왔다. 키스였다.

"인형을 걱정하다니, 무슨 짓이냐!"

내가 정색하고 키스를 보자 주위가 술렁였다.

키스는 사브르를 뽑고 내가 얼마나 당주로서 적합하지 않은지 이야기하기 시작했다.

"제국에서 인공지능을 곁에 두고 중용하는 건 귀족으로서 바람직하지 않다! 리암, 네놈은 번필드가의 당주에 어울리지 않는다! 다들, 그렇지 않은가!"

주위에 동의를 구하는 키스의 말에 반응하여 알현실에 무장한 병사들이 쏟아져 들어왔다.

키스가 준비한 수하인 모양이었다. 이들을 지원한 건 칼뱅이나 그 앞잡이려나?

난 겁도 없이 들이닥친 멍청이들에게 일섬을 날렸다.

깨끗한 알현실이 단숨에 피로 물들었다.

수백 명의 수하를 한순간에 잃은 키스 패거리는 아연실색했다.

난 키스를 내려다보면서 희미한 웃음을 띠었다.

"그 정도 전력으로 날 어쩌겠다고?"

키스는 사브르의 칼끝을 나에게 겨누고 뛰어들려고 했다.

"이렇게 되면 내 손으로 직접!"

로열 가드들이 내 앞으로 뛰쳐나오려 했지만, 나는 팔을 앞으로 내밀어 물러나게 했다.

"비켜라, 방해된다."

키스는 첫발을 내딛기도 전에 이미 쓰러져 있었다.

"무, 무슨 일이……?"

뒤돌아본 키스의 눈에 절단된 자신의 발이 보였다.

그는 믿기지 않는지 몇 번이나 자신의 발목과 잘린 발을 봤다.

그러는 동안에도 사브르를 쥔 오른팔이 잘려 떨어졌다.

"내, 내 팔! 내 팔이이이이!!"

울부짖는 키스를 보고 있던 티아의 목소리가 알현실에 묘하게 울렸다.

"실력도 가늠하지 못하는 어리석은 놈이. 리암 님께 이길 수 있을 리가 없는데."

무슨 생각으로 나에게 덤볐는가? 혹시 내가 귀족으로서 적합하지 않다고 말하면 주위 사람들이 동조라도 할 줄 안 걸까?

"꼴사납구나, 전 필두기사. 너 따위가 진심으로 나에게 이길 수 있을 줄 알았나?"

칼뱅이라면 이것보다는 유능하게 움직였을 거다. 이놈들의 뒷배 이야기도 의심스럽기 짝이 없다.

키스 뒤에서 허둥대는 기사들.

난 높은 자리에서 내려와 키스에게 다가갔다.

"내가 귀족으로서 적합하지 않다고 하면 주위 사람들이 편을 들어줄 줄 알았나?"

오른손을 누르고 웅크린 키스가 고개를 들었다.

완전히 겁먹은 얼굴에 매달리는 듯한 눈빛이었다.

"저, 전 속은 겁니다. 저기 있는 아이작이 칼뱅파와 손을 잡아서 어쩔 수 없이……. 부, 부디 용서를!"

추태를 보이는 키스에게 주위 사람들은 완전히 질려버린 시선을 보냈다.

이대로 살려서 보내는 것도 재미있겠군. 애초에 이 녀석은 나에게 위협이 되지 못하는 무능한 놈이다. 아버지가 있는 곳에 돌려보내도 아무런 문제도 없다.

고통을 줘서 현실을 가르쳐주고 두 번 다시 나에게 거역할 수 없게 해주자——는 무슨. 타테야마 건이 있으니 안 된다.

그 아이를 괴롭혔으니 만 번 죽어 마땅하다.

"쿠쿠리."

내가 부르자 그림자에서 쿠쿠리가 모습을 드러냈다.

"여기 있습니다."

타테야마를 파괴한 쓰레기들은 쿠쿠리와 암부에 맡기기로 했다.

실행범은 이미 내 손으로 토막을 내줬으니 남은 건 맡겨도 문제없다.

내가 하면 순식간에 죽여버리니까 제대로 된 처벌이 안 될 것이다.

"너희에게 맡기겠다. 하지만 건드려도 되는 건 목 아래만이다. 목은 수도성에 있는 클리프에게 보내줘라. 자기가 누구를 건드렸는지 잘 생각해보라고 해야지."

"히히히, 괜찮겠습니까?"

내가 직접 이 녀석들에게 고통을 줘도 좋지만, 보고 있으면 짜증이 나서 빨리 베어서 죽일 것만 같다.

그리고 고통을 주는 건 쿠쿠리와 암부의 특기 분야다.

"내가 하면 금방 죽여버리니까. 그러면 무서운 경험을 한 타테야마에게 미안하잖아?"

"키히히힛! 저희 방식으로 최대한으로 대접하는 걸 바라십니까?"

암부의 대접이라는 말을 듣고 키스 패거리의 얼굴이 파래졌다.

앞으로 무슨 일이 일어날지 쉽게 상상이 됐을 것이다.

난 입꼬리를 올리고 미소를 지었다.

"너희 암부의 힘을 마음껏 발휘해라."

"리암 님의 뜻대로."

쿠쿠리가 그렇게 말하자 그림자에서 암부가 잇따라 나타나 키스 패거리를 잡았다.

그대로 그림자 속으로 끌고 들어갔다.

"사, 살려줘!"

"싫어. 죽고 싶지 않아! 죽고 싶지 않다고!"

"뭐든 말할게. 뭐든 말할 테니까! 살려줘!"

키스는 마지막에 흐느껴 울며 무슨 말을 하는 건지 알 수 없는 소리를 질렀다.

이로써 타테야마를 부순 쓰레기들은 정리됐지만, 문제는 아직 남아있다.

난 기절한 아이작을 내려다봤다.

건방진 꼬맹이라 해도 일단은 성인이니, 이 자리에서 본보기로 베어 죽여서 클리프에게 보내도 상관은 없는데······.

하지만 이런 꼬맹이는 성간 국가의 기술력이 있으면 쉽게 양산할 수 있다.

계속해서 만들어내면 귀찮아지니, 공포를 주입한 후에 돌려보내서 클리프와 모두에게 못을 박아두기로 했다.

"아이작을 수도성에 돌려보낼 준비를 해라. 등쳐먹으러 온 파리들도 같이 쫓아내라. 그리고, 이 녀석들에게 협력한 멍청이들도 대가를 치러야겠지?"

날 배신하고 아이작을 추대하려고 한 놈들이 있다. 그 녀석들은 배신자다.

관료들이 나에게 매달려 용서를 빌려고 하자 기사들이 꼼짝 못하게 붙잡았다.

"리암 님, 자비를! 리암 님!"

"이 녀석들이 멋대로 벌인 짓입니다! 부, 부디 부탁드립니다!"

변명은 신물이 나도록 들었다.

"배신자는 심문한 후에 전부 처형해라. 가족은 영지에서 추방한다. 끌고 가라."

내 명령을 받고 기사들이 알현실에서 배신자들을 끌고 갔다.

난 화가 나서 참을 수가 없었다.

짜증 난다.

타테야마가 파괴당한 것만 해도 분개할만한 일이지만, 내가 행방불명된 것만으로도 이렇게까지 엉망진창이 될 줄은 몰랐다.

"영지 내부를 청소할 필요가 있겠네. 오랜만에 청소를 하자. 대청소다."

달려온 클라우스가 내 말에 고개를 갸웃했다.

"대청소 말씀입니까? 평소에도 청소 작업은 꾸준히 하고 있습니다만?"

클라우스가 식은땀을 흘리고 있는 걸 보아하니, 내 진의를 알면서도 일부러 물어보는 것 같다.

거짓말이었으면 좋겠다고 생각하고 있겠지.

"아니, 너무 방치해서 먼지가 쌓였어. 이번에는 다 같이 대청소를 하자고. 배신자를 찾아내서 전부 처형해라. 때가 때이니 철저하게 한다. 멍청이들을 싹 쓸어버릴 좋은 기회다."

묻지도 따지지도 않고 실행한다는 태도를 보이자, 클라우스가 의외로 순순히 고개를 끄덕였다.

"알겠습니다."

이것 참, 겉보기와 다르게 의외로 배짱이 두둑하단 말이지.

이 녀석은 내가 없는 동안에도 계속해서 현상 유지를 관철했다. 티아나 마리보다 훨씬 더 의지할 수 있다.

──역시 클라우스로 정할까.

난 손뼉을 치고 가벼운 말투로 모두에게 지시를 내렸다.

"자, 청소 시간입니다. 모두 자기 자리로 돌아가 직장을 깨끗하게 합시다. ──알겠지? 깨끗이 하라고. 쓰레기가 남아있으면 청소를 게을리한 놈도 같이 청소해버릴 거야."

모두가 무릎을 꿇고 나를 따를 의지를 보였다.

"분부대로!"

내가 없다는 걸 알고 바보짓을 하는 놈들이 늘었다고 하니, 이 참에 싹 정리하는 게 좋다.

자, 배신자와 바보들을 처형하자. 영내 대청소를 하자.

클라우스는 이래저래 한계였다.

리암이 없는 동안 영지를 총괄하느라 완전히 지쳐있었다.

그래서 리암이 대청소하겠다고 해도 '이제 마음대로 해'라는 생각밖에 들지 않았다.

(뭐, 배신자도 있으니 이참에 털어내는 건 나쁘지 않은 생각이지. 아, 그럼 첸시는 어떻게 되는 거지? 더는 돌이킬 수 없다는 느낌이 드는데.)

또 할 일이 늘어난다고 생각하면서 체념과 비슷한 감정을 품고 있었다.

리암이 알현실을 보고 고개를 갸웃거렸다.

"참, 내 사매들은 어딨지? 그리고 보니 첸시도 없는데?"

"그 셋이라면……."

가장 혈기 왕성한 여기사 첸시와 리암의 두 사매는 엄청난 상황에 부닥쳐있었다.

저택 일부를 파괴하면서 전투하는 사람은 리호와 후우카였다.

이에 맞서는 첸시는 이미 인간의 모습을 버렸다.

불길한 기계 곤충을 앞에 둔 리호와 후우카도 질색했다.

"몇 번을 베도 되살아나는 근성은 인정해줄게."

"난 이미 질렸지만."

첸시는 질 때마다 부활해서 몇 번이나 두 사람에게 덤볐다.

그때마다 강해졌고, 지금은 둘에게 상처를 입힐 정도가 되었다.

놀이 상대로 딱 좋다고 방치했다가 두 사람 입장에서는 귀찮게 되었다.

후우카가 두 자루의 칼로 난도질했으나 잘라냈던 다리가 액체 금속으로 변해 본체로 돌아와 재생했다.

아무리 잘라도 부활했다.

"아아악! 진짜 지긋지긋하네! 리호, 네가 해치워!"

액체 금속에 짜증이 난 후우카가 리호에게 첸시 상대를 떠넘겼다.

하지만 리호도 싫어했다.

"네가 해. 나도 질렸어."

액체 금속 속에 첸시의 코어가 되는 부분이 있을 것이다.

하지만 내부에서 항상 이동해서 장소를 파악할 수 없다.

몇 번이나 잘랐지만, 코어를 파괴하지 못했다.

첸시 쪽은 몇 번이나 일섬을 맞다 보니 변화가 일어났다.

『후훗, 너희를 상대하는 건 즐거웠어.』

끝끝내 첸시가 후우카의 일섬을 피했다.

후우카가 놀라서 거리를 벌렸다.

"이 녀석, 기어이 피했어?!"

상대가 진심이 담긴 일격을 피해 후우카는 놀라움을 감출 수 없었다.

첸시는 둘에게 말을 걸었다.

『너희 덕분에 일섬에 대해 배울 수 있었어. 이제 리암과 싸울 수 있어.』

리호가 짜증을 내면서 크게 발을 내디디며 칼로 쳤지만, 첸시는 분열해서 피했다.

그대로 계속 늘어나 두 사람을 에워쌌다.

"칫!"

리호가 허리를 낮추고 자세를 잡자 후우카도 똑같이 경계했다.

"너무 놀았네."

둘을 고전하게 만든 첸시는 그대로 가지고 놀다가 죽일 생각인 듯했다.

『너희의 시체를 리암에게 보여줘서 진심으로 싸우게 할 거야!』

싸움 속에서만 살아갈 수 있는 첸시에게 전후 사정 따위는 상관없었다.

바라는 것은 리암을 쓰러뜨리는 것뿐.

그때 다 무너져가는 벽이 칼에 베여 산산조각이 나더니, 리암이 나타났다.

리암은 첸시를 보자마자 인상을 썼다.

"잠깐 못 본 사이에 꼴이 흉해졌네."

『리암? 아, 아아아아아! 리아아아아아암!』

환희하는 첸시는 분열된 기계 곤충들을 모아 하나가 되었다.

일섬류와 싸우기 위해 인간의 모습을 버렸다.

리암에게 덤벼들어 이 자리에서 승부를 내려고 했다.

후우카가 서둘러 리암에게 충고했다.

"사형, 그 녀석은……!"

리암은 후우카의 충고를 마지막까지 듣지 않았다.

"걱정 마라. 그보다 첸시, 넌 내 기대를 저버렸구나."

첸시가 리암의 일섬을 간파하려고 한 다음 순간, 액체 금속이 산산이 흩어져 날아갔다.

벽에 흩날리는 액체 금속.

첸시의 코어인 구체는 어느 틈엔가 리암이 들고 있었다.

『한순간에 내 코어를 찾아낸 거야?』

첸시는 놀랐지만, 리암은 무시했다.

리암은 뒤쫓아온 로열 가드에게 코어를 던졌다.

"이봐, 이 녀석의 육체를 재생시켜라. 기계 몸을 얻어도 이 정도라면 살아있는 몸이 더 낫지."

코어를 잃어 액체 금속이 재생되지 않게 되었다.

모든 것을 내던지고 리암에게 도전했는데 첸시는 결국 이기지 못했다.

그건 괜찮다. 하지만 자신을 재생시킨다고 하는 리암에게 격노했다.

승패가 정해졌는데 자신을 죽이지 않는 리암이 믿기지 않았을 것이다.

『자비를 베풀 셈인가? 죽여라! 그러지 않으면 몇 번이고 네 목숨을 노리겠다!』

"무슨 착각을 하는 거냐? 널 살리는 건 사매들을 위해서다. 내가 상대할 필요도 없지."

넌 내 적수가 아니라는 단어를 듣고 첸시는 구체 속에서 절규했다.

『약속을 깰 생각이냐! 널 죽이는 건 나다!』

리암은 첸시의 농담에 웃었다.

"재밌는 농담이네. 사매들도 죽이지 못했으면서 날 무슨 수로 이겨? 앞으로는 리호랑 후우카랑 놀아라. 30년쯤 지나면 에렌과도 놀게 해주지."

리암은 첸시에 대한 흥미를 잃었고, 이번에는 리호와 후우카 곁에 다가갔다.

"저 녀석한테 이기지 못하다니, 어떻게 된 일이냐? 일섬류의 간판에 먹칠할 생각이냐? 엉?"

리암에게 야단을 맞아 움츠러든 리호와 후우카는 고개를 숙였다.

"죄, 죄송합니다. 하, 하지만 오늘만이에요."

"기분 전환, 크음…… 좋은 연습 상대가 될거 같아서 몇 번 봐줬더니 이게……. 아무튼 우리는 몇 번이나 이겼고, 오늘만 조금 밀렸을 뿐이라……."

리암은 변명하는 두 사람을 차가운 시선으로 바라보았다.

"수행을 다시 해야겠네."

리암의 말을 듣고 두 사람은 고개를 떨궜다.

리호와 후우카가 생각만큼 성장하지 않았다.

첸시를 상대로 고전하다니, 동문으로서 부끄럽다.

그래서 오늘부터 같이 엄격한 수행을 하기로 했다.

두 사람이 지쳐서 쓰러진 가운데, 난 좌선을 하며 정신통일을 했다.

탱크톱과 스패츠 같은 옷을 입은 둘은 날 상대하다가 지쳐서 정신을 잃고 나가떨어졌다.

에렌도 처음엔 참가시켰지만, 아직 미숙해서 도중에 일단락했다.

난 홀로 정신수행을 계속하고 있었다.

"스승님께서 둘을 맡기셨는데 이 모양이라니. 이래서는 스승님을 뵐 낯이 없어. 그리고 나도 그 잔챙이를 상대로 고전한 것도 문제야."

떠올린 것은 스스로 마왕이라 칭하는 잔챙이였다.

그 녀석을 쓰러뜨리기 위해 좋아하는 칼까지 쓰려고 했다.

마지막에는 어비드가 소멸시켰지만, 원래라면 지원이 오기 전에 끝내야 했다.

자신의 미숙함에 짜증이 났다.

"벨 수 없는 적을 벨 방법이 있을까?"

물리적으로도 마법적으로도 벨 수 없는 상대가 있다.

그렇다면 벨 수 있게 되면 그만이다.

다만 그 방법을 모른다.

혹독한 수행을 하면 어떻게든 될 것 같은 느낌도 들지만, 그래서는 시간이 걸린다.

의식이 흐트러져 다시 정신을 집중했다.

벨 수 없는 것을 벤다. 그 방법을 생각하기 위한 정신통일이다.

난 검술에 관해서는 절대 타협하지 않는다.

악덕 영주는 오만하고 거만해야 하지만 일섬류는 예외다.

진지하게 대책을 마련하자.

리암과의 수행에서 해방된 리호와 후우카는 목도를 지팡이 삼아서 걷고 있었다.

두 사람이 이렇게까지 몰린 수행은 야스시 아래에서 단련할 때 이후로 처음이었다.

리호가 울 것 같은 표정을 짓고 있었다.

"사, 사형은 피도 눈물도 없어."

후우카도 온몸이 비명을 지르고 바들바들 떨렸다.

"그 녀석, 빨리 죽였어야 했어. 사형이 한동안은 계속 수행한다고 했으니까 당분간 이어질 거라고."

리암은 일섬류 면허개전을 받은 두 사람이 우는소리를 할 정도의 수행을 매일같이 했다.

수도성에 돌아가는 날까지는 두 사람이 도망치고 싶어지는 수행을 계속하겠다고 정한 듯했다.

이건 전부 첸시에게 밀린 게 원인이다.

둘은 가까이에 있는 벤치에 걸터앉았다.

"사형, 빨리 수도성에 가면 좋을 텐데."

"동감이야. 지금은 귀족 수행 중이잖아? 왜 돌아오냐 말이야."

리호가 단말기를 꺼내 뉴스를 체크했다.

요즘은 매일같이 관료, 군인, 기사들이 횡령 등의 죄로 처형당한다는 뉴스가 이어졌다.

꽤 많은 사람이 처분당하고 가족은 영외로 추방당했다.

"어라? 이 뉴스……."

"왜, 왜 그래?"

이상하게 여기는 리호에게 몸이 아파서 견딜 수가 없는 후우카가 물었다.

아무래도 시끄러운 건 번필드가뿐만이 아닌 듯했다.

"전멸이라고?"

수도성의 궁전에서는 칼뱅이 아군의 보고를 듣고 있었다.

그 보고 내용에 눈을 휘둥그레 떴다.

보고한 귀족 남자도 믿기지 않는 모양이었다.

"아, 네. 번필드가에 보낸 공작원들 전원의 소식이 끊겼습니다. 그리고 아이작을 추대한 자와 번필드령을 약탈하기 위해 쳐들어 간 자들도 마찬가지입니다."

"클레오파의 배신자들은?"

"리암의 명령으로 제적 처분을 당했습니다만, 그 후에 여러 당주가 사라졌습니다."

리암이 소환 마법으로 사라졌다는 정보를 입수한 칼뱅은, 리암의 영지를 혼란하게 만들기 위해 경솔한 행동을 할 것 같은 자들을 이용했다.

정보를 흘려 그들이 멋대로 열을 올리는 것 지켜보기로 했다.

파벌의 주요 동료들에게는 절대로 번필드가에 손대지 말라는 엄명도 내렸다.

"당했군. 이 타이밍에 이렇게 하다니, 정말 배짱이 두둑해."

"예? 당하다니요?"

보고한 남자가 갈피를 잡지 못해서 칼뱅은 한숨을 쉬고 싶은 기분을 억누르고 설명했다.

"파벌이 급격하게 커진 타이밍에 그들을 걸러낸 거겠지. 실패했다면 자신의 영지에 큰일이 났을 것이다. 그는 보기 좋게 미끼를 문 어리석은 자들을 클레오 파벌에서 쫓아낸 거지. 경계했던 대로야. 함정이었어."

"그, 그런 생각이었던 겁니까? 그렇다면 우리는 놈의 의도대로……."

"보기 좋게 농락당했어. 그나마 다행스럽게도 우리는 직접 관여하지 않아 전력은 그대로다. 피폐해진 건 어리석은 자와 리암 군뿐. 최악도 아니야."

칼뱅은 거짓말을 했다.

만약 여기서 전력을 다했다면 리암이 돌아왔더라도 영지에 큰 흉터를 남길 수 있었을 것이다.

(너무 경계해서 선수를 빼앗겨버렸군.)

게다가 투입한 공작원까지 전부 제거당해 버렸다.

앞으로는 정보수집이 어려워진다.

(하지만 최악은 아니야.)

그렇긴 하지만 자기들의 피해는 적다.

칼뱅은 리암의 영지에 쳐들어간 어리석은 자들에 대해 물었다.

"그보다 리암 군의 영지에 쳐들어간 자들은 어떻게 됐지? 정말로 살해당했나? 교섭 인질로 쓰려고 잡았을 가능성이 있잖아?"

몸값을 목적으로 산 채로 잡는 경우가 있다. 귀족끼리는 그러는 것이 보통이었다. 죽이는 것보다 잡아서 몸값을 받는 편이 이득이니까.

"모두 해적으로 취급하여 가차 없이 죽인 것으로 보입니다."

다만 리암은 다르다.

"모두? 또 극단적인 짓을 하는군. 원한을 살 텐데."

공격당했다고는 해도 극단적인 짓만 하면 원한을 산다.

당주나 관계자를 잃은 귀족들은 리암에게 반감을 품을 것이다.

만약 그들이 리암의 발목을 잡는다면, 칼뱅에겐 나쁘지 않은 이야기였다.

"써먹을 수 있겠군. 앞으로는 그들을 지원해서——."

"전하, 중요한 이야기가 또 하나 있습니다."

보고하는 남자는 씁쓸한 표정을 짓고 있었다.

"……또 무엇인가?"

"실은 리암에게 해적으로서 퇴치당한 가문 사람들이 저희 파벌에 합류하겠다고 선언했습니다. 리암 타도를 외치고 있습니다."

"뭐, 뭐야?!"

"리암을 증오하는 귀족들이 모였는데, 그들을 총괄하는 자도 없이…… 그, 그러니까, 저희에게 합류하겠다고 멋대로 선언한 모양입니다."

"하나같이 제멋대로 구는구나."

정말 제멋대로 군다면서 칼뱅은 내심 분개했다.

다른 가문에 해적질하러 나섰다가 반격을 당했다고 격노하는 귀족들이 칼뱅을 지지한다고 한 것이다.

그런 녀석들이 같은 편이 된다고 해도 그냥 폐만 될 뿐이다.

당연한 이야기지만 같은 파벌에 편입하지는 않을 것이다. 하지만 그들이 멋대로 칼뱅의 이름을 들먹이며 움직이는 것만으로도 문제가 생길 것이다.

결과적으로 리암의 파벌에서는 경솔한 자들이 대량으로 빠져나왔다.

동시에 칼뱅 쪽에는 멋대로 파벌에 들어가겠다고 선언하는 자들이 나타났다.

(리암 군이 여신의 총애를 받는 건지, 아니면 내가 역신의 총애를 받는 건지. 정말 번거로운 상대로군…….)

어쩔 도리가 없는 흐름에 칼뱅은 이후의 불안을 불식시키기 위해 움직이기로 했다.

"멋대로 선언한 귀족들의 리스트를 만들어줘. 발목을 잡힐 수는 없는 노릇이니까."

보고하러 온 남자를 물러나게 하고 칼뱅은 한동안 파벌을 정리하느라 바빠질 것을 각오했다.

칼뱅은 이 중요한 시기에 움직임이 묶이고 말았다.

노덴가의 본성에 귀환한 바오리는 도망칠 준비를 하고 있었다. 갑작스러운 변모에 그의 아내가 걱정하기 시작했다.

바오리의 아내는 외모가 아름답고 옷도 화려하게 차려입은 여자였다. 비싼 안티에이징 기술을 사용해서 미모와 젊음을 유지하고 있었다.

아내는 새된 목소리로 캐물었다.

"리암이 돌아왔다는 게 사실인가요?!"

"그래, 사실이야! 그러니 바로 도망쳐야 해."

이미 번필드령 내로 들어간 우주 해적들은 리암이 귀환하여 결속력을 되찾은 사설군에 격파당하기 시작했다.

바오리는 분한 마음이 스며 나오는 표정을 짓고 있었다.

"리암이 조금만 더 늦었더라면……."

변경의 남작가에서 태어난 바오리는 제국 귀족 중에서는 멸시당하는 입장에 있었다. 수도성에 나가도 시골뜨기 취급을 받았다.

사치를 부리고 싶어도 애초부터 영지인 행성의 사정이 끔찍했다. 역대 당주들이 무거운 세금으로 백성을 괴롭히고 온갖 사치를 다 부린 탓이다. 이전의 번필드가와 똑같은 상황이었다.

하지만 리암이 힘을 키운 덕분에 노덴 남작도 다소는 유복한 생활을 할 수 있게 되었다. 리암에게 부탁하면 영지를 무상으로 발전시켜줬기 때문이다. 인프라 정비가 진행되고 세수가 올랐다.

하지만 바오리는 금방 무거운 세금을 부과해 영지의 발전을 더디게 만들어버렸다.

리암이 들으면 '이 녀석 바보구나'라고 말할 정도로 글러 먹은 영주였다.

"당신이 무조건 괜찮다고 해서 찬성한 거야! 어떡할 거야. 번필드가가 우리를 노리는데!"

"나도 돌아올 줄은 몰랐어! 큭, 변경에 태어난 자는 사소한 사치조차 허용되지 않는단 말인가!"

단물을 빨기 위해 아이작의 후견인이 되려고 한 자가 이런 말을 내뱉었다.

백성들을 괴롭히고 사치스러운 생활을 해왔는데도, 수도성의 귀족들과 비교해서 가난하다고 말하는 것이다.

애초에 제대로 된 감각이 없었다.

도망칠 준비를 끝내고 저택을 나서려고 했을 때, 방에 무장한 군인들이 들어왔다. 노덴 남작가의 사설군 소속 병사들이었다.

바오리는 영문을 알 수가 없었다.

"뭐, 뭐냐?! 아직 준비가 안 됐다. 데리러 올 거면——."

바오리가 불평하자 부하들은 말없이 방아쇠를 당겼다.

병사들이 시체가 된 둘을 에워쌌다.

"자기만 도망치려고 하다니, 너무 뻔뻔하잖아."

"이놈들에게 그동안 얼마나 시달렸던가. 기회를 기다린 보람이 있었어."

"광장에 매달까? 다들 아주 좋아할 거야."

지금까지 고통받은 백성들은 노덴 남작 바오리가 리암을 적대했다는 이야기에 들고일어나기로 결의했다.

뒷배가 없거나 백성들이 이유 없이 영주를 죽이면 제국이 리암에게 명해서 행성을 통째로 불태우게 할 것이다.

하지만 지금 상황은 어떤가?

주군 가문을 배신하고 도망치려고 한 바오리 일행이 상대라면 반기를 들어도 둘의 목을 리암에게 주는 것으로 조용히 넘어갈 것이다.

그들은 쭉 이 기회를 기다리고 있었다.

리더격 병사가 숨이 끊어진 둘을 내려다보면서 모멸하는 표정을 지었다.

"시체는 번필드가에 보낸다. 백성은 번필드가에 적의가 없다는 걸 보여줘야 하니까. 너희도 참아."

병사들은 시체를 방에서 실어 날랐다.

얼마 지나지 않아 노덴 남작가의 행성에 번필드가의 함대가 몰려왔다.

노덴 남작이 다스리는 행성에 온 티아는 우주 전함의 브릿지에서 보고서를 훑어보고 있었다.

주위에 투영된 수많은 자료의 정보를 보고 순식간에 이해하고 작게 한숨을 쉬었다.

"리암 님께 반항한 순간에 백성들에게 배신당하다니, 엄청나게 미움받은 모양이네. 무능한 줄은 알았지만, 참으로 싱거운 최후야."

바오리와 그 아내, 그리고 측실과 아이들 모두, 영지의 백성이었던 사병에게 살해당했다.

노덴 남작의 영지에서는 백성들이 번필드가의 도착을 기다리며 전면 항복한 상태였다.

전투가 일어날 기미조차 없었다.

부관인 클로디아가 주군을 죽인 병사들에 대한 처우를 물었다.

"영주 살해는 중죄입니다. 실행한 병사들은 처형합니까? 그들도 각오하고 있었을 테니 빠르게 끝낼 수 있습니다."

아무리 이유가 있다고 하더라도 영주 살해는 중죄다.

하지만 티아는 개구쟁이처럼 웃음을 지었다. 리암의 답신이 왔기 때문이다.

리암에게 반역의 전말을 보고했는데, 싱거운 최후가 대단히 마음에 든 모양이었다.

자세한 보고는 아직 안 했지만, 문면만으로 리암의 기분이 좋다는 게 전해져왔다.

"리암 님께 멋진 보고를 할 수 있어. 실행범들은 제대시키고 이름을 바꾼 후에 다른 행성으로 이주시켜. 공식상으로는 처형했다고 발표해."

클로디아는 약간 기막혀했다.

살리는 게 처형하는 것보다 더 번거롭기 때문이다.

"대단한 온정이군요. 그들의 각오가 헛되이 될 것입니다."

"리암 님을 기쁘게 했어. 내가 개인적으로 상을 주는 것일 뿐이야. 이렇게 되면 번거롭지만, 한동안 노덴 남작의 영지를 직접 관리할 수밖에 없겠네."

파견된 함대는 그대로 노덴 남작가의 영지를 일시적으로 맡을 예정이었다.

그대로 티아가 영주 대리가 되어 대신할 자가 올 때까지 통치한다.

너무 안쓰러워서 쉽게 잊히지만 티아는 우수한 통치자이기도 하다.

클로디아는 노덴 남작령의 데이터를 열람하고 어이없어했다.

"전형적인 변경의 악덕 영주군요. 백성들이 싫어할 만합니다. 번필드가가 도와주지 않았다면 영지의 상황은 더욱 처참했겠죠."

티아가 노덴 남작가의 영지의 정보를 봤는데 너무 처참해서 감탄이 나올 정도였다.

리암이 지원해서 다소 나아졌지만, 그 후에 바로 증세해서 백성들을 괴롭혔다.

이러면 미움을 사는 게 당연했다.

"리암 님과는 아주 달라. 그러니 이 행성에 리암 님의 위광을

369

보여주겠습니다. 리암 님이라면 이런 황폐한 행성을 방치하지 않으실 테니까."

티아는 진심으로 악덕 영주의 손에 피폐해진 행성을 통치하기로 했다.

리암이라면 이렇게 하겠지 생각하면서.

"달링!"

저택에 돌아온 로제타가 나에게 뛰어오길래 가만히 받아줬다.

울고 있는 로제타를 피하는 것도 내키지 않고 가까이에는 아마기도 있다.

이 상황에 피하면 불평을 들을 게 분명했다.

"잘 지……낸 건 아닌 모양이네. 살이 조금 빠졌나?"

떨어지자 눈물을 닦는 로제타가 내가 없을 때 얼마나 불안했는지를 이야기했다.

"달링이 없어져서 정말 슬펐어. 그리고 달링이 얼마나 영지에 필요한지도 이해했어. 난 아무것도 못 했어. 달링을 위해 아무것도 할 수 없어서 분하고, 한심해서, 내가 이러니 달링에게 도움이 되지 못하는 게 당연하지."

당연하지. 여긴 내 영지지, 네 영지가 아니다.

애초에 로제타에게 실권을 준다는 건 당치도 않은 일이다.

네가 멋대로 할 수 있게 되는 건 나한테는 큰 문제라고.

누군가가 영지를 총괄한다고 해도 내 충실한 부하에게 맡기고 싶다.

로제타만큼은 절대로 안 된다.

"마음에 두지 마. 하지만 앞으로의 일도 생각해야지. 이번처럼 불안하게 만들지 않기 위해서라도 널 위해 친위대를 만들어주지."

"그, 그러면 내가 미안한데. 친위대라니 분에 넘쳐."

확실히 분에 넘치지만, 앞으로는 필요할 것이다.

이번에는 마리한테 끌려갔지만, 끌고 간 사람이 적이었으면 문제가 커진다.

"네 몸을 지키기 위해서야."

"달링이 날 위해서? 그, 그런……."

"그리고 내 일도 조금 도와. 앞으로는 수습으로 부려먹어주지."

"저, 정말?!"

"물론. 제대로 일하라고, 로제타."

"으, 응!"

로제타는 감동하고 있지만, 이 녀석은 정말 아무것도 모른다.

이 녀석을 위해 친위대를 마련해주는 것도 영내의 일을 돕게 하는 것도, 내 방침과는 정반대로 보일 것이다.

하지만 이건 사실 로제타가 영내의 사안에 관해 참견할 수 있는 범위를 제한하는 거다. 이번 일로 로제타에게 아무런 권력이 없는 건 아무래도 좋지 않다는 걸 깨달았다.

모든 실권을 넘기진 않을 것이고 앞으로도 그럴 생각은 없다.

하지만 유사시에 지휘하는 정도는 허락해도 나쁘지 않다.

로제타가 움직일 수 있는 군대도 자기 친위대만으로 한정한다. 이 녀석이 일을 열심히 하기 시작해서 영지에 대해 이런저런 참견을 하면 귀찮아지니까.

이 녀석은 천성이 착하다.

이후에 백성들을 괴롭히는 날 말릴 가능성이 있다.

그때 군대나 관리들에게 참견하지 못하게 막기 위해서라도, 이 녀석의 관할을 만들고 그 이상은 관여하지 못하도록 해야 한다.

이는 포석이지 선의가 아니다.

그리고 친위대가 있으면 조금이라도 일을 할 수 있다.

일하고 싶다는 로제타의 요망도 들어주면서 내 통치에 참견하지 못하게 막는 묘안이다.

"로제타, 널 위해 훌륭한 친위대를 마련해줄게."

"내가 잘 다룰 수 있을까?"

난 불안해하는 로제타에게 이번만큼은 다정하게 대했다.

야위어버린 로제타를 보고 있으면 미안한 마음도 조금 드니까.

"걱정하지 마. 널 위한 친위대야. 자유롭게 쓰면 돼."

지금까지 너무 쉬워서 유감스럽게 여기고 있었지만, 로제타는 악덕 영주인 나에게 더할 나위 없는 인재라는 것을 깨달았다.

쉬운 여자답게 손바닥 위에서 갖고 놀아주지.

난 곁에 있던 아마기에게 로제타의 친위대를 준비하라는 명령을 내렸다.

"아마기, 로제타의 친위대를 준비해라. 하는 김에 로제타를 위한 전함도 마련해주지. 훌륭한 전함을 준비해라."

"알겠습니다."

로제타는 친위대가 설립된다는 말을 듣고 조금 기뻐했다.

"자유롭게 쓸 수 있는 전함은 사치스러워. 근데 타지 않을 때는 어떡하면 좋을까?"

쓰지 않을 때는 전함이 아깝다고 생각한 모양이다.

정말이지 궁상맞은 녀석이다.

"한가하면 네가 명령을 내리면 돼. 친위대를 혹사하지 않는 정도로 일을 줘."

"그래? 뭔가 생각해둘게. 아, 그보다 달링이 애완동물을 키운다고 들었어. 어떤 애완동물을 키우는 거야?"

내가 애완동물을 키운다는 건 알고 있어도 어떤 동물인지는 모르는 듯했다.

"곧 소개해주지. 지금은 검역이나 여러 체크를 하느라 병원에 있으니까."

"기대 돼."

뭐 보나 마나 개나 고양이 같은 걸 상상하고 있을 것이다. 막상 치노를 보면 분명 놀랄 테지.

자 그럼, 나도 슬슬 본격적으로 움직여 볼까.

백성들에게 벌을 줄 시간이다.

◇ ◆ ◇ ◆ ◇

집무실에 온 나는 거기서 부하들에게 지시를 내렸다.

주위에는 수많은 부하가 영상에 비치고 있었다.

영내에 있는 가신과 부하들에게 지금부터 명령을 내리기 위해서인데, 숙청 직후라서 모두 긴장하고 있었다.

적당한 긴장감을 준 모양이다. 잘됐군.

"실례합니다."

방에 들어온 사람은 로제타가 맡고 있던 시엘이었다.

난 일하는 중이라 고개를 끄덕이기만 했다.

시엘이 차를 준비하는 것을 보면서 나는 부하들에게 지시했다.

"그래. 나에게 환상을 품은 바보 같은 백성들에겐 현실을 보여 줘라."

『아, 알겠습니다. 하지만 정말 괜찮겠습니까? 수도성에서의 활동 기록이면 파티와 관련된 것밖에 없습니다만?』

"말이 많다."

사안 하나를 처리하고, 이번에는 다음 명령을 내리기 위해 관계부서 부하의 얼굴을 바로 앞에 가져왔다.

다음 명령을 내리기 조금 전이었다.

시엘이 아주 불쾌해하는 표정으로 날 보는 것을 알아차렸다.

나에 대한 혐오감을 숨기려 하지도 않았다. 정말 재미있는 아이다.

지금은 무시하고 다음 지시를 내렸다.

"이봐, 그 건은 어떻게 돼가고 있지?"

『증세 건 말입니다만, 이유도 없이 증세하면 반발이 생깁니다. 애초에 본 가문의 재정 상황을 생각하면 증세는 불필요합니다.』

"그걸 정하는 건 나다. 하지만 흠, 이유는 필요하겠군."

생각해내라, 나! 전생에 증세할 때 뭐가 제일 화났지?

여러 가지가 있지만 사회복지가 최고였지.

정당한 이유인 만큼 강하게 부정할 수가 없는데, 그렇다고 해서 좋아진 것도 없었다.

그 후에 부정부패와 같은 여러 뉴스를 보면서, 기껏 증세했는데 뭐 하는 짓이냐고 욕하곤 했었다.

그럴듯한 이유로 증세해놓고 결과는 변변치 않았을 때의 괘씸함이란! 응, 이게 좋겠군!

"좋아, 사회복지다. 충실한 사회복지는 중요하잖아?"

『그럼 그렇게 준비하겠습니다.』

통신이 끊어졌다. 그 후에도 여러 지시를 내리고 일이 일단락되자 공중에 비치던 부하들의 얼굴이 전부 사라졌다.

일단락되자 참을 필요가 없어진 시엘이 나에게 말을 걸어왔다. 메이드로서 실격이지만 놀리고 싶으니 대화를 해주겠다.

"이유가 있어서 증세하는 게 아니라 증세하고 싶으니까 이유를 찾는 건가요? 그건 목적과 수단이 잘못됐습니다."

크으, 정당한 의견이다. 참된 악덕 영주인 에크스나 남작의 딸이 이토록 착하다니, 참 재미있지 않은가?

악덕 영주의 딸이 악정을 부정하는 건 희극이라고 할 수 있을까?

잠깐 시엘을 가지고 놀아야겠다.

"잘못되지 않았어. 난 백성을 괴롭히고 싶으니까 증세를 결정했어. 이유 같은 건 아무래도 상관없다고."

내 말에 시엘이 눈을 휘둥그레 떴지만 어딘지 납득했다는 표정을 지었다.

"정체를 드러냈네. 네가 명군이라는 말을 난 안 믿었어."

갑자기 말투가 바뀌었는데, 내 본성을 알아차려 본성을 숨기는 걸 그만둔 모양이다.

그래, 바로 이거야! 너 같은 존재를 기다리고 있었다!

"명군이라 불리는 건 바보들이 착각한 결과다. 하지만 알아차린 넌 현명한 아이야. 칭찬해주지. 사탕이라도 먹을 텐가?"

귀여워해 주려고 했는데, 시엘은 날카로운 시선으로 날 봤다.

"증세는 그만둬. 백성은 괴롭히면 안 돼. 노덴 남작을 잊었어? 그 사람들은 마지막에 백성들에게 살해당했어."

아, 자기 백성들에게 살해당한 바보 말인가?

그건 걸작이었지만, 나하고는 상관없다.

"그 녀석이 멍청했던 것뿐이야. 난 잘할 거야."

죽이지도 살리지도 않고, 올바르게 백성을 착취하는 것이 올바른 악덕 영주의 모습이다.

실패하는 건 그냥 바보다.

"증세는 그만둬. 네 백성을 괴롭히지 마."

"싫은데. 애초에 여긴 내 영지야. 내가 마음대로 하는데 뭐가 잘못됐지?"

시엘은 잠깐 시간을 두고 말투를 고쳤다.

"부탁드립니다. 백성을 괴롭히지 마세요."

자기 백성도 아닌데 마음 아파하는 시엘을 보고 횡재했다는 걸 실감했다.

정의감을 가지고 날 무서워하면서도 항의하는 그 정신! 넌 최고야!

"네 부탁은 들어줄 가치가 없어. 난 백성들이 괴로워하는 얼굴이 보고 싶거든."

이 아이 앞에서는 겉으로 보이는 모습을 꾸미지 않아도 될 것이다.

어차피 에크스나 남작도 시엘의 오빠인 크루트도 내 동료다. 시엘이 아무리 난리를 부려도 나한테는 아무런 피해도 없다.

"최악이야. 넌 진짜 최악의 영주야!"

"칭찬 고맙다."

아아, 이 얼마나 멋진가.

로제타가 별것 아니었다는 오산은 있었지만, 설마 시엘이 강철의 정신을 가지고 있을 줄은 몰랐다.

이 나에게, 악덕 영주를 거스르는 기개가 훌륭하다.

그리고 날 막을 힘이 없는 것도 만점이다.

그저 거스를 뿐.

내가 추구하던 최고의 인재가 이렇게나 가까이에 있다니, 기분 좋은 오산이다.

넌 나의 파랑새야.

시엘은 고개를 숙이고 손을 꼭 쥐고 있었다.

"모두 너에게 속고 있어. 이건 잘못됐어."

"잘못된 건 내가 아니라 이 세상이다. 힘없는 네 말 따위는 아무도 믿지 않아. 일이 끝났으면 빨리 네 자리로 돌아가라."

좀 더 놀리고 싶지만 나도 할 일이 있다. 아쉽지만 여기까지다.

이제부터 내가 수도성에서 놀러 다녔던 영상을 백성들에게 보여줄 것이다. 너희 돈으로 호화롭게 놀고 왔다고! 라고 선언하는 것이다.

거기에 기다렸다는 듯이 증세라는 부정의 콤보를 딱!

크크, 백성들이여, 아이 만들기 데모 따위를 해서 날 욕보인 것을 후회해라.

시엘은 자신의 한심함이 분했는지 눈물을 글썽이며 문으로 향했다.

떠날 때.

"반드시 모두의 눈을 뜨게 해주겠어. 오라버님도 진실을 알면 분명……!"

어째 크루트의 오해를 풀고 싶은 모양이지만, 애초에 시엘은 틀렸다.

"크루트는 네가 생각하는 그런 인간이 아니야. 몰랐어?"

악덕 영주의 싹인 오빠의 민낯을 모르다니, 이 얼마나 한심한 일인가.

하지만 시엘의 상태가 이상했다.

볼을 빨갛게 물들이고 눈물을 글썽이며 떨고 있었다.

"아니거든! 오라버님은 그런……! 절대로 아니라고오오오!!"

울면서 방에서 나가버렸다.

오빠가 나쁜 사람이라는 사실을 견디지 못한 건가?

시엘 대신 내 그림자에서 쿠쿠리가 모습을 보였다.

그림자에서 머리만 내밀고 날 올려다보고 있었다.

"리암 님, 괜찮습니까? 계집의 태도가 너무나도 무례합니다만?"

이런, 내버려 두면 쿠쿠리가 시엘을 죽일 것 같으니 못을 박아 두자.

"에크스나 남작한테서 맡은 소중한 딸이다. 절대로 건드리지 마라. 그리고 저 아이는 놀리면 재밌어. 어디선가 곤란해하는 걸 보면 너희도 도와줘."

내가 재밌어하는 걸 보고 쿠쿠리는 손대는 것을 포기한 듯했다.

다만 살짝 질린 듯했다.

"장난이 심하시군요."

쿠나이를 살려준 것도 있으니 쿠쿠리도 나에 대해 이래저래 생각하는 바가 있을 것이다.

"저 아이도 마음에 드니까. 이 정도는 너희가 용서해라. 그래서 무슨 일이지? 일부러 시엘 암살 허가를 구하려고 얼굴을 내민 건가?"

"알려드리고 싶은 정보가 있습니다. 방금 확보했습니다만, 크리스티아나, 마리 두 명이 리암 님의 유전자를 소지하고 있었습니다. 아, 이게 그 유전자입니다."

두 사람이 시험관에 든 내 유전자를 소지하고 있었다고 한다.

세상에. 이게 무슨 일인가.

아까 전까지 느꼈던 유쾌함이 순식간에 날아갔다.

"쿠쿠리, 넌 유능한 일꾼이야. 뭔가 상을 주지."

유능한 부하가 있어서 정말 다행이다.

"리암 님, 그 둘의 처분은 어떻게 하시겠습니까?"

"내가 직접 벌을 주지."

내 유전자를 대체 어디에 쓸 생각이었지?

어쨌든 불러내서 벌을 줘야겠다.

"멋대로 내 유전자를 준비하다니, 있을 수 없는 일이야. 그렇지? 쿠쿠리."

"말씀대로라고 생각합니다."

지금쯤 영내를 돌아다니는 둘을 불러내서 다시 철저하게 교육해야 할 것이다.

그런데 정말로 내 유전자로 뭘 할 생각이었을까?

팔려고 했나? 그러다 후계자가 만들어지기라도 했다간…….

그 녀석들, 얼마나 심한 죄를 저지른 거야.

　미수로 끝났지만 절대로 용서 안 할 거라고!

생명의 무게란 그다지 무겁지 않다. 입으로는 존중이니 뭐니 하면서 허울 좋은 말을 하지만, 사실이 그렇다.

그리고 그건 성간 국가에서도 마찬가지…… 아니, 전생의 세계보다 더 심하다.

단 한 번의 사소한 분쟁 같은 전쟁이라도 몇만 명이나 되는 인간이 간단히 사라져간다.

몇백만 명이 단 한 번의 전쟁으로 사라져도 이상하지 않으며, 그런 전쟁이 지금도 어딘가에서 벌어지고 있다.

아무리 과학과 마법이 진보해도 인간이 진보하지 않으면 아무런 의미가 없다.

서론은 이만하면 됐나?

아무튼, 성간 국가에서 생명의 가치는 가볍다. 아이를 쉽게 만들 수 있는 것도 그 원인 중 하나다.

내가 이 세계에 탄생한 곳도 시험관 속이었으며, 그 후에는 기계 속에서 양육되었다.

부모도 나에게 애정 따위는 없었을 것이다. 내가 5살이 되는 것과 동시에 빚투성이 영지를 떠넘기고 나가버렸다.

아이는 간단히 태어나고 인간은 간단히 죽어간다.

그것이 이 세상이다.

어때? 참으로 생명의 가치가 가벼운 세상이지?

나도 알고 있다. 아는데…… 이번만큼은 너무한 것 같단 말이지.

"그럼 변명을 들어볼까. 그 전에 클라우스! 이 녀석들의 죄상을 가르쳐줘라."

의자에 앉아 다리를 꼬고 턱을 괸 나는, 고개 숙인 두 사람을 내려다보고 있었다.

일하느라 바쁜 티아와 마리를 불러내 엎드려 빌게 했다.

내 옆에 있는 클라우스가 이젠 질린 것을 넘어서 달관한 듯한 얼굴로 죄상을 읽었다.

"노덴 남작이 이끄는 아이작 일당을 방치하고 리암 님의 함대를 무단으로 사용. 그 후, 영내에 있는 행성을 불법 점거 후에 궐기. 또한 본 가문에 보관된 리암 님의 유전자를 훔쳤습니다."

너무나도 심하다.

내가 집을 비우면 집을 지키는 게 내 기사들이 할 일이다. 멋대로 움직이는 일은 있어서는 안 된다.

"너희에겐 몇 번이나 실망해왔다. 하지만 이번의 가장 큰 죄는 날 배신하고 멋대로 행동한 것이다."

티아가 얼굴을 들고 변명하기 시작했다.

"리암 님! 후계자가 없는 영지를 생각하면……!"

"뭐?"

"꺅!!"

바닥을 한 번 차서 티아의 입을 다물게 한 나는, 변명을 듣기 전에 중요한 걸 전하는 걸 잊고 있었다는 걸 기억해냈다.

"정론은 아주 좋다 이거야. 하지만 난 그런 이야기를 듣고 싶은 게 아니야. 내가 재미없다고 느낄 만한 변명을 하면 이 자리에서 베어주마."

둘은 지금까지 몇십 년이나 날 보좌해왔지만, 유능하다고 해도 날 배신하는 녀석은 필요 없다.

외모가 예쁜 여기사를 모을 생각이었지만, 이런 녀석들밖에 없다면 여기사는 내 하렘에 추가할 수 없다.

앞으로 기사는 용모가 아닌 능력 중시로…… 좀 더 제대로 된 녀석들을 모으게 하자.

둘의 말문이 막혔다.

이 녀석들도 아이작이나 다른 놈들과 똑같구나.

그렇게 생각하고 의자에 기대 세워둔 칼에 손을 뻗으려고 하자 마리가 자신의 머리카락을 어깨에 걸치고 나에게 목을 보여줬다.

벨 테면 베어라, 라는 뜻일 것이다.

"오, 태도가 깔끔하네. 고통 없이 목을 베어——."

"리암 님의 아이를 갖고 싶었사와요!"

"이게 뭔……."

너무 어이없는 변명에 딴지를 걸고 싶어졌다.

이 상황에 대체 무슨 말을 하는 것인가?

마리가 그대로 변명을 계속했는데, 내용이 너무 심했다.

"서, 설령, 리암 님께 인정받지 못하고 후계자가 되지 못해도, 제가 혼자서 계속 키울 생각이었습니다! 부, 부디 용서해주십시오!"

내가 난처해서 시선을 클라우스에게 돌렸는데, 그도 난감해하고 있었다.

상식인도 깜짝 놀랄 만한 변명인 모양이다. 순간 이게 성간 국가의 평균인 건가 살짝 의심해버렸을 정도였다.

하지만 이 녀석들은 이 세계에서도 이상한 모양이었다. 조금 안심했다.

그래, 이 녀석들이 평범할 리가 없지.

티아도 울면서 호소했다.

"리암 님의 총애를 받고 싶다고는 하지 않겠습니다. 하지만 무슨 일이 있어도 연결점을 가지고 싶었습니다! 이번 일이 없더라도 언젠가 가문의 이름을 남기기 위해 리암 님의 유전자로 아이를 가질 예정이었습니다. 번필드가의 후계자라고 칭하게 할 생각은 없었습니다. 이, 이번에는 마가 꼈다고 해야 할지……."

너희한테 아이란 대체 뭐냐?

"내 아이를 가지고 싶었다고?"

마리가 떨면서도 고개를 끄덕이고 이유를 말했다.

"불경하게도 리암 님과의 사이에 연결점을 가지고 싶었습니다. 이 마리, 큰 죄라는 것은 인식하고 있었습니다만, 참지 못했습니다! 하지만 리암 님의 손에 베일 수 있다면 바라던 바예요!"

나와의 연결점을 구하는 도구?

게다가 내 손에 베일 수 있다면 바라던 바라고? 의욕이 사라지네.

나는 어처구니가 없어서 칼에 뻗은 손을 도로 집어넣었다.

"내가 제국 기사인 너희의 기사 자격을 박탈하는 건 불가능하다. 하지만 영내에서는 너희의 기사로서의 지위와 입장은 인정하지 않겠다. 당분간은 저택에서 메이드로서 일해라."

죽일 생각이었지만 바보 같은 변명에 독기가 빠져버렸다.

둘이 울면서 고마워했지만 진짜 아무래도 상관없었다.

"감사합니다, 리암 님!"

"이 마리, 메이드가 되어도 리암 님께 지금까지와 다름없는 충성을 맹세하겠사와요!"

유능하다고 방치해왔는데, 아무래도 실패한 것 같다.

앞으로는 세리나 아래에서 여성스러움을 몸에 익히게 하자.

"이제 됐다, 물러나라. 아, 그리고 클라우스."

"무슨 일입니까?"

"실은 이전부터 유능한 기사들에게 번호를 줄 생각이었어. 넌 이번에 열심히 했으니까 1번이다."

"네! ……예?"

클라우스 녀석은 고개를 끄덕여 받아들인 뒤에 눈을 휘둥그레 떴다.

갑자기 1번이라는 말을 들어 당황했을 것이다.

"권한과 봉급을 늘려주지. 뭐, 그거다. 필두기사. 우리의 1번은 너니까 앞으로도 열심히 하라고."

"아, 네!"

티아와 마리가 광채가 사라진 눈으로 클라우스를 보던 게 인상적이었다.

이 녀석들에겐 나와 클라우스의 대화가 타격이 더 큰 듯했다.

"티아, 마리."

둘을 부르자 복잡해 보이는 얼굴로 대답했다.

"아, 네!"

"무슨 일인가요, 리암 님!"

"너희도 평범하게 일했으면 어느 한쪽을 1번으로 삼을 생각이었는데, 정말 아쉬운 결과가 나왔구나."

굳어서 움직이지 않게 된 둘을 보고 만족한 나는 일어서서 방을 나섰다.

클라우스는 식은땀이 멈추지 않았다.

이전에 리암이 기사에게 번호를 매겨 특별한 계급 제도를 만들려고 한다는 소문이 퍼진 적이 있었다.

그때 무슨 착각을 한 건지 노덴 남작 등의 종자들이 자기들이야말로 리암을 떠받치는 12기사에 적합하다고 말했다.

대수롭지 않아서 내버려 두고 있었는데 영내에 유학하러 온 종자 가문 출신자들이 그 소문을 퍼뜨린 것 같았다. 번필드령 내에도 일시적으로 퍼졌을 정도였다.

그 후에 리암이 부정했지만, 그래도 자신의 기사에게 번호를 매긴다는 건 사실이었다고 들었다.

대체 누가 선택받는가?

기사단 안에서는 흥미로운 화제였는데…….

(내가 1번으로 선택받을 줄은 몰랐는데?!)

클라우스에겐 아닌 밤중에 홍두깨였다.

리암이 떠나간 방에는 클라우스 외에 1번이 되지 못한 티아와 마리가 있지 않은가.

클라우스를 보는 눈이 정말 어두웠다.

티아가 천천히 일어서는데 몸에 힘이 안 들어가는지 기분 나쁘게 일어섰다.

"클라우스 공, 축하합니다."

마리도 일어섰는데 눈에 생기가 없었다.

움직임도 느려서 마치 좀비 같았다.

"리암 님의 첫 번째 기사라니, 멋진 칭호네요. 아~ 그래도 이번 사건이 없었으면 제가 1번이 됐을지도 모르죠?"

둘 다 1번이 되지 못한 게 상당히 타격이 큰 듯했다.

"아, 아니, 나도 갑작스러웠어. 이번 일은 리암 님도 문득 생각이 나서서 그랬을 거야. 기사단이나 군과의 의논에서 취소될 가능성이 있을…… 거야."

두 사람이 원망스러워하는 얼굴로 클라우스를 보고 있었다.

클라우스는 다시 속이 쓰려왔다.

(왜 내가 기사단의 필두가 되는 건데?! 내가 뭘 했다고?! 평범한 기사에게 뭘 원하시는 겁니까, 리암 님!!)

유능하지만 문제아밖에 없는 리암의 기사단을 총괄하게 된 클라우스의 고뇌는 계속된다.

속수무책이다.

수도성의 궁전에서 칼뱅은 홀로 골머리를 앓고 있었다.

"결국 몰려버렸군."

책상 위에는 리암의 데이터가 표시되어 있었다.

거기에 적혀있는 것은 '리암의 최대의 약점은 단독 통치로 인한 리암 부재시의 취약함'이라는 내용이었다.

리암이 실종됐다는 정보가 퍼진 것만으로도 번필드가는 심하게 약체화되었다.

확실히 취약했다. 리암만 쓰러뜨리면 이길 수 있다는 의미니까.

그런데 현실은…… 그게 가장 어렵다.

"암살도 안 되고. 전장에 내보내도 안 되고. 영내에 유언비어를 퍼뜨려도 안 되고. 대부분의 파괴 공작을 물리치는 상대를 어떻게 하면 좋단 말인가."

리암을 지키는 그림자 일족으로 인해 암살은 불가능에 가깝다.

수단 방법 가리지 않고 죽이려고 해도 검성마저 베어버리는 리암을 상대로 이길 가능성이 희박하다.

전장에서 제거하는 것도 유능한 기사와 군인들을 거느리고 있어서 어렵다.

애초에 강압적인 수법은 자기 평판을 떨어뜨린다.

이번 일로 관료들이 숙청되었기에 내부 공작도 어려워졌다. 공작원의 소식이 모조리 끊기고 말았다.

리암이 없으면 번필드가는 두려워할 필요가 없지만, 그 리암을 제거할 방법이 없다.

심지어 리암이 떠안아야 하는 짐들이 이제는 칼뱅에게 넘어왔다.

클레오 파벌에 모였어야 하는 어중이떠중이들이 어째서인지 칼뱅파에 합류해버렸다.

대체 무슨 일이 일어난 건지 칼뱅도 이해할 수 없었다. 조금 부추겼을 뿐인데 결과적으로 짐덩이들의 후원자가 되어 있었다.

"이대로 가면 위험해."

정말로 클레오가 황태자가 될 가능성이 보이기 시작했다.

칼뱅은 이 상황에 머리를 싸매고 있었다.

이곳에도 안내인이 작은 손발로 웅크리고 머리를 아니, 모자를 싸매고 있었다.

"무슨 짓을 해도 리암의 이득으로 이어진다니."

소환 마법으로 리암을 멀리 치우고 그 틈에 영지를 엉망진창으로 만들 생각이었다.

처음엔 일이 잘 풀리는 것 같았는데, 결과적으로는 번필드가의 숨겨진 문제들을 처리하는 기회가 되고 말았다.

번필드가의 영내. 길가에서 안내인은 거대 모니터를 올려다보고 있었다.

『정청에서 공개된 영상입니다. 리암 님께서 로제타 님과 사이좋게 파티에 나오셨군요.』

『두 사람 사이에 아무런 진전이 없다는 여론을 의식한 결정인 것 같습니다. 이렇게 보니 두 분이 참 잘 어울리는군요.』

리암이 수도성에서 호화롭게 노는 영상이 여러 번 반복되는데도, 백성들의 반응은 대수로웠다.

백성들의 관심은 따로 있었다.

"뭐야. 사이좋은데?"

"괜히 데모했네."

"그 데모는 사실 축제 같은 거였잖아. 이 분위기라면 후계자도 금방이겠지."

"그럼 후계자가 태어나면 또 데모할까!"

큰길을 걷는 백성들이 우스갯소리를 했다.

『다음 소식입니다. 정청에서 사회복지 예산 증대를 위하여 증세를 결정하였습니다.』

『사회복지를 확대하여 이후로는──.』

공중에 투영된 거대 모니터에서는 캐스터가 증세에 관해 이야기하고 있었다.

백성들의 반응은 희미했다.

"세금이 또 오르네."

"아이고, 리암 님."

"그 대신 의료비가 싸진대."

"역시 리암 님이 최고입니다."

증세에는 부정적이지만 사회복지 증대에는 납득하는 여론이 퍼져나갔다.

안내인은 평소보다 바닥이 뜨겁게 느껴졌다. 아니, 진짜 뜨거웠다. 땅이 마치 불에 달군 철판처럼 뜨거웠다.

"앗 뜨거?! 뜨, 뜨거워?! 꺄아아아!!"

깡충깡충 뛰며 발을 파닥거렸다.

넘어져서 구르자 모자 모습을 한 안내인이 노릇노릇하게 구워졌다.

"끄아아악!! 어디에 있어도 뜨거워어어어!!"

그을리는 소리와 함께 안내인에게서 검은 연기와 함께 힘이 빠져나갔다.

죽음의 위기를 느낀 안내인은 이리저리 구르면서 피할 곳을 찾았지만, 어디에도 안전지대는 없었다.

까맣게 타던 안내인은 이 현상의 원인을 알아차렸다.

"서, 설마?!"

안내인이 날아서 우주까지 올라가니, 방금 있던 행성이 장엄하게 황금 입자를 발하며 반짝이고 있었다.

"뭐야? 어떻게 된 일이지?!"

리암의 감사하는 마음이 아무리 크더라도 행성을 뒤덮을 정도는 아니다. 안내인은 원인을 생각했다.

"서, 설마, 세, 세계수인가!!"

막 부활한 행성의 세계수에서 시간과 공간을 뛰어넘어 뭔가가 이곳까지 흘러오고 있었다.

아직 작은 세계수이지만 리암에게 감사하는 마음이 있는지 신성한 힘으로 그를 지키려고 했다.

"세계수가 리암을 지킨다고?! 이, 이걸 어떻게 이기라는 거냐?!"

세계수는 신성한 식물이기에 안내인에게는 강력한 독이나 마찬가지였다. 세계수를 말려 죽이던 엘프들의 독기를 안내인이 모조리 가져갔던 게 화근이었다.

하지만 고작 그 정도로 세계수가 리암의 편을 들어주는 건 이해할 수 없었다.

안내인은 예상 밖의 사태에 몸이 떨렸다.

"이, 이젠 나 혼자서는 어쩔 수가 없어. 이렇게 된 이상 동지들을 모으는 수밖에."

혼자서 안 되면 여럿이서. 동종의 존재에게 도움을 구하는 건 자존심이 상하지만, 리암을 상대하기 위해 그는 자존심도 버렸다.

"놈을 쓰러뜨리기 위해서라면 무슨 짓이든 해주겠어!"

리암이 증세를 단행했다. 물론 리암은 그저 백성을 괴롭히고 싶을 뿐이었다.

사회복지 증대라는 핑계를 나중에 덧붙였지만, 백성에게는 아무런 체감이 없을 것이다.

증대목표가 애매했기에 관료들이 멋대로 행정을 진행했고, 결과적으로 실속 없는 증세가 되었다. 적어도 리암은 그렇게 생각했다.

하지만 정청의 상황은 달랐다. 정청의 관료들은 리암의 즉흥적인 증세에 의도를 느끼고 머리를 싸매고 있었다.

평소 같으면 좋아할 상황이겠지만 이번엔 분위기가 달랐다. 번필드가는 이제 막 숙청을 끝낸 참이기 때문이다.

"이건 무조건 시험받고 있는 거야!"

"충실한 사회복지라는 과제를 통째로 맡길 이유가 그것 말곤 없어!"

"여기서 실수하면 우리도 숙청당할지도 몰라."

리암을 배신한 관료들은 모두 처형됐다. 그밖에 죄를 저지른 관료들도 모두 심판을 받고 있다.

다른 세력의 스파이, 칼뱅의 스파이, 다른 나라의 스파이, 횡령 등, 그 외에도 죄가 작아 지금까지 방치해온 자들도 대부분 처벌됐다.

그런 상태인데 리암이 중세한다는 말만 하고 관료들에게 그 내용을 전부 맡겼다.

"리암 님이 납득하실 제도를 만들지 않으면 우리도 끝장날 거야."

고참이 파랗게 질린 얼굴로 젊은이들에게 옛날이야기를 했다.

"반세기도 더 된 이야기지만, 리암 님께서는 겨우 10살 때 부패 관리를 숙청하셨던 분이야. 진짜로 하실지도 몰라."

젊은 관료들도 들은 적 있는 이야기지만 실감하는 자는 적었다.

"리암 님은 다른 영주들보다 관대하고 자비로우시지만, 우유부단하신 게 아니야. 하고자 하면 언제든지 과감하게 정리하시는 분이지. 우린 수십 년 동안 그 사실을 잊고 있었어."

한동안 행복한 시간이 계속됐었다. 관료들도 방심하고 사리사욕을 채우는 자도 나왔다. 그리고 이 상황이 되었다.

고참의 말에 주위의 관료들이 숨을 죽였다.

"저, 저도 그 이야기를 들은 적이 있어요."

"그때도 관료가 대량으로 처벌됐었다고……."

"그때는 지금보다 더 심했으니까 숙청할 수밖에 없었던 것 아닌가요? 설마 지금도 그러시진 않겠죠."

고참이 고개를 떨궜다.

"실속 없고 도움이 안 되는 제도를 만들면, 그때야말로 리암 님이 우릴 숙청할 거야. 그분은 하겠다고 정하면 하는 분이야. 이 제도로 쓸데없는 짓을 하는 자가 나오면 모두가 죽을 거다. 아닌 말로 영내 통치는 인공지능에게 맡기면 그만이니까."

관료들도 사실은 알고 있었다. 리암이 마음만 먹으면 이들을 배제하고 인공지능에 통치를 맡길 수 있다는 걸. 이들을 대신할 자들은 이미 존재한다.

그걸 떠올린 관료들은 진지하게 업무에 임했다.

번필드령의 어느 일반 가정.

이 가정은 조부모, 부모, 아이 셋으로 구성된 가족으로, 7명이 식탁을 둘러싸고 증세에 관해 이야기하고 있었다.

"사회복지 증대라. 리암 님께서 하신 말씀이니 사실이겠지."

아버지가 그렇게 말하자 할아버지가 차를 마시면서 고개를 끄덕였다.

"틀림없어. 그분은 명군이야."

과거를 모르는 아이들이 절대적인 신뢰를 보이는 조부모와 부모에게 의아해하는 얼굴을 보였다.

장녀가 네 사람의 의견이 찬물을 끼얹었다.

"하지만 실제로는 어떻게 될지 모르잖아?"

의심하는 장녀를 보고 아버지는 납득했다는 표정을 지었다.

"그런가. 너희는 모르는구나. 수업에서 배워도 실감이 안 나겠지."

번필드가의 백성들은 리암의 의향으로 9년간의 의무교육 기간이 있다. 긴 듯하면서 짧은 기간이지만, 교육 캡슐을 쓸 수 있어서 모든 백성이 대학 정도의 학력을 갖출 수 있다.

물론 의무교육 이후에도 위로 진학할 수도 있다. 진학도 비교적 쉬워서 의무교육이 끝난 후에도 학교에 다니는 아이가 점점 늘고 있었다.

조부모와 부모는 그래서 아이들이 실감하지 못하는 것이라고 짐작했다.

아이들은 50세도 안 되며, 아직 성인이 되지 않았다. 외모도 10세 전후였다.

번필드가의 암흑시대를 몰라도 어쩔 수 없었다.

"리암 님이 영주가 되기 전에는 정말 끔찍했다. 의미 없는 무거운 세금에, 변변한 직장도 없고, 전쟁이 터지면 강제로 끌려가는 일은 늘 있는 일이었지."

할아버지가 어두운 표정으로 이야기했지만, 아이들은 믿지 않는 눈치였다.

"굳이 그럴 이유가 있어? 영지가 발전하는 게 영주에게도 이득이잖아?"

당연한 생각이지만 아버지가 세상 물정 모르는 아이들의 헛소리라고 했다.

"너희가 장래에 번필드가 이외의 영지를 보고 똑같은 말을 할 수 있으면 좋겠구나. 그렇게 하는 귀족은 그리 많지 않단다."

아이들이 이해가 안 된다는 표정을 짓고 있으니 할머니가 다시 식사를 재촉했다.

"모처럼 만든 요리가 식으니까 얼른 먹으렴. 리암 님만큼은 이상한 일을 하지 않을 테니 안심해도 돼."

조부모와 부모의 리암에 대한 신뢰에 아이들은 의아해하는 표정을 지었다.

번필드가의 군부도 상황이 좋지 않았다. 리암이 군을 재편한 초기에 들어온 군인들은 문제가 없었으나, 비교적 최근에 들어온 군인들에게서 줄줄이 부정이 밝혀진 탓이었다.

그중에서도 가장 큰 문제는 우주 해적과의 내통이었다.

"해적이랑 내통하고 있었다고?!"

번필드가에 있는 사관학교를 졸업한 대령이 해적들을 못 본 척해주는 대신, 뇌물로 돈이나 비싼 물건을 받아 동료들에게 나눠주고 있었다.

그밖에 최근 리암이 해적을 상대로 직접 싸우지 않다 보니 해이해진 군인이나, 해적들의 저자세에 거만해진 군인도 있었다.

상층부는 충격적인 결과에 충격을 받았다.

"바, 바보 같은 짓을……!"

"리암 님이 아시면 격노하실 텐데."

"어쩔 수 없지. 보고하지 않으면 도리어 우리 목이 달아날 거다."

장성들이 무서워하는 이유는 리암이 해적을 절대로 용서하지 않기 때문이다.

초기부터 군대를 떠받쳐온 장성들은 리암이 전장에서 가혹하다는 것을 알고 있다.

하물며 해적과 내통한 배신자는 절대로 용서하지 않을 것이다.

조사한 결과, 영관급도 많이 엮여있었다.

"해적과 내통하던 자들은 전부 총살형에 처해라."

"조사는 어떡하고?"

"거칠게 해도 상관없다. 철저하게 해라!"

리암이 영지를 다스린 지 80년 이상이 지나려 하고 있었다.

군부는 더 강력한 단속이 필요하다고 생각해 이 기회에 철저하게 조사하게 되었다.

"생각보다 바보들이 많지는 않군."

집무실에서 각 부서에서 올라온 보고서를 읽고 질려버렸다.

"횡령, 뇌물, 해적과의 내통…… 뭐, 그렇겠지."

난 인간은 처음부터 믿지 않았다.

이것도 오히려 예상보다 적은 정도다.

아마기가 오후의 간식을 가져와서 그걸 받고 이야기를 했다.

"다른 곳과 비교하면 번필드가는 아주 우수하군요."

"좋은 일이야. 뭐, 내 손발이 되어서 일하는 녀석들쯤은 소중히 대해야지."

"그 상냥함을 백성들에게도 베푸는 게 어떨까요?"

"그 녀석들은 나한테 창피를 줬어. 그 업보를 치르게 할 거야."

사문회에서 규탄당했을 때, 아이 만들기 데모로 비웃음당한 건 절대로 잊지 않을 거다.

그때는 유리시아도 나한테 치욕을…… 어?

"아마기, 유리시아는 지금 뭘 하고 있지?"

"유리시아 님 말입니까? 조사해보겠습니다."

아마기가 조사해보니, 유리시아는 저택 안에 있었다.

"리암 님, 너무해!"

"너무한 건 너겠지! 데모 진압을 명령했더니 한패가 되다니, 장난하냐!"

아이 만들기 데모에 참여한 유리시아는 아이작 패거리에 협력하지 않았다.

의리가 없는 건지, 있는 건지. 대체 어느 쪽이야?

유리시아도 일단은 내 측실 후보라는 신분이기에 무슨 짓을 당할지 몰라 무서워서 방에 틀어박혀 있었다고 한다.

"다들 너무해. 측실 후보인 날 무시하다니! 누가 죽이러 오는 거 아닌가 무서워서 틀어박혀 있었는데!"

"나도 잊고 있었어."

"리암 님 쌀쌀맞아!"

이 녀석한테도 벌을 줄 필요가 있지만 유리시아는 나와 제국군의 중개자이기도 하다.

처형하는 건 망설여졌다.

그래서 난 유리시아에게 어울리는 벌을 생각해냈다.

로제타에게 친위대를 만들어준다는 이야기가 있었는데, 그 녀석은 군인 경험이 없기 때문에 곁에 부관을 두지 않으면 친위대를 조직할 수 없다.

그런 점에서 유리시아는 군부에도 병기공장에도 연줄이 있다.

이 녀석도 안쓰럽지만 우수하긴 하단 말이지.

평소에 유능한 모습을 더 보여줬으면 하지만, 지금은 한가한 것 같으니 로제타에게 맡기기로 했다.

"그렇게 한가하면 로제타 친위대 설립을 도와."

"네?"

"너, 이런 거 잘하잖아?"

하라고 명령하자 유리시아가 미묘한 표정을 지었다.

"아니, 할 수 있지만, 제 지위는 리암 님의 측실 후보인데요? 정실 후보인 로제타 님을 도우면 거북하잖아요?"

"그걸 이해할 머리가 있어서 다행이네. 충분한 벌이 될 거야."

"너무해! 그런 대충 생각해낸 벌 같은 건 싫어요!"

"로제타 밑에서 실컷 고생해라! 예산을 줄 테니까, 이걸로 친위대를 준비해."

예산이야 용돈에서 내주면 되는데, 얼마나 줘야 하지? 전함 수십 대 분이면 되나?

예산을 주자 유리시아가 놀란 얼굴을 했다.

"……이렇게나 많이?"

"그만큼 있으면 충분하지?"

"추, 충분하다고 해야 할까, 어느 정도의 규모를 생각하시는데요?"

"예산을 다 써야 할 만큼. 구체적인 수는 정하지 않는다. 그럼, 뒷일은 잘 부탁한다."

리암이 떠난 후, 유리시아는 머리를 싸매고 고민했다.

"다 쓰라고? 이걸? 이 정도면 함대도 만들 수 있다고……."

유리시아가 받은 예산은 터무니없는 금액이었다.

잘하면 함대 하나를 꾸릴 수 있는 금액이다.

"단위가 이상하잖아?!"

이만한 규모의 함대를 갖추는 건 유리시아가 혼자 하기에는 어려운 과제였다.

이전에 티아가 리암의 명령으로 수만 척의 함대를 단기간에 편성해 보였다. 하지만 그건 티아가 이상한 것이지 유리시아의 능력이 부족한 게 아니다.

오히려 유리시아는 평범한 군인보다 더 우수하다.

"아, 아무튼 로제타 님과 상담해서 정해야 해. 우선 전함이랑 병기를 발주부터 해야겠네. 제3병기공장에 주문하면 되나? 아니, 규모가 이만한데 시운전을 안 하면 분명 불만이 나올 텐데……."

리암이 통째로 맡긴 예산이 너무 많아서 유리시아는 불안해졌다.

"애초에 친위대는 많아도 수백 척이잖아? 영주급으로 로제타 님의 함대를 갖추는 건 이상해. 이러면 로제타 님에게 상당한 무력이 생기는데……. 오히려 그게 목적인가?"

자기 아내에게 큰 권한을 넘기려고 하는 것인가?

유리시아는 리암의 생각을 예상했다.

"아냐, 어쩌면 자신의 전자머니의 자릿수 세 개가 사라진 걸 잊어버렸다던가? 아무래도 그건 아니겠지. 하지만 리암 님이 무의미한 짓을 할 것 같진 않단 말이지."

정말로 한 함대에 만 척을 갖추면 리암이 격노할지도 모른다.

하지만 소극적으로 나가서 예산을 대량으로 남기면 남기는 대로 혼날 것이다.

그렇다고 횡령했다가는 자기도 제거당할 것이다.

"생각하는 거야. 생각해, 유리시아! 여기서 잘못하면 정말 잊힐 거야. 그렇게 되지 않기 위해서라도 뭔가 명안을…… 아, 그렇지!"

로제타의 친위대는 애초에 전쟁에 나서는 일이 적을 것이다.

처음에는 유리시아도 질이 평범하거나 약간 떨어지는 정도로 갖추고 외양만 호화롭게 만들면 된다고 생각하고 있었다.

하지만 그러면 규모가 만 척을 넘는다. 차라리 내실을 갖추고 수를 줄이는 게 낫다.

"정예로 천 척 정도 편성하면 되겠다. 그 정도면 조금 많은 정도로만 보이겠지. 외관과 내실을 모두 갖춘 함대를 만드는 거야. 전장에 나갈 일은 영영 없겠지만."

로제타의 친위대는 로제타의 신변을 지키기 위해 존재한다.

수보다 질. 만일의 경우에는 로제타를 데리고 도망칠 수 있다면 충분하다.

"뭐, 로제타 님이 거부하면 그때 가서 다른 걸 생각하기로 하고."

재빠르게 계획서를 작성해서 로제타에게 보여주기로 했다.

로제타는 유리시아의 계획서를 보고 곤란해하고 있었다.

"정말로 이래도 되는 걸까?"

리암이 로제타의 친위대를 만들기 위해 파견한 사람은 리암의 측실 후보인 유리시아였다.

로제타는 심경이 복잡했지만, 리암의 명령에는 거스를 수 없었다.

그리고 사관학교를 나오지 않은 자신에게 상담역이 필요한 것은 사실이다.

유리시아는 우수한 군인이며, 확실히 자신의 보좌로 적합하다.

"마리는 달링을 화나게 해서 당분간 기사로는 돌아올 수 없으니까 어쩔 수 없지."

의지할 수 있는 마리는 리암을 격노하게 만들어 기사 자격을 박탈당했다.

지금은 세리나 아래에서 교육을 받고 있다.

계획서를 보고 있는데, 로제타의 측근인 시엘이 생각에 잠겨있었다.

로제타는 시엘이 무투파 귀족인 에크스나 남작의 딸인 것을 떠올렸다.

뭔가 묘안은 없는지 물어봤다.

"시엘, 뭔가 생각이 있어?"

"말씀드려도 괜찮을까요?"

"괜찮아. 난 네 의견이 듣고 싶어. 내 친위대는 어떻게 하면 좋을까? 미안해. 너무 막연하지."

그렇게 사과하니, 시엘은 로제타가 친위대를 어떻게 다뤄야 하는지 고민하고 있다는 걸 헤아린 듯했다.

시엘의 시선이 날카로워졌다.

"보통 영부인의 친위대는 많아도 기껏해야 수백 척입니다. 너무 커지면 집안싸움으로 발전될 우려가 있으니까요."

"그렇네. 친위대라고 해도 군대니까. 사실은 달링의 관리를 받아야 해. 내가 너무 큰 힘을 가지면 분쟁의 씨앗이 되겠지."

로제타가 의식하지 않아도 군과 친위대 사이에서 싸움이 일어 날지도 모른다.

"그러니까 친위대 1천을 편성하고, 평시에는 300척만 호위 작전에 운용하는 거예요. 나머지는 휴가나 훈련, 다른 업무를 주는 거죠."

"다른 업무라니?"

"변방 귀족 중에는 자신의 몸을 지키지 못하는 자들도 많습니다."

변경 행성을 영지로 가진 귀족 중에는 변변한 방위 수단이 없는 귀족도 많다.

"알고 있어. 달링의 휘하 귀족들을 내가 대신 지키라는 거야?"

"네. 정확히는 백작이신 리암 님의 손이 닿지 않는 잡무를 대행하시는 거죠. 규모가 작은 분쟁은 로제타 님이라도 처리하실 수 있을 것입니다."

리암을 도울 수 있다는 말을 듣고 로제타는 시엘을 칭찬했다.

"좋네. 달링도 민원이 너무 많아서 전부 처리하지는 못한다고 들었으니까, 잡무 정도는 도와주고 싶어."

"그럼 그걸 위한 본부가 필요하겠군요."

"본부라니, 기지도 만들려고?"

"당연합니다. 친위대는 군과는 다른 계통으로 움직이니까요."

"……유리시아하고 의논해볼게."

로제타가 유리시아에게 의논하러 가자 시엘은 주먹을 움켜쥐었다.

"좋아! 이제 로제타 님께 조금이라도 힘이 생길 거야. 지금은 작더라도 소수정예의 함대가 생기면 많은 귀족을 같은 편으로 만들 수 있어. 언젠가 리암이 무시할 수 없는 권력을 로제타 님이 얻는 거야!"

시엘이 로제타를 돕는 이유는 리암을 막기 위해서다.

때문에 로제타의 힘을 키울 필요가 있다.

"언젠가 로제타 님도 리암이 나쁜 놈이라는 걸 깨달으실 거야. 그렇게 되면 로제타 님께 리암을 막아달라고 해야 해."

자신이 즐기는 것만을 위해 백성을 괴롭히는 사람이 리암이다.

시엘은 언젠가 로제타도 이해하리라 생각하고 있었다.

"기다려라, 리암! 반드시 네 악행을 막아내겠어. 그리고 진짜 오라버님을 되찾을 거야!!"

◇◆◇◆◇

"하여, 시엘 님이 로제타 님을 꼬드기고 있습니다."

로제타의 친위대 설립에 시엘이 참견하며 좋지 않은 생각을 하고 있었다.

407

이렇게 쿠나이가 바로 나에게 보고하는 바람에 계획이 전부 누설됐지만.

그 녀석, 여기가 누구의 저택인지 잊어버렸나?

"바보 같아서 귀엽다는 게 바로 이런 것이군."

"리암 님. 정말로 용서하시는 겁니까?"

시엘의 행동은 나에 대한 배신이지만, 모처럼 찾아낸 강철의 정신을 가진 여자다.

이 정도로 부수면 재미없다.

하지만 난 방심해서 발목을 잡힐 생각은 없다.

"시엘은 용서해줘. 그리고 로제타를 불러라."

"예!"

쿠나이가 내 눈앞에서 사라지고 잠시 후에 로제타가 찾아왔다.

"달링, 나한테 무슨 볼일 있어?"

생글생글 웃으며 부드러운 분위기를 내는 로제타를 보고 있으니, 조금은 시엘을 본받아서 내가 방심한 틈을 타서 죽일 계획 정도는 짜라고 말하고 싶어졌다.

"친위대 건이야. 시엘의 말을 듣고 내 잡무를 한다면서."

"알고 있었어?"

"당연하지. 하지만 그 안은 기각한다."

"여, 역시 안 되는 거야?"

로제타가 내 잡무 담당을 하고 싶어 한다면 말리지 않겠지만, 순순히 시엘의 계획에 응하는 건 재미없다.

미안하지만 방해를 해야겠다.

지금 시엘은 로제타를 자기 마음대로 움직였다면서 기뻐하고 있겠지만, 이 녀석을 손바닥 위에서 가지고 노는 건 바로 나다!

"네가 하고 싶은 대로 해. 다른 사람의 말을 듣고 정하지 마. 상담은 해도 좋지만, 정하는 건 너 자신이야. 네 친위대라고."

일단 로제타의 의지에 맡기기로 했다.

그리고 이 녀석은 군인 교육을 유년 학교에서 기초 교육만 받았다. 전문이 아니니, 놔두면 자멸하거나 무난하게 끝날 것이다.

나는 그런 로제타에게 안달복달하는 시엘을 보고 싶다!

"내가 하고 싶은 대로?"

"남이 하는 말을 그냥 받아들이지 말고 네가 판단해서 정해. 그러지 않으면 계획을 전부 기각할 거야. 알았으면 가."

로제타를 방에서 쫓아내자 쿠나이가 내 그림자에서 얼굴을 내밀었다.

"리암 님, 괜찮겠습니까?"

솔직히 내 전자머니 표시가 세 자릿수나 사라진다는 말은 처음 들었다.

처음부터 세 자릿수가 사라진 상태이었으니, 합해서 여섯 자릿수나 사라졌다는 건 굳이 생각하지 않는다.

로제타에게 예산을 너무 많이 줬지만, 이제 와서 돌려달라는 말은 부끄러워서 할 수 없다.

지금은 오기로라도 허세를 부려야 하는 상황이다.

"그 녀석 마음대로 하게 둘 거야. 로제타와 시엘이 어떻게 움직일지 볼만하겠어."

"유리시아 님은 괜찮겠습니까?"

"그 녀석은 어차피 안쓰럽게 끝날 테지. 그걸 보고 즐길 거니까 어찌 되든 상관없어."

한정적인 범위에서 안쓰러운 니아스와는 달리 유리시아는 뭐랄까 평균적으로 안쓰러우니 말이다.

"그보다 빨리 수도성으로 돌아가서 수행을 끝내고 싶어. 이제 4년 있으면 끝나는데 영지로 돌아와서 시간을 너무 많이 썼어."

빨리 수행 기간을 끝내고 자유롭게 악덕 영주 라이프를 보내는 거다.

그때 수도성에 있던 월레스한테서 긴급 통신이 들어왔다.

『크 큰일이야, 리암!』

"뭐야, 월레스인가."

『점잖게 있을 때가 아니야! 큰일이라고!』

"넌 점잖게 있는 편이 좋을 것 같은데. 그래서 무슨 일이지?"

『패왕국이 제국에 선전포고했어!』

"아, 그러셔."

뭘 그렇게 허둥거리나 싶었는데, 내가 있는 영지와는 상관없는 성간 국가가 제국에 싸움을 걸어왔을 뿐인가.

좀 더 제대로 된 보고를 했으면 한다.

『어떻게 침착하게 있을 수 있는 건데!』

"관심 없어. 그보다 난 거기로 돌아가서 빨리 수행을 끝낼 거야."

『어? 리암, 참전 안 해? 나갈 줄 알았는데.』

"난 이길 수 있는 싸움을 좋아하는 거지 전쟁 자체는 좋아하지 않아. 그리고 귀찮으니까 싫어. 빨리 수행을 끝낼 거야."

월레스는 왜 내가 전쟁에 나간다고 생각한 걸까?

용사들이 떠난 알 왕국에 한 가지 변화가 일어나고 있었다.

"아마기 님."

복구가 진행되는 왕도에 여신을 모시는 건물이 건설되었다.

여왕인 에노라도 찾아가 양 어깨를 드러낸 의상을 입고 있었다.

그것은 아마기가 입고 있던 메이드복과 비슷하게 만들어진 의상이었다.

제단에는 아마기를 본뜬 상까지 준비되어 있었다.

그 상을 향해 에노라가 기도를 올리자 다른 사람들도 뒤따라서 기도를 올렸다.

모두가 양 어깨를 노출시킨 메이드복을 입고 있었다.

다만 여자뿐만 아니라 남자도 똑같은 의상을 착용하고 있었다. 양 어깨를 노출시켰을 뿐만 아니라, 모두가 치마를 입고 있었다.

남녀노소, 모두가 똑같은 의상을 입고 아마기의 상에 기도를 올렸다.

"아마기 님, 부디 저희를 지켜봐 주십시오. 반드시 저희는 시련을 극복해 보이겠습니다."

그 당시 리암은 왕성에서 방약무인하게 행동하고 있었다. 모두 리암을 막지 못했고, 에노라와 다른 사람들도 그저 흐름에 몸을 맡기는 수밖에 없었다.

그런 절망적인 상황 속에서 압도적인 힘을 가진 리암을 거스른 것이 아마기였다.

현자들이 받들어 섬기고 모두가 따르는 리암 앞에서 당당하게 행동했다. 그 리암조차 아마기에게는 거스르지 못했던 광경을 에노라는 지금도 기억하고 있다.

그래서 에노라와 사람들은 생각했다. 아마기는 분명 리암보다 격이 높은 존재일 것이다.

그런 아마기의 상을 만들고 착용했던 의상을 본뜬 제복을 만들게 했다. 에노라와 모두에게 아마기의 메이드복은 천상의 옷으로 보였다. 그 결과, 아마기를 신으로 모시는 신관의 제복으로 채용되어버렸다.

에노라가 열심히 기도를 올렸다.

"수인들과 맹약을 맺어 서로 간섭하지 않기로 정했습니다. 아직 서로 으르렁거리고 있지만, 이 고난도 꼭 극복해 보이겠습니다."

알 왕국은 아마기가 준비한 하늘의 은총——물자가 있어서 복구는 순조롭게 진행되고 있었다.

아마기는 그야말로 에노라와 모두에게 여신이었다.

"여신 아마기 님, 저희를 구해주셔서 감사합니다."

메이드복을 입은 남녀노소 모든 사람이 아마기의 상을 향해 진지한 기도를 올렸다.

늑대족, 다시 말해서 개족의 족장인 그라스는 마을 중앙에 리암의 목상을 세웠다.

인간들처럼 요령이 좋진 않지만, 최대한 마음을 담아 만든 목상이다.

그리고 그런 목상 앞에서 그라스는 다른 부족도 모아서 연설하고 있었다.

"내 딸인 치노는 리암 님께 시집을 갔다! 즉, 우리 개족은 리암 님께 인정받은 신의 일족이다!"

치노가 리암의 애완동물이 된 것을 이용해서 그라스는 이대로 수인들 사이에서 존재감을 키워나갈 방침을 세웠다.

야심이 없다고는 하지 않겠다. 하지만 노고를 잃고 결속력을 잃은 늑대족들을 누군가가 모을 필요가 있었다. 그라스는 필요에 의해 수인들을 통합하기로 결의했다.

리암을 전혀 닮지 않은 아주 거친 신적인 무언가의 상을 만들면서까지.

다만 다른 부족의 반응은 좋지 않았다.

"아니, 개는 아니지."

"우린 늑대라고."

"그라스 녀석, 자존심이 없나?"

다른 수인들에게 그라스의 딸은 무신인 리암에게 시집간 것으로 되어 있다.

때문에 치노의 일족을 함부로 대할 수는 없지만 개라고 불리는 것에는 저항감을 보였다.

그라스는 그런 동료들을 설득하기 위해 리암의 이름을 썼다.

"리암 님께 거스르면서까지 늑대족이라 칭할 것이라면 마음대로 해라. 하지만 개족이 아닌 너희는 리암 님의 가호를 받을 수 없다는 것만은 알아둬라."

사자 장군 노고를 가볍게 상대하고 마왕조차 물리친 사람이 리암이다.

수인들도 이기지 못하는 강자는 거스르지 못해 불만스럽게 팔짱을 끼면서도 납득한 모습을 보였다.

그라스의 아들이 손을 들고 발언했다.

"아버지, 그보다 치노는 돌아올까?"

"그 아이는 우리 부족의 초석이 되었어."

(애초에 우주라는 말을 들어도 전혀 모르겠단 말이지.)

그라스는 그럴듯한 말을 하고 있지만, 사실은 아무것도 이해하지 못했다.

리암에게 간단한 설명은 들었지만, 기초지식이 없어서 전혀 알 수 없었다.

성간 국가, 우주, 행성. 그런 것들을 이해할만한 기초지식이 없어서 치노가 어떤 대우를 받고 있는지 상상도 되지 않았다.

(몸이야 무사하겠지만, 분명 그 아이도 괴롭겠지. 치노, 네 덕분에 우리는 살아남았다. 너에 대한 이야기는 우리 일족이 반드시 후세까지 전해주겠다. 저주할 거라면 아버지인 나만 원망해다오.)

압도적인 리암을 앞에 두고 딸을 넘긴 것을 후회하진 않았다.

하지만 그라스는 아버지로서 자신을 한심하게 여겼다.

"내 딸 치노도 우리 마을에서 숭상하자. 그 아이가 있었기에 지금의 우리가 있는 것이다."

마을에는 치노의 목상도 만들어졌지만, 그 모습은 리암의 목상과 마찬가지로 전혀 닮지 않았다.

번필드가의 저택.

시녀장인 세리나 아래에는 신입 메이드들이 배속되었다.

"크리스티아나입니다!"

"마리입니다!"

메이드복을 입고 귀여운 포즈를 취하는 둘은 딱딱한 웃음을 띠고 있었다.

볼에 경련을 일으키고 있었다.

본인들도 귀여운 포즈와 귀여운 메이드복을 입은 모습이 어울린다고 생각하고 있진 않을 것이다.

하지만 포즈도 옷차림도 리암이 지정한 것이다.

리암의 명령이 절대적인 둘에게 메이드복을 입고 귀여운 포즈를 취하는 것은 목숨을 거는 것과 상당하는 임무다.

설령 아무리 부끄럽다고 하더라도 실행하는 것이다.

불쌍한 두 사람을 앞에 두고 세리나가 깊은 한숨을 쉬었다.

"웃는 게 어색해, 포즈도 틀렸어. 둘 다 다시."

세리나가 다시 하기를 요구하자 티아와 마리가 서로 물고 늘어졌다.

"화석녀, 네 미소가 어색해서 다시 해야 하잖아!"

"다진고기! 네 귀엽지 않은 포즈가 발목을 잡고 있다는 걸 알라고!"

서로 험하게 욕하는 둘에게 세리나는 싸늘한 시선을 보냈다.

"리암 님께서 또다시 이 노파에게 귀찮은 일을 주셨구나. 너희들, 저기 있는 신입을 조금 본받는 게 어때?"

세리나도 편한 말투로 싸우고 있는 둘의 시선을 또 한 명의 신입 메이드에게 돌리게 했다.

세모난 개의 귀에 복슬복슬한 꼬리를 가진 치노가 메이드복을 입고 있었다.

"난 긍지 높은 늑대족 치노! 메이드를 하라고 했으니 최선을 다하지! 그런데 누굴 쓰러뜨리면 되는 거야?"

치노는 두 사람보다 의욕은 있었지만, 메이드에 대해 아무것도 몰랐다.

세리나는 머리를 싸매고 싶어졌지만, 치노는 이래도 문제없다.

왜냐하면 리암이 허용했기 때문이다.

일을 못해도 괜찮다. 거만한 말투도 치노에게만큼은 허용됐다.

명목만 메이드인 마스코트, 라는 게 치노의 정식 역할이다.

티아가 치노를 보고 코웃음 쳤다.

"세리나 공, 이 작은 수인을 본받으라고 하는 겁니까? 이래 봬도 전 메이드로서도 일류예요. 이 수인에게 배울 점은 없습니다."

세리나는 우쭐대는 티아에게 사실을 들이댔다.

"넌 처음부터 싸움이 안 되는데."

"네?!"

치노와 승패를 가르기 전부터 졌다는 말을 들은 티아는 너무 놀라서 눈을 크게 떴다.

그 모습을 보고 아주 기뻐하는 마리는 티아를 손가락질하며 웃었다.

"들었냐, 다진고기. 넌 미개발 행성의 수인 이하래!"

세리나가 입이 험한 마리에게 따끔하게 대꾸했다.

"그 입이 험한 모습을 조금은 감춰. 평소처럼 본성을 숨기는 정도가 아니면 네가 원시인 이하니까."

"아니?!"

마리가 몸을 뒤로 젖혔지만, 티아는 치노에게 진 것이 상당히 분한 듯했다.

광채가 사라진 눈동자로 치노의 모습을 보고 있었다.

"제가 이 녀석에게 진다는 건 납득이 안 되네요. 교양, 예의범절, 힘, 어느 것을 들어도 질 것 같지 않아요."

티아의 위압에 치노가 꼬리를 말고 떨었다.

개의 귀가 납작하게 넘어갔다.

"나, 나는 늑대족 제일의 용사의 딸이다아!"

이번에는 마리가 공포에 떠느라 높이 튀는 목소리가 나는 치노에게 얼굴을 가까이 댔다.

미간을 찌푸려서 표정이 굉장히 거칠었다.

"이런 수인을 리암 님이 귀여워해? 있을 수 없는 일이네요."

둘에게 위압당해 눈물을 글썽이는 치노가 온몸을 떨었다.

그 모습을 본 세리나가 치노가 둘보다 나은 부분을 가르쳐줬다.

"너희 둘보다 훨씬 착실해."

그러자 티아와 마리가 바로 반론했다.

"어디가 말이죠? 몇 번이나 말하지만, 전 일류 기사이자 리암 님의 검. 이 수인에게 질 것 같지 않습니다만?"

"이 꼬마가 우리보다 착실? 아무런 도움도 안 될 것 같잖아."

두 사람이 치노에게 대항의식을 불태우고 있는 이유는 리암에게 귀여움받고 있기 때문이다.

즉, 질투하는 것이다.

둘은 평소에는 주위 사람을 차별 없이 대하지만 리암이 엮이면 폭주한다.

세리나는 비유해서 이야기하기 시작했다.

"그래? 그럼 너희에게 질문을 하나 하겠다. 어떤 여자에게 좋아하는 남자가 있었다. 그 여자와 남자는 신분이 맞지 않으며 남자 쪽이 그림의 떡이다. 그 남자와의 연결점을 원한 여자가 그 남자의 유전자를 손에 넣어 멋대로 아이를 가지려고 했다. ──너희는 어떻게 생각하니?"

명백하게 티아와 마리의 이야기지만, 둘은 기겁한 얼굴을 했다.

"좀 무서운 이야기네요. 그 여자는 병원에 가야 해요."

"동감이야. 멋대로 남자의 아이를 가지다니, 인간으로서 별로 좋지 않다고 생각해요."

둘의 반응을 보고 세리나는 두통을 느꼈다.

둘이 어중이떠중이라면 웃으며 볼 수 있었겠지만, 두 사람 모두 번필드가의 중핵을 담당하는 기사다.

중요 인물인데 이 모양이다.

(자기 이야기인 걸 이해하지 못하는 건가? 아무리 우수해도 리암 님과 관련되면 폭주하니, 이것 참.)

세리나가 잔혹한 사실을 들이댔다.

"지금 말한 감상이 너희에 대한 리암 님의 평가야."

티아와 마리가 서로의 얼굴을 마주 보고 웃기 시작했다.

"세리나 공은 농담을 잘하네."

"그러게요."

왜 자기들은 다르다고 생각할 수 있는 것인가?

세리나는 그걸 바로 알게 되었다.

눈동자에서 광채가 사라진 티아가 웃으면서 양팔을 펼쳤다.

"리암 님은 그림의 떡이라는 말로는 표현할 수 없어. 제 안에선 이미 신이에요. 존경하는 리암 님의 아이를 가지는 것은 곧 신의 조화!"

마리는 두 손으로 깍지를 끼고 기도하는 몸짓을 하고 있었다.

외모만 보면 아름답지만, 광채가 사라진 눈동자와 핏발 선 눈이 무서웠다.

"폭주한 머리 나쁜 여자랑 같은 취급 안 했으면 좋겠어. 설령 금기를 범하더라도 리암 님의 아이를 가질 수 있다면 뭐든지 할 거야. 그럴 가치가 있어!"

이제 와서 교육을 조금 하는 정도로는 어떻게 안 되는 두 사람의 상태를 보고 세리나는 하늘을 우러러봤다.

"이 둘을 돌보라니, 리암 님도 가혹한 명령을 하시는구나."

치노가 둘에게 기겁했다.

"이야기의 내용은 잘 모르겠지만 서로의 이해가 중요하다고 생각해."

제대로 된 의견을 말하는 치노를 보고 세리나는 '오히려 이 아이가 교육하는 보람이 있겠어'라고 중얼거렸다.

그런 곳에 리암이 찾아왔다.

"치노! 너 팬케이크 먹은 적 없지? 파티시에한테 만들라고 했으니까 같이 먹자."

들뜬 리암이 찾아오자 치노가 꼬리를 붕붕 흔들었다.

하지만 긍지가 저항하는 건지 리암을 힐끔힐끔 보면서 거부했다.

"팬케이크라니, 이 얼마나 맛있는……이 아니지. 그, 그런 걸로 이 치노를 회유할 수 있다고 생각하지 마라!"

마지막에는 발음이 샜는데 먹고 싶어 한다는 건 전해졌다.

리암은 그런 치노의 모습에 싱글싱글 웃으며 손을 끌어 데려가려고 했다.

"세리나, 치노 좀 빌려 간다."

"냐, 냐라!"

세리나는 치노를 데려가는 리암에게 다른 두 사람의 이야기를 꺼냈다.

"저기 있는 둘은 어떻게 하시겠습니까?"

리암이 멈춰 서서 뒤돌아보니 시선 끝에는 치노를 싸늘한 시선으로 바라보는 티아와 마리가 있었다.

두 사람의 뒤에 질투심이 이글이글 불타오르는 광경이 환각으로 보일 것만 같을 정도였다.

치노가 무서워하며 리암 뒤에 숨었다.

"힉!"

그러자 리암이 티아와 마리를 보고 혐오감을 숨김없이 드러냈다.

"내 치노를 건들면 베어줄 거다. 너희는 빨리 세리나한테 교육을 받아서 조금이라도 숙녀다움을 익혀라. 자, 가자, 치노. 팬케이크는 맛있다고."

"으, 음! 같이 가주지."

치노는 리암에게 손을 끌려 그 자리에서 도망쳤다.

어지간히 티아와 마리가 무서웠는지 리암의 손을 힘껏 쥐고 있었다.

그 모습을 본 티아와 마리가 무릎을 꿇고 주저앉았다.

"리암 니이이이임!"

"왜 저런 계집한테에에에!"

쓰러져서 정신없이 우는 두 사람을 본 세리나는 다시 깊은 한숨을 쉬었다.

"계속해서 문제아를 떠맡기네. 자 너희, 오늘부터 엄격하게 교육할 테니까 각오하거라."

(어차피 평범한 기사보다 튼튼할 테니까 조금 엄격하게 해도 되겠지.)

티아와 마리 두 사람은 세리나 아래에서 엄격하게 교육받게 되었다.

로제타, 유리시아, 시엘 세 사람이 친위대 설립을 위해 회의실에 모였다.

유리시아는 로제타가 발표한 방침을 듣고 놀랐다.

"어려움을 겪는 사람들을 모으자고요? 의도는 좋지만, 교육 비용과 육성 기간이 늘어날 텐데요?"

"상관없어. 난 내가 무엇을 원했는지 이제 알 것 같아."

리암에게 스스로 정하라는 말을 들은 로제타는 자신의 과거를 떠올렸다.

"나는 이름만 남은 공작가에서 괴로운 인생을 살아왔지만, 달 링과 만나서 구원받았지. 하지만 세상에는 아직 어려운 사람들이 많아. 이번에는 내가 어려움을 겪고 있는 사람을 도와주고 싶어."

로제타는 특별히 친위대 대원을 어려움을 겪고 있는 사람 중에 서 모집하겠다는 말을 꺼냈다.

가난, 빚, 여러 이유로 고생하는 사람들을 모으겠다고.

유리시아는 현실적인 의견을 말했다.

"빚도 가난도 본인의 책임인 경우도 많아요. 모든 사람을 구할 수는 없잖아요?"

단순히 도와주기만 하면 아무리 막대한 예산이 있어도 금방 바 닥난다.

심지어 도박하다 빚을 지는 자가 친위대에 들어온다는 건 유리 시아 입장에서는 당치도 않은 일이었다.

로제타가 물러터진 생각을 실행한다면 막을 생각이었다.

하지만 로제타는 고개를 저었다.

"달링은 그런 걸 인정하지 않을 거야. 부모나 선조가 남긴 빚같 이, 본인과는 관계없이 곤경에 처한 사람들을 뽑을 생각이야."

유리시아는 전면적으로 찬성할 순 없었지만, 그래도 아무나 구 하려 드는 것보다는 낫다고 생각하여 타협했다.

"그 정도면 괜찮네요. 다만, 이런 기준이면 자질이나 실력은 기 대하기 어렵습니다. 어쩌면 모든 걸 처음부터 가르쳐야 할 수도 있어요."

그런 이들은 생활이 곤궁해 교육을 제대로 못 받았을 가능성도 있다. 이 채용은 우수한 자들을 채용하는 것이 아니라 사람을 모아 키우려고 하는 것이니까, 응당 그런 문제가 생길 수 있다.

"괜찮아. 시간을 들여도 좋아. 최소한의 체재를 갖추면, 그 후에는 천천히 키워가자. 내 친위대는 어려움을 겪고 있는 사람들에게 기회를 주고 싶어."

로제타를 지키는 친위대를 만드는데, 본인의 의향으로 방향성이 달라지고 말았다.

우수한 자들을 모아 최신 전함과 기동기사를 주는 편이 시간과 예산을 생각해도 효율적이다.

하지만 리암은 로제타에게 마음대로 하라고 했다. 그러니 유리시아도 로제타의 요망에 맞는 함대를 편성할 뿐이다. 애초에 정실인 로제타의 비위를 거스르면서까지 대립하고 싶지도 않았다.

"그럼 일반적인 귀족의 친위대와는 많이 다른 집단이 될 겁니다. 제대로 운용할 수만 있어도 다행일 거예요."

"나도 알고 있어. 부탁할게."

유리시아는 외관 따위는 신경 쓰지 않는다는 로제타를 보고 곤란한 듯이 웃으면서 이후의 계획을 짰다.

두 사람의 이야기를 듣던 시엘은 당초의 예정과는 다른 내용에 난처해했지만, 부정은 하지 않았다.

(역시 로제타 님은 상냥하셔. 로제타 님이 만드는 친위대라면 안심할 수 있을 것 같아.)

로제타가 만든 친위대가 언젠가 리암을 막아줄 것이다. 시엘은 그런 미래를 망상하고 있었다.

방침이 정해지자 로제타가 외쳤다.

"그렇게 정해졌으면 바로 실행해야지! 대체로 영내에서 모집하게 되겠지만, 가능하면 제국의 직할지에도 허가를 받아서 모집할 거야. 아마 다른 영지에서는 허가가 나지 않을 것 같지만, 일단은 이야기해두자."

영주들 입장에서 사람은 자원이나 마찬가지다.

사람을 빼돌리는 행위를 용인하는 영주들은 적어서 로제타도 그다지 기대하지 않았다.

유리시아는 귀찮은 일이 많아진 것 치고는 조금 기쁜 듯했다. 오랜만에 일다운 일을 했기 때문일 것이다.

"조금 번거로워질 것 같네요. 우선은 어디부터 손을 대야 할지 의논을."

이렇게 로제타 친위대 설립을 위해 움직이기 시작했다.

◇◆◇◆◇

"이놈이고 저놈이고 바보밖에 없는 거냐?!"

난 이를 꽉 깨물고 분해하면서 아마기와 함께 모니터를 보고 있었다.

아마기와 함께 여론조사 결과를 보고 있는데, 도무지 납득이 안 됐다.

아마기가 불만스러워하는 나에게 설명했다.

"백성 대부분이 증세에 찬성했습니다. 세금이 사회복지에 쓰이면 혜택을 받을 수 있다고 바르게 전달된 결과겠죠. 관료들이 노력했네요."

"그 녀석들은 일을 너무 열심히 해."

예로부터 관료는 재량권을 주면 쓸데없는 짓만 하는 족속이다. 방치하면 금방 글러먹는 게 관료다. 그래서 내가 세세한 지시를 내리지 않아도 멋대로 나쁜 짓을 할 거고, 실제로 하고 있을 것이다. 아마도……

나라면 반드시 한다!

그런데 현실은 달랐다. 충실한 사회복지를 주장하며 증세한 건좋지만, 아무래도 정책에 너무 교묘하게 장난질을 해서 백성들에겐 정말로 사회복지가 충실해진 것처럼 보이는 모양이다.

그래서 백성들은 증세에 대한 불만이 적었다. 증세를 억지로 견디는 것처럼 보이진 않았다.

"내 완벽한 계획이 틀어지다니……!"

"주인님이 지금까지 완벽한 계획을 실행한 적이 있었나요? 아니죠, 평소에는 유능하지만 나쁜 사람인 척을 할 때는 아무래도……."

아마기가 보기에 난 악덕 영주로서 실격인 모양이다.

이런 건 참을 수 없다!

"아마기, 당장 정청에 연결해!"

"모니터에 띄우겠습니다."

지금까지 뉴스가 나오던 모니터에 땀을 흘리는 관료의 모습이 나왔다.

갑작스러운 호출에 겁을 먹어도 상위자인 날 기다리게 할 수는 없으니 황급히 호출에 응했을 것이다.

『리암 님, 무슨 일이십니까?』

"당연히 사회복지 건이지! 더 심플하게 할 수 없었냐?!"

더 알기 쉽게 백성들을 착취하고 있다는 느낌을 내지 않으면 백성들은 무슨 일이 일어나고 있는지 이해해주지 않는다.

난 바보 같은 백성들이 모르는 사이에 세금을 착취당하는 모습을 보고 싶은 게 아니라, 알고 있으면서 괴로워하는 모습이 보고 싶은 거다.

이건 아이 만들기 데모에 대한 복수다! 반드시 백성들을 괴롭혀줄 것이다!

『여기서 더 심플하게 말씀입니까? 하지만 더 이상은…….』

"너희라면 할 수 있잖아? ──할 수 있지?"

옛날부터 관료라는 존재는 샛길을 만드는 것이 특기인 생물이다. 못 할 리가 없다.

『바, 바로 재검토에 들어가겠습니다!』

"그걸로 됐어. 제대로 하라고. 내 기대를 저버리지 마라."

마지막으로 압력까지 넣어줬다.

상사에게 해결 불가능한 문제를 떠맡은 데다가 '기대하고 있다'

는 말이라도 들어봐라.

그건 그냥 압력이다.

이제 관료들도 열심히 사회복지를 도움이 안 되는 정책으로 만들고 백성들을 화나게 할 것이다.

"날 화나게 만든 걸 후회하게 해주마. 기다리고 있으라고, 백성들아."

아마기가 아이 만들기 데모 건을 질질 끄는 나에게 질렸다는 표정을 보였다.

"아직도 포기하지 않았었나요?"

"당연하지. 날 화나게 만든 죄 많은 백성을 괴롭혀줄 거야."

수행을 이어서 하기 위해 내가 수도성에 돌아갈 날도 머지않았다.

빨리 백성들이 괴로워하는 얼굴이 보고 싶다.

몇 달 뒤.

정청의 발표로 사회복지 정책에 대한 재검토가 이루어졌다.

백성들은 이 이야기에 열을 올리고 있었다.

"전보다 더 알기 쉽네."

"리암 님이 알기 쉽게 만들라고 직접 명령했대."

"정청 녀석들이 기대하고 있다는 말을 듣고 의욕을 냈다는 이야기를 들었어."

지금까지도 고마운 정책이었지만, 이용하기 쉽게 심플해졌다.

백성들에게는 대환영이었다.

"이전의 정책도 그럭저럭 괜찮았는데, 리암 님은 일을 대충 하지 않으시네."

"그분은 정말 훌륭해."

"지금은 수도성에 계신다고 했던가?"

"이제 곧 귀족 수행이 끝난다고 하니까 몇 년 있으면 돌아온대."

"빨리 안 돌아오시려나."

"수행이 끝나면 본성에 정착하시려나?"

리암의 예상과는 다른 방향으로 진행되어 백성들은 더욱 감사하게 되었다.

수도성에서 빌린 고급 호텔의 최상층.

난 보고를 듣고 무릎을 털썩 꿇었다.

내가 정책을 재검토하라고 내린 지시 덕에 영내에서 평판이 더 오르고 있다고 한다.

아마기가 무표정하지만 조금 기쁜 듯이 보고했다.

"리암 님 덕분에 제도가 더욱 알기 쉬워졌다고 호평을 받고 있습니다. 백성들로부터 감사하다는 의견이 왔습니다."

"너희를 괴롭히려고 하고 있단 말이다아아아!"

백성들이 이렇게까지 어리석은 걸 보니 도리어 무서워졌다.

난 비틀거리며 일어나 옆에 있던 아마기에게 명령했다.

"아마기! 영내의 교육을 재검토한다. 이대로는 수준이 너무 낮아서 안 되겠어."

"교육 체계를 바꾸실 겁니까? 현 수준으로도 충분하다고 생각합니다만."

"자기가 괴롭힘당하고 있는 것도 모르잖아! 왜 나한테 감사하는 건데?! 화를 낼 상황이라고!!"

전생이었다면 정권 여당의 평판이 뚝 떨어졌을 것이다.

왜 고마워하는 거지?! 내 백성들은 바보밖에 없나?

바보밖에 없는 영지라니!

무섭다. 내 영지의 교육 수준이 사실은 너무 낮은 게 아닌가 하는 불안이 솟는다.

"현재 의무 교육은 9년입니다."

"12년으로 연장하고 내용도 재검토해. 더 나은 교육을 해."

자기가 괴롭힘당하고 있다는 것도 못 알아차리다니, 오히려 무섭다. 속이고 싶어서 증세한 게 아니다. 괴로워하는 모습을 보고 싶어서 증세했단 말이다!

악덕 영주가 되는 길은 한없이 험난하다는 느낌이 들기 시작했다.

◇ ◆ ◇ ◆ ◇

카나미가 정신을 차린 곳은 소환당하기 전에 있던 공원이었다.

"어라? 나는 왜 여기에……."

이제 막 정신을 차려서 머리가 돌지 않는 건지, 방금 일어난 일이 마치 꿈처럼 느껴졌다.

실은 이세계에 용사로 소환되는 꿈을 꾸고 있었던 게 아닐까?

날도 이미 밝아 아침을 맞이하고 있었다.

공원에서 노숙해서 이상한 꿈을 꿨나 하는 의심이 들 법도 했다.

하지만 오른손에 쥔 작은 주머니가 카나미에게 이세계에서 일어난 일이 진짜라는 걸 증명했다.

주머니 안을 보니 보석과 금화가 고스란히 담겨있었다.

"아하하…… 꿈이 아니었구나."

이른 아침의 공원에서 벤치에 앉아 하늘을 올려다보는 카나미는 리암을 떠올렸다.

마지막에 머리를 부드럽게 쓰다듬어줬는데, 그때의 감촉이 정말 그리웠다.

마치 아버지가 머리를 쓰다듬어줬을 때의 감촉이었다.

자연스럽게 눈물이 흘러나왔다.

아버지가 아니라는 걸 알면서도 그리운 사람을 만난 것 같은 느낌이 들어서.

"근데 왜 전혀 닮지 않은 그 사람과 아버지를 겹쳐본 걸까?"

리암과 아버지를 겹쳐본 자신이 이해되지 않았다. 성격도 정반
대였는데.

그래도 카나미는 마음이 조금은 가벼워진 느낌이 들었다.

오른손에 든 주머니를 소중히 꼭 쥐었다.

"내키지는 않지만, 집에 한 번 돌아가야겠지. 시간이 꽤 지났으
니 어머니가 걱정하고 있을지도 몰라. ……그럴 사람은 아닌가."

아니, 어쩌면 주 수입원이 사라진 것을 걱정하지 않을까? 딸보
다 돈을 더 중요시하는 것 같으니까.

그런 생각을 하니 기분이 안 좋아졌다.

카나미는 집에 가려고 생각해 벤치에서 일어났다.

카나미가 문을 열고 쭈뼛거리면서 안으로 들어갔다.

자기 집이건만, 오랜만이라 약간 용기가 필요했다.

"다녀왔습니다."

작은 목소리로 귀가를 알렸지만, 방 안에서는 어머니가 자면서
내는 숨소리가 들려왔다.

코타츠에서 잠든 어머니를 보니 주위에는 술병이 굴러다니고
있었다.

그 모습을 보고 카나미는 한숨이 절로 나왔다. 딸을 찾기는커
녕 평소처럼 술을 마시고 잠든 모습에 화가 났다.

하지만 금방 부자연스러운 점을 알아차렸다.

카나미는 방 안을 둘러보면서 눈을 휘둥그레 떴다.

"안 변했어."

그날, 방에서 뛰쳐나왔을 때와 방의 모습이 크게 다르지 않았다.

부엌을 보니, 카나미가 만들던 저녁을 누군가가 먹었다.

정리는 안 돼 있었지만, 며칠이나 방치되어 있었다는 느낌은 없었다.

어젯밤에 먹고 그대로 방치된 것으로밖에 안 보였다.

바로 날짜를 확인하기 위해 텔레비전을 켰다.

이른 아침의 뉴스는 가히 충격적이었다. 오늘은 이세계에 소환된 바로 이튿날이었다.

이세계에서 일주일 이상을 보냈을 텐데도.

카나미는 놀라움을 자기 안에서 삭이기 시작했지만, 그와 동시에 분노가 부글부글 끓어올랐다.

원인은 명백했다. 어머니였다.

방의 모습을 보고 바로 알아차렸다.

자신이 집에서 뛰쳐나간 후, 어머니는 찾으려고 하지도 않았을 것이다.

도중까지 준비하던 저녁을 먹고, 그 후에는 언제나처럼 술을 마시고 잠들었을 것이다.

금방 돌아온다고 생각했다면, 카나미가 뛰쳐나간 원인을 가볍게 생각하고 있다고 볼 수밖에 없다.

딸을 밤업소에서 일하게 하는 짓이 어머니에게 죄악감조차 느끼지 못하게 할 정도인지 생각하며 카나미는 분노와 슬픔을 느꼈다.

그때 리암이 한 말을 떠올리고 소리 내어 중얼거렸다.

"──내 인생을 책임지는 건 나밖에 없어."

지금의 어머니를 보고 있으면 리암의 말을 순순히 받아들일 수 있었다.

이대로라면 자신의 인생은 어머니에 의해 망가지고 만다.

화가 나서 손에 힘을 주자 보석과 금화가 든 주머니가 쥐어졌다.

"지금 변하지 않으면 난 계속 변하지 못해."

자신에게 들려주듯이 중얼거린 카나미는 바로 행동을 개시했다.

외조부모에게 연락하기 위해 연락처가 적힌 물건이 없는지 찾기 시작했다.

하지만 외조부모는 어머니와 연을 끊었다.

불륜을 저지르고 있던 것을 비난받아 스스로 친부모와 소원해졌다.

그 후에 남자에게 버림받았을 때는 부끄러운 줄도 모르고 부모에게 의지했지만.

조부모는 어머니를 용서하지 않았다.

본가에 돌아가는 것을 허락하지 않았고, 도와주지도 않겠다고 하며 쫓아냈다고 한다.

카나미는 자세한 사정을 모르지만, 그때부터 조부모와의 연이 끊겼다.

"틀렸어. 연락처를 못 찾겠어. 어떡하지."

연락처를 못 찾으면 조부모와 이야기를 할 수 없다.

카나미는 낙담했지만, 곧바로 일어나서 몸단장했다.

사복으로 갈아입고 지갑을 들고 집을 나왔다.

"학교에는 나중에 연락하고, 우선은 할아버지랑 할머니네 집에 가자. 전철을 갈아타면서 가면 근처까지 갈 수 있었으니까."

연락처를 몰라도 어릴 적에 몇 번인가 놀러 간 기억은 남아있다.

평일이라 수업이 있지만, 지금은 당장 행동해야 한다고, 리암이라면 그렇게 말할 것 같다는 느낌이 들었다.

공동 주택을 뒤로한 카나미는 딱 한 번 뒤돌아봤다.

어머니에 대해 미안함은 없다.

좋든 안 좋든 이번 일로 단념할 수 있었다.

다만 더는 만날 수 없는 아버지에게는 전하고 싶었다.

전해지지 않는다는 걸 알고는 있지만, 소리 내서 말하고 싶었다.

"아버지, 미안해. 그래도 난 이제부터 앞을 보고 살 테니까, 만약 용서해준다면 지켜봐 줘."

표정을 가다듬고 역으로 달리기 시작했다.

1분 1초도 낭비하고 싶지 않았다.

그 후에는 놀라울 정도로 일이 쉽게 진행됐다.

카나미가 조부모의 집을 방문하자 놀라셨지만 환영하며 받아주셨다.

그래서 카나미는 모녀의 현재 상황을 조부모에게 숨기지 않고 전부 전했다.

어머니가 일하지 않는 것.

자신이 아르바이트하면서 생계를 유지하고 있으며, 거기에 더해 빚도 있다는 것.

말하는 사이에 눈물을 흘리는 카나미를 보고 조부모도 불쌍하게 여겼을 것이다.

그날은 그대로 조부모의 집에서 신세를 졌고, 다음 날에는 셋이서 공동주택으로 향했다.

조부모가 집에 올 줄은 몰랐던 어머니는 두 사람의 얼굴을 보자 분한 듯한 표정을 지었다.

현재의 생활상을 목격당한 부끄러움과 도와주지 않은 두 사람에 대한 분노.

그리고 조부모를 데려온 카나미에게도 격한 분노를 표했다.

조부모에게 추궁당한 어머니는 처음엔 위축돼서 가만히 이야기를 듣고 있었다.

하지만 계속 비난받아 부아가 치밀었을 것이다.

자신이 이렇게 된 건 도와주지 않은 부모 탓이라고 정말로 소리 내서 말했을 때, 카나미는 자신의 판단이 옳았다는 걸 뼈저리게 깨닫게 되었다.

더는 어머니에게 상식을 기대해도 무의미하다는 것을.

그 후, 카나미는 조부모에게 거둬들여지게 되었다.

그로부터 몇 달 뒤.

카나미는 조부모의 집에서 다닐 수 있는 고등학교로 전학하여 새로운 생활을 시작했다.

조부모의 집은 시골이라 지금까지와는 다른 생활을 했다.

통학에 사용하는 교통수단은 버스이며 아르바이트를 하려고 해도 일할 곳이 없었다.

도시와는 달리 불편한 점도 많지만, 카나미는 지금의 생활이 싫진 않았다.

조부모의 집은 낡았지만 넓어서 카나미의 방이 마련되었다.

아르바이트하지 않고 공부에 시간을 할애할 수 있는 건 솔직히 기뻤다.

집안일도 할머니가 해서 저녁 준비나 정리는 도와주는 정도면 충분했다.

어머니와 살던 때와 비교하면 카나미에게는 천국이었다.

저녁을 먹은 후, 카나미는 책상에 앉아 공부하고 있었다.

지금까지 뒤처진 것을 만회하고 싶다는 마음이 있고 장학금을 이용하기 위해서다. 갚을 필요가 없거나 이자가 없는 장학금*을 이용하려면 아무래도 성적이 중요하다.

가정환경도 고려된다고 하며 카나미에게도 가능성은 있었다.

다만 현재로서는 상당히 어렵다.

아르바이트와 집안일에 시간을 할애해온 카나미는 빈말로도 성적이 우수하다고는 할 수 없기 때문이다.

지금부터 열심히 해도 늦을지도 모른다.

헛될지도 모른다.

진학을 포기하고 고등학교 시절을 놀면서 구가하는 길도 생각했다.

하지만 그런 생각이 머리를 스칠 때마다 떠올렸다.

정신을 차리고 보면 카나미는 공부하면서 중얼거렸다.

"자신의 인생을 마지막에 책임지는 건 자신뿐."

몇 번이나 포기할 것 같을 때마다 리암이 한 말을 떠올렸다.

신기하게도 이세계에서 친하게 지냈던 에노라에 대한 기억은 세월이 감에 따라서 옅어져 갔다.

그녀는 다정하고 훌륭했고 친구로서 호감이 갔다.

그런데 리암에 대한 것만 떠올랐다.

카나미는 책상의 서랍을 열어 거기에 소중히 간직하고 있는 작은 가죽 주머니를 들었다.

마음이 꺾일 것 같을 때는 항상 이 주머니에 손을 뻗는다.

---

*일본의 장학금은 졸업 후에 변제 의무를 지는 경우가 많다.

안에 들어있는 것은 보석과 금화다.

묵직한 무게를 느꼈다.

"결국 못 팔았네."

팔아서 돈으로 만들어 학비에 보태자고 생각한 게 한두 번이 아니었다.

간단히 조사해본 결과 카나미가 가지고 있는 보석과 금화를 팔면 수백만은 받을 수 있었다.

그만큼 있으면 대학 진학에 보탤 수 있다.

부족한 금액은 대학을 다니면서 아르바이트를 해서 벌면 된다.

그런 식으로 몇 번이나 생각했다.

실제로 카나미는 리암이 이 자리에 있었으면 '왜 빨리 팔지 않는 거지?'라고 말하며 고개를 갸웃거리며 기가 막힌다는 표정을 지을 것 같다고 생각했다.

하지만 팔지 못했다.

팔 수단이 없다는 것도 이유 중 하나이긴 하지만, 가장 큰 이유는 카나미가 가지고 있고 싶었기 때문이다.

장식품이 좋아서 내놓지 않는 게 아니다.

그럴 나이이기도 하고 관심도 조금은 있다.

하지만 이 주머니에는 금전 이상의 가치가 있었다.

카나미에게는 한 손에 들어오는 주머니와 그 내용물이야말로 그날 경험한 비일상이 현실이라는 증거였다.

——잊고 싶지 않았다.

"리암 씨는 분명 기막혀하겠지."

헤어질 때 '넌 남자 취향이 안 좋다'는 말을 들은 걸 생각하면 조금 화가 나기도 한다.

하지만 그 덕분에 새로운 인생을 시작할 수 있었다.

이렇게 안심하고 공부를 할 수 있는 것도 행동할 계기를 준 리암 덕분이라고 생각한다.

그리고 기억에서 꽤 희미해진 아버지 덕분이다.

그때는 못 알아차렸지만, 카나미는 리암과의 대화로 아버지에 대한 기억을 많이 떠올렸다.

아버지는 그때 이런 말을 했었지. 이런 식으로 야단쳤었지. 이런 식으로 타일렀었지.

설마 이세계에서 소중한 아버지에 대한 기억을 선명하게 떠올리게 될 줄은 몰랐다.

"자 그럼, 좀 더 해야지."

휴식을 끝내고 공부를 다시 시작하는 카나미는 주머니를 책상 서랍에 넣었다.

그날을 잊지 않기 위해서.

이 주머니와 안에 든 것은 당분간 수중에 남겨두자.

카나미는 그렇게 정했다.

"타테야마, 괜찮아? 좀 더 안정을 취하는 게 좋지 않아?"

"괜찮, 습니다."

"정말인가? 뭣하면 네 일은 신입 두 사람한테 떠맡겨도 돼. 저 녀석들은 당분간 부려먹어도 되니까."

"아, 알겠, 습니다."

키스 패거리에 의해 파괴당한 타테야마가 메이커 수리를 끝내고 영지로 돌아왔다.

메이드 로봇으로서 복귀한 지 한 달. 매일같이 리암이 상태를 보러 와서 걱정했다.

복귀한 지 한 달이나 지났는데 말이다.

난처해하는 눈치인 타테야마를 보다 못한 아마기가 리암에게 주의를 줬다.

"주인님, 타테야마는 복귀한 지 한 달이나 지났습니다. 업무에 문제는 없으니 걱정할 필요는 없습니다."

리암은 평소 같으면 아마기에게 주의를 받으면 물러나지만, 이번만큼은 달랐다.

"타테야마는 크게 다쳤었다고! 아마기, 너 좀 매정한 거 아니냐?"

"매정하지 않습니다. 주인님의 반응이 이상하다고 몇 번이나 말씀드렸습니다."

약간 아마기가 리암에게 엄한 태도를 보였다.

그 모습을 양산형 메이드 로봇 '타마키'가 엿보고 있었다.

큰 기둥에서 얼굴을 내밀고 리암과 아마기 사이에서 난처해서 어찌할 바를 모르는 타테야마를 보고 있었다.

타마키는 리암과 모두에게 들리는 성량으로 중얼거렸다.

"총괄은 타테야마를 질투하고 있군요. 주인님이 요 한 달 동안 타테야마에게만 붙어있어서 상대해주는 시간이 적은 게 원인인가요?"

리암이 바로 타마키의 얼굴을 보고 아마기에게 시선을 돌렸다.

아마기는 무표정 속마음을 들키지 않도록 완벽한 무표정을 만들고 있었다.

하지만 리암은 메이드 로봇에 대해 잘 알고 있다.

"아마기, 타테야마를 질투하고 있었어? 날 빼앗길까 걱정 되서?"

"하지 않았습니다. 애초에 저희에게 질투라는 감정은 존재하지 않습니다."

아마기는 부정했지만, 아까보다 더 사무적인 태도가 부끄러움을 숨기는 걸로만 보였다.

실제로 타마키가 보고 있는 메이드 로봇의 채팅룸에서는 자매들이 떠들면서 아마기의 속마음을 예상하고 있었다.

『이건 총괄의 판단 미스네요. 기계적인 대응은 정곡을 찔렀다는 증거일 테고.』

『총괄이 부끄러워하고 있어~.』

『그러고 보니. 요즘 총괄은 평소보다 업무 체크가 엄격했죠. 주의를 줄 때도 평소보다 설교가 몇 분 정도 길었습니다. 어라? 어라라라?』

자매들의 업무를 엄격하게 감시하고 설교할 때는 평소보다 길다. 인간으로 치면 명백하게 질투 때문에 주위에 화풀이하는 경우가 많아진 상황일 것이다.

타마키의 눈앞에서는 리암이 미안해했다.

"널 소홀히 할 생각은 없었어. 하지만 타테야마가 걱정돼서. 미안해, 아마기."

솔직하게 사과하는 리암을 앞에 두고 약간. 아주 약간 아마기가 난처한 듯한 표정을 지었다.

채팅룸은 일러스트 이모티콘이 마구 올라와 난리가 났다.

『솔직하게 사과를 받은 총괄이 조금 기뻐하고 있어어어어!!』

방정맞은 시오미가 난리를 부리고 있는데, 타마키는 생각했다.

(──시오미는 나중에 총괄에게 호출당하겠네.)

타마키가 기막혀하고 있으니 채팅룸에 있는 시오미가 대답했다.

『총괄한테 호출당하는 건 타마키도 마찬가지 아닌가요? 애초에 이 상황을 만든 건 타마키잖아요?』

난 혼날지도 모르지만 너도 마찬가지야! 라고 말하는 시오미에게 타마키는 대담한 웃음을 지었다. 메이드 로봇 기준으로.

(아직 결과는 나오지 않았습니다. 자, 상황이 변합니다.)

아마기는 솔직하게 사과하는 리암에게 난처한 기색으로 대답했다.

"주인님이 타테야마를 걱정하는 건 어쩔 수 없습니다. 저도 배려가 부족했습니다. 타테야마의 업무량을 재검토하여 신입 메이드(?)…… 두 분에게 업무를 할당하겠습니다."

"그래, 그 녀석들은 마음대로 써도 좋아. 내가 허가한다."

그 두 사람——벌로 기사에서 메이드가 된 티아와 마리다.

메이드 로봇인 타테야마를 걱정해서 그 둘에게 일을 떠맡겼다.

인간의 일을 줄이기 위해 만들어진 메이드 로봇을 위해 인간이 일한다는 것도 참 이상한 이야기다.

타마키는 일부러 아날로그하게 메모장을 꺼내 이 상황을 펜으로 적었다.

메모장에는 '이야깃거리 메모장'이라 적혀있었다.

"메이드 로봇을 위해 부려먹히는 인간들. 이거 이야깃거리가 하나 늘었네요. 언젠 농담으로 쓸 상황이 오기를 바랍니다."

만족스럽게 이야깃거리 메모장을 덮자 리암과 화해한 아마기가 타마키 곁으로 왔다.

그 상황에 채팅룸에 있는 시오미는 야단을 떨었다.

『이거 봐, 총괄의 설교 타임~!』

타마키가 혼날 줄 알고 기뻐하는 모양이었다.

실제로 아마기는 타마키의 언동을 좋게 보지 않는 것 같았다.

"타마키, 아까 한 너무 큰 혼잣말은 뭡니까? 주인님께 실례입니다."

"죄송합니다."

머리를 숙이자 약간 시간을 두고 아마기가 말했다.

"앞으로는 주의하세요. 자, 업무로 돌아가세요."

"네."

금방 설교가 끝나자 채팅룸의 시오미가 깜짝 놀랐다.

『어째서? 평소의 총괄이라면 질릴 정도로 나무라는데!』

아마기가 타마키를 이 정도로 용서해준 게 이해가 안 되는 듯
했다.

그리고 아마기가 채팅룸에 강림했다.

다른 자매들은 어느샌가 코멘트를 지우고 채팅룸을 나갔다.

『시오미, 나중에 제 방으로 오세요. 타테야마의 업무를 재검토
하는 김에 시오미의 업무도 재검토해야 한다고 판단했습니다. 놀
고 있는 걸 보니, 업무에 여유가 있네요. 훌륭한 처리능력을 가진
시오미에게 더 많은 일을 맡기겠습니다.』

아마기가 채팅룸에서 나가자 시오미가 우는 얼굴 이모티콘을
올렸다.

『이건 불합리해요!』

타마키는 업무로 돌아가면서 이 일도 이야깃거리 메모장에 적
었다.

"이 이야기도 언젠가 누군가에게 피로하고 싶습니다."

후기

이번 권도 재밌게 읽으셨나요?

안녕하세요. 작가인 미시마 요무입니다.

'나는 성간 국가의 악덕 영주!'도 이번 권으로 7권째!

여전히 마음대로 쓰고 있습니다만, 사소한 건 상관없어! 정신으로 앞으로도 열심히 하고자 합니다.

재미를 중시하는 건 중요하네요.

이번 권도 가필을 많이 해서 '소설가가 되자'에 투고하고 있는 Web판을 더 재밌게 읽으실 수 있도록 원고를 고쳤습니다.

지금부터 Web판을 읽으면 등장하지 않은 기동기사와 캐릭터가 있어서 서적판과는 인상이 다를지도 모르겠네요.

서적판에서도 Web판에서도 인상이 다르지 않은 캐릭터도 있다고 생각하지만요(땀).

기동기사도 Web판과 비교하면 등장하는 기체 수가 다르네요.

서적판이 압도적으로 많습니다.

네반, 라쿤, 테우멧사, 에리키우스, 등등.

서적판에서만 등장합니다.

기동기사 관련 에피소드를 즐기고 싶은 독자분은 서적판을 따라가야 더 재밌게 읽을 수 있을지도 모르겠네요.

거기에 더해 Web판보다 양이 더 늘었으니 에피소드나 캐릭터를 파고드는 건 서적판이 더 재미있으리라 생각합니다.

자 그럼, 서적판 홍보도 다 썼으니 이제부터 진짜 후기입니다.

이번 권에서 주인공인 리암은 전생에서 인연이 있는 상대와 재회합니다.

처음에는 이세계 전생을 한 리암이 이세계 전생? 용사 소환당하면 재미있지 않을까? 라는 기분으로 Web판의 7장을 집필했습니다.

그때 다른 용사와도 엮이면 재밌을 것 같다! 차라리 인연이 있는 사람을 쓰자! 이렇게 해서 카나미가 등장합니다.

리암이 전생과 어떻게 마주하는지는 본문에서 확인하시는 게 좋을 것 같습니다.

이번 권에서는 카나미라는 캐릭터를 더욱 파고들었으니 그런 부분도 즐겨주셨으면 좋겠습니다.

뭐, 이번 권에서 가장 고민한 건 메이드 로봇이지만요.

7권을 읽으면 이해해주시으리라 생각합니다만, 어떤 역할을 누구에게 맡길까?

한계까지 고민했습니다.

Web판에서는 양산형 메이드 로봇들에게 이름이 없고 에피소드도 없었습니다.

하지만 서적판에서는 덤으로 양산형 메이드 로봇들에게 이름을 붙여버렸습니다.

차라리 양산형 메이드 로봇에 새 캐릭터를 등장시켜 대처해야 하는가?

그런 식으로 고민했습니다만, 결과는 7권을 읽어보시면 알 수 있을 겁니다.

후기부터 읽는다는 독자분도 계신다고 하니 스포일러는 안 합니다.

그건 그렇고 양산형들은 인기가 많네요.

서적판 한정 덤으로 이름을 붙여 활약하게 했는데, 각자에게 어떤 개성을 부여하고 리암 일행과 엮을지 매번 생각하는 게 즐겁습니다.

개인적으로 가장 성공했다고 생각하는 건 소극적인 타테야마일까요?

타테야마의 이야기는 쓰면서 즐거웠어요.

자신의 굿즈 판매를 절대로 허용하지 않는 리암이 타테야마가 직접 만든 굿즈를 앞에 두고 머리를 싸매고 고민하는 모습을 상상했을 때는 이거다! 싶었습니다.

앞으로도 새 양산형 메이드 로봇 캐릭터를 등장시켜 떠들썩한 번필드가의 일상을 쓸 수 있으면 좋겠다고 생각하고 있습니다.

그럼 앞으로도 응원 잘 부탁드립니다!

다음 권에서 또 뵙겠습니다.

MVP

今後ともよろしくお願いします。

高峰 ナダレ

*앞으로도 잘 부탁드립니다.
타카미네 나다레

I AM THE VILLAINOUS LOAD OF THE INTERSTELLAR NATION Vol.07
©2023 Yomu Mishima
First published in Japan in 2023 by OVERLAP, Inc.
Korean translation rights reserved by Somy Media, Inc.
Under the license from OVERLAP, Inc., Tokyo JAPAN

나는 성간 국가의 악덕 영주 7

2024년 1월 15일 1판 1쇄 발행
2024년 3월 15일 1판 2쇄 발행

저   자 미시마 요무
일 러 스 트 타카미네 나다레
옮 긴 이 박정철
발 행 인 유재옥
이   사 조병권
출판본부장 박광운
편 집 1 팀 박광운 최서영
편 집 2 팀 정영길 조찬희 박치우 정지원
편 집 3 팀 오준영 권진영 이소의
디자인랩팀 김보라 박민솔
디지털사업팀 박상섭 김지연 윤희진
라이츠사업팀 김정미 맹미영 이윤서
영업마케팅팀 최원석 박수진 이다은
물 류 팀 허석용 백철기
경영지원팀 최정연
인쇄제작처 ㈜코리아피엔피
발 행 처 ㈜소미미디어
등   록 제2015-000008호
주   소 서울시 마포구 토정로222, 403호 (신수동, 한국출판콘텐츠센터)
판매 및 마케팅 (070) 8822-2301

ISBN 979-11-384-8142-7 04830
ISBN 979-11-384-0856-1 (세트)